Fantasy

Herausgegeben von Wolfgang Jeschke

Von Jennifer Roberson erschienen in der Reihe
HEYNE SCIENCE FICTION & FANTASY:

DER SCHWERTTÄNZER-ZYKLUS

Schwerttänzer · 06/5072
Schwertsänger · 06/5073
Schwertmeister · 06/5074

JENNIFER ROBERSON

SCHWERTTÄNZER

Erster Roman
des
SCHWERTTÄNZER-ZYKLUS

Deutsche Erstausgabe

WILHELM HEYNE VERLAG
MÜNCHEN

HEYNE SCIENCE FICTION & FANTASY
Band 06/5072

Titel der amerikanischen Originalausgabe
SWORD-DANCER
Deutsche Übersetzung von Karin König
Das Umschlagbild malte Dieter Rottermund

3. Auflage

Redaktion: F. Stanya
Copyright © 1986 by Jennifer Roberson O'Green
Die Originalausgabe erschien bei Daw Books, Inc., New York
Copyright © 1993 der deutschen Ausgabe und der Übersetzung
by Wilhelm Heyne Verlag GmbH & Co. KG, München
Printed in Germany 1994
Umschlaggestaltung: Atelier Ingrid Schütz, München
Technische Betreuung: Manfred Spinola
Satz: Schaber Satz- und Datentechnik, Wels
Druck und Bindung: Elsnerdruck, Berlin

ISBN 3-453-07234-0

*Für Russ Galen
von der Scott Meredith Literary Agency,
weil Autoren es viel zu oft versäumen,
ihren Agenten Anerkennung zu zollen.*

Eins

Während meiner Arbeit habe ich alle Arten von Frauen kennengelernt. Einige wunderschön. Einige häßlich. Einige genau dazwischen. Und — ich bin weder senil noch ein Mann, der nach Heiligkeit strebt — wann immer sich die Gelegenheit bot (mit oder ohne Ermutigung von meiner Seite), habe ich mit den Wunderschönen geschlafen (obwohl sie manchmal mit *mir* geschlafen haben), die Häßlichen allesamt übergangen (denn ich bin kein unersättlicher Mann) und mir ziemlich regelmäßig die Unterhaltung mit den Frauen der dritten Kategorie erlaubt, denn ich gehöre nicht zu denen, die sich abwenden, wenn Unterhaltung und andere Belustigungen offen dargeboten werden. Daher schnitten auch die Frauen der dritten Kategorie gut ab.

Aber als *sie* in das heiße, staubige Wirtshaus kam und die Kapuze ihres weißen Burnus abstreifte, wußte ich, daß nichts, was ich jemals gesehen hatte, an sie heranreichen konnte. Ruth und Numa konnten es sicher nicht, obwohl sie das Beste waren, was das Wirtshaus zu bieten hatte. Ich war von dieser neu hinzugekommenen Frau so beeindruckt, daß ich meinen Aqivi in die falsche Kehle bekam und so heftig würgen mußte, daß Ruth von meinem rechten und Numa von meinem linken Knie rutschten. Ruth klopfte mir eine Zeitlang den Rücken, und Numa — die es wie immer gut meinte — goß mir noch mehr Aqivi ein und versuchte, ihn in eine Kehle zu gießen, die bereits von dem Zeug brannte.

Zu dem Zeitpunkt, als es mir, nicht gerade geschickt, gelang, mich den beiden zu entziehen, hatte die Vision in dem weißen Burnus den Blick von mir abgewandt und sucht den Rest des Wirtshauses mit Augen ab, die so blau waren wie Nordische Seen.

Nun habe ich niemals einen Nordischen See *gesehen*, da ich selbst ein Südbewohner bin, aber ich wußte ganz genau, daß jene zwei Teiche, die sie als Augen benutzte, zu den Erzählungen über die Naturwunder des Nordens paßten, die ich gehört hatte.

Das Abstreifen der Kapuze offenbarte einen Kopf voller dicker, langer Haare, so gelb wie die Sonne, und ein Gesicht, so weiß wie Schnee. Zwar habe ich bisher auch noch keinen Schnee gesehen, denn im Süden gibt es nur Sand, aber dies war die einzig mögliche Beschreibung des Aussehens einer Frau, die ganz offensichtlich keine geborene Südbewohnerin war. Ich bin ein geborener Südbewohner, und *meine* Haut ist so dunkel gebrannt wie eine Kupfermünze. Oh, ich vermute, daß ich wohl irgendwann einmal hellhäutiger war — tatsächlich muß das so gewesen sein, wenn man die Blässe der Partien meines Körpers bedenkt, die nicht dem Tageslicht ausgesetzt sind —, aber meine Arbeit bringt es mit sich, daß ich mich draußen in der Sonne, der Hitze und den Sandstürmen aufhalte, so daß meine Haut irgendwann dunkel und zäh wurde und — an allen notwendigen Stellen — Hornhaut bildete.

Seltsamerweise schwand die Schwüle in dem Wirtshaus. Es schien kühler, angenehmer zu werden. Aber vielleicht war dies eher auf einen Schock zurückzuführen als auf irgend etwas sonst. Götter des Valhail, Götter der Hoolies, aber welch ein frischer Luftzug war diese Frau!

Was sie in diesem kleinen, abgelegenen Wirtshaus *wollte*, konnte ich mir nicht vorstellen, aber ich stellte das gütige, großzügige Schicksal, das sie in meine Reichweite geführt hatte, nicht in Frage. Ich pries es einfach und beschloß zu diesem Zeitpunkt und an diesem Ort, daß ich, egal wen sie suchte, dessen Platz einnehmen würde.

Ich beobachtete bewundernd (und mit leisem Seufzen), wie sie sich umwandte, um sich in dem Raum umzusehen. Das gleiche tat auch jeder andere Mann in diesem Raum. Man sieht nicht oft solch frische und ursprüngliche Schönheit, nicht wenn man in einer so abgelegenen Stadt wie — Hoolies, ich konnte mich noch nicht einmal an ihren Namen erinnern — festsitzt.

Auch Ruth und Numa beobachteten sie, aber ihre Bewunderung wurde vollständig von einem ganz anderen Gefühl überlagert — einem Gefühl namens Eifersucht.

Numa schlug mich in dem Versuch, meine Aufmerksamkeit zu erringen, leicht auf die Wange. Zunächst schüttelte ich sie ab und beobachtete noch immer die Blondine, aber als Numa begann, ihre Nägel in meine Haut zu graben, sah ich sie mit meinem zweitbesten Sandtigerblick an. Normalerweise funktioniert dies und erspart mir die Mühe, meinen *besten* Sandtigerblick zu gebrauchen, den ich für besondere (im allgemeinen tödliche) Gelegenheiten aufbewahre. Ich habe sehr früh erkannt, daß meine grünen Augen — die dieselbe Farbe haben wie die des Sandtigers — Menschen mit schwächerer Konstitution oft einschüchtern. Niemand spottet über eine so greifbare Waffe. *Ich* tue es sicher nicht. Und so verfeinerte ich meine Technik, bis sie perfekt war und ich mich an den Reaktionen erfreuen konnte.

Numa jammerte ein wenig. Ruth lächelte. Grundsätzlich waren die beiden Mädchen die ärgsten Feinde. Da sie die einzigen Frauen in dem Wirtshaus waren, kämpften sie oft um neue Eroberungen — die sehr häufig staubig und schmutzig waren und nach der Punja stanken, aber immerhin *neu* waren. Dies war ziemlich einmalig in dem muffigen Wirtshaus aus Adobeziegeln, dessen Wände sich einst einer karmesinroten Farbe und Karneol und Kalk rühmen konnten. Die Farben waren — wie die Mädchen — nach Jahren des Mißbrauchs und der nächtlichen Besprühungen mit ausgespucktem oder verschüttetem Wein, Bier und Aqivi und tausend anderen Giften verblaßt.

Mein Blut war das frischeste in der Stadt (und ich war überdies frisch gebadet), aber bevor ich die Mädchen zu einem Ringkampf veranlaßte, hätte ich sie lieber beide genommen. Sie schienen durchaus zufrieden damit zu sein, mich zu teilen, und auf diese Art bewahrte ich den Frieden in einem sehr kleinen Wirtshaus. Ein Mann ist bemüht, sich keine Frau zum Feind zu machen, wenn er in einer langweiligen, stickigen Stadt festsitzt, die nichts außer zwei Wirtshausmädchen zu bieten hat, die jede Nacht (und jeden Tag) ihre Tugend verkaufen. Hoolies, es gab nichts *anderes* zu tun. Für sie nicht *und* für mich nicht.

Nachdem ich Numa auf ihren Platz verwiesen hatte (und mich fragte, ob ich noch immer den Frieden zwischen den beiden aufrechterhalten könnte), wurde ich mir der Erscheinung bewußt, die neu an meinen Tisch gekommen war. Ich schaute auf und bemerkte, daß diese beiden blauen Augen mich mit direktem und aufmerksamem Blick fixierten, der mich sofort davon überzeugte, daß ich die Irrtümer meines Lebensweges, welche auch immer diese sein mochten, korrigieren sollte. Ich würde sogar welche erfinden, um sie ändern zu können. (Hoolies, welcher Mann *würde* dies nicht tun, wenn *sie* ihn anschaute?)

Als sie an meinem Tisch innehielt, wurden von einigen der Männer in dem Wirtshaus gemurmelte, überaus eindeutige Vermutungen laut bezüglich des Grades ihrer Tugend. Es überraschte mich nicht sonderlich, denn ihr fehlte ein Hauch von Bescheidenheit und die mit süßem Gesicht ausgedrückte Zurückhaltung der meisten Frauen des Südens (außer natürlich bei Wirtshausmädchen wie Ruth und Numa oder bei freien Frauen, die Fremde geheiratet und die südlichen Bräuche abgelegt hatten).

Diese Frau erschien mir nicht wie ein Wirtshausmädchen. Sie erschien mir auch nicht wie eine freie Frau, denn sie wirkte selbst für diese Art Frauen ein bißchen zu unabhängig. Sie erschien mir wie gar nichts mir Bekanntes, außer wie eine wunderschöne Frau. Aber tatsächlich schien sie etwas zu beabsichtigen, und dieses Etwas war mehr als nur ein einfaches Stelldichein.

»Sandtiger?« Ihre Stimme war rauh und tief, und der Akzent war eindeutig nordisch. (Und ach so kühl in der stickigen Wärme des Wirtshauses.) »Seid Ihr Tiger?«

Hoolies, sie *war* auf der Suche nach mir!

Nach einem besinnlichen Augenblick inneren Erstaunens und innerer Verwunderung lächelte ich sie freundlich und lässig an. Es wäre nicht gut, ihr zu zeigen, wie sehr sie mich beeindruckt hatte, nicht wenn ich *sie* beeindrucken sollte. »Zu Euren Diensten, Bascha.«

Eine schwache Linie erschien zwischen geschwungenen blonden Brauen, und ich erkannte, daß sie das Kompliment nicht verstanden hatte. In südlichem Dialekt bedeutet das Wort Bascha *Schöne*.

Aber die Linie glättete sich wieder, als sie Ruth und Numa ansah, und ich sah einen leicht humorvollen Schimmer in diesen Gletscheraugen erscheinen. Ich bemerkte das kaum sichtbare Zucken ihres linken Mundwinkels. »Ich habe Arbeit für Euch, wenn Ihr wollt.«

Ich wollte. Ich entsprach ihrem Wunsch nach Geschäften sofort, indem ich beide Mädchen von meinen Knien schubste (und ihnen beiden gemäßigt erfreute Klapse auf feste, runde Hinterteile gab) und reichliches Trinkgeld versprach, wenn sie sich eine Weile entfernen würden. Sie schauten mich als Antwort haßerfüllt an, sahen dann sie haßerfüllt an. Aber sie gingen.

Ich zog einen Stuhl unter dem Tisch hervor und schob ihn der Blondine zu. Sie betrachtete ihn einen langen Moment ohne etwas zu sagen und setzte sich dann hin. Der Burnus stand am Hals offen, und ich starrte auf die Stelle in der Hoffnung, er würde sich vollständig öffnen. Wenn ihr übriger Körper zu ihrem

Gesicht und ihrem Haar paßte, war er es durchaus wert, allen Ruths und Numas der Welt zu entsagen.

»Ein Geschäft.« Die Stimme klang ein wenig angespannt, als wollte sie jeglicher Vertraulichkeit in unserem Gespräch zuvorkommen.

»Einen Aqivi?« Ich goß mir ein Glas ein. Durch ein Schütteln ihres Kopfes wurde ihr Haar wie ein seidener Vorhang bewegt, und mein Mund wurde trocken. »Macht es Euch etwas aus, wenn *ich* etwas trinke?«

»Warum nicht?« Sie zuckte leicht die Achseln, und weiße Seide kräuselte sich. »Ihr habt bereits damit angefangen.«

Ihr Gesicht und ihre Stimme waren sanft, aber das Glitzern in ihren Augen blieb bestehen. Die Temperatur fiel entschieden. Ich überlegte, nicht zu trinken, beschloß aber dann, daß es dumm wäre, Spielchen zu spielen, und nahm einen großen Schluck Aqivi. Dieses Glas glitt bedeutend sanfter die Kehle hinab als das letzte.

Über den Rand meines Glases hinweg sah ich sie an. Nicht viel älter als zwanzig, dachte ich. Jünger, als ich auf den ersten Blick angenommen hatte. Zu jung für den Süden. Die Wüste würde die Flüssigkeit aus ihrem schönen, blassen Körper saugen und eine ausgetrocknete, staubige Hülle zurücklassen.

Aber mein Gott, sie war wunderbar. Es war nicht viel Sanftheit in ihr. Nur ein Hinweis auf einen stolzen, festen Körper unter dem weißen Burnus und ein stolzes, festes Kinn unter der nordischen Haut. Und Augen. Blaue Augen, die mich unentwegt fixierten, ruhig abwartend, ohne Lockung oder Anzüglichkeit.

Tatsächlich ein Geschäft, aber schließlich gibt es verschiedene Formen der Geschäftsabwicklung.

Unwillkürlich richtete ich mich auf meinem Stuhl auf. Frühere Geschäfte mit Frauen hatten mir gezeigt, wie leicht sie durch meine breiten Schultern und meine kräftige Brust zu beeindrucken waren. (Und durch mein Lächeln, aber am Anfang verwende ich es immer sparsam. Es hilft dabei, das Charisma aufzubauen).

Unglücklicherweise schien diese Frau in keiner Richtung sonderlich beeindruckt zu sein, ob mit Charisma oder ohne. Sie sah mich nur fest an, ohne Scheu oder Koketterie.

»Man hat mir gesagt, daß Ihr Osmoon den Händler kennt«, sagte sie mit ihrer rauhen nordischen Stimme.

»Old Moon?« Ich machte mir nicht die Mühe, meine Überraschung zu verbergen, und fragte mich, was diese Schönheit von einem alten Relikt wie ihm wollte. »Was wollt Ihr von einem alten Relikt wie ihm?«

Ihre kühlen Augen waren verhangen. »Geschäfte.«

Sie schien nicht sehr gesprächig zu sein. Ich bewegte mich auf dem Stuhl und ließ meinen eigenen Burnus am Hals aufklaffen. Ich wollte ihr meine Krallenkette zeigen, die ich um den Hals trage, um sie daran zu erinnern, daß ich ein Mann war, der Konsequenzen zog. (Ich weiß nicht, welche *Art* von Konsequenzen genau, aber zumindest zog ich welche).

»Moon spricht nicht mit Fremden«, gab ich zu bedenken. »Er spricht nur mit seinen Freunden.«

»Ich habe gehört, *Ihr* seid sein Freund.«

Einen Moment später nickte ich nachdenklich. »Wir kennen uns schon lange.«

Einen kleinen Augenblick lang lächelte sie. »Und seid Ihr auch ein Sklavenhändler?«

Ich war froh, daß ich den Aqivi schon getrunken hatte. Wenn diese Frau wußte, daß Moon mit dem Sklavenhandel zu tun hatte, wußte sie eine Menge mehr als die meisten Nordbewohner.

Ich betrachtete sie etwas genauer, gab aber meine Wachsamkeit nicht auf. Sie wartete. Ruhig, gefaßt, als hätte sie dies schon viele Male getan, und die ganze Zeit über stellten ihre Jugend und ihr Geschlecht es in Abrede.

Ich erschauderte. Plötzlich schienen alles rauchige

Licht innen und alles Sonnenlicht draußen nicht mehr auszureichen, ein ungewohntes, eisiges Frösteln abzuwehren. Es war, als hätte die nordische Frau den Nordwind mit sich gebracht.

Aber natürlich war *das* nicht möglich. Vielleicht gibt es Magie auf der Welt, aber wenn es sie gibt, dann ist sie Einfaltspinseln und Narren vorbehalten, die eine Stütze brauchen.

Ich runzelte ein wenig die Stirn. »Ich bin ein Schwerttänzer. Ich beschäftige mich mit Kriegen, Rettungsaktionen, Eskortierungsaufträgen, Scharmützeln, hin und wieder ein wenig gutbezahlter Rache ... alles, was einen Lebensunterhalt mit dem Schwert ermöglicht.« Ich berührte das goldene Heft von Einzelhieb, indem ich hoch und kurz hinter meine linke Schulter faßte. »Ich bin ein Schwerttänzer. Kein Sklavenhändler.«

»Aber Ihr kennt Osmoon.« Sanfte, aufrichtige Augen, überzeugend unschuldig.

»Viele Leute kennen Osmoon«, wich ich aus. »*Ihr* kennt Osmoon.«

»Ich kenne seinen *Ruf*.« Eine feine Unterscheidung. »Aber ich würde ihn gern kennenlernen.«

Ich taxierte sie ganz offen, und sie konnte deutlich sehen, was ich tat. Es ließ sie erröten, und ihre Augen glitzerten ärgerlich. Aber bevor sie den Mund zum Protest öffnen konnte, lehnte ich mich über den Tisch. »Ihr werdet noch Schlimmeres als *das* erfahren, wenn Ihr Old Moon nahekommt. Er würde seine goldenen Zähne für eine ›Bascha‹ wie Euch hergeben, und Ihr würdet das Tageslicht nie wiedersehen. Ihr würdet so schnell an irgendeinen Tanzeerharem verkauft werden, daß Ihr ihn nicht einmal mehr in die Hoolies wünschen könntet.«

Sie starrte mich an. Ich dachte, ich hätte sie vielleicht mit meiner Offenheit schockiert. Das wollte ich. In ihren Augen war kein Verständnis zu entdecken. »Tanzeer?« fragte sie verwirrt. »Hoolies?«

Soviel darüber, wie ich sie mit Fakten über das südliche Leben abschreckte. Ich seufzte. »Ein Nordbewohner würde vielleicht Prinz anstelle von Tanzeer sagen. Und ich habe keine Ahnung, wie die Übersetzung für ›Hoolies‹ lautet. Es ist der Ort, von dem die Priester sagen, daß die meisten von uns dorthin unterwegs seien, wenn wir dieses Leben einmal verlassen. Mütter drohen ihren Kindern gern damit, wenn sie böse sind.« Das hatte meine nicht getan, denn soweit ich weiß, starb sie, unmittelbar nachdem sie mich in einem Loch in der Wüste zurückgelassen hatte.

Oder ging einfach fort.

»Oh.« Sie dachte darüber nach. »Gibt es keine Möglichkeit, den Händler *auf neutralem Boden* zu treffen?«

Der weiße Burnus öffnete sich ein wenig weiter. Ich war verloren. Es gab keine Ausflüchte mehr. »Nein.« Es machte mir nichts aus zu erklären, daß ich, wenn Moon Ansprüche auf sie erheben würde, mein Bestes geben würde, um sie für mich selbst zu kaufen.

»Ich habe Gold«, schlug sie vor.

Das alles und auch noch Geld. Ein wirklicher Glücksfall. Ich lächelte milde. »Und wenn Ihr losgeht und etwas davon hier draußen in der Wüste blinken laßt, meine naive, kleine, nordische ›Bascha‹, wird man Euch ausrauben *und* entführen.« Ich nahm noch einen Schluck Aqivi und achtete darauf, daß mein Ton unbeteiligt klang. »Warum wollt Ihr Moon treffen?«

Ihr Gesicht zeigte sofort einen verschlossenen Ausdruck. »Geschäfte. Das sagte ich bereits.«

Ich runzelte die Stirn, fluchte in mein Glas und merkte, daß sie auch das nicht verstand. Auch gut. Manchmal werde ich grob, und meine Ausdrucksweise ist nicht die vornehmste. In meinem Beruf gibt es nicht viele Gelegenheiten, Kultiviertheit zu lernen. »Seht, Bascha — ich bin bereit, Euch mit zu Moon zu nehmen und aufzupassen, daß er nicht mit der Ware schachert, aber Ihr werdet mir sagen müssen, warum Ihr ihn sehen wollt. Ich fische nicht gern im trüben.«

Ein Fingernagel tippte auf das narbige Holz des whiskybefleckten Tisches. Der Nagel war kurz gefeilt, als sei er — und die anderen — nicht dazu gedacht, weiblicher Eitelkeit zu dienen. Nein. Nicht bei dieser Frau. »Ich habe nicht die Absicht, einen Schwerttänzer anzuheuern«, sagte sie kalt. »Ich möchte nur, daß Ihr mir sagt, wo ich Osmoon den Händler finden kann.«

Ich starrte sie gereizt an. »Ich habe Euch gerade *gesagt*, was passieren wird, wenn Ihr ihn allein trefft.«

Der Nagel tippte wieder auf. Die kaum wahrnehmbare Spur eines Lächelns wurde sichtbar, als wüßte sie etwas, das ich nicht wußte. »Ich werde es darauf ankommen lassen.«

Zu den Hoolies mit ihr, wenn es das war, was sie wollte. Ich sagte ihr, wo sie ihn finden konnte und wie und was sie ihm sagen sollte, wenn sie ihn fand.

Sie sah mich an, und blonde Brauen trafen sich, als sie die Stirn runzelte. »Ich soll ihm sagen: ›Der Sandtiger spielt mit‹?«

»Genau.« Ich lächelte und erhob mein Glas.

Einen Augenblick später nickte sie langsam, aber ihre Augen verengten sich nachdenklich. »Warum?«

»Mißtrauisch?« Ich lächelte mein lässiges Lächeln. »Old Moon schuldet mir etwas. Das ist alles.«

Sie sah mich noch einen Moment länger an, schätzte mich ab. Dann erhob sie sich. Ihre Hände, die sie auf dem Tisch aufstützte, waren langfingrig und schlank, aber nicht zierlich. Sehnen bewegten sich unter der hellen Haut. Kräftige Hände. Kräftige Finger. Sehr kräftig für eine Frau.

»Ich werde es ihm sagen«, stimmte sie zu.

Sie wandte sich um und ging davon, auf die mit Vorhängen versehene Tür des Wirtshauses zu. Mir lief das Wasser im Mund zusammen, als ich das viele gelbe Haar ansah, das sich über die Falten des weißen Burnus ergoß.

Hoolies, was für eine Frau!

Aber sie war fort, zusammen mit der Illusion der Kühle, und abgesehen davon ist es nie gut, Phantasien um eine Frau zu entwickeln, denn es fordert Wünsche heraus, die nicht immer befriedigt werden können (oder zumindest nicht auf die richtige Art). Also bestellte ich einen weiteren Krug Aqivi, rief Ruth und Numa zurück und verbrachte den Abend im geselligen Gespräch mit zwei Wüstenmädchen, die vielleicht nicht in eine Männerphantasie paßten, aber nichtsdestoweniger warm, willig und freigebig waren.

Das genügt auch, danke.

Zwei

Osmoon der Händler war nicht glücklich, mich zu sehen. Er starrte mich aus seinen kleinen schwarzen Schweinsaugen an und bot mir noch nicht einmal etwas zu trinken an, woran ich ganz klar erkennen konnte, wie ärgerlich er war. Ich fächelte den Rauch des Sandelholzräucherwerks, der zwischen uns hindurchschwebte, fort (und wünschte, er würde die Öffnung des Stangendaches seines safrangelben Hyorts erweitern) und wartete ab.

Der Atem zischte zwischen seinen goldenen Zähnen hervor. »Du schickst mir eine Bascha wie diese, Tiger, und sagst mir dann, ich soll sie für *dich* aufbewahren? Warum hast du dir die Mühe gemacht, sie zuerst zu mir zu schicken, wenn du sie für dich selbst wolltest?«

Ich lächelte ihn versöhnlich an. Es war selbst für den Sandtiger nicht ratsam, ehemalige und zukünftige Verbündete zu ärgern. »Diese Frau braucht besondere Behandlung.«

Er verfluchte den Gott der Sklavenhändler, eine unglaubliche Abfolge von Namen für eine Gottheit, die ich selbst noch niemals hatte anrufen müssen. Offengesagt denke ich, daß Old Moon sie erfunden hat. »Besondere Behandlung!« stieß er hervor. »Besondere Zähmung, meinst du. Weißt du, was sie getan hat?«

Da ich es nicht wissen konnte und er es mir bald erzählen würde, wartete ich erneut ab. Und er erzählte es mir.

»Sie schnitt fast ab, was von der Männlichkeit meines besten Eunuchen übrigblieb!« Moons beleidigter Blick forderte zu unterwürfigen Entschuldigungen auf. Ich wartete lediglich weiter ab und versprach nichts. »Das arme Ding rannte schreiend aus dem Hyort, und ich konnte ihn nicht vom Hals seines Geliebten wegbringen, bis ich schließlich versprach, das Mädchen zu schlagen.«

Das ersparte mir eine Erwiderung. Ich sah ihn an. »Du hast sie *geschlagen?*«

Moon sah mich etwas beunruhigt an und lächelte schwach, wobei der Reichtum an Gold zu sehen war, der in seinem Mund glänzte. Ich bemerkte, daß sich meine Hand zu dem Messer an meinem Gürtel bewegt hatte. Ich beschloß, sie dort zu lassen, und sei es nur, um Wirkung zu erzielen.

»Ich habe sie nicht geschlagen.« Moon sah auf mein Messer. Er wußte, wie tödlich genau und schnell ich damit umgehen kann, auch wenn es nicht meine beste Waffe ist. Diese Art Ruf kommt einem zugute.

»Ich konnte es nicht tun — ich meine, sie ist eine Nordbewohnerin. Du weißt, wie diese Frauen sind. Diese ... diese *Nordbewohnerinnen.*«

Ich überhörte den letzten Teil der Erklärung. »Was *hast* du mit ihr gemacht?« Ich sah ihn eindringlich an. »Du *hast* sie immer noch hier ...«

»Ja!« Seine Zähne schimmerten. »He, Tiger, denkst du, ich bin so vergeßlich, daß ich solche Dinge außer acht lasse?« Er war wieder beleidigt und runzelte die Stirn. »Ja, ich habe sie hier. Ich mußte sie festbinden wie ein Opferlamm, aber ich habe sie hier. Du kannst sie mir vom Hals schaffen, Tiger. Je eher, desto besser.«

Ich war etwas verdutzt über seine Bereitwilligkeit, einen so wertvollen Vorteil aufzugeben. »Ist sie verletzt? Willst du sie deshalb nicht mehr?« Ich starrte ihn an. »Ich kenne dich, Moon. Du würdest zweimal betrügen, wenn der Einsatz hoch genug wäre. Sogar bei *mir.*« Ich starrte ihn noch eindringlicher an. »Was hast du mit ihr gemacht?«

Er rang abwehrend die beringten Hände. »Nichts!

Nichts! He, Tiger, die Frau ist unversehrt.« Das Händeringen hörte auf, und seine Stimme veränderte sich. »Nun ... fast unversehrt. Ich mußte sie auf den Kopf schlagen. Es war die einzige Möglichkeit, sie davon abzuhalten, *meine* Männlichkeit abzuschneiden ... oder mir einen Fluch aufzuerlegen.«

»Wer war so dumm, sie an ein Messer herankommen zu lassen?« Ich war wenig beeindruckt von Moons Erzählungen über ihre Hexenkraft *oder* dem Bild des Sklavenhändlers, der den Teil seines Körpers verlor, den er so bereitwillig von seinem Besitz fernhielt, um Temperament und Preis zu erhöhen. »Und außerdem sollte ein Messer in den Händen einer Frau keine große Bedrohung für Osmoon den Händler darstellen.«

»Messer!« schrie er erzürnt. »*Messer?* Die Frau hatte ein Schwert, das so lang war wie deines!«

Das machte mich stutzig. »Ein *Schwert?*«

»Ein Schwert.« Moon starrte mich jetzt auch an. »Es ist sehr scharf, Tiger, und es ist verhext ... und sie weiß, wie man damit umgeht.«

Ich seufzte. »Wo ist es?«

Moon murmelte etwas zu sich selbst, stand auf und schlurfte über die aufgeschichteten Teppiche zu einer messingbeschlagenen Holzkiste. Er lebte gut, aber nicht großspurig, denn er wollte keine übertriebene Aufmerksamkeit auf sich ziehen. Die örtlichen Tanzeer wußten von seinen Geschäften, und weil sie einen guten Anteil von seinem Gewinn einheimsten, ließen sie ihn in Ruhe. Aber andererseits wußten sie auch wieder nicht genau, wie lukrativ die Geschäfte waren. Wüßten sie es, würden sie zweifellos einen größeren Anteil von ihm fordern. Vielleicht sogar seinen Kopf.

Moon hob den Deckel seiner Kiste und stand mit den Händen auf den Hüften darüber. Er starrte auf den Inhalt, beugte sich aber nicht hinab, um etwas herauszunehmen. Er starrte nur hinein, und dann sah ich, wie seine Hände über den Stoff seines Burnus rieben, braune Handflächen über schwere gelbe Seide, bis ich ungeduldig wurde und ihm sagte, er solle sich beeilen.

Er wandte sich um und sah mich an. »Es ... es ist da drinnen.«

Ich wartete.

Er machte eine ungeduldige Geste. »Hier. Willst du es haben?«

»Das sagte ich bereits.«

Eine fette Hand machte sich an der Kiste zu schaffen. »Nun ... hier ist es. Du kannst es dir holen.«

»*Moon* ... Hoolies, Mann, wirst du mir das Schwert der Frau jetzt bringen? Was ist denn so schwer daran?«

Er war ganz entschieden unglücklich. Aber einen Augenblick später sprach er ein Gebet für irgendeine andere unaussprechliche Gottheit und versenkte die Hände in der Kiste.

Er brachte ein in einer Scheide steckendes Schwert hervor. Schnell wandte er sich um und eilte durch den Hyort zurück, warf mir dann das Schwert zu, als sei er erleichtert, es loslassen zu können. Ich schaute ihn überrascht an. Und wieder rieben braune Handflächen über gelbe Seide.

»Hier«, sagte er atemlos, »*hier.*«

Ich runzelte die Stirn. Moon ist ein harter, gerissener Mann, ein Kind des Südens mit allen entsprechenden Eigenarten. Sein ›Handels‹-Unternehmen erstreckt sich in alle Teile der Punja, und mir war niemals zu Ohren gekommen, daß er so etwas Ähnliches wie Angst gezeigt hätte ... außer natürlich, wenn die Umstände eine Vorstellung rechtfertigten, die dieses Gefühl beinhaltete. Aber jetzt war es anders. Jetzt waren Unsicherheit und Begreifen und Nervosität im Spiel, alle zusammen eingebunden in einen großen Klumpen schreiender Angst.

»Wo ist das Problem?« fragte ich sanft.

Moon öffnete den Mund, schloß ihn wieder und öffnete ihn erneut. »Sie ist eine Nordbewohnerin«, murmelte er. »*Das* ist es.«

Er deutete auf das in der Scheide steckende Schwert, und schließlich verstand ich. »Ach so, du denkst, das Schwert sei verhext. Eine nordische Hexe, nordische Magie.« Ich nickte sanft. »Moon ... *wie* oft habe ich dir gesagt, daß Magie etwas ist, was Gauner gebrauchen, die andere Leute hereinlegen wollen? Vor allem glaube ich gar nicht, daß es Magie *gibt* ... aber das, was es gibt, ist kaum mehr als ein Spiel für leichtgläubige Narren.«

Sein fest zusammengepreßter Mund forderte mich heraus. Was das anging, konnte Moon niemals ein Verbündeter sein.

»Betrug«, erklärte ich ihm. »Unsinn. Überwiegend Illusion, Moon. Und das, was du über nordische Magie und Hexen gehört hast, ist nur eine Ansammlung von Geschichten, die von südlichen Müttern erfunden wurden, die sie ihren Kindern als Gute-Nacht-Geschichte erzählen. Glaubst du *wirklich*, diese Frau sei eine Hexe?«

Er war offensichtlich davon überzeugt, daß sie es war. »Nenn mich einen Dummkopf, Tiger. Aber ich sage dir, daß *du* einer bist, weil du die Wahrheit nicht sehen willst.« Eine Hand schoß vor, um auf das Schwert zu zeigen, das er in meinen Schoß hatte fallen lassen. »Sieh dir *das* an, Tiger. Berühre *das*, Tiger. Sieh dir diese Runen und die Umrisse an und *sage* mir, daß es nicht die Waffe einer Hexe ist.«

Ich sah ihn stirnrunzelnd an, aber plötzlich war er nicht mehr eingeschüchtert oder beeindruckt. Er ging einfach zurück zu seinem Teppich auf der anderen Seite des Weihrauchbehälters und plazierte sein Hinterteil darauf, wobei er seine Unterlippe schmollend vorschob. Moon war beleidigt: Ich hatte an ihm gezweifelt. Nur eine Entschuldigung würde seinen guten Willen wiederherstellen. (Einmal abgesehen davon, daß ich nicht viel Sinn darin sehe, eine Entschuldigung für etwas auszusprechen, das keinen Sinn *ergibt*.)

Ich berührte die Scheide und ließ die Finger prüfend über das harte Leder gleiten. Schlichtes, schmuckloses Leder, ähnlich dem meinen. Ein Harnisch, kein Schwertgürtel, was mich ein wenig erstaunte. Aber letztendlich erstaunte es mich noch mehr, daß Moon dieses Schwert als die Waffe der Frau bezeichnete.

Das Heft war silbern, von geschickten Händen in gewundenes Flechtwerk und bizarre Formen gebracht. Ich versuchte diese Formen zu erkennen, indem ich sie genau ansah. Ich versuchte, die Ausgestaltung zu verstehen. Aber alles verschmolz zu einer einzigen gewundenen Linie, welche die Augen verwirrte und nach innen auf sich selbst lenkte.

Ich blinzelte, kniff die Augen ein wenig zusammen und ergriff das Heft, um die Klinge aus der Scheide zu ziehen ...

... und fühlte das kalte, brennende Kribbeln auf meinen Handflächen, das sich in meinen Handgelenken festsetzte.

Ich ließ das Heft sofort los.

Moons Knurren, das durch seine Einfachheit überzeugte, drückte selbstgefällige Befriedigung aus.

Ich schaute erst ihn stirnrunzelnd an, dann das Schwert. Und als ich dieses Mal das Heft ergriff, tat ich es schnell und mit zusammengebissenen Zähnen. Ich riß die Klinge aus der Scheide.

Meine rechte Hand, die um das silberne Heft geklammert war, schloß sich. Sie schloß sich fast krampfartig fester um das Heft. Einen Moment lang dachte ich, daß meine Haut mit dem Metall verschmolzen, mit den gewundenen Formen eins geworden sei, aber fast augenblicklich zog sich meine Haut zurück. Als sich meine Finger lockerten und das Heft losließen, fühlte ich den alten, kalten Hauch des Todes meine Seele berühren.

Tipp, tipp. Ein Nagel gegen die Seele. *Tiger, bist du da?*

Hoolies, *ja!* Ich war da. Und hatte die Absicht dazubleiben, lebendig und gesund, dieser Berührung ungeachtet, dieses gebieterischen, fragenden Tones.

Aber fast unmittelbar nachdem ich das Heft losgelassen hatte, fiel das Schwert — das nun frei war — in meinen Schoß.

Kalte, kalte Klinge, die meine Oberschenkel verbrannte.

Ich stieß es sofort aus meinem Schoß auf den Teppich. Ich wollte ganz von ihm fortkommen und aufspringen, um noch mehr Distanz zwischen das Schwert und meine Haut zu bringen ...

Und dann dachte ich, wie dumm es wäre — *bin ich nicht ein Schwerttänzer, der jedes Mal mit dem Tod handelt, wenn er den Kreis betritt?* —, und ich tat es nicht. Ich saß nur da, trotzte der unerwarteten Reaktion meines Körpers und starrte auf das Schwert hinab. Ich fühlte die Kälte seiner Haut, als berühre sie noch immer die meine. Ich würde es mißachten, wenn ich könnte.

Ein nordisches Schwert. Und der Norden ist ein Ort des Schnees und des Eises.

Der erste Schock war vorbei. Meine Haut, die sich an die Nähe des fremdartigen Metalls gewöhnt hatte, zog sich nicht mehr über meinen Knochen zusammen. Ich atmete tief ein, um das Toben in meinen Eingeweiden zu beruhigen, und betrachtete das Schwert dann genauer. Aber ich berührte es nicht.

Die Klinge zeigte eine helle, perlmutterartige, lachsrosa Färbung mit einem leichten Hauch bläulichen Stahls — der eigentlich nicht wie Stahl aussah. Schillernde Runen zogen sich das gewundene Querstück hinab. Runen, die ich nicht entziffern konnte.

Ich nahm Zuflucht zu meinem Beruf, um mein Gleichgewicht wiederherzustellen. Ich riß ein dunkelbraunes Haar von meinem Kopf und zog es über die Schneide. Das Haar wurde problemlos geteilt. Die Schneide der eigenartig gefärbten Klinge war mindestens so scharf wie Einzelhiebs einfache Schneide aus bläulichem Stahl, was mir nicht sonderlich gefiel.

Ich nahm mir nicht die Zeit zum Nachdenken. Zähneknirschend hob ich das Schwert vom Teppich auf und ließ es mit starren, zitternden Händen in seine Scheide zurückgleiten — und fühlte die Kälte wegschmelzen.

Einen Moment lang starrte ich das Schwert nur an. Verborgen in seiner Scheide war es ein Schwert. Nur — ein Schwert.

Einen Augenblick später. Ich sah Moon an. »Wie gut ist sie?«

Die Frage überraschte ihn ein wenig. Und mich überraschte sie sehr. Ihr Können mochte Moon beeindruckt haben (der eher daran gewöhnt ist, daß sich Frauen lieber vor seine rundlichen Füße werfen und um Gnade bitten, als zu versuchen, in sein fettes Fleisch zu schneiden), aber ich kann mir etwas Besseres vorstellen als ein Schwert in den Händen einer Frau. Im Süden gebrauchen Frauen keine Schwerter und, soweit ich weiß, gebrauchen sie sie im Norden auch nicht. Das Schwert ist eine Waffe für Männer.

Moon sah mich ärgerlich an. »Gut genug, daß du noch einmal darüber nachdenken solltest. Sie zog das Ding hier drinnen heraus, und alles, was ich tun konnte war, sie festzubinden.«

»Wie *hast* du sie denn gebändigt?« fragte ich mißtrauisch. Er tippte mit einem rotlackierten Fingernagel kurz an seine goldenen Zähne und zuckte die Achseln. »Ich schlug sie auf den Kopf.« Er seufzte, als ich ihn stirnrunzelnd ansah. »Ich wartete, bis sie mit dem Versuch beschäftigt war, den Eunuchen zu verstümmeln. Aber selbst *dann* durchbohrte sie mir noch fast den Leib.« Eine ausgebreitete Hand liebkoste einen Teil des weichen, in Seide gehüllten Bauches. »Ich hatte Glück, daß sie mich nicht getötet hat.«

Ich grunzte geistesabwesend und erhob mich, wobei ich das nordische Schwert an seiner schlichten Lederscheide festhielt. »In welchem Hyort ist sie?«

»In dem roten«, sagte er sofort. Meine Güte, wie dringend er sie loswerden *wollte*, aber das kam mir gerade recht. »Und du solltest mir danken, daß ich sie hierbehalten habe, Tiger. Es wollte sie noch jemand anderer sehen.«

Ich blieb ruckartig an der Tür stehen. »Jemand *anderer?*«

Er tippte erneut gegen seine Zähne. »Ein Mann. Er hat keinen Namen genannt. Groß, dunkelhaarig — dir sehr ähnlich. Er klang wie ein Nordbewohner, aber er sprach gutes Wüstisch.« Moon zuckte die Achseln. »Er sagte, er sei hinter einer nordischen Frau her... einer, die ein Schwert trägt.«

Ich runzelte die Stirn. »Du hast sie nicht herausgegeben...?«

Erneut beleidigt, schraubte Moon sich hoch. »Du hast sie mit deiner Nachricht hierhergeschickt, und ich habe diese Nachricht respektiert.«

»Tut mir leid.« Ich sah den Sklavenhändler stirnrunzelnd an. »Er ging wieder?«

»Er hat hier übernachtet und zog weiter. Er hat das Mädchen gar nicht gesehen.« Ich grunzte. Dann verließ ich den Hyort.

Moon hatte recht: Er hatte sie wie ein Opferlamm verschnürt, die Handgelenke an die Knöchel gebunden, so daß sie halb gebeugt saß, aber zumindest hatte er dafür gesorgt, daß sich der Rücken richtig rundete. Das tut er nicht immer.

Sie war bei Bewußtsein. Ich war mit Moons Methoden eigentlich nicht besonders einverstanden (oder mit seinen Geschäften, wenn ich welche mit ihm machen mußte), aber zumindest war die Frau noch hier. Er hätte sie an jeden übergeben können, der hinter ihr her war.

»Der Sandtiger spielt mit«, sagte ich gelassen, und sie wandte den Kopf, um mich sehen zu können.

Ihr ganzes herrliches Haar war über ihre Schultern und über den blauen Teppich gebreitet, auf dem sie lag.

Osmoon hatte ihr den weißen Burnus abgestreift (denn er wollte sehen, was er bekommen würde, wie ich vermute), hatte aber nicht die knöchellange, gebundene Ledertunika entfernt, die sie darunter trug. Diese ließ ihre Arme und das meiste ihrer Beine unbedeckt, und ich sah, daß jeder Zentimeter ihres Körpers glatt und straff mit Muskeln durchsetzt war. Sehnen bewegten sich unter dieser hellen Haut, als sie sich auf dem Teppich regte, und ich erkannte, daß das Schwert wahrscheinlich trotz allem *wirklich* ihr gehörte, so unwahrscheinlich das auch schien. Sie hatte den Körper und die Hände dafür.

»Ist es Eure Schuld, daß ich so festgehalten werde?« fragte sie.

Das Sonnenlicht brannte sich seinen Weg durch den karmesinroten Stoff des Hyort. Es umhüllte sie mit einem unheimlichen karneolartigen Glanz und veränderte den blauen Teppich zu einer Farbe dunkelsten Weines, der Farbe von altem Blut.

»Es ist meine Schuld, daß Ihr so festgehalten werdet«, bestätigte ich, »denn sonst hätte Moon Euch schon längst verkauft.« Ich beugte mich hinab, zog mein Messer heraus und durchschnitt ihre Fesseln. Sie zuckte zusammen, als die steifen Muskeln protestierten. Daher legte ich ihr Schwert hin und massierte die langen, festen Waden und Schultern, die zart in abgehärtete Muskeln eingebunden waren.

»Ihr habt mein Schwert!« Vor Überraschung ließ sie meine Hände gewähren.

Ich dachte daran, meinen Händen zu erlauben, ein wenig tiefer zu gleiten, entschied mich aber dann dagegen. Sie mochte nach ein paar Tagen Gefangenschaft steif sein, aber wenn sie die Reflexe zeigte, die ich ihr zutraute, würde ich Schwierigkeiten bekommen. Es war unsinnig, mein Glück vorzeitig herauszufordern.

»Falls es Euer Schwert *ist*«, sagte ich.

»Es ist meines.« Sie stieß meine Hände weg und erhob sich, wobei sie ein Stöhnen unterdrückte. Die Ledertunika reichte bis zur Mitte der Oberschenkel, und ich sah die mit blauem, zu ihren Augen passendem Faden gearbeiteten seltsamen Runenglyphen einen Rand um den Saum und den Kragen bilden. »Habt Ihr es aus der Scheide genommen?« fragte sie, und da war etwas in ihrem Ton, das mich stutzig machte.

»Nein«, sagte ich nach einem Moment bedeutungsschwerer Stille.

Sie entspannte sich ganz offensichtlich. Ihre Hand liebkoste das seltsame Silberheft, und es gab kein Anzeichen dafür, daß sie dieselbe eisige Taubheit spürte, die ich erfahren hatte. Sie berührte es fast wie einen Liebhaber, als heiße sie einen Geliebten nach langer Zeit willkommen.

»Wer seid Ihr?« fragte ich plötzlich, denn ich war von einer eigenartigen Empfindung befallen. Runen auf der Klinge des Schwertes, Runen auf der Tunika. Diese gewundenen, verschwommenen Formen, die in das Heft eingearbeitet waren. Die Todesahnung, wenn ich es berührte. Was wäre, wenn sie eine Art Vertraute der Götter wäre, von diesen gesandt, um zu entscheiden, ob meine Zeit gekommen sei und ob ich es wert sei, einen Platz ewiger Ruhe — oder Qual — in Valhail oder Hoolies zu erlangen?

Und dann fühlte ich mich auf abscheuliche Art lächerlich, weil ich vorher nie viel über mein Ende nachgedacht hatte. Schwertkämpfer kämpfen einfach, bis jemand sie tötet. Wir verbringen keine Zeit damit, uns über nebensächliche Kleinigkeiten wie unsere letztendliche Bestimmung Gedanken zu machen. *Ich* tue dies bestimmt nicht.

Sie trug die gleichen Schuhe wie ich, über Kreuz gebunden bis zu den Knien. Die Schnürbänder waren golden und unterstrichen noch die Länge ihrer Beine, was sie fast auf eine Höhe mit mir brachte. Ich sah sie überrascht an, als sie sich erhob, denn ihr Kopf reichte bis an mein Kinn, und nur sehr wenige *Männer* erreichen diese Größe.

Sie runzelte ein wenig die Stirn. »Ich dachte, Südbewohner wären klein.«

»Die meisten sind es. Ich aber nicht. Aber immerhin — ich bin kein typischer Südbewohner.« Ich lächelte sanft. Helle Augenbrauen hoben sich. »Und schicken *typische* Südbewohner Frauen in eine Falle?«

»Ich habe Euch in eine wenig schlimme geschickt, um Euch vor einer schlimmeren zu bewahren.« Ich grinste. »Es stimmt, es war eine List und vielleicht eine etwas unangenehme, aber sie hat Euch vor den Klauen eines lüsternen Tanzeers gerettet, nicht wahr? Als Ihr Moon sagtet: ›Der Sandtiger spielt mit‹, wußte er genug, um Euch festzuhalten, bis ich hierherkam, anstatt Euch dem Meistbietenden zu verkaufen. Da Ihr so sehr darauf bestanden habt, ihn ohne meine persönliche Unterstützung zu sehen, mußte ich etwas unternehmen.«

Ein kurzes Glitzern in ihren Augen. Anerkennung. »Dann geschah es zu meinem — *Schutz.*«

»Auf umständliche Art.«

Sie warf mir einen scharfen, abschätzenden Seitenblick zu und lächelte dann leicht. Sie band sich eifrig das Schwert um und richtete es so, daß das Heft über ihre linke Schulter hinausragte, so wie Einzelhieb auch meine überragte. Ihre Bewegungen waren schnell und geschmeidig, und ich zweifelte keinen Moment daran, daß sie einen Eunuchen, der sowieso nur sehr wenig zu verlieren hatte, fast hatte verstümmeln *können*.

Meine Hände zitterten, als ich mir die innere Reaktion meines Körpers auf die Berührung des nordischen Schwertes in Erinnerung rief. »Warum erzählt Ihr mir nicht, welche Art Geschäfte Ihr mit Old Moon tätigen wollt, denn vielleicht kann ich Euch helfen«, sagte ich heftig in dem Wunsch, die Empfindung und das Wiedererleben zu bannen.

»Ihr könnt mir nicht helfen.« Eine Hand strich das

Haar hinter ein Ohr, während sie die Lederriemen befestigte.

»Warum nicht?«

»Ihr könnt es eben nicht.« Sie verließ den Hyort mit schwungvollen Schritten und marschierte über den Sand zu Moons Zelt.

Ich holte sie ein. Aber bevor ich sie aufhalten konnte, hatte sie das Schwert mit dem silbernen Heft gezogen und den Türvorhang geradewegs vom Rahmen abgetrennt. Dann trat sie ein, und als ich hinter ihr hineinsprang, sah ich sie die tödliche Spitze der schimmernden Klinge in die Grube von Moons brauner Kehle legen.

»In meinem Land könnte ich Euch für das töten, was Ihr mir angetan habt.« Aber sie sagte dies lässig, ohne Gefühlsregung. Eine unvoreingenommene Beobachtung, fehlende Leidenschaft, und dennoch machte dies ihre Drohung um einiges realistischer. »In meinem Land würde ich Feigling genannt werden, wenn ich Euch nicht tötete. Nicht *An-ishtoya* oder auch nur einfach *Ishtoya*. Aber hier bin ich eine Fremde, die Eure Bräuche nicht kennt. Darum werde ich Euch leben lassen.« Ein Blutstropfen rann unter der in Moons Fleisch einschneidenden Schwertspitze hervor. »Ihr seid ein einfältiger, kleiner Mann. Es ist kaum zu glauben, daß Ihr bei der Beseitigung meines Bruders eine Rolle gespielt haben sollt.«

Armer, alter Moon. Seine Schweinsaugen waren aufgerissen, und er schwitzte dermaßen, daß ich überrascht war, das Schwert nicht von seinem Hals abrutschen zu sehen. »Euer Bruder?« quiekte er.

Das maisfasernfarbene Haar hing ihr über die Schultern. »Vor fünf Jahren wurde mein Bruder jenseits der Nordgrenze entführt. Er war zehn, Sklavenhändler ... *zehn Jahre alt!*« Ein Anflug von Gefühl schlich sich in ihren Ton ein. »Und wir wissen, wie sehr Ihr unser blondes Haar, die blauen Augen und die helle Haut schätzt,

Sklavenhändler. Im Lande der dunkelhäutigen, dunkelhaarigen Menschen könnte es nicht anders sein.« Die Schwertspitze bohrte sich ein wenig tiefer hinein. »Ihr habt meinen Bruder entführt, Sklavenhändler, und *ich will ihn zurückhaben.*«

»*Ich* habe ihn nicht entführt!« Wütend schluckte Moon gegen den Druck des Schwertes an. »Ich handele nicht mit Jungen, Bascha, ich handele mit Frauen!«

»Lügner.« Sie war sehr ruhig. Für eine Frau, die einen Mann mit einem Schwert in Schach hielt, tatsächlich sehr ruhig. »Ich weiß von den Perversionen des Südens. Ich weiß, wie hoch der Preis ist, den ein Junge aus dem Norden auf dem Sklavenmarkt erzielt. Ich habe fünf Jahre lang Zeit gehabt, alles über dieses Geschäft zu lernen, Händler, also solltet Ihr mich nicht anlügen.« Sie streckte ihren sandalenbekleideten Fuß aus und stieß ihn in seinen fetten Bauch. »Ein blonder, blauäugiger, hellhäutiger Junge, Sklavenhändler. Mir sehr ähnlich.«

Moons Augen schnellten in stummem Flehen zu mir herüber. Einerseits wollte er, daß ich etwas unternahm. Andererseits wußte er aber auch, daß eine Bewegung von mir sie umstimmen könnte, die Klinge doch in seine Kehle zu stoßen. Also tat ich das Vernünftigere und wartete ab.

»Vor fünf Jahren?« Sein Burnus war bereits durchgeschwitzt und zeigte ockerfarbene Flecke auf gelber Seide. »Bascha, ich weiß nichts davon. Fünf Jahre sind eine lange Zeit. Nordische Kinder sind tatsächlich beliebt, und ich sehe oft welche. Wie kann ich wissen, ob Euer Bruder dabei war?«

Sie sagte nichts Hörbares, aber ich sah, wie sich ihr Mund bewegte. Er formte ein Wort. Und dann färbte sich das helle Blut, obwohl das Schwert nicht tiefer in Moons Kehle eingedrungen war, zu einem dunklen Blaurot und glänzte an seiner Kehle.

Moon stieß erschrocken den Atem aus. Er entwich mit einem Zischen, und ich sah ihn eine eisige Rauchwolke bilden. Er antwortete sofort. »Es ... gab da einen Jungen. Vielleicht ist es fünf Jahre her, vielleicht auch länger. Es war bei einer Punjadurchquerung.« Er zuckte mit den Achseln. »Ich sah in Julah einen kleinen Jungen, aber ich kann nicht sagen, ob es Euer Bruder war. Es gibt viele nordische Jungen in Julah.«

»Julah«, echote sie. »Wo ist das?«

»Südlich von hier«, belehrte ich sie. »Eine gefährliche Gegend.«

»Gefahr ist nebensächlich.« Sie stieß Moon noch einmal in den Bauch. »Nennt mir einen Namen, Sklavenhändler.«

»Omar«, sagte er jämmerlich. »Mein Bruder.«

»Auch ein Sklavenhändler?«

Osmoon schloß die Augen. »Es ist ein Familienbetrieb.«

Sie nahm das Schwert fort und steckte es ohne nach der Scheide zu tasten wieder ein. Dazu gehörte Erfahrung. Dann fegte sie ohne ein Wort an mir vorbei und ließ mich mit dem zitternden, schwitzenden, jammernden Moon zurück.

Er legte seine zitternden Finger auf den Schwertschnitt an seinem Hals. »Kalt«, sagte er. »So ... *kalt.*«

»So sind viele Frauen.« Ich ging der Nordbewohnerin nach.

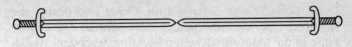

Drei

Ich holte sie bei den Pferden ein. Sie hatte bereits eines gesattelt und mit Wasserschläuchen bepackt, einen kleinen, graubraunen Wallach, der nicht weit von meinem kastanienbraunen Hengst entfernt angebunden war. Der weiße Burnus war irgendwo in einem von Moons Hyorts verschwunden, so daß sie bis auf ihre Veloursledertunika unbekleidet war. Auf diese Weise wurde eine Menge heller Haut der Sonne ausgesetzt, und ich wußte, sie würde sich röten und noch vor Einbruch der Nacht Unannehmlichkeiten bereiten.

Sie schenkte mir keine Beachtung, obwohl ich wußte, daß sie mich bemerkt hatte. Ich lehnte mich mit der Schulter gegen die rauhe Rinde einer Palme und beobachtete sie, als sie die mit Quasten geschmückten, bernsteinfarbenen Zügel über den Kopf des Graubraunen warf und ihn mit einem Arm umschlang, während sie den Sattel festzurrte. Das silberne Heft ihres Schwertes glänzte im Sonnenlicht, und ihr Haar brannte gelblichweiß über ihrem von der Tunika verhüllten Rücken.

Mein Mund wurde wieder trocken. »Ihr wollt nach Julah?«

Sie warf mir einen Seitenblick zu und befestigte die Schnallen des Sattelgurtes. »*Ihr* habt den Sklavenhändler gehört.«

Ich zuckte die Achseln. »Seid Ihr jemals dort gewesen?«

»Nein.« Der Sattelgurt saß perfekt, sie griff mit den Händen in die gestutzte borstige Mähne und schwang sich federleicht hinauf, wobei sie ein langes Bein über den flachen Sattel warf, der mit einer grobgewebten

Decke bedeckt war. Scharlachrot, Ocker und Braun, die sich in der Sonne miteinander vermischten. Als sie ihre Füße in die lederumwickelten Messingsteigbügel stellte, schob sich die Tunika über ihren Oberschenkeln hoch.

Ich schluckte, aber es gelang mir, in normalem Ton zu sprechen. »Vielleicht braucht Ihr Hilfe, um nach Julah zu gelangen.«

Die blauen Augen zeigten keinen Argwohn. »Vielleicht.«

Ich wartete ab. Sie auch. Innerlich grinste ich, denn Konversation war nicht ihre Stärke. Aber andererseits ist Konversationskunst bei einer Frau nicht unbedingt eine Tugend.

Wir sahen uns an: Sie auf einem nervösen, graubraunen Wallach, der mit einer Schicht safrangelben Staubes bedeckt war, und ich (der ich mit dem gleichen Staub bedeckt war, da ich direkt von dem Wirtshaus hierher gekommen war) zu Fuß und lässig gegen eine Palme gelehnt. Trockene, ausgefranste Palmwedel boten wenig Schatten. Ich schielte hinauf zu der Frau auf dem Pferd. Noch immer abwartend.

Sie lächelte. Es war ein ausgesprochen persönliches Lächeln, aber nicht speziell für mich gedacht — als würde sie innerlich lachen. »Ist das ein Angebot, Sandtiger?«

Ich zuckte erneut die Achseln. »Ihr müßt die Punja durchqueren, um nach Julah zu gelangen. Seid Ihr *dort* jemals gewesen?«

Sie warf ihr Haar zurück. »Ich bin niemals vorher überhaupt im Süden gewesen ... aber ich bin ganz gut bis hierher gekommen.« Die darauffolgende Pause war bezeichnend. »Allein.«

Ich knurrte und kratzte träge an den Narben, die sich über meine rechte Wange ziehen. »Ihr seid gut bis zu dem abgelegenen Wirtshaus gekommen. Aber *ich* habe Euch *hierher* gebracht.«

Der kleine Graubraune tänzelte und wirbelte den

Staub auf, der kurzzeitig in die warme Luft stieg und dann wieder heruntersank, um sich erneut mit dem Sand zu vermischen. Ihre Hände auf den aus Pferdehaar und Baumwolle geflochtenen Zügeln zeigten eindrucksvolle Sachkunde. Ihre Handgelenke wiesen Geschicklichkeit und Kraft auf, als sie das Pferd leicht unter Kontrolle brachte. Es war unruhig mit einem Reiter auf seinem Rücken. Aber sie schien sein schlechtes Benehmen kaum zu bemerken. »Ich habe es Euch schon einmal gesagt — es ist für mich nicht nötig, einen Schwerttänzer anzuheuern.«

»Die Punja ist meine Heimat«, erklärte ich ihr freundlich. »Ich habe den größten Teil meines Lebens hier verbracht. Und wenn Ihr die Brunnen oder die Oasen nicht kennt, werdet Ihr es niemals schaffen.« Ich streckte eine Hand aus, um gen Süden zu zeigen. Die Hitze flimmerte. »Seht Ihr das?«

Sie schaute hin. Die Meilen der Wüste erstreckten sich endlos. Und wir waren noch nicht einmal in der Punja.

Ich erwartete, daß sie mich erneut zurückweisen würde. Immerhin war sie eine Frau. Manchmal wird der Stolz der Frauen durch die Dummheit, beweisen zu wollen, daß sie allein zurechtkommen, völlig gebrochen.

Sie starrte in die Wüste hinaus. Selbst der Himmel war am Horizont ganz bleich und bot nur einen messingblauen Rand dar, der mit einem staubigen Graubeige verschmolz.

Sie zitterte. Sie *zitterte*, als ob sie frieren würde.

»Wer hat das so geschaffen?« fragte sie plötzlich. »Welch einfältiger Gott hat gutes Land in nutzlose Wüste verwandelt?«

Ich zuckte die Achseln. »Eine Legende besagt, daß der Süden einst kühl und grün und fruchtbar gewesen sei. Und dann bekämpften sich zwei Zauberer, um herauszufinden, wer Anspruch auf die ganze Welt hätte.« Sie wandte den Kopf, um auf mich herabzusehen, und ich spürte ihren klaren, direkten Blick auf mir. »Vermutlich töteten sie sich gegenseitig. Aber erst, nachdem sie die Welt genau geteilt hatten: in den Norden und den Süden, die beide so verschieden sind wie Mann und Frau.« Ich lächelte hinterhältig. »Findet Ihr nicht auch?«

Sie setzte sich bequemer im Sattel zurecht. »Ich brauche Euch nicht, Schwerttänzer. Ich brauche *Euch* nicht — ich brauche Euer Schwert nicht.«

Als ich sie ansah, wußte ich, daß sie sich damit nicht auf Einzelhieb bezog. Eine Frau allein in der Welt, wunderschön oder nicht, lernt schnell, was die meisten Männer wollen. Ich war da nicht anders. Aber ich hätte von ihr nicht solche Direktheit erwartet.

Ich zuckte erneut die Achseln. »Ich versuche nur zu helfen, Bascha.« Aber ich hätte ein Schwert — *beide* Schwerter — gegeben, wenn sie mir auch nur die kleinste Chance gewährt hätte.

Ich sah das Zucken in ihrem Mundwinkel. »Seid Ihr pleite? Ist das der Grund, warum ein Schwerttänzer Eures Rufes seine Dienste als *Führer* anbietet?«

Diese Vermutung traf meinen Stolz. Ich runzelte die Stirn. »Ich ziehe mindestens einmal im Jahr nach Julah. Jetzt ist es wieder soweit.«

»Wieviel verlangt Ihr?«

Meine Augen wanderten ein wohlgeformtes Bein entlang. So hell, zu hell. Ich öffnete den Mund, um zu antworten, aber sie kam mir zuvor, indem sie genau den Preis nannte, den ich gerade hatte nennen wollen. »In *Gold*.«

Ich lachte sie an, erheitert durch ihre Erkenntnis des Wertes, den sie für mich als Frau hatte. Das machte das Spiel etwas erfreulicher. »Warum entscheiden wir das nicht, wenn wir nach Julah kommen?« schlug ich vor. »Ich fordere immer einen fairen Preis, der sich nach dem Grad der Schwierigkeiten und der Gefahren richtet. Wenn ich Euer Leben mehr als einmal rette, erhöht sich der Preis entsprechend.«

Ich erwähnte nicht, daß ein Mann hinter ihr her war und ich davon wußte. Wenn sie ihn kannte und gefunden werden *wollte*, würde sie das sagen. Ihr Verhalten zeigte, daß sie es nicht wollte. Und wenn dies so war, konnte sich der Preis schneller erhöhen, als sie dachte.

Sie verzog den Mund, aber ich bemerkte das Glitzern in ihren Augen. »Verhandelt Ihr *immer* auf diese Art?«

»Das kommt darauf an.« Ich ging hinüber zu meinem eigenen Pferd und durchsuchte meinen Lederbeutel. Schließlich warf ich ihr einen Burnus in einem hellen Scharlachrot zu. »Hier. Zieht das an, sonst seid Ihr bis zum Mittag gebraten.«

Der Burnus war ein wenig protzig. Ich haßte es, ihn zu tragen, aber ab und zu war er ganz praktisch. So zum Beispiel, wenn einer der hiesigen Tanzeer meine Gesellschaft bei einem Essen wünschte, um Geschäfte zu besprechen. Ein paar goldene Quasten hingen hier und dort von den Ärmeln und der Kapuze herab. Ich hatte einen Schlitz in die linke Schulternaht geschnitten, so daß das Heft von Einzelhieb ungehindert hindurchstoßen konnte. Es ist wichtig, das Schwert leicht aus der Scheide ziehen zu können, wenn man in Geschäften wie den meinen unterwegs ist.

Sie hielt den Burnus hoch. »Ein wenig zu fein für Euch.«

Sie zog ihn über den Kopf, richtete die Falten so, daß ihr eigenes Schwert frei lag, und schob die Kapuze zurück. Er war ihr viel zu groß, fiel in undeutlichen Wellen und Falten herab, die ihre Umriße nur erahnen ließen, aber er stand ihr dennoch besser als mir. »Wie bald können wir Julah erreichen?«

Ich band den Hengst, tätschelte einmal warnend seine linke Schulter und sprang dann in meinen abgedeckten Sattel. »Das kommt darauf an. Wir könnten es in drei Wochen schaffen ... es kann auch drei Monate dauern.«

»Drei Monate!«

»Wir müssen die Punja durchqueren.« Ich schob die ausgebleichten Quasten meiner scharlachroten Zügel zurecht. Hier draußen behält nichts für lange Zeit seine Farbe. Letztendlich schluckt die Farbe Braun alles andere. In all ihren Schattierungen und Variationen.

Sie runzelte ein wenig die Stirn. »Dann sollten wir keine Zeit mehr verschwenden.«

Ich sah ihr zu, wie sie den kleinen graubraunen Wallach wendete und sich gen Süden richtete. Zumindest wußte sie, in welche Richtung sie reiten mußte.

Der Burnus schlug im Wind Wellen wie das karmesinrote Banner eines Wüstentanzeers. Das Heft ihres nordischen Schwertes leuchtete silbern und reflektierte in der Sonne. Und all dies Haar, so weich und seidig gelb ... nun, es würde leicht sein, ihr auf den Fersen zu bleiben. Ich schnalzte meinem Hengst zu und ritt hinter der Frau her.

Wir ritten eine Weile in vernünftiger Geschwindigkeit Seite an Seite. Mein kastanienbrauner Hengst war nicht allzu begeistert davon, sich dem kleinen graubraunen Wallach anpassen zu müssen, denn er bevorzugte eine schnellere, aufgeregtere Gangart (leidlich oft ist dies ein voller Galopp, durchsetzt von zwischenzeitlichen Versuchen, mich von seinem Rücken zu entfernen), aber nach einer kurzen ›Diskussion‹ entschlossen wir uns zu einem Kompromiß. Ich würde die Richtung bestimmen und er die Gangart.

Bis er eine andere Möglichkeit sah.

Die Frau beobachtete mich, wie ich der kurzzeitigen Auflehnung des Hengstes begegnete, aber ich konnte nicht erkennen, ob sie mein Können schätzte oder nicht. Der Hengst wird von niemandem sonst freiwillig geritten, denn er hat eine mürrische, überhebliche Art, und ich habe erfolgreich Wetten auf ihn abgeschlossen, wenn jemand dachte, er würde bei den üblichen morgendlichen Feindseligkeiten gewinnen. Aber wir beide haben einen Handel abgeschlossen, nach dem er das Feuerwerk liefert und ich dafür sorge, daß es gut aussieht. Wann immer ich dann mit ein paar in meiner Gürteltasche klimpernden Münzen davonkomme, bekommt er eine Extraration Hafer. Das funktioniert ziemlich gut.

Die Frau sagte kein Wort, als sich der Hengst schließlich beruhigt hatte und den Staub aus seinen Nüstern schnaubte, aber ich bemerkte, daß sie mich mit ihren blauen Augen unauffällig musterte.

»Das ist kein nordisches Pferd, das Ihr da reitet«, erklärte ich im Plauderton. »Er ist ein Südbewohner, wie ich. Welche Pferde gibt es bei Euch im Norden?«

»Größere.«

Ich wartete. Sie fügte nichts mehr hinzu. Ich versuchte es noch einmal. »Sind sie schnell?«

»Schnell genug.«

Ich runzelte die Stirn. »Seht, es wird eine lange Reise. Wir könnten sie genausogut mit einer gepflegten Unterhaltung verkürzen.« Ich machte eine Pause. »Auch mit einer schlechten Unterhaltung.«

Sie lächelte. Sie versuchte, es hinter dem Vorhang aus Haaren zu verbergen, aber ich sah es. »Ich dachte, Schwerttänzer wären im allgemeinen mürrisch«, sagte sie zögernd, »und lebten nur dafür, Blut zu verspritzen.«

Ich schlug eine ausgebreitete Hand gegen meine Brust. »Ich. Nein? Ich bin ein friedlicher Mann, im Herzen.«

»Aha.« Und alle Weisheit dieser Welt lag in dieser einen Silbe.

Ich seufzte. »Habt Ihr einen Namen? Oder reicht *Blondie?*«

Sie antwortete nicht. Ich wartete und entfernte Spitzkletten aus der gestutzten Mähne meines Hengstes.

»Delilah«, sagte sie schließlich mit leicht verzogenem Mund. »Nennt mich Del.«

»Del.« Irgendwie paßte das nicht zu ihr, es klang zu

hart und kurz — und zu männlich — für eine junge Frau ihrer Anmut und Schönheit. »Seid Ihr wirklich hinter Eurem Bruder her?«

Sie warf mir einen Seitenblick zu. »Denkt Ihr, ich hätte diese Geschichte, die ich dem Sklavenhändler erzählt habe, erfunden?«

»Vielleicht.« Ich zuckte die Achseln. »Es ist nicht mein Job, ein moralisches Urteil über meine Arbeitgeberin zu fällen, sondern nur, sie nach Julah zu bringen.«

Sie lächelte andeutungsweise. »Ich *suche* meinen Bruder. Das hat nichts mit ›hinterher sein‹ zu tun.«

Das stimmte. »Habt Ihr denn tatsächlich eine Ahnung, wo er sein könnte oder was ihm passiert sein könnte?«

Ihre Finger kämmten die hochstehende Mähne des Graubraunen. »Wie ich dem Sklavenhändler schon gesagt habe, wurde er vor fünf Jahren entführt. Ich habe seine Spur bis hierher verfolgt ... jetzt bis Julah.« Sie sah mich direkt an. »Sonst noch Fragen?«

»Ja.« Ich lächelte sanft. »Warum, zu den Hoolies, verfolgt ein Mädchen wie Ihr ihren verlorengegangenen Bruder? Warum kümmert sich Ihr Vater nicht darum?«

»Er ist tot.«

»Ein Onkel?«

»Er ist tot.«

»*Andere* Brüder?«

»Sie sind *alle* tot, Schwerttänzer.«

Ich sah sie an. Ihr Ton klang aufrichtig, aber ich habe gelernt, mehr auf das zu hören, was die Leute *nicht* sagen, als auf das, was sie sagen. »Was ist passiert?«

Ihre Schultern bebten unter dem scharlachroten Burnus. »Räuber. Sie kamen ungefähr zur selben Zeit in den Norden, als wir nach Süden wollten, in das Grenzgebiet. Sie kamen herüber und griffen unsere Karawane an.«

»Und entführten Euren Bruder ...«, ich wartete nicht auf ihre Antwort »... und töteten alle anderen.«

»Alle außer mir.«

Ich setzte mich auf und griff in ihre mit Quasten versehenen Zügel. Ockerfarbene Quasten, und verblaßte orangefarbene. »Warum zu den Hoolies«, fragte ich, »haben die Angreifer *Euch* verschont?«

Einen Augenblick lang waren die blauen Augen hinter den gesenkten Lidern verborgen. Dann sah sie mich gerade an. »Ich habe nicht gesagt, daß sie es taten.«

Eine Minute lang sagte ich gar nichts. In meinem Kopf tauchte eine Vorstellung von Räubern aus dem Süden auf, die das bezaubernde nordische Mädchen anfaßten, und das gefiel mir ganz und gar nicht. Aber das bezaubernde nordische Mädchen sah gerade zu mir zurück, als ob sie genau wüßte, was ich dachte, und damit fertigwerden würde und sich durch mein Wissen weder gedemütigt noch überrascht fühlte. Es war einfach eine Tatsache des Lebens. Ich fragte mich kurz, ob Moon erwähnt hatte, daß derjenige, der hinter ihr her war, einer der Angreifer war. Aber — sie hatte von fünf Jahren gesprochen. Zu lang für einen Mann, der hinter einer Frau her war.

Aber nicht zu lang für eine Frau, die ihren Bruder suchte.

Ich ließ ihre Zügel los. »Und jetzt seid Ihr zu einer ermüdenden Jagd in den Süden gekommen und sucht nach einem Bruder, der genausogut tot sein könnte.«

»Vor fünf Jahren war er nicht tot«, sagte sie kühl. »Und er war nicht tot, als Osmoon ihn sah.«

»*Wenn* er ihn gesehen hat«, gab ich zu bedenken. »Glaubt Ihr, er würde Euch die Wahrheit sagen, während Ihr ihm ein Schwert an die Kehle haltet? Er hat Euch genau das erzählt, was Ihr hören wolltet.« Ich runzelte die Stirn. »Nach fünf Jahren ist es fast unmöglich, Bascha. Wenn Ihr so entschloßen seid, Euren Bruder zu finden, warum habt Ihr dann erst so spät mit der Suche begonnen?«

Sie lächelte nicht und zeigte auch auf keine andere

41

Art, ob meine Verärgerung sie berührte. »Ich mußte erst dieses Gewerbe lernen«, erklärte sie mir ruhig. »Eine abgewandelte Tradition.«

Ich schaute auf das silberne Heft, das über ihre Schulter hinausragte. Eine Frau, die ein Schwert trug — ja, das widersprach der Tradition ganz entschieden. Im Norden *und* im Süden. Aber meine Vermutungen bezüglich des Gewerbes, auf das sie sich bezogen hatte, waren wahrscheinlich nicht richtig.

Ich grunzte. »Zeitverschwendung, Bascha. Nach so langer Zeit im Süden — ich bin sicher, daß er längst tot ist.«

»Vielleicht«, stimmte sie zu. »Aber ich werde es genau wissen, wenn ich nach Julah komme.«

»O Hoolies«, sagte ich voller Abscheu. »Ich habe nichts Besseres zu tun.« Ich starrte auf ihren karmesinroten Rücken, als sie mir voran weiterritt. Dann stieß ich dem Hengst die Fersen in die glatten Seiten und schloß wieder zu ihr auf.

Wir übernachteten draußen unter den Sternen und bereiteten uns eine Mahlzeit aus getrocknetem Cumfafleisch. Es ist nicht das, was man eine Delikatesse nennen würde, aber es macht satt. Das Beste daran ist, daß es nicht mit Salz haltbar gemacht wird. In der Punja ist gesalzenes Fleisch das *letzte*, was man brauchen kann, von einem Minimum Salz mal abgesehen, daß zum Überleben nötig ist. Cumfa ist ziemlich mild und geschmacklos, aber es wird mit einem Öl zubereitet, das es weich und schmackhaft macht, und das ist das Beste für eine Wüstendurchquerung. Ein wenig davon reicht für lange Zeit, und es ist leicht, so daß es die Pferde nicht belastet. Ich habe mich recht gut daran gewöhnt.

Del war sich aber nicht so sicher, ob sie viel davon hielt, obwohl sie zu höflich war, um ihre Abneigung zu äußern. Sie kaute darauf herum wie ein Hund auf einem etwas unangenehm schmeckenden Knochen. Sie mochte es nicht, aber sie wußte, daß genau das von ihr erwartet wurde. Ich lächelte vor mich hin, kaute auf meiner eigenen Ration herum und spülte das Fleisch mit ein paar Schluck Wasser hinunter.

»Gibt es im Norden kein Cumfa?« fragte ich, als sie schließlich das letzte Stück hinuntergewürgt hatte.

Sie legte eine Hand über den Mund. »Nein.«

»Es dauert etwas, bis man sich daran gewöhnt.«

»Hmmmm.«

Ich hielt ihr die Lederbota* hin. »Hier. Das wird helfen.«

Sie schluckte hörbar, schloß die Bota dann wieder und gab sie mir zurück. Sie sah ein wenig blaß um die Nase aus.

Ich beschäftigte mich damit, das Fleisch wieder einzuwickeln, das ich ausgepackt hatte. »Wißt Ihr, was Cumfa ist?«

Ihr Blick sprach Bände.

»Ein Reptil«, belehrte ich sie. »Aus der Punja. Bösartig. Die erwachsenen Tiere können bis zu zwanzig Fuß groß werden, und sie sind zäh wie altes Stiefelleder — ungefähr so groß im Umfang.« Ich hielt meine zu einem Kreis geschloßenen Hände hoch, wobei sich die Daumen und die Finger nicht ganz berührten. »Aber wenn man ein Jungtier fängt und ausschlachtet, hat man immer etwas zu essen. Ich habe zwei Beutel voll davon, und das sollte uns noch weiter bringen als nur durch die Wüste.«

»Ist das *alles*, was Ihr zu essen dabeihabt?«

Ich zuckte die Achseln. »Wir können mit Karawanen handeln. Und wir können an einer Reihe Siedlungen haltmachen. Aber dies wird unser hauptsächliches Nahrungsmittel sein.« Ich lächelte. »Es verdirbt nicht.«

»Hmmmm.«

»Ihr werdet Euch daran gewöhnen.« Ich räkelte mich

---
* lederne Feldflasche

genüßlich und lehnte mich zufrieden im Sattel zurück. Hier war ich, mit einer wunderschönen Frau in der Wüste allein. Ich hatte einen vollen Bauch, und der Sonnenuntergang kündigte eine kühle Nacht an. Die Sterne rundeten das Ganze ab. Wenn wir die Punja erst einmal erreicht hatten, würde sich alles ändern, aber im Moment war ich ziemlich glücklich. Ein wenig guter Aqivi hätte es noch verbessert, aber als ich das Wirtshaus verlassen hatte, um Del hinterherzugehen, hatte ich nicht mehr genug Geld gehabt, um auch nur eine Bota davon zu kaufen.

»Wie weit ist es bis in die Punja?« fragte sie.

Ich schaute sie an und sah, daß sie ihr Haar zu einem einzigen Zopf flocht. Es schien mir eine Schande zu sein, all das wundervolle Haar zusammenzubinden, aber ich konnte mir vorstellen, daß es bei all dem Sand ein wenig hinderlich war. »Wir werden sie morgen erreichen.« Ich bewegte mich im Sattel. »Nun, da wir jetzt vertrauter miteinander sind, könntet Ihr mir eigentlich sagen, wie es dazu kam, daß Ihr mich in dem Wirtshaus aufsuchtet?«

Sie band den Zopf mit einem Lederband zusammen. »In Harquhal hörte ich, daß Osmoon der Händler die beste Informationsquelle sei. Aber Osmoon zu finden erwies sich als so schwierig, daß ich mich nach der nächstbesten Möglichkeit erkundigte: nach jemandem, der ihn kannte.« Sie zuckte die Achseln. »Drei verschiedene Leute sagten, daß ein bekannter Schwerttänzer, der sich Tiger nenne, ihn kennen würde, und ich sollte nach *ihm* suchen anstatt nach Osmoon.«

Harquhal ist eine Stadt nahe der Grenze. Es ist ein rauher Ort, und wenn sie solche Informationen aus den Leuten, von denen ich wußte, daß sie ohne die richtige Ermutigung sehr verschlossen waren, herausbekommen hatte, dann war sie besser, als ich gedacht hatte. Ich betrachtete sie abschätzend. Sie sah nicht sehr zäh aus, aber etwas in ihren Augen konnte einen Mann schon dazu veranlassen, mehr als nur ihren Körper wahrzunehmen.

»Darum kamt Ihr in das Wirtshaus, um nach mir zu suchen.« Ich tastete nach den Narben auf meinem Kinn. »Ich denke, ich bin mitunter leicht zu finden.«

Sie zuckte die Achseln. »Sie haben Euch beschrieben. Sie sagten, Ihr wärt zäh wie altes Cumfafleisch, aber da wußte ich noch nicht, was sie damit meinten.« Sie schnitt eine Grimasse. »Und sie erwähnten die Narben in Eurem Gesicht.«

Ich wußte, daß sie danach fragen wollte. Jeder tut das, besonders die Frauen. Die Narben sind ein Teil der Legende, und es macht mir nichts aus, darüber zu sprechen.

»Sandtiger«, belehrte ich sie und sah ihren verwirrten Blick. »Wie die Cumfa leben auch sie in der Punja. Gemeine, tödliche Bestien, die den Geschmack von Menschen nicht verschmähen, wenn diese so zuvorkommend sind, in das Lager eines Sandtigers zu spazieren.«

»Wie Ihr?«

Ich lachte. »Ich ging absichtlich in das Lager. Ich ging hinein, um ein großes männliches Tier zu töten, das unser Lager in Angst und Schrecken versetzte. Er riß ein paar Fetzen aus meiner Haut und zog mir einmal kräftig durchs Gesicht — wie Ihr seht —, aber ich habe ihn besiegt.« Ich berührte die Krallenkette, die an einer schwarzen Schnur um meinen Hals hing. Auch die Krallen sind schwarz und bösartig gekrümmt. Mein Gesicht ist ein deutlicher Beweis dafür. »Das ist alles, was von ihm übriggeblieben ist. Die Haut kam in meinen Hyort.« Wieder dieser verwirrte Blick. »Ein Zelt.«

»Daher nennt man Euch jetzt Tiger.«

»Sandtiger — kurz Tiger.« Ich zuckte die Achseln. »Ein Name ist so gut wie der andere.« Ich beobachtete sie einen Augenblick lang und beschloß, daß es meinem Ruf nicht schaden würde — oder meinen Chancen —, sie näher in die Geschichte einzuweihen. »Ich kann mich sehr genau an den Tag erinnern, an dem es passierte«, sagte ich mitteilsam und bereitete mich auf die Erzählung vor. »Der Sandtiger hatte Kinder geraubt, die sich zu weit von den Wagen entfernt hatten. Niemand hatte ihn aufspüren und außer Gefecht setzen können. Zwei der Männer waren draußen getötet worden. Der Shukar versuchte es mit magischen Zaubern, aber sie versagten — wie die Magie das oft tut. Also sagte er, wir hätten die Götter irgendwie verärgert, und dies sei unsere Strafe, daß aber derjenige, der die Bestie töten könne, durch die Dankbarkeit des Stammes belohnt werden würde.« Ich zuckte die Achseln. »Also nahm ich mein Messer und ging in das Lager, und als ich wieder herauskam, lebte ich, und der Sandtiger war tot.«

»Und seid Ihr durch die Dankbarkeit Eures Stammes belohnt worden?«

Ich grinste sie an. »Sie waren *so* dankbar, all die jungen, heiratsfähigen Frauen fielen vor mir nieder und baten mich, sie zur Frau zu nehmen — natürlich eine nach der anderen. Und die Männer feierten mich und gaben mir alle möglichen Dinge, um meine Großartigkeit zu würdigen. Für den Salset ist dies Belohnung genug.«

»Wie viele Frauen habt Ihr genommen?« fragte sie ernst.

Ich kratzte an den Narben in meinem Gesicht. »Tatsächlich blieb ich bei keiner von ihnen. Ich war nur hin und wieder für sie da.« Ich zuckte die Achseln. »Ich war damals noch nicht bereit für *eine* Frau, wenn mehrere da waren. Das bin ich noch immer nicht.«

»Warum habt Ihr den Stamm verlassen?«

Ich schloß ein Auge und schielte zu dem hellsten Stern hinauf. »Ich wurde einfach unruhig. Selbst ein Nomadenstamm wie die Salset kann beengend werden. Also ging ich allein fort und lernte den Beruf des Schwerttänzers, bis ich den siebten Grad erreichte und selbst einer wurde.«

»Zahlt sich das im Süden aus?«

»Ich bin ein sehr reicher Mann, Del.«

Sie lächelte. »Das sehe ich.«

»Und ich werde noch reicher sein, wenn wir diese Sache beendet haben.«

Sie befestigte den Lederriemen, der ihr Haar zu einem schimmernden Zopf zusammenband. »Aber Ihr glaubt nicht wirklich, daß wir ihn finden werden, nicht wahr?«

Ich seufzte. »Fünf Jahre sind eine lange Zeit, Del. Es könnte ihm alles mögliche zugestoßen sein. Besonders, wenn er mit Sklavenhändlern zu tun hatte.«

»Ich habe nicht die Absicht aufzugeben«, machte sie deutlich klar.

»Nein. Das habe ich auch nicht angenommen.«

Sie zog den Burnus über ihren Kopf, faltete ihn dann sorgfältig zusammen und legte ihn neben ihren Sattel. Sie war den ganzen Tag darunter verborgen gewesen. Als ich plötzlich all das helle, weiche Fleisch sah, wurde ich wieder — überdeutlich — daran erinnert, wie sehr ich sie begehrte. Und einen verzückten Augenblick lang stiegen Hoffnungen auf, als sie mich ansah.

Ihr Gesicht war vollkommen ausdruckslos. Ich wartete auf eine Ermutigung, aber sie sagte nichts. Sie zog nur ihr Schwert aus der Scheide und steckte es neben sich in den Sand. Mit einem ziemlich langen, geheimnisvollen Blick in meine Richtung legte sie sich hin und wandte mir den Rücken zu, wobei eine Hüfte gen Himmel drängte.

Die Klinge schimmerte lachs- und silberfarben im Sternenlicht, und die Runen schillerten.

Ich zitterte fröstelnd. Und das erste Mal seit vielen Nächten brauchte ich meinen Burnus nicht auszuziehen. Statt dessen streckte ich mich auf meiner Decke aus und starrte in die Sterne, während ich mich in den Schlaf zwang.

Hoolies, was für eine Art, eine Nacht zu verbringen ...

Vier

Für unerfahrene Augen ist die Grenze zwischen der Wüste und ihrem älteren, tödlicheren Bruder kaum erkennbar. Aber für jemanden wie mich, der dreißig sonderbare Jahre damit verbracht hatte, durch den veränderlichen Sand zu reiten, ist die Grenze zwischen der Wüste und der Punja so klar wie der Tag und zweimal so hell.

Del verhielt ihr Pferd genau wie ich und sah sich neugierig nach mir um. Ihr Zopf hing über ihre linke Schulter hinab, und das Ende kitzelte die Hügel ihrer Brust unter der karmesinroten Seide. Ihre Nase war vom Sonnenbrand rosa, und ich wußte, daß ihr übriges Gesicht auch bald so aussehen würde, wenn sie nicht die Kapuze des Burnus darüberziehen würde.

Ich zog meine eigene über den Kopf, obwohl ich sie weniger dringend brauchte. Einen Augenblick später folgte sie meinem Beispiel. Ich deutete nach vorn. »Das, meine nordische Bascha, ist die Punja.«

Sie schaute in die Ferne. Der Horizont verschmolz mit den Dünen zu einer einzigen Masse aus staubigem Beige. Hier draußen sind sogar die Farben des Himmels ausgetrocknet. Er ist ein Fleck hellen, gelblichen Graus, wie sehr heller Topas, mit einer Spur bläulichen Stahls, dem die Klinge des Horizonts entgegenkommt. In Richtung Süden, Osten und Westen gab es nichts, Meilen über Meilen des Nichts. Hoolies nennen wir es manchmal.

Del schaute den Weg zurück, den wir gekommen waren. Er war trocken und auch staubig, obwohl ein Versprechen in dem Land liegt, das einem sagt, daß es irgendwo enden wird. Auch die Punja gibt ein Versprechen, aber sie singt ein Lied vom Tod.

Ihr Gesichtsausdruck war verwirrt. »Es sieht nicht anders aus.«

Ich deutete auf den Sand zu Füßen des Pferdes. »Der Sand. Schaut Euch den Sand an. Seht Ihr den Unterschied?«

»Sand ist Sand.« Aber bevor ich sie für eine derart dumme Feststellung rügen konnte, rutschte sie von ihrem staubbedeckten graubraunen Wallach herab und kniete sich hin. Mit einer Hand nahm sie etwas Sand auf.

Sie ließ ihn durch ihre Finger rinnen, bis ihre Hand leer war bis auf ein Schimmern durchscheinender Silberkristalle. Sie machen das tödliche Geheimnis der Punja aus. Die Kristalle nehmen die Hitze der Sonne auf und speichern sie, verstärken und reflektieren sie und vervielfältigen dabei ihre Helligkeit und Hitze tausendfach, bis alles auf dem Sand entflammt.

Del rieb mit den Fingern gegen ihre Handfläche. »Ich sehe den Unterschied.« Sie erhob sich und schaute über die endlose Punja. »Wie viele Meilen?«

»Wer kann das sagen? Die Punja ist eine ungezähmte Bestie, Bascha, sie kennt keine Zäune, keine Pfähle, keine Grenzen. Sie reicht so weit sie will, wie der Wind, freier als jeder Nomade.« Ich zuckte die Achseln. »An einem Tag kann sie Meilen von einer Siedlung entfernt sein, aber innerhalb von zwei Tagen kann sie die letzten Ziegen und Babys verschlungen haben. Darum ist ein Führer so wichtig. Wenn man sie vorher noch nicht durchquert hat, kennt man ihre Zeichen nicht. Man kennt auch die Wasserstellen nicht.« Ich deutete mit der Hand südwärts. »Dort draußen, Bascha, ist der Tod der Oberherr.« Ich sah, wie sie den Mund verzog. »Ich dramatisiere nicht. Ich übertreibe nicht. Die Punja erlaubt keines von beidem.«

»Aber man *kann* sie durchqueren.« Sie sah mich an

und wischte ihre staubigen Hände an dem karmesinroten, mit Quasten versehenen Burnus ab. »Ihr habt sie durchquert.«

»Ich habe sie durchquert«, stimmte ich zu. »Aber bevor Ihr über die unsichtbare Grenze den Silbersand betretet, solltet Ihr Euch der Gefahren schon bewußt sein.«

Der kleine Graubraune rieb seine Nase an ihr und forderte Aufmerksamkeit. Del legte eine Hand auf sein Maul und die andere unter seinen breiten, gerundeten Kiefer und kraulte die festen Muskelschichten. Aber ihre Augen und ihre Aufmerksamkeit waren bei mir. »Dann solltet Ihr mir besser sagen, welche es sind.«

Sie hatte keine Angst. Ich dachte, sie täusche es nur vor, obwohl ich sie nicht für eine schwache, dumme Frau hielt, die versuchte, sich wie ein Mann zu geben, aber das traf nicht zu. Sie *war* stark. Und, was noch wichtiger war, sie war bereit zuzuhören.

Der Hengst schnaubte, um den Staub aus seinen Nüstern zu entfernen. In der stillen, warmen Luft hörte ich das Klappern von Pferdegebissen, das Geräusch schwerer Quasten gegen Messingverzierungen. Ein Insekt summte vorüber und strebte einem buschigen, zuckenden, kastanienbraunen Pferdeohr zu. Der Hengst schüttelte heftig den Kopf, um sich von der Plage zu befreien, und stampfte in den Sand. Dadurch wurde Staub aufgewirbelt, noch mehr Staub, und er schnaubte erneut. In der Wüste bildet alles einen Kreislauf. Ein Rad, das sich in der sanften Rauhheit der Umgebung ewig dreht.

»Luftspiegelungen«, erklärte ich Del. »Tödliche Täuschungen. Man glaubt, man sähe endlich eine Oase, aber wenn man sie erreicht, entdeckt man, daß sie von Sand und Himmel verschlungen worden ist und in der Luft verschwimmt. Wenn man sich nur einmal zu oft irrt, hat man sich schon zu weit von einer wirklichen Oase, einer wirklichen Quelle entfernt. Man wird sterben.«

Sie wartete schweigend ab und kraulte noch immer das Fell ihres kleinen graubraunen Pferdes.

»Es gibt den Samum*«, sagte ich, »und den Schirokko. Sandstürme könnte man sie nennen. Und die Sandstürme der Punja klagen und schreien und heulen, während sie Euch die Haut von den Knochen ziehen. Und es gibt Cumfa. Und es gibt Sandtiger.«

»Aber Sandtiger kann man besiegen.« Sie sagte es sanft, so sanft, während ich sie stirnrunzelnd ansah und herauszufinden versuchte, ob sie es ernst meinte oder mich nur wegen meines Namens oder meines Rufes hänselte.

»Es gibt Borjuni«, fuhr ich schließlich fort, »Diebe, die nur um ein weniges besser sind als die Aasfresser der Wüste. Sie machen Jagd auf unbedarfte Reisende oder Karawanen. Sie stehlen alles, selbst den Burnus von Eurem Körper, und dann töten sie Euch.«

»Und?« sagte sie, als ich eine Pause einlegte.

Ich seufzte. Wann war bei ihr genug wirklich genug? »Und immer sind dort die Stämme. Einige sind friedlich, wie die Salset und die Tularain, aber einige sind es nicht. Die Hanjii und die Vashni sind gute Beispiele dafür. Beide sind Kriegerstämme, die dem menschlichen Opfer frönen. Aber ihre Rituale unterscheiden sich.« Ich machte eine Pause. »Die Vashni praktizieren die Vivisektion**. Die Hanjii sind Kannibalen.«

Einen Augenblick später nickte sie einmal. »Sonst noch was?«

»Ist das nicht genug?«

»Vielleicht ist es das«, sagte sie schließlich. »Vielleicht ist es mehr als genug. Aber vielleicht sagt Ihr mir auch nicht alles.«

»Was wollt Ihr hören?« fragte ich barsch. »Oder glaubt Ihr, ich erzähle Ammenmärchen?«

---

* heißer Wüstenwind
** Lebendsezieren

»Nein.« Sie schirmte ihre Augen mit einer Hand ab und schaute gen Süden, über den glitzernden Sand. »Aber Ihr habt nichts von Magie gesagt.«

Einen Moment lang sah ich sie scharf an. Dann schnaubte ich unfein. »Alle Magie, die *ich* benötige, ist jene, die dem Kreis innewohnt.«

Das Sonnenlicht verstärkte das strahlende Karmesinrot ihrer Kapuze und brachte die Goldquasten zum Glänzen.

»Schwerttänzer«, sagte sie sanft, »Ihr tätet besser daran, das, was solche Macht in sich trägt, nicht herabzusetzen.«

Ich fluchte. »Hoolies, Bascha, Ihr klingt wie ein Shukar. Als wolltet Ihr mich glauben machen, Ihr seid voller Mysterien und Magie. Seht, ich würde niemals behaupten, daß es keine Magie gibt, denn es gibt sie sehr wohl. Aber sie ist das, was man daraus macht, und bisher habe ich sie nur in der Form erlebt, daß Dummköpfe damit um ihr Geld oder ihr Wasser betrogen wurden. Sie ist in erster Linie ein betrügerisches Spiel. Bis das Gegenteil bewiesen wird.«

Del sah mich einen Moment lang ungläubig an, als fälle sie ein Urteil. Und dann nickte sie leicht. »Ein Skeptiker«, stellte sie fest. »Vielleicht auch ein Narr. Aber letztendlich ist es Eure Entscheidung. Und ich bin kein Priester, der versucht, Euch anderweitig zu überzeugen.« Sie wandte sich um und ging davon.

Automatisch streckte ich die Hand aus und griff nach den Zügeln des kleinen, graubraunen Wallachs, als er versuchte, ihr zu folgen. »Wo, zu den Hoolies, wollt Ihr hin?«

Sie blieb stehen. Sie stand auf der unsichtbaren Grenze. Sie antwortete mir nicht. Sie zog nur ihr glänzendes Schwert und trieb es in den Sand, als zerteile sie einen Menschen, und dann ließ sie das Heft los. Es ragte aus dem Sand heraus. Die runenbesetzte Klinge war halb bedeckt. Und dann setzte sie sich nieder, mit gekreuzten

Beinen, und schloß die Augen. Ihre Hände lagen entspannt in ihrem Schoß.

Die Hitze quälte mich. Wenn man sich bewegt, ist es nicht so schlimm. Ich kann sie dann vergessen und mich auf den Weg konzentrieren. Aber noch immer auf dem Pferderücken sitzend, mit dem todbringenden Sand in nur einem Steinwurf Entfernung, konnte ich nur die Hitze fühlen ... und ein seltsames Erstaunen, das durch die Handlungen der Frau bedingt war.

Geschlossene Augen. Gesenkter Kopf. Still. Ein Umriß in scharlachroter Seide, mit gekreuzten Beinen im Sand sitzend. Und das nordische Schwert, das aus fremdartigem Stahl (oder etwas anderem) gemacht war, das Heft in die Luft ragend.

Ich fühlte den Schweiß ausbrechen. Er erschien auf den Brauen, auf dem Bauch, in den Hautfalten unter meinen Armen. Die Seide meines Burnus preßte sich gegen meine Haut und blieb dort kleben. Ich nahm einen beißenden Geruch wahr.

Ich schaute zu dem Schwert. Ich glaubte zu sehen, daß sich die Umrisse in dem Metall veränderten. Aber dazu wäre Magie erforderlich, eine mächtige, persönliche Magie, und es gibt davon nur sehr wenig auf der Welt.

Außer im Umkreis eines Schwerttänzers.

Schließlich erhob Del sich und befreite das Schwert aus dem Sand. Sie schob es über ihre Schulter in die Scheide zurück, ging zurück zu dem Graubraunen und streifte ihm die quastenverzierten Zügel über die zukkenden Ohren.

Ich runzelte die Stirn. »Was hatte das alles zu bedeuten?«

Sie stieg schnell auf. »Ich habe um Erlaubnis gebeten, weiterreiten zu dürfen. Das ist im Norden so üblich, wenn man eine gefährliche Reise antritt.«

»*Wen* habt Ihr gefragt?« knurrte ich. »Das Schwert?«

»Die Götter«, sagte sie ernst. »Wenn Ihr allerdings

nicht an Magie glaubt, werdet Ihr auch kaum an Götter glauben.«

Ich lächelte. »Ein Volltreffer, Bascha. Nun, wenn die Götter — oder dieses Schwert — Euch die Erlaubnis erteilt haben, können wir genausogut weiterreiten.« Ich machte eine Geste. »Nach Süden, Bascha. Reitet nur nach Süden.«

Die südliche Sonne ist für jeden hart. Sie hängt wie ein unheilvoller Gott der Hoolies am Himmel und starrt mit einem einzigen Zyklopenauge herunter. Ein Burnus ist nützlich, um die Haut zu schützen, aber er hält die Hitze nicht gänzlich ab. Die Beschaffenheit der Seide, die sich überhitzt, produziert selbst Hitze und brennt auf der Haut, bis man sich darunter windet und kühlere Stellen sucht.

Nach einer Weile brennen die Augen vom Blinzeln in die Helligkeit, und wenn man sie schließt, sieht man nur karmesinrote Lider, durch die die Sonne hindurchbrennt. Der Sand der Punja glitzert grell. Zuerst erscheint er als hübscher grau-bernsteinfarbener Samt, der sich über Meilen erstreckt und mit durchsichtigen Edelsteinen übersät ist. Aber die Edelsteine brennen, und der Samt zeigt keine Sanftheit.

Und da ist die Stille, die bedrückende Stille, außer dem Geräusch von Hufen, die durch den Sand gezogen werden, und dem gelegentlichen Knarren von Sattelleder unter darüberliegenden Decken. Die Pferde des Südens werden für die Hitze und die Grelligkeit gezüchtet. Die lange Stirnmähne schützt ihre Augen und bildet eine Art Isolierung gegen die Hitze. Ihre Haut ist glatt wie Seide, ohne überflüssiges Fell. Manches Mal hatte ich mir gewünscht, daß *ich* mich so gut, und auch so klaglos, anpassen könnte wie ein gutes Wüstenpony.

Die Luft flimmert. Man schaut über den Sand und sieht den stumpfen Horizont, den stumpfen Himmel, die stumpfen Farben. Man kann fühlen, wie sie einem das Leben aussaugen, der Haut die Feuchtigkeit entziehen, bis man sich wie eine trockene Hülle fühlt, die bereit ist, bei der ersten Wüstenbrise in Millionen von Einzelteile zu zerfallen. Aber die Brise kommt niemals, und man betet, daß es so bleiben möge, denn wenn sie kommt, bringt sie den Wind mit sich und den Samum und den tödlichen Sand, der scharf ist wie Cumfazähne, die einem ins Fleisch schneiden.

Ich sah Del an, rief mir die Frische ihrer Haut in Erinnerung und wußte, daß ich sie niemals verbrannt oder zerrissen sehen wollte.

Wir tranken sparsam, aber der Wasserspiegel in meinen Botas sank erstaunlich schnell. Nach einiger Zeit ist man sich der Flüssigkeit überbewußt, auch wenn man sie sorgfältig einteilt. Zu wissen, daß man sie in Reichweite hat, ist fast genauso schlimm, als wenn man wüßte, daß man keine hat. Sie zu haben bedeutet, sie auch zu wollen, weil man sie sofort haben kann. Das ist ein guter Test für die Willenskraft, und viele Leute bemerken dann, daß diese nicht zu ihren Charaktereigenschaften zählt. Del hatte sie. Aber das Wasser wurde dennoch weniger.

»Dort ist eine Quelle«, sagte ich schließlich. »Vor uns.«

Sie wandte den Kopf, als ich zu ihr aufschloß. »Wo?«

Ich zeigte es ihr. »Seht Ihr diese dunkle Linie? Das ist eine Reihe Felsen, die die Zisterne bezeichnet. Das Wasser ist nicht das beste — es ist leicht brackig —, aber es ist naß. Es wird genügen.«

»Ich habe noch Wasser in meinen Botas.«

»Ich auch, aber hier draußen geht man niemals an einer Quelle vorbei. Es gibt in der Punja keine Anhäufung von Reichtümern. Auch wenn man seine Botas gerade aufgefüllt hat, hält man an. Manchmal kann ein Bad den ganzen Unterschied der Welt bedeuten.« Ich machte eine Pause. »Wie geht es Eurer Nase?«

Sie berührte sie und machte ein klägliches Gesicht. »Wund.«

»Wenn wir eine Allapflanze finden, werde ich eine Salbe bereiten. Sie wird die Schmerzen lindern und hält die Sonne von empfindlichen Körperstellen fern.« Ich grinste. »Es hat keinen Zweck, das abzulehnen, Bascha — Eure zarte nordische Haut ist einfach nicht für die Hitze der Punja geeignet.«

Sie verzog den Mund. »Aber Eure ist es.«

Ich lachte. »Meine Haut ist zäh wie Cumfaleder, erinnert Ihr Euch? Die Punja ist meine Heimat, Del ... genauso wie jeder andere Ort.« Ich schaute hinaus über den flimmernden Sand. »Falls es so etwas wie eine Heimat gibt, wenn man ein Schwerttänzer ist.«

Ich weiß nicht, warum ich das gesagt habe. Und warum gerade zu ihr. Frauen gebrauchen solche Dinge manchmal als Waffen, indem sie mit Worten statt mit Klingen kämpfen.

Aber Del hatte ein Schwert. Und es schien so, als äußere sie niemals ein überflüssiges Wort.

»Es gibt sie«, sagte sie leise. »Oh, es gibt sie. Es gibt immer eine Heimat im Kreis.«

Ich sah sie scharf an. »Was wißt *Ihr* über Kreise, Bascha?«

Del lächelte leicht. »Denkt Ihr, ich trage das Schwert nur, um damit Eindruck zu schinden?«

Nun, es *hatte* Erfolg. Selbst wenn sie nicht mit dem Ding umgehen könnte. »Ich habe gesehen, wie Ihr Old Moon damit bedroht habt«, gab ich widerwillig zu. »Ja, Ihr könnt damit umgehen. Aber im Kreis?« Ich schüttelte den Kopf. »Bascha, ich glaube nicht, daß Ihr versteht, was ein Kreis wirklich bedeutet.«

Ihr Lächeln verschwand nicht. Aber auch nicht ihr Schweigen.

Der kastanienbraune Hengst bahnte sich seinen Weg durch dunkles, umbrafarbenes Gestein hinab. Nach dem durch den Sand gedämpften Hufschlag war es seltsam, wieder Hufe auf Stein aufschlagen zu hören. Dels

Graubrauner folgte mir hinab, und beide Pferde beschleunigten ihren Gang, als sie Wasser witterten.

Ich schwang mich vom Rücken des Kastanienbraunen und ließ ihn los, denn ich wußte, er würde nicht fortlaufen, wenn Wasser so nahe war. Del stieg von dem Graubraunen ab und wartete ruhig, während ich nach dem richtigen Platz suchte. Schließlich fand ich meine Richtung in den übereinandergetürmten Felsen, schritt die Entfernung ab, kniete mich dann hin und grub den eisernen Griff aus. Es war verbogen und rostig, aber meine Hand empfand ihn als glatt genug. Ich knirschte mit den Zähnen, zerrte daran und stöhnte vor Anstrengung, als ich dann den schweren Eisendeckel von der Zisterne zog.

Del kam bereitwillig heran und zerrte den Graubraunen hinter sich her. Das machte mich als erstes stutzig; das und die Tatsache, daß sich der Kastanienbraune weigerte zu trinken. Del sprach mit ihrem Pferd, flüsterte einschmeichelnde Worte in ihrem nordischen Dialekt und sah mich dann verwirrt an. Ich schöpfte etwas Wasser heraus, roch daran und tauchte dann die Spitze meiner Zunge in die Flüssigkeit in meiner Handfläche.

Ich spuckte aus. »Es ist verdorben.«

»Aber...« Sie unterbrach sich. Es gab nichts weiter zu sagen.

Ich schob den Deckel wieder über die Zisterne und holte aus einer meiner Taschen ein Stück verkohltes Holz heraus. Del beobachtete mich schweigend, während ich ein schwarzes X auf das Metall malte. Der Sand würde es sehr bald bedecken und die Markierung abreiben, aber zumindest hatte ich getan, was ich konnte, um andere Reisende zu warnen. Nicht jeder würde so vorsichtig sein wie wir. Ich habe Männer gekannt, die schlechtes Wasser getrunken hatten, weil sie sich nicht selbst helfen konnten, sogar nachdem sie wußten, daß es verdorben war. Es ist ein schmerzhafter, scheußlicher Tod.

Ich nahm eine meiner Botas und goß reines Wasser in meine hohle Hand, die ich dann dem Kastanienbraunen unter das Maul hielt. Er schlürfte es auf, und es war nicht viel, aber genug, um seine Kehle anzufeuchten.

Einen Moment später versorgte Del auch ihren Graubraunen, wobei sie das Wasser aus ihrer letzten Bota verwendete. Wir waren nicht scharf geritten, hatten uns Zeit genommen, ohne die Pferde zu treiben, aber jetzt würden sie eine lange Strecke zu bewältigen haben, bevor sie richtig trinken konnten.

Ich schob Del meine letzte Bota zu, nachdem der Graubraune ihre geleert hatte. »Trinkt etwas.«

»Ich brauche nichts.«

»Ihr trocknet aus.« Ich lächelte sie an. »Es ist in Ordnung. Es hat nichts damit zu tun, daß Ihr eine Frau seid. Es ist diese nordische Haut. Sie ist hier draußen von Nachteil, so sehr ich sie auch bewundere.« Ich machte eine Pause und sah, wie sich ihre Mundwinkel nach unten zogen. »Trinkt, Bascha.«

Schließlich trank sie, und ich konnte sehen, wie gut es ihr tat. Sie hatte sich kein einziges Mal beklagt oder auch nur gefragt, wie weit es zur nächsten Wasserstelle sei. Ich schätzte diese Art Standhaftigkeit, besonders bei einer Frau.

Sie schob die Bota zurück. »Und Ihr?«

Ich wollte ihr sagen, daß ich zäh sei und die zusätzlichen Meilen gut ohne Wasser aushalten konnte. Aber ich tat es nicht, weil sie etwas Besseres verdiente. Also trank ich ein paar Schlucke und befestigte die Bota dann wieder an meinem Sattel.

Ich deutete gen Süden, wie immer. »Wir haben genug Wasser, um eine Oase zu erreichen, die ich kenne. Dort werden wir die Botas auffüllen. Und dann werden wir direkt zur nächsten Wasserstelle reiten, aber wenn auch die verdorben ist, müssen wir umkehren.«

»*Umkehren.*« Sie warf den Kopf herum, um mich anzusehen. »Ihr meint — nicht weiterreiten nach Julah?«

»Das meine ich.«

Sie schüttelte den Kopf. »Ich werde nicht umkehren.«

»Ihr werdet es müssen«, belehrte ich sie einfach. »Wenn Ihr noch weiter in die Punja hineinreitet, ohne genau zu wissen, wo die nächste Wasserstelle ist, werdet Ihr es niemals schaffen.« Ich schüttelte den Kopf. »Ich werde Euch zu der Oase führen, Bascha. Und dann werden wir entscheiden.«

»*Ihr* werdet nichts entscheiden.« Ihre Wangen röteten sich.

»Del ...«

»Ich *kann* nicht umkehren«, sagte sie. »Versteht Ihr nicht? Ich muß meinen Bruder finden.«

Ich seufzte und versuchte, die Gereiztheit aus meiner Stimme herauszuhalten. »Bascha, wenn Ihr ohne Wasser dort hineinreitet, werdet Ihr so tot sein wie der Rest Eurer Familie und Eurem Bruder nichts mehr nützen.«

Haarsträhnen, die sich gelöst hatten, umrahmten ihr Gesicht. Ihre Nase war rot und auch ihre Wangen. Ihre so sehr blauen Augen waren beständig auf mein Gesicht gerichtet. Sie beobachtete mich so eindringlich, daß ich mich wie ein Pferd bei der Abschätzung durch einen potentiellen Käufer fühlte, und ich war mir meiner selbst nicht mehr sicher. Sie beobachtete mich wie ein Schwerttänzer, der Schwächen in meiner Verteidigung suchte, um mich kurz darauf niederzustechen.

Ein Muskel an ihrem Kinn zuckte kurz. »Ihr habt keine Familie. Oder aber — Ihr schert Euch keinen Deut darum.« Es gab keinen Raum für Zweifel in ihrem Ton. Sie war zutiefst überzeugt davon.

»Keine Familie«, stimmte ich zu und sagte nicht mehr.

Verachtung flammte in ihrem Ton auf. Nicht deutlich genug, um als Beleidigung verstanden werden zu können, aber deutlich genug für mich. »Wenn Ihr Familie hättet, würdet Ihr vielleicht verstehen.« Sie sagte dies in einem schroffen Ton. Sie wandte sich um, schwang sich in den Sattel und richtete die Zügel. »Beurteilt nicht — und wertet nicht ab —, was Ihr nicht verstehen könnt, Sandtiger. Als Schwerttänzer solltet Ihr es besser wissen.«

Meine Hand schoß vor, bekam einen ihrer Zügel zu fassen und hielt den Graubraunen fest. »Bascha, ich *weiß* es besser. Und ich weiß es besser, als daß ich *Euch* abwerten würde.« Soviel gestand ich ihr zu. »Aber ich weiß auch, wann sich eine Frau zum Narren macht, indem sie sich Gefühlen überläßt, wenn sie sich besser auf das erprobte Wissen eines Mannes verlassen sollte.«

»*Sollte* ich?« fragte sie. Beide Hände waren um die Zügel gekrampft. Einen kleinen Augenblick lang dachte ich, sie würde mich mit irgendeinem abscheulichen Fluch belegen, aber sie tat es nicht. Sie zog sich lediglich so lange in Schweigen zurück, bis sie ihre Gedanken gesammelt hatte, und seufzte dann leicht. »Im Norden sind Verwandtschaftsbande die stärksten, die es gibt. Diese Bande beinhalten Macht und Stärke und Kontinuität, wie die Geburten von Söhnen und Töchtern für jeden Mann und jede Frau. Es ist schlimm genug, wenn ein einziges Leben verloren wird — ob das eines Jungen oder das eines Mädchens, das eines alten Menschen oder das eines Kindes —, weil es bedeutet, daß die Linie unterbrochen wird. Jedes Leben ist für uns wertvoll, und wir trauern darum. Aber wir bauen auch wieder auf, pflanzen neu an und ersetzen.« Der Graubraune schüttelte heftig den Kopf, und sein Geschirr klirrte. Automatisch gab sie ihm mit der Hand einen leichten Schlag auf den Hals. »Meine ganze Familie wurde getötet, Tiger. Nur mein Bruder und ich überlebten, und Jamail haben sie entführt. Ich bin ein Kind des Nordens und meiner Familie, und ich werde tun, was ich tun muß, um meinen Bruder wieder nach Hause zu bringen.« Ihre Augen blickten entschlossen, ihr Ton war es noch mehr, wenn sie auch ruhig gesprochen hatte. »Ich werde trotz allem weiterreiten.«

Ich sah zu ihr auf, zu ihr, die in ihrem Stolz und ihrer Weiblichkeit so großartig war. Und doch war da mehr als nur Weiblichkeit. Da war auch Willenskraft und die vollkommene Erkenntnis dessen, was sie zu tun beabsichtigte.

»Dann sollten wir losreiten«, sagte ich kurz angebunden. »Wir verschwenden Zeit, wenn wir hier draußen in der Hitze herumstehen und darüber reden.«

Del lächelte leicht und verzichtete für den Moment auf eine Antwort.

Außerdem war es nur ein Kampf. Nicht der vollständige Krieg.

FünF

»Seht!« rief Del. »Bäume!«

Ich blickte an ihrem ausgestreckten Arm vorbei und sah die Bäume, die sie meinte. Große, hochaufgeschossene Palmen mit schlaffen, kalkfarbenen Wedeln und dornenartigen, zimtfarbenen Stämmen.

»Wasser«, sagte ich zufrieden. »Seht Ihr, wie grün und kräftig die Wedel sind? Wenn sie braun und verbrannt und schlaff sind, dann weiß man, daß es kein Wasser gibt.«

»Habt Ihr daran gezweifelt?« Ihr Ton klang bestürzt. »Ihr habt mich hierhergebracht und wußtet, daß vielleicht kein Wasser da sein würde?«

Sie klang nicht böse, nur erstaunt. Ich lächelte nicht. »In der Punja gibt es niemals eine Garantie für Wasser. Und ja, ich habe Euch in dem Wissen hierhergebracht, daß vielleicht kein Wasser da sein würde, weil Ihr mir sehr eindringlich klargemacht habt, wie wichtig es Euch ist, Euren Bruder zu finden.«

Del nickte. »Ihr denkt, ich sei eine Närrin. Eine alberne, geistlose Frau.« Es war nicht wirklich eine Herausforderung. Es war eine Feststellung.

Ich wandte den Blick nicht ab. »Ist es wirklich wichtig, was ich denke?«

Einen Augenblick später lächelte sie. »Nein. Nicht wichtiger, als das, was ich über *Euch* denke.« Und sie ritt weiter, auf die Oase zu.

Dieses Mal war das Wasser klar und wohlriechend. Wir tränkten die Pferde, nachdem wir es getestet hatten, und füllten dann alle Botas. Del zeigte sich überrascht darüber, solchen Luxus in der Punja zu finden:

Die Bäume boten genug Schatten, und es gab Gras, dikkes Punjagras, hügelig, hellgrün, zusammengehalten von einem verflochtenen Netz mit zahlreichen Verbindungspunkten. Der Sand war hier feiner und kühl. Wie immer staunte ich über die vielen Gesichter der Punja. Sie ist solch ein seltsamer Ort. Sie lockt. Sie saugt dich auf und narrt dich mit ihren unzähligen Chamäleoneigenschaften. Und dann tötet sie dich.

Die Oase war groß, umgeben von einer flachen, von Menschen gemachten Felsenmauer, die gebaut worden war, um Schutz gegen den Samum zu gewähren. Palmen begrenzten das Gitterwerk des Grases. Die Oase war groß genug, um mehrere kleinere Stämme und vielleicht eine oder zwei Karawanen auf einmal einige Wochen lang versorgen zu können, sofern man den Tieren nicht erlaubte, frei zu grasen. Das freie Grasen kann eine Oase vollständig zerstören, und in der Punja sind nicht viele Leute bereit, eine weitere Versorgungsmöglichkeit mit Nahrung und Wasser, auch für die Tiere, aufzugeben. Was normalerweise geschieht, ist, daß die Nomaden für eine oder zwei Wochen ein Lager aufschlagen und dann durch den Sand zu einer anderen Oase ziehen. Auf diese Weise erholt sich die Oase rechtzeitig, um anderen Reisenden als Zuflucht zu dienen, obwohl eine Oase gelegentlich trotzdem von gedankenlosen Karawanen zerstört wird.

Die Zisterne war nicht wirklich eine Zisterne, sondern eher ein Wasserloch. Es wurde von einer unterirdischen Quelle gespeist, die aus einem tiefen Spalt in der Erde hervorsprudelte. Ein zweiter von Menschen aufgebauter Steinkreis bildete einen Teich, der von einer Seite zur anderen mehr als zwei Meter lang war und in einem größeren, von den Göttern gemachten Kreis aus felsigem, übereinanderliegendem Gestein lag, der aus dem Sand herausragte wie eine keilförmige Mauer und einen zufällig entstandenen Halbkreis bildete. Innerhalb dieses größeren Kreises gab es den besten Weidegrund mit zwar faserigem Gras, dem die süße Saftigkeit des Gebirgsgrases fehlte, das aber dennoch nahrhaft war.

In manchen Jahreszeiten habe ich die Quelle als bloßes Rinnsal kennengelernt, das den Teich kaum bis an den Rand des Steinkreises füllen konnte. Und während dieser Jahreszeiten nähere ich mich ihr mit gezogenem Schwert, denn gelegentlich belegten andere Reisende die Quelle auf unglaubliche Weise mit Beschlag und duldeten nicht, daß andere sie störten. Es gab Zeiten, in denen ich um einen einzigen Schluck kämpfen mußte. Einmal tötete ich einen Mann, damit ich mein Pferd tränken konnte.

In dieser Jahreszeit sprudelt die Quelle reichlich und füllt den Teich, wobei das Wasser gegen die grünlichen Felsen schwappt. Und so breiteten Del und ich, nachdem wir abgesattelt und unsere Pferde getränkt hatten, unsere Burnusse aus, setzten uns in dem spärlichen Schatten der Palmen und des Felsenringes nieder, ruhten uns aus und genossen die Rast.

Sie legte den Kopf zurück und gab ihr Gesicht dem Sonnenlicht preis. Die Augen waren geschlossen. »Der Süden unterscheidet sich so sehr vom Norden. Es ist so, wie Ihr gesagt habt — sie sind in Erscheinungsform und Temperament so verschieden wie Mann und Frau.« Sie lächelte. »Ich liebe den Norden mit seinem Schnee und dem Eis und den Blizzards. Aber der Süden hat seine eigene rauhe Schönheit.«

Ich knurrte. »Die meisten Leute erkennen das niemals.«

Del zuckte die Achseln. »Mein Vater hat seinen Kindern beigebracht, sich alle Orte — und alle Menschen — mit Offenheit und Leidenschaft anzusehen und mit der Bereitschaft, die Lebensart anderer zu verstehen. Man sollte so lange nicht nach dem äußeren Erscheinungsbild urteilen, sagte er, bis man versteht, was unter der Kleidung *oder* der Haut ist. Und wichtig ist vielleicht auch das Geschlecht des Menschen.« Eine Spur verzerrten Humors war in ihrem Ton erkennbar. »Ein Urteil aufgrund südlicher Gebräuche zu fällen, ist meiner Meinung nach schwieriger. Wie dem auch sei, ich behaupte nicht, den Süden schon zu verstehen, aber ich mag sein Erscheinungsbild.«

Ich schlug nach einem Insekt, das versuchte, sich seinen Weg unter die Haut meines Oberschenkels zu bahnen, der nun durch das Fehlen des Burnus bloßlag. Ich war überwiegend nackt, nur mit dem Velourdhoti bekleidet, den die meisten Schwerttänzer tragen. Ungehinderte Bewegungsfreiheit ist im Kreis wichtig. »Die meisten Leute bezeichnen die Punja nicht als einen *schönen* Ort.«

Del schüttelte den Kopf, und der blonde Zopf schlängelte sich um ihre Schulter, während eine Eidechse hinter ihr über die Felsen lief.

»Sie *ist kein* schöner Ort. Sie ist trostlos und gefährlich und böse wie die Schneelöwen in den Bergen des Nordens. Und wie diese kommt sie alleine zurecht und vertraut auf ihre Zuversicht und Kraft. Der Schneelöwe tötet ohne Bedenken, aber das macht ihn nicht weniger lebendig.« Sie seufzte, ihre Augen waren noch immer hinter den Lidern mit den hellgelben Wimpern verborgen. »Seine Wildheit ist ein Teil von ihm. Ohne sie wäre ein Löwe kein Löwe.«

Eine gute Beschreibung der Punja. Ich schaute sie an — sie hatte den Kopf noch immer zurückgelehnt, um der Sonne zu huldigen — und fragte mich, wie ein so junges Mädchen schon so weise sein konnte. Ein derartiges Wissen setzt Jahre der Erfahrung voraus.

Und dann, als ich sie ansah, dachte ich nicht mehr an Weisheit. Nur noch an sie.

Ich stand auf. Ich ging zu ihr hinüber. Sie öffnete die Augen nicht, also beugte ich mich hinab, hob sie auf, trug sie zum Teich und tauchte sie unter. Sie kam spritzend und Wasser spuckend hoch, erschreckt und böse. Nasse Hände griffen nach den Felsen und hielten sich daran fest, während sie mich anstarrte, und das Haar klebte ihr am Kopf.

Ich wartete ab. Und einen Moment später sah ich die Spuren der Anspannung von ihrem Gesicht und die Starre von ihren Schultern verschwinden. Sie seufzte, schloß die Augen und überließ sich ganz dem Wasser.

»Saugt es auf«, sagte ich zu ihr. »Ihr müßt Eure Haut durchtränken, bevor wir den nächsten Teil der Reise antreten.«

Ihre Antwort bestand darin, daß sie vollständig untertauchte. Ich beobachtete die Luftblasen einen Moment lang und wandte mich dann meinem Sattel zu, um ein wenig Cumfafleisch aus der Tasche zu nehmen.

Ich hörte das Knurren, bevor ich die Bestie sah. Ich hatte keine Ahnung, wann sie aus ihrem Lager in den Felsen hervorgekommen war, aber sie schlich, die schwarzen Krallen ganz ausgestreckt und den kurzen Schwanz in Bewegung, durch das Gras und den Sand. Lange Reißzähne führten im Bogen von der Oberseite des Maules herab und umschlossen den mächtigen Unterkiefer. Grüne Augen glühten in dem keilförmigen, sandfarbenen Kopf.

Ein Männchen. Gut im Futter und muskulös. Sandtiger werden nicht übermäßig groß, das brauchen sie nicht. Sie sind ganz einfach kleine, bedrohliche Bündel: mit kurzen Beinen, einem Stummelschwanz und praktisch ohne Ohren. Ihre Augen sind groß und vor einem Angriff seltsam unscharf, als seien ihre Gedanken ganz woanders. Aber das trifft nicht zu. Und der entwaffnend schwache Blick — ein Vorspiel zum rasiermesserscharfen Angriffsblick — kann sich als tödlich erweisen, wenn man sein Opfer wird. Sandtiger haben, unabhängig von ihrer Größe, mehr Kraft in ihren Hinterteilen und Hüften als ein voll ausgewachsenes Pferd, und ihre Kiefer können den Arm eines Mannes mit einem einzigen Biß brechen.

Den Tiger zu sehen erweckte genügend Gedanken, um einen Menschen zum Ertrinken zu bringen. Bilder flammten in meinem Kopf auf. Eine andere Katze. Ein anderes Männchen. Bereit, mir die Eingeweide aus meinem Bauch zu reißen. Oder die Haut von meiner Kehle zu ziehen.

Es war sehr lange her, seit ich einen Sandtiger gesehen hatte. Sie sind nicht mehr so häufig anzutreffen. Das ist einer der Gründe, warum mein Name perfekt zu meinem Beruf paßt — ein Sandtiger wird von manchen als ein Mythos angesehen, als eine erfundene Geschichte und als Einbildung. Es war nichts Mythisches um diesen hier.

Nur um mich.

Einzelhieb lag, zusammen mit meinem Sattel, in seiner Scheide auf dem Boden. Ich verfluchte meine eigene Dummheit, daß ich mich so sehr um Wasser gesorgt und meinen persönlichen Schutz außer acht gelassen hatte. Eine Nachlässigkeit wie diese konnte sich als tödlich erweisen.

Ich stand fest auf dem Boden, denn ich wußte, daß der Angriff erfolgen würde, wenn ich mich jetzt bewegte. Der Tiger würde auf jeden Fall angreifen, egal, was ich tat, aber ich wollte ihn nicht dazu ermutigen.

Hoolies, ich wollte das nicht. Nicht noch einmal.

Meine Hand fuhr zu meinem Messer und schloß sich um das Heft. Der Schweiß machte es rutschig. Ich fühlte den Knoten, der sich in meinem Bauch bildete.

Ihr Götter, nicht *jetzt*.

Die schmalen grünen Augen zeigten den verräterischen, verschwommenen, unscharfen Blick. Aber ich bemerkte, daß sich der Blick zu ändern begann.

Hinter mir hörte ich das Plätschern des Wassers. »Bleibt im Wasser, Del.«

Sie rief in fragendem Ton etwas zurück, aber der Tiger sprang los, und ich hörte nicht, was sie mich gefragt hatte.

Das Messer war augenblicklich aus seiner Hülle heraus und flog auf die Katze zu, aber sie war wendiger, als ich erwartet hatte. Anstatt mir an die Kehle zu springen und mit ihrem ganzen massiven Gewicht auf meinen Schultern und meiner Brust zu landen, landete diese Katze auf meinen Gedärmen und drückte mir alle Luft ab.

Ich fühlte, wie sich die Hinterbeine zusammenschlossen, die Krallen sich ausbreiteten und öffneten, als ich unter dem Anprall niederging. Mein Messer tauchte in festes Fell und Haut, und ich hörte den furchterregenden Schrei des Schmerzes und der Wut, den der Tiger von sich gab.

Meine linke Hand legte sich um die Kehle der Katze und war bemüht, ihr weit aufklaffendes Maul von meinem verwundbaren Bauch fortzustoßen. Die Hand, die das Messer hielt, war glitschig von Katzenblut. Ich roch den Gestank des Todes, von verwestem Fleisch im Atem des Tigers und hörte sein Knurren und seine leisen Schreie, während er darum kämpfte, seine spitz zulaufenden Fänge in mich zu schlagen. Ich kämpfte genauso hart darum, mein Messer tiefer zu stoßen, in irgendeinen Lebensbereich.

Er holte mit einem der mächtigen Hinterbeine aus und zog seine Krallen über meinen Oberschenkel. Er verletzte mich. Aber das machte mich auch wütender. Ich habe genug Sandtigernarben, die ich vorzeigen kann. Ich brauche nicht noch mehr.

Dann hörte ich den Schrei eines Weibchens und bemerkte, daß Del und ich über ein Lager mit Jungen gestolpert waren. Ein Sandtiger ist an sich schon gefährlich genug, aber ein Männchen mit einer Gefährtin ist noch schlimmer, und ein Weibchen mit Jungen ist das schlimmste von allem.

Und da war Del ...

Es gelang mir, mich herumzurollen und über das Männchen zu gelangen. Diese Position widersprach seiner Natur und veranlaßte ihn dazu, noch härter zu kämpfen, aber ich stieß das Messer tiefer in ihn und hörte den furchtbaren Schrei einer Katze im Todeskampf. Es erfreute mich nicht, das tut es niemals, aber ich hatte keine Zeit für eine Rechtfertigung. Ich sprang auf die Füße und wandte mich zu dem Weibchen um ...

... aber da stand bereits Del, das nordische Schwert mit beiden Händen umklammernd.

Licht erhellte die runenbesetzte Klinge. Sie stand ruhig vor dem Weibchen wie eine lebende Skulptur, das Wasser lief an ihren Armen und Beinen herab, das Haar war zurückgestrichen, und die Zähne waren bedrohlich und genauso wild sichtbar wie die der Katze. Wenn ich nicht das Heben und Senken ihres Brustkorbes als Beweis dafür, daß sie atmete, gesehen hätte, hätte ich sie für eine Statue gehalten.

Dann unterbrach ich meine Bewunderung für sie und bewegte mich.

»Nein!« schrie Del. »Diese gehört mir!«

»Seid keine Närrin!« fuhr ich sie an. »Ein Weibchen ist weitaus gefährlicher als ein Männchen.«

»Ja«, stimmte sie zu, und einen Augenblick später — nachdem ich sie angesehen hatte — verstand ich die Bedeutung ihres Lächelns.

Das Weibchen kroch mit langsamen, ruckartigen Bewegungen aus dem schwarzen Loch in dem dunkelgrünen Felsen heraus. Sie war kleiner als ihr Gefährte, aber weitaus verzweifelter. Irgendwo hinter ihr in den Felsen waren ihre Jungen, und sie würde alles tun, um sie zu beschützen. Del würde wie eine Feder in einem Samum vor ihr zu Boden gehen. Die Katze erhob sich aus dem Sand und sprang gerade hoch, die Hinterbeine angezogen, um damit Del zu treffen. Ich verschwendete keine Sekunde mit der Frage, ob ich es tun könnte, sondern ich tat es einfach. Ich schnellte mich genauso kräftig wie die Katze ab und stieß ihr eine Schulter in die Rippengegend, als wir in der Luft aufeinandertrafen.

Ich hörte Dels Fluch und wußte, daß sie ihren Schwertstreich hatte zurückhalten müssen, entweder das, oder sie hätte es riskieren müssen, mir den Kopf abzuschlagen. Die Katze ging mit einem Gurgeln und Knurren zu Boden, der Atem entwich, dann knurrte sie erneut, als ich mich über sie stellte. Ich stieß meinen linken Unterarm unter ihren Kiefer, zog ihren Kopf aus dem Sand hoch und durchtrennte ihre Kehle mit einem Messerstreich.

Mein Oberschenkel schmerzte. Ich starrte auf ihn hinab, als ich dann gekrümmt über dem toten Weibchen saß, und erkannte, daß mich das Männchen ziemlich stark erwischt hatte. Noch mehr Narben. Dann sah ich zu Del hinauf und sah, daß sie vor Wut stärker glühte als irgendeine Sonne.

»Sie gehörte *mir!*« schrie sie. »Mir!«

Ich seufzte und fuhr mit einem Unterarm über meine schweißnasse Stirn. »Wir sollten nicht darüber streiten. Sie ist tot. Das ist es, was zählt.«

»Aber Ihr habt sie getötet, und sie gehörte *mir*. Ihr habt mir meine Beute streitig gemacht.«

Ich starrte sie an. Sie war weiß vor Wut, und ihre starren Finger umklammerten noch immer das Schwert. Einen Moment lang hatte ich den seltsamen Eindruck, sie könnte mit dieser tödlichen Klinge zu einem tückischen Schlag ausholen. »*Del* . . .«

Sie stieß eine Reihe nordischer Wörter aus, die ich nicht verstand, aber auch nicht verstehen mußte. Die Frau beherrschte die fürchterlichsten Flüche, die ich jemals gehört hatte, und ich bin selbst ziemlich gut darin. Ich hörte sie zu Ende an und ließ sie ihre Wut ausleben. Dann sprang ich auf die Füße und stellte mich vor sie. Die Spitze des Schwertes lag auf meiner Brust.

Fast augenblicklich erschauderte ich. Die Klinge war kalt, *kalt*, selbst in der glühenden Hitze der südlichen Sonne. Es legte erneut diesen Finger in meine Seele und klopfte an.

Es klopfte: *Tiger, bist du da?*

Ich machte einen taumelnden Schritt zurück. »Diese Katze hätte Euch töten können.« Ich sagte dies barsch, mehr als Reaktion auf das Schwert als aus Verärgerung aufgrund ihres Verhaltens. »Benehmt Euch nicht wie eine Närrin, Del!«

»Närrin?« platzte sie heraus. »*Ihr* seid der Narr, Schwerttänzer! Macht ein Mann einem anderen Mann seine Beute streitig? Beschützt ein Mann einen anderen Mann, wenn er vollständig vorbereitet *und* bereit ist, die Situation selbst zu klären?«

»Vergeßt Ihr nicht etwas?« hielt ich ihr vor. »Ihr seid kein Mann, Del. Hört auf zu versuchen, wie einer zu handeln.«

»Ich bin ganz einfach *ich!*« schrie sie. »Einfach Del! Wertet mich nicht ab, nur wegen meines Geschlechts!«

»Hoolies, Frau, benehmt Euch nicht, als hättet Ihr Sand im Gehirn.« Ich ging an ihr vorbei zum Wasser.

»*Ihr* habt Sand im Kopf, Schwerttänzer«, sagte sie verbittert. »*Ihr* seid der Narr, wenn Ihr glaubt, ich sei hilflos und weich und unfähig.«

Ich beachtete sie nicht. Mein Oberschenkel brannte, und die einzig mögliche Reaktion auf diese Vorwürfe war einzulenken. Außerdem war ich hungrig, und Wut klärt niemals einen Streit, auch nicht im Kreis. *Besonders* nicht im Kreis. Also zog ich meine Schuhe aus, ging über den Steinkreis ins Wasser und hinterließ Luftblasen, als ich unter die Oberfläche sank.

Als ich wieder auftauchte und mich an den Felsen festhielt, sah ich, wie sich Del ihren Weg in das Sandtigerlager suchte. Das trieb mich sofort aus dem Wasser. Ich ging tropfend über den Sand zu ihr und brüllte ihr eine Frage zu, aber als ich die Stelle erreichte, kam sie schon wieder heraus. Nachdem sie aus den Felsbrocken herausgekrabbelt war, warf sie den schweren Zopf zurück und sah zu mir auf. In ihren Armen hielt sie zwei Sandtigerjunge.

Sie schrien und bissen sie, die Pranken schlugen auf ihre Hände ein, aber die Krallen von Sandtigerjungen können die Haut erst durchdringen, wenn sie drei Monate alt sind. Darum sind die Eltern so darauf bedacht, sie zu beschützen, und so gefährlich. Die Jungen haben noch sehr viel länger keine angeborenen Verteidigungskräfte als die meisten anderen Tiere der Punja. Diese hatten sogar noch ihre Milchzähne, was bedeutete, daß sie erst halbwegs entwöhnt waren.

Ich fluchte, während ich den ganzen Sand volltropfte. »Ihr wollt sie behalten?«

»Ohne Hilfe werden sie sterben.«

»*Mit* Hilfe werden sie sterben.« Ich hockte mich hin, beachtete den Schmerz in meinem zerkratzten Oberschenkel nicht und streckte die Hand nach einem der Jungen aus. Ich konnte es nicht leugnen — mit ihren zwei Monaten waren sie ausgesprochen niedlich. Und fast so anschmiegsam wie ein Cumfa. »Es wird besser für sie sein, wenn ich sie jetzt töte.«

Del sprang zurück. »Wagt es nicht!«

»Bascha, sie sind hilflos«, belehrte ich sie. »Es sind *Sandtiger*junge, um Valhails willen! Es leben schon genug Sandtiger in der Oase. Jeder weitere kostet Menschenleben.«

»Menschen können auf sich selbst aufpassen. Diese Jungen können es nicht.«

Ich seufzte erneut und ließ es zu, daß das Junge meinen Finger mit Beschlag belegte. »Jetzt können sie sich nicht selbst beschützen. Ihre Zähne sind stumpf, und ihre Krallen wachsen noch. Aber in einem Monat werden sie Reißzähne und Krallen haben und alles töten, was sich bewegt.«

Das Junge knabberte an meiner Hand. Es tat nicht weh. Das schnurrende Knurren war nur eine ganz schwache Erinnerung an das wütende Brüllen, das ich von seinem Vater gehört hatte.

Del schubste das Junge in meine Arme und wiegte

das andere. »Sie sind noch Babys, Tiger. Sie haben eine Chance verdient, am Leben zu bleiben.«

Ich sah sie stirnrunzelnd an, aber das Junge knabberte weiter an meinem Finger, bis es in meinen Armen einschlief. Sie hatte recht. Ich konnte es nicht tun. Harter, alter Tiger, professioneller Schwerttänzer.

Ich zog das Junge zu meinem Burnus hinüber, legte es hin, beobachtete seinen Schlaf und fluchte. »Was zu den Hoolies wollt Ihr mit ihnen *tun?*«

Del ließ ihren Zopf auf die Nase ihres Jungen baumeln. Es schlug auf die Haare und quengelte tief in der Kehle. »Wir werden sie mitnehmen.«

»Quer durch die Punja?« fragte ich ungläubig. »Hoolies, Bascha, ich weiß, es ist den Frauen vorherbestimmt, etwas bemuttern zu wollen, aber wir werden schon Glück haben, wenn wir *uns selbst* durchbringen. Wir können uns nicht mit zwei Sandtigerjungen belasten.«

»Wir haben keine andere Wahl.« Sie sah mich fest an. »Ihr habt ihre Eltern getötet. Ihr habt ihre Versorgung abgeschnitten. Jetzt schuldet Ihr ihnen etwas.«

»Hoolies!« Ich fluche. »Warum muß ich auch eine verrückte nordische Frau mit verrückten nordischen Ansichten aufgabeln. Und überhaupt — das letzte, was ich gehört habe, war, daß *Ihr* das Weibchen töten wolltet. Macht mich nicht zum Bösewicht.«

Ihre Augen waren unglaublich blau unter hellen, sonnengebleichten Brauen. »Ihr seid, was Ihr seid, Schwerttänzer.«

Ich seufzte und gab auf. »Seht, ich muß ein wenig schlafen. Wir werden darüber sprechen, wenn ich aufwache.« Sie hörte sofort auf, mit dem Sandtigerjungen zu spielen. »Ich dachte, Ihr wolltet weiterreiten, sobald wir Wasser aufgenommen und uns ausgeruht hätten.«

»Das will ich auch. Aber ich kann es nicht, bevor ich nicht ein wenig geschlafen habe.« Ich sah ihr verwirrtes Stirnrunzeln. »Bascha, die Krallen von Sandtigern sind giftig. Wenn sie Euch schwer genug erwischen, lähmen sie Euch — so daß sie sich eine gemütliche Mahlzeit erlauben können.« Ich deutete auf meinen Oberschenkel. Das Wasser hatte das Blut anfänglich abgewaschen, aber jetzt rann noch mehr davon langsam mein Bein hinab. »Das ist nicht schlimm, aber es ist doch besser, wenn ich ein wenig schlafe. Also, wenn Ihr nichts dagegen habt...« Ich unterdrückte einen Seufzer der Anstrengung und legte mich auf meinen Burnus, in die Nähe des schlafenden Jungen. Es — *er* — schlief weiter, und einen Moment später tauchte auch ich in das Reich des Vergessens ein.

Sechs

D^{er Kreis. Ein einfacher in den Sand gezeichneter Umriß.} *Dunkel gegen das Licht; die Oberflächlichkeit des Kreises als Unterbrechung in der seidigen Beschaffenheit des schimmernden Sandes. Und doch, selbst in der Stille schrie der Kreis laut das Versprechen des Blutes. Sein Geruch war greifbar.*

Ich schlüpfte lautlos aus meinem Burnus und ließ ihn hinabgleiten. Weiche Seide, ihr Gleiten ein zischendes Flüstern, sich kurz aufbauschend und dann als eine gegen den Sand hellbraune Lache liegenbleibend. Umbrabronzefarben gegen elfenbeingrau.

Ich öffnete meine Schuhe, streifte sie ab und stieß sie zur Seite. Flink löste ich meinen Harnisch und ließ ihn auf meine Schuhe fallen: ein Stapel geölten Leders, durch meinen Schweiß beflecktes, hellgelbes Ocker. Und in dem Moment, als er fiel, zog ich das Schwert aus der Scheide.

Einzelhieb, dessen Name legendär war. Eine bläuliche Klinge, ein goldenes Heft. Im Sonnenlicht glitzernd.

Ich trat an den Rand des Kreises. Ich wartete. Der Sand unter meinen Füßen war heiß, doch aus seiner Hitze zog ich meine Kraft. In der Wüste geboren und aufgewachsen, war die südliche Sonne für mich eine energiespendende Kraft.

Meine Gegnerin sah mich an. Sie hatte wie ich die Schuhe und den Burnus abgestreift und war nur noch mit einer Velourledertunika bekleidet, die mit blauen Runenglyphen gesäumt war. Und sie trug das Schwert. Das lachsrot-silberne Schwert mit den Formen darauf, fremdartige, bösartige Formen, die sich auf dem Metall wanden.

Ich betrachtete es. Es berührte mich nicht, weil wir erst noch in den Kreis eintreten mußten, aber noch immer spürte

ich den Atem des Todes. Kalt. So kalt. Sich ausbreitend, um meine Seele zu berühren. In der Hitze des Tages fröstelte ich.
Und Del sang. Sie sang ihren nordischen Gesang.

Ich wurde ruckartig wach und bemerkte, daß ich gezittert *hatte*, denn Dels Hand lag auf meiner Braue, und sie war kühl, kühl und sanft auf meiner heißen Haut.

Ihr Gesicht schwebte über mir. So hübsch, so jung, so hart. Fast makellos schön, und doch waren da Kanten unter der Weichheit. Die Ahnung kalten, harten Stahls.

»Euer Fieber ist gesunken«, sagte sie und nahm ihre Hand fort.

Einen Augenblick später rollte ich mich auf die Seite und stützte mich auf einem Ellenbogen auf. »Wie lange?«

Sie kniete jetzt ein Stück weiter entfernt bei der Felsmauer hinter uns. Ihre Hände lagen auf ihren Oberschenkeln. »Die Nacht über. Ihr habt ein wenig erzählt. Ich habe die Wunde gesäubert.«

Ich schaute in diese aufrichtigen Augen und sah erneut den geraden Blick eines offensichtlichen Gegners, der soeben dabei war, den Kreis zu betreten. Hinter ihrer linken Schulter prangte das nordische Schwert in seiner Scheide ruhig in seinem Geschirr befestigt, der Glanz von mit Runen versehenem Silber, das im gleißenden Sonnenlicht fast weiß schien. Ich dachte an den Traum und fragte mich, was ich erzählt hatte.

Aber aus irgendeinem Grunde konnte ich sie nicht danach fragen.

Sie trug jetzt wieder den karmesinroten Burnus. Ihr Haar war wieder gelöst. Die Haut auf ihrer Nase war roter als zuvor und würde wohl bald aufplatzen und sich schälen. Dieses blonde, blonde Haar und diese blauen, blauen Augen zeigten die Unterschiede zwischen dem Norden und dem Süden überdeutlich, obwohl ich wußte, daß das nicht nur mit physischen Merkmalen, sondern auch mit der Kultur zusammenhing. Mit der Umgebung. Wir dachten ganz einfach unterschiedlich.

Und das sollte zwischen uns treten.

Ich taxierte das kleine Lager. Del wußte, was sie tat. Beide Pferde waren gesattelt und bepackt und warteten ruhig in der Hitze. Die Köpfe waren gesenkt, die Augen gegen das Sonnenlicht halb geschlossen, Hautpartien zuckten, als der Hengst und der Wallach versuchten, sich von lästigen Insekten zu befreien.

Ich schaute zu Del, bereit, eine Bemerkung zu machen, und sie reichte mir ein Stück gebratenes Fleisch. Aber ich wußte, daß es kein Cumfafleisch war.

Vorsichtig probierte ich es.

»Sandtiger«, sagte sie. »Ich dachte, das Männchen könnte zu zäh sein, also habe ich das Weibchen gebraten.«

Der erste Bissen befand sich bereits in meinem Mund, aber ich schluckte ihn nicht hinunter. Er saß an meinen Zähnen fest und füllte meinen Mund vollständig aus, obwohl es kein so großer Bissen gewesen war. Der *Gedanke* daran, ein Tier zu essen, nach dem ich benannt worden war, traf mich wie etwas, das dem Kannibalismus nahekam.

Del lächelte nicht. »In der Punja ißt man das Fleisch, das man bekommen kann.« Aber da war ein Schimmern in ihren Augen.

Ich runzelte die Stirn. Kaute. Antwortete nicht.

»Übrigens habe ich die Jungen mit Cumfafleisch, das ich mit Milch vermischt habe, gefüttert, also mußte ich es durch irgend etwas ersetzen.«

»*Milch?*«

»Sie sind erst halbwegs entwöhnt«, erklärte sie. »Das Weibchen hatte noch Milch, also habe ich die Jungen angelegt. Es hat keinen Zweck etwas zu verschwenden, was noch übrig war.«

»Sie haben bei ihrer toten Mutter getrunken?«

Del zuckte leicht die Achseln. Ich hatte das Gefühl, sie wußte, wie seltsam das klang. »Sie war noch warm. Ich wußte, daß die Milch noch eine Stunde oder so nicht verderben würde, also dachte ich, es sei den Versuch wert.«

Ich mußte ihr zugute halten, daß ich mit keinem Gedanken daran gedacht hatte. Aber andererseits, *ich* würde mir nicht so viele Gedanken um Junge machen, die in einem Monat gefährlich werden würden. Vertraue einer Frau ... »Was habt Ihr mit ihnen vor?«

»Sie werden auf Euer Pferd gepackt«, erklärte sie mir. »Ich habe in Euren Satteltaschen Platz geschaffen, denn in meinen war keiner. Sie werden keine Mühe machen.«

»Sandtigerjunge auf *meinem Pferd*?«

»*Ihm* macht es anscheinend nichts aus«, erwiderte sie. »Warum sollte es Euch etwas ausmachen?«

Ach, Hoolies, manche Frauen sind einfach unvernünftig. Also kümmerte ich mich nicht weiter darum. Ich aß das geröstete Tigerfleisch auf, das gar nicht so schlecht schmeckte, zog den Burnus über meinen Kopf und stand auf. Mein Oberschenkel tat immer noch weh, aber das Gift hatte meinen Körper verlassen. Die Krallenspuren zogen sich vom Saum meines Dhoti bis zur Mitte des Oberschenkels, aber sie waren nicht allzu tief. Sie würden mich einige Tage behindern, aber meine Haut heilt schnell.

»Seid Ihr bereit loszureiten?« Ich trank einen letzten Schluck und eilte zu dem Hengst.

»Seit dem Morgengrauen.«

Ich glaubte, einen leichten Anflug von Tadel in ihrer Stimme zu hören. Und das gefiel mir nicht. Ich schaute sie an, als sie ihren kleinen Graubraunen bestieg, und dann wurde mir der Grund klar. »Ihr seid immer noch böse auf mich, weil ich das Weibchen getötet habe!«

Del stellte die Füße in die Steigbügel und nahm die Zügel auf. »Sie gehörte mir. Ihr habt sie mir genommen. Ihr hattet kein Recht dazu.«

»Ich habe versucht, Euer *Leben* zu retten«, erklärte ich. »Zählt das gar nichts?«

Sie saß auf dem Wallach, die karmesinrote Seide ihres

Burnus schimmerte fast im Sonnenlicht. »Das zählt«, stimmte sie zu. »Oh, das tut es, Tiger. Eine ehrenhafte Tat, die Ihr da vollbracht habt.« Ihr nordischer Akzent verzerrte die Worte. »Aber, um Eurer Ehre neuen Glanz zu geben, habt Ihr meine befleckt.«

»Das ist richtig«, stimmte ich zu. »Das nächste Mal werde ich Euch sterben lassen.« Ich wandte ihr den Rücken zu. Es ist sinnlos, mit einer Frau zu diskutieren, wenn sie sich verteidigt oder ihre Gedanken auf etwas anderes gerichtet sind. Ich bin schon früher in solchen Situationen gewesen, und es gibt *niemals* eine einfache Lösung. (Und da ich das als erster zugebe, habe ich mich bisher niemals auf einen Streit um das Recht, einen *Sandtiger* zu töten, eingelassen und, um Valhails willen, das Prinzip ist dasselbe.)

Der Hengst trat etwas zur Seite, als ich mich hinaufschwang, was es mir erschwerte, die Füße in die Steigbügel zu stellen. Ich hörte das zischende Peitschen seines Schweifes, als er in beständigem Protest gegen meine Laune damit ausschlug. Er senkte den Kopf, und die Messingverzierungen rasselten. Ich hörte ein leises, fragendes Wimmern aus einer der Satteltaschen, und es wurde mir noch einmal überdeutlich klar, daß ich zwei Sandtigerjunge im Gepäck hatte. Erst hatte ich meinen Namen bekommen, weil ich einen getötet hatte, dann hatte ich zwei weitere getötet, und nun schleppte ich ihre Jungen durch die Wüste wie ein törichter Narr.

Oder wie eine weichherzige Frau.

»Ich nehme sie auf mein Pferd«, bot Del an.

Sie hatte bereits gesagt, daß ihre Satteltaschen zu voll waren. Das Angebot ergab keinen Sinn, es sei denn als Friedensangebot. Oder, was eher wahrscheinlich war, als Anspielung darauf, daß ich nicht mit meinem Pferd umgehen konnte.

Ich schaute sie stirnrunzelnd an, setzte den Hengst in Trab und ritt über den Sand los. Das Rückgrat unter meinem Sattel wand sich einen Moment lang auf alarmierende Weise — wenn der Hengst protestiert, meint er dies ziemlich ernst —, und ich wartete auf das Stoßen seines Kopfes und das Schlagen des Schweifes, die sein Aufbäumen ankündigten. Es sähe ihm ähnlich zu warten, bis ich eine Satteltasche voller Sandtiger, ein verletztes Bein und einen Bauch voller Ärger hatte, bevor er mich abwarf. Dann hätte ich endgültig die Nase voll.

Aber er bockte nicht. Er beruhigte sich, hielt aber den Rücken noch ein wenig durchgebogen, um mich an seine Stimmung zu erinnern, und ging dann, seiner Meinung nach, ziemlich ruhig weiter. Del schloß auf ihrem problemlosen Graubraunen zu mir auf und behielt die Satteltaschen im Auge. Aber ich hörte keine Protestlaute mehr von den Jungen und dachte mir, sie seien eingeschlafen. Wenn sie irgendeine Art von Verstand hätten, würden sie sich auf Dauer ruhig verhalten. Ich freute mich nicht darauf, sie auszupacken.

»Nun?« fragte ich. »Wie soll es weitergehen? Habt Ihr die Absicht, sie als Haustiere aufzuziehen?«

Sie schüttelte den Kopf. Unter der Kapuze konnte ich ihr Haar nicht sehen, aber ihr Gesicht, das durch die glänzende Seide auch im Schatten blieb, war kreidebleich. Ausgenommen ihre sonnenverbrannte Nase. »Es sind wilde Tiere. Ich weiß, daß Ihr recht habt: in einem Monat werden sie tödlich gefährlich sein. Aber — ich möchte ihnen diesen Monat lassen. Warum sollten wir sie verhungern lassen, nur weil ihre Mutter tot ist? In ein paar Wochen werden sie entwöhnt sein, dann können wir sie freilassen.«

Ein paar Wochen. Sie war völlig verrückt. »Und was wollt Ihr ihnen anstatt Milch zu fressen geben?«

»Wir haben nur Cumfafleisch. Das muß reichen.« Sie spitzte ein wenig den Mund, und ich sah ein Glitzern in ihren Augen. »Wenn ein menschlicher Mund es schlukken kann, können das auch Sandtiger.«

»Es ist nicht *so* schlecht.«

»Es ist furchtbar.«

Nun, das stimmte. Da führte kein Weg daran vorbei. Aber es ist das Beste für eine Durchquerung der Punja, wo genießbares Wild selten und fast in jedem Falle schlauer ist als man selbst.

Ich blinzelte, als mich das Sonnenlicht auf dem Silberheft ihres Schwertes blendete. Das so widersinnigerweise einer Frau gehörte. »Wißt Ihr wirklich, wie man es gebraucht?« Ich berührte das Heft Einzelhiebs, das über meine Schulter ragte. »Oder tragt Ihr es hauptsächlich, um Männer abzuschrecken, mit denen Ihr lieber nichts zu tun haben wollt?«

»Es hat *Euch* nicht abgeschreckt.«

Ich würdigte diese Bemerkung keiner Antwort.

Einen Augenblick später lächelte sie. »Mich das zu fragen ergibt genausoviel Sinn, als wenn ich *Euch* das fragen würde.«

»Was, wie ich annehme, ein ausdrückliches Ja bedeuten soll.«

»Ausdrücklich«, stimmte sie zu. »Ja.«

Ich schielte mißtrauisch zu ihr hinüber. »Es ist keine Frauenwaffe.«

»*Normalerweise* nicht. Aber das bedeutet nicht, daß sie das nicht sein *kann*.«

»Unten im Süden bedeutet es das.« Ich sah sie stirnrunzelnd an. »Ernsthaft, Bascha — Ihr wißt genausogut wie ich, daß nur sehr wenige Frauen auch nur mittelmäßig mit einem *Messer* umgehen können, geschweige denn mit einem Schwert.«

»Vielleicht weil uns die Männer zu oft nicht lassen.« Sie schüttelte den Kopf. »Ihr urteilt zu schnell. Ihr leugnet mein Können, erwartet aber, daß ich Eures anerkenne.«

Ich streckte den Arm aus und beugte die Finger meiner Hand. »Weil Ihr nur mich — und meine Größe — anzusehen braucht, um zu wissen, daß keine Frau gegen mich antreten und mich besiegen könnte.«

Sie schaute auf meine Finger, auf meine Hand. Und dann sah sie mich an. »Ihr seid größer, viel größer, das ist wahr. Und zweifellos erfahrener als ich. Aber wertet mich nicht so leichtfertig ab. Woher wollt Ihr wissen, daß ich den Kreis nicht selbst betreten habe?«

Ich ließ meine Hand auf den Oberschenkel herabfallen. Sie schlichtweg auszulachen wäre unbarmherzig und unnötig hart, aber ich konnte doch nicht den kleinen Rest eines Geräusches verbergen, das zu einem belustigten Schnauben wurde.

»Wollt Ihr den Beweis?« fragte sie.

»Wie — indem Ihr gegen mich antretet? Bascha... kein *Mann* ist siegreich gegen mich angetreten, sonst wäre ich nicht hier.«

»Nicht in einem Kampf auf Leben und Tod. In einem Scheinkampf.«

Ich lächelte. »Nein.«

Ihr Mund verzog sich. »Nein, natürlich nicht. Es wäre unerträglich für Euch, wenn Ihr entdecktet, daß ich so gut bin, wie ich behaupte.«

»Ein guter Schwerttänzer sagt *niemals*, wie gut er ist. Er braucht es nicht.«

»Aber *Ihr*. Durch stillschweigende Folgerungen.«

»Das glaube ich nicht.« Ich grinste. »Ich würde nicht sagen, daß mein Ruf auf stillschweigenden Folgerungen begründet wurde. Das wäre unfair gegenüber Einzelhieb.« Ich bewegte meine linke Schulter und schüttelte das Heft ein wenig.

Del öffnete überzeugend erschüttert den Mund. »*Ihr habt Euer Schwert benannt.*«

Ich sah sie stirnrunzelnd an. »Jedes Schwert hat einen Namen. Eures nicht?«

»Aber — Ihr habt ihn *mir* genannt.« Sie zügelte den Wallach und sah mich an. »Ihr habt mir den Namen Eures Schwertes genannt.«

»Einzelhieb«, stimmte ich zu. »Ja. Warum?«

Sie hob die linke Hand, als wolle sie ihr eigenes

Schwertheft zum Schutz berühren, und hielt dann in der Bewegung inne. Und ihr Gesicht war bleich. »Was hat Euer *Kaidin* Euch gelehrt?« Sie stellte die Frage fast rhetorisch, als könne sie die Gedanken, die sich in ihrem Kopf formten, nicht glauben. »Hat er Euch nicht gelehrt, daß Ihr die Macht Eures Schwertes einem anderen übertragt, wenn Ihr ihm seinen Namen nennt?« Ich antwortete nicht, und sie schüttelte bedächtig den Kopf. »Eine Magie zu *teilen,* die persönlich, nur für einen Menschen gedacht ist, bedeutet ein Sakrileg. Es widerspricht allen Lehren.« Bleiche Brauen sanken herab. »Habt Ihr so wenig Vertrauen in die Magie, Tiger, daß Ihr Euren eigenen Anteil daran leugnet?«

»Wenn *Kaidin* ein nordisches Wort für Shodo — Schwertmeister — ist, dann muß ich sagen, daß er mich Respekt gegenüber einer achtbaren Klinge gelehrt hat«, sagte ich. »Aber — ein Schwert ist immer noch ein Schwert, Del. Es braucht einen Mann, der ihm Leben gibt. Nicht Magie.«

»Nein«, sagte sie. »Nein. Das ist Blasphemie. Im Norden lehren uns die *Kaidin* etwas anderes.«

Der Hengst stampfte im Sand, während ich sie stirnrunzelnd ansah. »Wollt Ihr bei der Behauptung bleiben, Ihr hättet bei einem richtigen Schwertmeister gelernt?«

Sie schien kein Interesse daran zu haben, meine Fragen zu beantworten, sondern nur daran, mir ihre zu stellen. »Wenn Ihr nicht an Magie glaubt, wie seid Ihr dann zu Eurem Schwert gekommen?« fragte sie. »Bei wem habt Ihr es getränkt? Welche Macht beansprucht es?« Ihre Augen ruhten auf Einzelhiebs goldenem Heft. »Wenn Ihr mir seinen Namen nennen könnt, dann könnt Ihr mir auch alles darüber erzählen.«

»Wartet«, sagte ich. »Wartet einen Moment. Zunächst einmal, wie ich zu Einzelhieb gekommen bin, ist meine persönliche Sache. Und ich habe niemals behauptet, daß ich nicht an Magie glaube, ich habe nur deren Qualität angezweifelt — oder ihren *Sinn*. Aber was ich wissen möchte, ist, warum Ihr so klingt, als wäret Ihr in der Lehre gewesen.«

Sie bekam wieder ein wenig Farbe. »Weil es so ist. Ich habe ein wenig von meinem Vater und meinen Onkeln und Brüdern gelernt, aber — später war da mehr. Ich war *Ishtoya*.« Sie preßte die Lippen zusammen. »Schülerin meines Schwertmeisters.«

»Eine Frau.« Ich konnte den leichten Beiklang des Unglaubens in meiner Stimme nicht verbergen.

Überraschenderweise lächelte sie. »Mädchen, nicht Frau, als mein Vater zum ersten Mal ein Schwert in meine Hände legte.«

»*Dieses* Schwert?« Ich deutete mit einer Kopfbewegung auf die Waffe, die über ihre Schulter ragte.

»Dieses? Nein. Nein, natürlich nicht. Dies ist meine Blutklinge. Mein *Jivatma*.« Wieder ruhten ihre Augen auf Einzelhieb. »Aber — habt Ihr keine Angst, daß sich Euer Schwert gegen Euch richten könnte, jetzt, wo Ihr mir seinen Namen genannt habt?«

»Nein. Warum sollte es das? Einzelhieb und ich gehen den Weg gemeinsam. Wir passen aufeinander auf.« Ich zuckte die Achseln. »Es ist mir egal, wer seinen Namen kennt.«

Sie schauderte ein wenig. »Der Süden ist so — anders. Anders als der Norden.«

»Das ist wahr«, stimmte ich zu und dachte, es sei eine Übertreibung. »Und wenn Ihr mir damit sagen wollt, daß Ihr ein Schwerttänzer seid, dann klingt das nicht sehr überzeugend.«

Ihre Augen begannen zu glitzern. »Ich werde meinen Tanz für sich selbst sprechen lassen, falls wir uns jemals im Kreis begegnen sollten.«

Ich sah sie scharf an und dachte an meinen Traum, an die verhüllte, mit einer Kapuze bekleidete Gestalt einer Frau, die für einen Tanzeer geeignet schien, scharf wie eine Klinge und doppelt so gefährlich.

Schwerttänzer? Ich bezweifelte es. Ich bezweifelte es, weil ich es bezweifeln mußte.

Del runzelte die Stirn. »Tiger — ist das eine Brise, die ich spüre?« Sie schob ihre Kapuze zurück. »Tiger ...«

Wir hatten auf den Pferderücken nebeneinander gestanden, gen Süden gewandt. Ich wandte mich im Sattel um, schaute den Weg zurück, den wir gekommen waren, und sah, daß sich der Himmel schwarz und silbern verfärbt hatte, was bedeutete, daß der Sand bereits aufflog.

Der Sturm hing in der Luft und verschlang alles, was ihm in den Weg kam. Auch die Hitze. Es ist ein außerordentlich eigenartiges Gefühl zu spüren, wie die Hitze aus der Luft gesaugt wird. Das Haar steht aufrecht, die Haut prickelt, und der Mund wird sehr, sehr trocken. Wenn die Wüste kalt wird, so wird es auch das Blut, aber aus Angst, ganz egal, wie tapfer man ist.

»Tiger ...?«

»Ein Samum«, sagte ich rauh, wirbelte herum und faßte meine Zügel fester, als der Hengst unruhig zu werden begann. »Wir sind nur ein paar Meilen von der Oase entfernt. Dort finden wir Schutz, hinten in den Felsen. Del — *lauft dorthin!*«

Sie tat es. Ich sah den Graubraunen aus den Augenwinkeln, als Del an mir vorbeischoß. Die Ohren des Wallachs waren zurückgelegt und seine Augen halb geschlossen, den Sturm vorausahnend. Kein Pferd geht gern dem Sturm entgegen, und ein in der Wüste aufgezogenes Pferd schon gar nicht, also sprach es für Dels Fähigkeit, mit Pferden umzugehen, daß sie es schaffte, dem Hengst davonzureiten, wenn auch nur für einen Moment. Unsere Spuren waren im Sand gut sichtbar, und Del folgte ihnen problemlos, wobei sie dem aufkommenden Wind trotzte.

Es ist erschreckend, *in* einen gefährlichen Samum zu reiten. Alle Instinkte schreien dir zu, umzukehren und in die entgegengesetzte Richtung zu fliehen, so daß man ihm nicht zu begegnen braucht. Ich hatte mich niemals vorher einem Samum zugewandt und mochte das Gefühl absolut nicht. Es brachte mich zum Schwitzen, und ich fühlte mich kränklich. Und es ging mir nicht allein so: Eine Schweißspur zeichnete sich auf dem Hals des Hengstes ab, und ich hörte sein rauhes Atmen. Er machte einen kleinen Sprung, scherte dann aus und überholte Dels Graubraunen fast augenblicklich.

»Schneller!« schrie ich ihr zu.

Sie saß tief geduckt im Sattel, und ihre Hände hielten die Zügel vorn am Hals des Wallachs. Die karmesinrote Kapuze flatterte hinter ihr her, wie auch meine eigene hinter mir herflatterte, wobei die Quasten in dem eigenartigen umbragrünen Licht schillerten. Alles andere wandelte sich zu Graubraun und hing über unseren Köpfen wie das Schwert eines Scharfrichters. Nur daß es, wenn es fallen würde, so schnell fallen würde, daß wir den Schlag nicht merken würden.

Ein kalter Wind blies. Er trieb mir die Tränen in die Augen und den Sand in den Mund und riß und zerrte an meinen Lippen. Der Hengst taumelte, schnaubte zur Warnung und bekämpfte seine eigenen Dämonen in dem Wind. Ich hörte Del rufen, wandte mich rechtzeitig im Sattel um und sah, wie sich ihr kleiner Graubrauner in völliger Panik aufbäumte und nach vorn warf. Sie versuchte, ihn zu beruhigen, aber der Wallach war verschreckt. Und das kostete uns wertvolle Zeit.

Ich riß den Hengst herum und eilte zurück zu Del. Als ich sie erreichte, stand sie auf dem Boden und kämpfte von dort mit dem Graubraunen, denn ihn zu reiten war unmöglich geworden. Aber jetzt war sie der Gefahr ausgesetzt, niedergetrampelt zu werden, und ich schrie ihr zu, das Pferd loszulassen.

Sie schrie etwas zurück, und dann war die Welt braun und grün und grau, und meine Augen schmerzten.

»Del! *Del!*«

»Ich kann Euch nicht sehen!« Ihr Rufen wurde vom Wind verzerrt, von ihrem Mund gerissen und in das Jammern des Windes hinausgeschleudert. »Tiger — ich kann *nichts* sehen!«

Ich sprang von dem Hengst, schlug ihm an die linke Schulter und spürte, wie er sich hinkniete, sich zusammen- und auf die Seite rollte, wie man es ihm beigebracht hatte. Er lag ruhig, mit geschlossenen Augen und den Kopf in den Nacken zurückgelegt, in Erwartung meines Befehls aufzustehen. Ich hielt mich an den Zügeln fest, kniete mich neben ihn und rief nach Del.

»Wo seid Ihr?« rief sie.

»Folgt einfach meiner Stimme!« Ich rief weiter, bis sie mich erreicht hatte. Ich sah einen schwachen Umriß vor mir auftauchen, eine Hand vor sich ausgestreckt. Ich ergriff die Hand, zog sie zu mir heran und schob sie zu dem Hengst hin. Sein Körper würde uns gegen den ärgsten Sturm schützen, aber dennoch würden wir durchgerüttelt und vielleicht bewußtlos werden, wenn der Samum lange anhielt.

Dels Atem rasselte. »Ich habe mein Pferd verloren«, keuchte sie. »Tiger...«

»Das macht nichts.« Meine Hand lag auf ihrem Kopf und zwang sie hinunter. »Bleibt nur unten. Rollt Euch zusammen, und bleibt ganz nah bei der Stute. Noch besser bleibt Ihr ganz nah bei mir.« Ich zog sie näher heran und legte einen Arm um sie, glücklich über die berechtigte Ausrede, sie zu berühren. Endlich.

»Ich habe mein Messer und mein Schwert«, erklang ihre gedämpfte Stimme. »Wenn Ihr Eure Hände behalten wollt, laßt Ihr sie da, wo sie hingehören.«

Ich lachte sie an und bekam zu meinem Leidwesen den Mund voll Sand. Dann war der Samum mit aller Macht um uns, und ich dachte ans Überleben, anstatt daran, Del zu verführen.

Nun, dafür war später noch Zeit.

Sieben

Während eines Samums zählt man die Sekunden oder Stunden nicht. Man kann es nicht. Man liegt nur an sein Pferd gekauert da und hofft und betet, daß sich der Sturm austoben wird, bevor er einem das Fleisch von den Knochen zieht und das Gehirn im Sand verstreut.

Die Welt ist erfüllt von dem wütenden, todverkündenden Heulen des Windes. Die scheuernde Liebkosung von körnigem, stechendem Sand. Das beharrliche Austrocknen der Haut, der Augen und des Mundes, bis man nicht einmal mehr wagt, an Wasser zu *denken*, denn daran zu denken ist eine Qual allererster Güte.

Der Hengst lag so still, daß ich einen Moment lang dachte, er sei tot. Und dieser Gedanke erfüllte mich mit einem kurzen, überwältigenden Aufwallen der Angst, denn ein Mann zu Fuß ist in der Punja ein leichtes Opfer für viele Räuber. Sand. Sonne. Tiere. Menschen. Und alle können gleichermaßen tödlich sein.

Aber es war nur ein kurzer Moment der Angst — nicht weil ich unfähig wäre zu empfinden (obwohl ich dies tatsächlich normalerweise nicht zugebe) —, sondern weil ich es nicht riskieren konnte zu versuchen, es herauszufinden. Ich selbst war im Moment am Leben, und sich zu viele Gedanken um den Hengst zu machen, könnte für mich den Tod bedeuten, was mehr oder weniger meiner persönlichen Philosophie widerspricht.

Del war völlig verdreht zusammengerollt, das Gesicht gegen die Knie gedrückt, und lag auf der Seite. Ich hatte sie an meine Brust gezogen und meinen Körper als zusätzlichen Schild um ihren herumgelegt. Dadurch blieb etwas von *mir* dem Wind und dem Sand ausgesetzt, aber ich machte mir mehr Sorgen um ihre nordische Haut als um meine südliche, die — wie sie gesagt hatte — zäh war wie altes Cumfaleder. So lag Del geborgen zwischen dem Rücken des Hengstes und meiner Brust, von uns beiden gegen den größten Ansturm des Sturmes geschützt.

Ein großer Teil meines Burnus war bereits zerfetzt, wodurch ich bis auf den Dhoti fast nackt war. Ich spürte das unablässige Stoßen des Windes und des Sandes, während sie gegen meine Haut rieben. Nach einer Weile ging der Wind in einen anhaltenden Luftzug über, den ich gut ertragen konnte. Und zumindest hatte Del nicht sehr darunter zu leiden. Ich hatte das Gefühl, daß sie, wenn sie *ihren* Burnus verloren hätte, mehr als nur karmesinrote Seide verloren hätte. Wahrscheinlich den größten Teil ihrer Haut.

Ihr Rücken lag an meiner Brust, das Kreuz eng gegen meine Lenden gepreßt. Da ich nie zu der standhaften Sorte Mann gehört habe, wenn es darum ging, den Freuden des Fleisches — oder gelegentlich auch des Geistes — zu entsagen, machte es das Ganze für mich auf mehr als eine Art hart. Aber die Umstände ermutigten sicherlich nicht zu intimen Wünschen, weshalb ich mich zurückhielt und mich hauptsächlich darauf konzentrierte, einfach zu atmen.

Atmen scheint leicht zu sein, meistens. Aber das ist es nicht, wenn man bei jedem Atemzug Sand schluckt. Ich sog die Luft flach ein und versuchte, meine Atmung zu drosseln, aber das ist nicht einfach, wenn man tief einatmen möchte. Meine Nase und mein Mund waren von einem Teil meiner Kapuze bedeckt, aber es war nicht gerade das wirksamste Filtersystem. Ich legte die Hand schützend über mein Gesicht, streckte die Finger aus, um meine Augen zu schützen, und wartete so geduldig wie möglich ab.

Aber nach einer Weile glitt ich vom Rand der Welt in

eine watteähnliche Leere mit nur ganz schwach wahrnehmbaren Umrissen.

Ich wachte auf, als der Hengst aufsprang und sich so heftig schüttelte, daß er einen Regen aus Sand und Staub in alle Richtungen versprühte. Ich versuchte, mich zu bewegen, und bemerkte, daß ich steif und verkrampft war und jede Faser meines Körpers schmerzte. Die Muskeln und Sehnen protestierten heftig, als ich mich langsam ausstreckte. Das Stöhnen unterdrückend, nach dem es mich verlangte (man sollte das Fundament einer Legende nicht erschüttern), schob ich mich langsam in eine sitzende Position hoch.

Ich spuckte aus. In meinem Mund war kein Speichel mehr übriggeblieben, ich spie statt dessen Sand aus. Meine Zähne knirschten. Ich konnte nicht schlucken. Meine Augen waren mit zusammengeballtem Sand verkrustet. Vorsichtig schälte ich die Schicht ab und löste meine Lider, bis ich beide Augen zusammen öffnen konnte, ohne Angst vor eindringendem Sand haben zu müssen.

Ich blinzelte. Zog eine Grimasse. Nichts läßt einen Mann sich innerlich *und* äußerlich scheußlicher fühlen, als einen Samum zu überleben.

Andererseits ziehe ich den Schmutz dem Tod vor.

Langsam streckte ich die Hände aus und ergriff Dels Schulter. Schüttelte sie. »Bascha, es ist vorbei.« Es kam nicht viel mehr aus meiner Kehle als ein rauhes Krächzen. Ich versuchte es erneut. »Del ... kommt.«

Der Hengst schüttelte sich erneut und ließ die Messingverzierungen klirren. Ein überwältigendes Schnauben entfernte den meisten Staub aus den verklebten Nüstern. Ich sah Augenlider und Wimpern, die genauso verklebt waren wie meine, selbst unter der braunen Stirnmähne. Und dann gähnte er gewaltig.

Ich richtete mich mühsam auf und streckte mich, um die verknoteten Sehnen zu lösen. Dann sah ich mich langsam um und fühlte das vertraute Schaudern mein Rückgrat hinablaufen.

Die Nachwirkungen eines Samums verlaufen bedrückend still. Nichts ist mehr das gleiche, aber alles *sieht* gleich *aus*. Der Himmel ist tief und sandfarben und leer, der Sand ist flach und sandfarben und leer. Und so ist auch des Menschen Seele. Er hat den wilden Sandsturm überlebt, aber selbst das Wissen, überlebt zu haben, ist nicht so aufregend, wie es sein könnte. Angesichts solcher Kraft und solch unbeseelten Zorns — und der ehrfurchtgebietenden Macht einer elementaren Kraft, die kein Mann je zu bändigen hoffen könnte —, ist alles, was man empfindet, die eigene Sterblichkeit. Die Vergänglichkeit. Und eine überwältigende Schwäche.

Ich ging zu dem Hengst und benutzte die Überreste meines zerfetzten Burnus, um seine Nase endgültig zu säubern. Er schnaubte erneut, aber ich verfluchte ihn nicht wegen des Schwalls verklumpten Sandes und Schleims, der mich einsprühte. Er ließ niedergeschlagen den Kopf hängen. Pferde fürchten, was sie nicht verstehen können, und verlassen sich darauf, daß der Reiter sie beschützt. In einem Samum beschützt einen nur das Glück.

Ich tätschelte ihm die staubige kastanienbraune Nase und säuberte vorsichtig seine Augen. Als ich damit fertig war, stand Del auf.

Sie war in besserer Verfassung als der Hengst, aber nicht viel. Ihre Lippen waren aufgesprungen, grauweiß, auch nachdem sie den Sand ausgespuckt hatte. Ihr Gesicht und ihr Körper zeigten eine einheitliche Farbe, die Farbe des Sandes. Nur ihre Augen zeigten ihre wahre Farbe, und sie wirkten jetzt noch blauer durch die wunden, roten Ränder.

Sie räusperte sich und spuckte erneut aus, dann sah sie mich an. »Nun, wir leben.«

»Für den Moment.« Ich sattelte den Hengst ab, stellte die Satteltaschen auf den Boden und zog den Burnus ganz aus, um ihn damit abzureiben. Die Angst hatte ihn zum Schwitzen gebracht, und er war mit klebrigem Sand überzogen, wodurch seine Farbe von Dunkelkastanienbraun zu Gelblichgrau gewechselt war. Vorsichtig begann ich den Sand abzukratzen und hoffte, daß seine Haut nicht zu wund war, um uns nicht mehr tragen zu können.

Del ging steif zu den Satteltaschen hinüber und pfiff durch die Zähne, als sie merkte, wie sehr ihr alles weh tat. Sie kniete sich hin, öffnete eine der Satteltaschen und zog die beiden Sandtigerjungen heraus.

Ich hatte sie völlig vergessen. Und ich hatte den Hengst sich auf die Seite legen lassen, ohne auch nur an die Folgen zu denken, wenn er sich auf die Satteltasche gelegt hätte, in der die Jungen befördert worden waren. Zerdrückte Jungen.

Del, die dies fast gleichzeitig erkannte, sah mich anklagend an. Dann zuckte sie zusammen, setzte sich geradewegs hin und wiegte die Jungen in ihrem Schoß.

Allem Anschein nach waren sie unverletzt und nicht von Sand verklebt. Geschützt durch die Satteltasche, hatten sie den gesamten Samum verschlafen. Nun entdeckten sie sich gegenseitig wieder und griffen sich an, wobei sie in Dels Schoß umhertobten wie Kätzchen.

Nur daß sie keine waren.

Ihre grünen Augen zeigten bereits die verschwommene Drohung erwachsener Sandtiger. Ihre kleinen Stummelschwänze waren aufrecht in die Luft gestreckt, während sie umherkrochen und sich kabbelten. Während ich sie beobachtete, dankte ich Valhail, daß ihre Krallen noch im Wachstum und ihre Reißzähne noch unentwickelt waren. Del wäre zerkratzt, vergiftet, betäubt worden und hellwach gewesen, wenn sie ihr Fleisch verspeist hätten.

Schließlich öffnete ich eine der Botas und reichte sie ihr. Del nahm sie mit zitternden Händen und achtete nicht auf die Jungen, die umherrollten und stolperten und sich an ihre Beine klammerten. Etwas von dem Wasser rann aus ihrem Mund und hinterließ dunkle Linien in dem staubbedeckten Gesicht. Sie legte eine gewölbte Hand unter ihr Kinn, in dem Versuch, die wertvollen Tropfen aufzufangen.

Ihre Kehle bewegte sich, als sie schluckte. Wieder. Wieder. Dann gebot sie sich selbst Einhalt und reichte die Bota zurück, wobei sie auf ihre feuchte Hand schaute. Ihre Haut hatte die Feuchtigkeit fast sofort aufgesaugt.

»Ich wußte nicht, daß sie *so* trocken werden würde.« Sie blinzelte durch verklebte Wimpern. »Vorher war es heiß, als ich vom Norden herüberkam. Aber dies ist ... schlimmer.«

Ich schluckte eine enorme Menge Wasser hinunter, verschloß die Bota wieder und stopfte sie in die Satteltasche. »Wir können umkehren.«

Del starrte mich mit so verschwommenen Augen an wie die der Jungen, die noch immer in ihrem Schoß umherkrabbelten. Sie war ... irgendwo anders. Und dann erkannte ich, daß sie diese Erfahrung auf ihre Art verarbeitete, ihre Angst anerkannte und damit ihre Macht über sie vertrieb. Ich konnte sie durch ihren Körper wandern und ihre Sehnen verknoten sehen, bis sie unter ihrer staubigen Haut hervorstanden, sich wieder entknoteten und durch ihren Körper liefen, wie die Wellen von Cumfaspuren im Sand.

Sie seufzte ein wenig. »Wir werden aber weiterreiten.«

Ich leckte meine gesprungenen Lippen und stöhnte innerlich bei dem Schmerz. »Wir riskieren es, in einen weiteren Samum zu geraten, Bascha. Es ist selten nur einer, wenn es zwei geben kann. Oder auch drei.«

»Wir haben diesen überlebt.«

Ich schaute auf ihre Kiefer: Fest an ihrem Platz bildeten sie eine klingenähnliche Linie unter ihrer Haut, scharf geschnitten und schmal. »Ihr Bruder bedeutet

Euch *so* viel, obwohl es möglich wäre, daß Ihr bei dem Versuch, ihn zu finden, sterben könntet?«

Sie sah zu mir zurück. In diesem Moment spiegelten ihre Augen ihre Seele wider, und was ich sah, beschämte mich wegen meiner Frage, wegen meiner selbst. Wegen meiner taktlosen, unüberlegten Annahme, daß sie ihr Leben höher bewertete als das ihres Bruders.

Ich war allein auf der Welt, wie ich es immer gewesen war, und die Erkenntnis solcher familiärer Ergebenheit ist für mich nicht leicht zu verarbeiten.

Solch bindende, *mächtige* Blutsverwandtschaft ist mir fremd wie das Schwert, das sie trug. Und die Frau selbst.

Del erhob sich, umfing die Jungen an ihren dicken, festen Bäuchen und schob sie zurück in die Satteltasche. Sie beachtete ihr Wimmern und die stummen Proteste nicht, als sie die Lederschnallen schloß. Ihr Rückgrat war unglaublich steif. Ich hatte sie mit meiner Frage zutiefst verletzt.

Ich sattelte still wieder auf. Danach schwang ich mich hinauf und reichte Del die Hand; sie benutzte meinen angespannten Fuß als Steigbügel und saß hinter mir auf.

»Halbe Rationen«, belehrte ich sie. »Sowohl beim Wasser als auch beim Essen. Und das gilt auch für die Jungen.«

»Ich weiß.«

Ich stieß meine Fersen in die staubigen Flanken des Hengstes, hakte die Zehen in die Steigbügel. Ich erwartete sicher, daß er gegen das zusätzliche Gewicht protestieren würde — er war mehr als stark genug, eine schwerere zweite Last als Del zu tragen; er liebte es lediglich, sich aufzuregen —, aber er tat es nicht. Ich fühlte mich erleichtert bei seinem ersten Schritt vorwärts und auch, als er dann eine Bewegung machte, die an ein ergebenes Achselzucken erinnerte. Er ging. Wir ritten wieder Richtung Süden.

Einen Samum zu überleben, saugt alle Kraft und allen Mut auf. Ich wußte, daß wir nicht mehr viel länger so weitermachen konnten. Der Hengst stolperte und ging im Zickzack, ich schwankte im Sattel wie ein weinseliger Mann, und Del fiel gegen meinen Rücken. Die Jungen hatten es wahrscheinlich am bequemsten von uns allen. Fast beneidete ich sie.

Die verdorbene Quelle hatte auch unseren Kurs verdorben. Da wir zu der Oase geritten waren, folgten wir nicht mehr dem kürzesten Weg nach Julah. Es bedeutete, daß wir sogar weiter reiten mußten, bis wir wieder Wasser fanden. Ich wußte es. Und ich hatte das Gefühl, Del wußte es auch. Aber der Hengst wußte es nicht.

Ein Pferd kann die Notwendigkeit zur Einteilung nicht erkennen. Es will nur. *Braucht.* In der Punja, wenn die Sonne auf einen glühenden Teppich kristallinen Sandes brennt, wird Wasser zu einer wertvolleren und nützlicheren Sache als Gold, Edelsteine und Nahrung. Und ich habe Zeiten erlebt, in denen ich mehr als bereit war, ein Jahr meines Lebens zu geben für einen Schluck kalten, lieblichen Wassers.

Auch *warmen* Wassers.

Der Sand hatte uns ausgetrocknet, die Haut ausgelaugt. Wir starben langsam von außen nach innen vor Durst. Der Hengst taumelte und schwankte und verfiel in einen abgehackten Lauf über den blendenden Sand. Mir ging es nicht viel besser, obwohl ich zumindest reiten konnte, anstatt zu laufen.

Zweimal rüttelte ich Del wach, als ich zu Boden glitt, um etwas Wasser für den Hengst in meine Hände zu gießen, aber sie verzichtete auf ihre eigene Ration. Das tat ich auch. Ein Nippen kann zu einem Schluck werden, ein Schluck zu einem anhaltenden Zug, und das reduziert die Vorräte so schnell, daß man seinem eigenen Tod entgegeneilt.

Und so wurde das Wasser zum Eigentum des Hengstes und wir zu Schmarotzern.

Ich spürte ihre Hand auf meinem bloßen Rücken. »Woher stammen diese Male?«

Ihre Stimme klang vor Trockenheit rauh. Ich wollte ihr fast raten, nicht zu sprechen, aber zumindest hinderte uns das Reden daran, unmittelbar in die Erstarrung zu entgleiten.

Ich zuckte die Schultern und genoß das Gefühl nordischer Haut auf südlicher. »Ich bin seit über zehn Jahren Schwerttänzer. Das fordert seinen Tribut.«

»Warum tut Ihr es dann?«

Ein erneutes Achselzucken. »Es ist ein Beruf.«

»Also würdet Ihr etwas anderes tun, wenn Ihr die Möglichkeit dazu hättet?«

Ich lächelte, obwohl sie es nicht sehen konnte. »Ein Schwerttänzer zu sein *war* meine Möglichkeit.«

»Aber Ihr hättet bei ... wem, den Salset? ... bleiben — und die Arbeit mit dem Schwert ganz vermeiden können.«

»Ungefähr so sicher, wie Ihr Eurem Bruder den Rücken zukehren könntet.«

Sie nahm die Hand von meinem Rückgrat.

»Ihr behauptet, *Ihr seid* ein Schwerttänzer«, sagte ich. »Welche Geschichte steckt dahinter? Es ist nicht unbedingt die Art Leben, die eine Frau sich selbst aussucht.«

Ich dachte, sie würde nicht darauf antworten. »Ein Pakt«, sagte sie dann, »ein Pakt mit den Göttern, der eine Frau, ein Schwert und alle Magie eines Menschen umfaßt.«

Ich schnaubte. »Natürlich.«

»Ein Pakt«, sagte sie. »Sicher versteht Ihr das, Tiger ... oder gibt es so was hier im Süden nicht?«

»Mit den Göttern?« Ich lachte, aber nicht ... *sehr* unfreundlich. »*Götter*. Welch ein Vorwand. Und die Schwachen, die sich nicht auf sich selbst verlassen können, wissen sicher, wie man ihn gebraucht.« Ich schüttelte den Kopf. »Seht, ich will mit Euch nicht über Religion diskutieren — das hat nie zu etwas geführt. Ihr glaubt, was Ihr wollt. Ihr seid eine Frau, vielleicht braucht Ihr das.«

»Ihr glaubt an nicht vieles, nicht wahr?« fragte sie. »*Gibt* es für Euch etwas?«

»Ja«, antwortete ich bereitwillig. »Eine warme, willige Frau ... ein scharfes, einwandfreies Schwert ... und ein Schwerttanz im Kreis.«

Del seufzte. »Wie tiefsinnig ... und wie überaus vorhersagbar.«

»Vielleicht«, stimmte ich zu, obwohl dieser Spott meinen Stolz etwas verletzte. »Aber was ist mit Euch? Ihr behauptet, ein Schwerttänzer zu sein, also wißt Ihr, was der Kreis bedeutet. Ihr wißt von der Verpflichtung. Ihr wißt von der Vorhersagbarkeit.«

»Im Kreis?« Ich hörte eine Spur Überraschung in ihrem Ton. »Der Kreis ist nie vorhersagbar.«

»Eine Frau auch nicht.« Ich lachte. »Vielleicht passen der Kreis und Ihr demgemäß gut zusammen.«

»Nicht weniger als eine Frau und ein Mann.«

Ich dachte, daß sie vielleicht lächelte. Aber ich wandte mich nicht um, um es herauszufinden.

Später machte Del mich darauf aufmerksam, daß der Hengst müde sei. Da er schon seit einiger Zeit stolperte und taumelte, gab ich ihr recht.

»Dann sollten wir ihn ausruhen lassen«, sagte sie. »Wir sollten laufen.« Sie wartete nicht auf meine Antwort. Sie glitt einfach von seinem staubigen Rücken.

Und landete in einem Gewirr von Armen und Beinen.

Ich zügelte den Hengst, sah auf sie hinunter und bewunderte die deutlichen Umrisse ihrer langen Beine, denn der Burnus war zu ihren Hüften hochgerutscht. Einen Moment lang, nur einen Moment, verschwand meine Verworrenheit, und ich lächelte.

Del schaute müde zu mir hinauf. »Ihr seid schwerer als ich. Steigt ab.«

Ich lehnte mich in dem flachen Sattel vor und schüttelte meinen rechten Fuß, bis ich ihn aus dem Steigbügel befreit hatte. Dann schob ich das Bein salopp über den Rücken des Hengstes und den Sattel und rutschte hinab, wobei ich mit meinem bloßen Leib am linken Steigbügel entlangkratzte. Und beachtete es nicht.

Als ich den Wunsch meiner Beine bemerkte, unter mir einzuknicken, klammerte ich mich am Sattel fest, bis ich meine Knie ruhig halten konnte. Del blieb auf dem Sand ausgestreckt liegen, obwohl sie den Burnus inzwischen sittsam zurechtgerückt hatte.

»Keiner von uns beiden ist in der Verfassung, zu Fuß zu gehen«, belehrte ich sie. Aber ich bückte mich, bekam ein muskulöses Handgelenk zu fassen und zog sie auf die Füße. »Hängt Euch an mich, wenn Ihr wollt.«

Wir taumelten als bizarre, lebende Kette durch die Wüste: ich, der ich den Hengst führte, und Del, die sich in das Geschirr eingeklinkt hatte, das Einzelhieb hielt.

Obwohl er zwei Schritte vor uns war, erging es dem Hengst nicht viel besser, denn er mußte noch mehr Beine in Einklang bringen. Er stolperte und trat Sand gegen meine Knöchel, der eine weitere Schicht über der bereits vorhandenen bildete. Und obwohl meine Haut an die Hitze und das Sonnenlicht gewöhnt ist, konnte ich doch immer noch die bloßliegenden Teile meines Körpers fühlen, somit also alles außer den Stellen, die von meinem Dhoti und meinem Harnisch bedeckt waren und in dem glühenden Glanz kochten. Aber zumindest konnte ich es besser ertragen als Del, die noch immer in karmesinrote Seide eingehüllt war. Der Stoff hatte Risse, und die meisten der goldenen Quasten waren verschwunden, aber ich vermißte derart fragwürdigen Zierat nicht. Zumindest beschützte sie das, was übriggeblieben war, ein wenig.

Wir wanderten. Immer gen Süden. Pferd und Mann und Frau.

Und die zwei Sandtigerjungen, die dies alles nicht bemerkten.

Der Hengst spürte es als erster. Er blieb jäh stehen, der Kopf schwang schwerfällig ostwärts und warf mich beinahe um. Seine Nüstern weiteten sich, als er laut ausblies, und ich sah, wie sich seine Ohren steif nach vorn richteten. Ostwärts. Und zeigte mir damit genau die Richtung an, aus der die Bedrohung nahte.

Ich blinzelte. Schaute. Beschattete meine Augen mit einer Hand. Und machte schließlich aus, was von Osten auf uns zu kam.

»Hoolies«, sagte ich leise.

Del stand nahe bei mir und ahmte meine Geste mit einer bleichen Hand nach. Und ihre Verwirrung war so offensichtlich wie ihre Bestürzung. Ihre nordischen Augen konnten es nicht erkennen. Ich konnte es. Deutlich.

Über dem Horizont erhob sich ein Schatten, ein ockergelber Fleck vor einem bleichen, blauen Himmel. Ein hauchfeiner Sandschleier, fließend, fließend und seine Ankunft vorbereitend. Und als der Schleier mit der wogenden Front einer Reihe von Reitern verschmolz, berührte Del meinen Arm.

»Vielleicht teilen sie ihr Wasser mit uns«, sagte sie.

»Das glaube ich nicht.« Das war alles, was ich sagen konnte, ohne sie anzuschnauzen.

»Aber die Höflichkeit des Reisenden ...«

»In der Punja gibt es so etwas nicht. Hier draußen gibt es nur eine einfache Philosophie: Verteidige dich selbst. Niemand wird es für dich tun.« Ich wandte die Augen nicht von der herannahenden Reihe von Reitern ab. »Del ... bleibt hinter mir.«

Ich hörte das zischende Geräusch eines Schwertes, das herausgezogen wird.

Ich blickte sie über die Schulter streng an und sah grimmige Entschlossenheit in ihrem Gesicht. »Steckt es weg!« fuhr ich sie an. »Zieht in der Punja *niemals* die Klinge blank, außer wenn Ihr die Gebräuche der Wüste kennt. Bascha — *steckt es weg!*«

Del schaute einen langen Moment lang an mir vorbei

zu den herannahenden Reitern. Ich wußte, daß sie versucht war, meinen Befehl zu mißachten. Es war in jeder Linie ihrer Körperhaltung sichtbar. Aber sie tat, was ich gefordert hatte. Langsam. Und als ich zurückschaute und die wellenförmige schwarze Linie wie einen schwankenden Spiegel in der Hitze schimmern sah, atmete ich tief, tief ein.

»Del, *sagt* kein Wort. Überlaßt mir das Reden.«

»Ich kann für mich selbst sprechen.« Kühl, nicht abwehrend, eine einfache Erklärung.

Ich fuhr herum und umfing ihr Gesicht mit den Händen. Unsere Gesichter waren nur Zentimeter voneinander entfernt. »Tut, was ich sage! Ein vorlautes Mundwerk im falschen Moment kann uns das Leben kosten. Versteht Ihr?«

Ihre Augen, die an mir vorbeisahen, weiteten sich plötzlich. »Wer *sind* diese Männer?«

Ich ließ sie los und wandte mich um. Die Reihe von Reitern tauchte vor uns auf und verteilte sich in einem exakten Halbkreis, der uns den Fluchtweg wirkungsvoll in drei Richtungen abschnitt. Der vierte lag offen und offensichtlich einladend hinter uns: Wir würden tot sein, bevor wir aufgestiegen wären, wenn wir dumm genug wären, es zu versuchen.

Wie ich waren auch sie halb nackt. Wie ich waren sie von der Sonne dunkel gebrannt, aber ihre Arme waren mit spiralförmigen Narben von gleichmäßigem Blau überzogen. Nackte Brüste zeigten Muster unterschiedlicher Dichte eines blauen Rosettenmusters. Jeder Junge, der die Pubertät erreicht, liegt im Wettstreit mit seinesgleichen, das Rosettenmuster zu gestalten, das seine Mutter — oder nächste weibliche Verwandte — bei einem schmerzhaften Skarifizierungsritual* in seine Haut einritzt. Aber eines war allen diesen Rosettenmustern gemeinsam: Jedes war mit einem gelben, genau in die

---

* Stichelung oder Ritzung der Haut

Mitte plazierten Auge geschmückt. Schwarzes Haar war eingeölt, zurückgestrichen und mit Kordeln verschiedener Farben durchzogen worden. Schwarze Augen sahen Del und mich unverwandt und gierig an.

»Ihre *Nasen* ...«, sagte sie entsetzt.

Nun, sie hatten welche. Aber jede Nase war von einem flachen emaillierten Ring durchbohrt. Die Farbe der Ringe bezeichnete, zusammen mit den Kordeln in ihren Haaren, ihren Rang. Die Farben änderten sich, wenn sie in ihrem Kastensystem auf- oder abstiegen. In diesem Stamm war nichts unveränderlich außer der Grausamkeit.

»Hanjii«, sagte ich kurz.

Del atmete hörbar beunruhigt ein. »Die *Kannibalen?*«

»Sie werden uns ein Bad nehmen lassen«, klärte ich sie auf. »Dann schmecken wir besser.«

Ich überhörte ihren gemurmelten Kommentar und wandte meine Aufmerksamkeit dem Krieger zu, der einen goldenen Ring durch die Nase trug, der den höchsten Rang und die entsprechende Autorität anzeigte. Ich gebrauchte den Wüstendialekt, als ich ihn ansprach. Er gilt in der Punja als allgemeingültige Sprache.

Ich erzählte ihm die Wahrheit. Ich ließ nichts aus, außer daß Del mich angeheuert hatte, um sie durch die Punja zu führen. Und das aus gutem Grund: für die Hanjii sind Frauen Sklaven. Nicht-Menschen. Wenn ich erwähnt hätte, daß Del auch nur einen kleinen Teil Autorität mir gegenüber ausübte, selbst wenn es um so etwas Einfaches wie eine Arbeitgeber-Arbeitnehmer-Beziehung ging, wäre ich als Nicht-Mann und daher als bestens geeignet für ihre kannibalistischen Riten angesehen worden. Da ich nicht im Herdfeuer enden wollte, bemühte ich mich, Dels Wert als Individuum herabzusetzen. Zweifellos hätte mir dies ihre Feindschaft eingebracht, wenn sie es gewußt hätte, aber ich hatte schließlich nicht vor, es ihr zu erzählen.

Außer natürlich, wenn ich es müßte.

Ich beendete meine Geschichte und hoffte, daß Del den Mund halten würde.

Goldring beriet sich mit den anderen. Sie alle sprachen Hanjii mit ein paar unbeholfenen Slangbegriffen in Wüstisch, so daß ich ihnen einigermaßen folgen konnte. Das Hauptthema der Unterhaltung war, daß sie schon seit einiger Zeit kein Festmahl mehr gehabt hatten und sich fragten, ob unsere Knochen ihren ziemlich unersättlichen Göttern gefallen würden. Ich fluchte innerlich und hoffte, daß sich meine Befürchtungen nicht auf Del übertragen würden.

Schließlich beendeten die Hanjii ihre Diskussion und sahen uns nur bedeutungsvoll an. Was noch schlimmer war. Und dann ritt Goldring vor, um uns aus einer Entfernung zu betrachten, die der Einschüchterung förderlich war.

Aber ich war nicht eingeschüchtert. Nur angespannt. Das ist ein Unterschied.

An Goldrings geflochtenem Gürtel über dem kurzen Lederschurz, den er trug, hingen vier Messer. Die anderen hatten alle zwei oder drei, was bedeutete, daß er tatsächlich einen sehr hohen Rang bekleidete.

Er deutete auf den Hengst. »Jetzt.«

Das bedurfte keiner Erklärung. Ich wandte mich zu Del um. »Sie haben uns zum Abendessen nach Hause eingeladen.«

»Tiger...«

Ich brachte sie mit einer gegen ihren Mund gepreßten Hand zum Schweigen. »Ein armseliger Scherz. Sie haben noch nichts entschieden. Wir sollen aufsteigen und mit ihnen reiten.« Ich seufzte und tätschelte dem Hengst die staubige Flanke. »Tut mir leid, alter Junge.«

Unter Aufbringung aller Energie, die mir noch verblieben war (die Hanjii sind gnadenlos, wenn es darum geht, jene zu quälen, die sie für schwach halten), sprang ich auf den mit einer Decke geschützten Sattel und beugte mich hinunter, um Del eine

Hand zu reichen. Ich mußte mich sehr zusammennehmen, um nicht vom Sattel zu fallen, als sie sich hinter mir hinaufschwang.

Ihre Hände, die meine Taille umfaßten, waren eiskalt. Was das betraf, meine waren es auch.

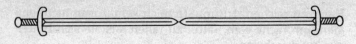

Acht

Wie die Hanjiimänner glauben auch die Hanjiifrauen, daß Skarifizierung die Schönheit steigert. Ich habe die Ergebnisse davon schon früher gesehen und kann es mir daher erlauben, dem ein wenig distanziert zu begegnen. Del, die so etwas noch nicht gesehen hatte, reagierte genauso, wie ich es erwartet hatte: entsetzt und angewidert. Aber, Valhail sei Dank, auch äußerst schweigsam.

Die Frauen gehen barbusig, um die Muster zu zeigen, die sich um ihre Brüste ziehen, wobei jede Linie in hellem Karmesinrot eingefärbt ist. Wie die Männer tragen auch sie Ringe durch die Nase, allerdings flache, silberne. Frauen erlangen die Rangfarben nicht nach demselben System. Ihr Rang wird durch Heirat oder Konkubinat bestimmt, und nur wenn die eine oder andere ihr Ziel erreicht hat, wird das Skarifizierungsritual an ihr vollzogen.

Man kann immer sagen, wenn eine Hanjiifrau noch Jungfrau ist, denn ihre Haut ist weich und unverdorben, ihre Nase frei von Silber. Für einen Mann wie mich, der makellose Frauen bevorzugt, ist es leicht, die älteren Frauen mit ihren Narben und Färbungen und Nasenringen zu übersehen und statt dessen die jüngeren anzusehen. Aber es gibt ein Problem: Die Hanjii glauben, daß keine Frau länger als bis zu ihrem zehnten Lebensjahr Jungfrau bleiben sollte, wodurch die makellosen Mädchen wirklich sehr jung waren.

Und ich habe nie viel von kleinen Babys gehalten.

»Ich habe das Gefühl, ich bin übertrieben gekleidet.« Dels Flüstern kroch über meine Schulter zu meinem

Ohr, und ich grinste. Das *war* sie. Hanjiifrauen tragen nur einen kurzen Leinenschurz. Dels Tunika und mein geborgter Burnus bedeckten sie fast ganz.

Was ich *vorzog*, mitten in einem Hanjiilager.

»Behaltet Eure Kapuze auf«, wies ich sie an und war angenehm überrascht, nur Stille als Antwort zu hören. Die Frau begann zu verstehen.

Wir wurden von allen vierzig Mitgliedern der Kriegergruppe begleitet, durch eine Herde staubiger Schafe (Schafe waren die vorrangige Nahrungsquelle des Stammes; die zweite waren Menschen) zu einem gelben Hyort genau in der Mitte des kreisrunden Lagers. Die Hanjii nennen sie nicht Hyort, aber ich konnte mich nicht an die richtige Bezeichnung erinnern. Dort wurde uns gesagt, wir sollten absteigen, was Del und ich bereitwillig taten.

Goldring sprang von seinem Pferd und verschwand in dem Hyort. Als er wieder herauskam, wurde er von einem Mann begleitet, dessen Haut großzügig mit Narben überzogen und mit den Farben aller vorstellbaren Wüstenschattierungen gefärbt war: Zinnoberrot, Ocker, Umbra, Grünspan, Karneol, Sienna und viele mehr. Sein Nasenring war eine flache Platte aus Gold, die bis auf seine Oberlippe herunterhing. Es mußte schwierig sein, damit zu essen, zu trinken oder zu sprechen, dachte ich, aber schließlich streitet man nicht mit einem Hanjii, der von sich glaubt, er sei wunderschön.

Abgesehen davon war dieser Mann der Shoka selbst.

Bevor irgend jemand irgend etwas sagen konnte, riß ich Einzelhieb aus der Scheide, kniete mich hin, die schwieligen Knie in den heißen Sand gepreßt, und legte mein Schwert vorsichtig vor den Shoka. Das Sonnenlicht, das von der Klinge widergespiegelt wurde, blendete. Ich blinzelte. Aber ich bewegte mich nicht noch einmal.

Ein Dutzend oder mehr Messer tauchten aus den engsten Gürteln auf, aber niemand griff an. Angemessen ergeben wartete ich mit gesenktem Kopf ab, dann — als ich die Zeit der Ehrerbietung für ausreichend hielt — erhob ich mich, ging zur rechten Seite des Hengstes herum und öffnete die größte der Satteltaschen.

Ich zog die beiden stürmischen Sandtigerjungen daraus hervor, trug sie zu dem Shoka zurück und beugte mich hinab, um sie zu seinen beschuhten Füßen abzusetzen.

»Ein Geschenk.« Ich sprach wüstisch. »Für den Shoka der Hanjii, möge die Sonne auf sein Haupt scheinen.«

Ich hörte Del erschrocken und wütend einatmen — es waren immerhin *ihre* Tiere —, aber sie hielt klugerweise den Mund.

Ich stand vor dem Stammesanführer der Hanjii und hoffte, daß ihre nordischen Götter eine gute Meinung von ihr hatten, da sie so oft mit ihnen sprach. Das ganze Unternehmen war riskant. Ich hatte gehört, daß andere es geschafft hatten, sich ihren Weg aus dem Feuer für das Festmahl mit Geschenken freizukaufen, aber niemand konnte vorhersehen, was das Auge — und somit die Nachsicht — eines Hanjiishoka ansprechen würde.

Die Jungen entdeckten sich gegenseitig neu und begannen, im Sand umherzurollen, grollend und quietschend und ganz allgemein in dem Bemühen, grimmig zu klingen — wenn auch ohne große Wirkung. Der Shoka sah einen langen Augenblick auf sie hinab, wie auch alle anderen. Ich beobachtete sein Gesicht anstelle der Jungen und hielt den Atem an.

Er war ein älterer Mann, höchstwahrscheinlich ein *alter* Mann. Es war unmöglich, sein Alter sicher zu bestimmen. In der Punja wird die Jugendlichkeit sehr schnell aus den Gesichtern herausgedörrt, und ich habe dreißig Jahre alte Menschen gesehen, die wie fünfzig aussahen. (Oder älter.) Dieser Krieger war mir gute dreißig oder vierzig Jahre voraus, was bedeutete, daß er besonders gefährlich war. Man wird hier nicht sechzig oder siebzig Jahre alt, ohne einige häßliche Tricks zu lernen. Besonders bei den Hanjii.

Er starrte auf die Jungen hinab, die dunkle Stirn gefurcht, so daß die von grauen Fäden durchsetzten schwarzen Brauen über seiner scharfen Nase zusammentrafen. Die Hanjii sind keine hübsche Menschenrasse, mit all ihren Narben und Färbungen und Nasenringen, aber sie sind beeindruckend. Und ich war pflichtschuldig beeindruckt.

Plötzlich beugte sich der Shoka herab und nahm eines der Jungen auf, wobei er dessen wütendes Grunzen und sein Protestgeschrei ignorierte. Er zog die dunklen Lippen zurück, um seine sich ausbildenden Reißzähne zu begutachten, spreizte dann vorsichtig jede seiner Pranken und fühlte nach den im Wachstum begriffenen Krallen. Schwarze Augen wanderten zu der Krallenkette an meinem Hals und dann zu den Narben auf meinem Gesicht.

Er knurrte. »Der Shoka hat von einem Tänzer gehört, der der Sandtiger genannt wird.« Wüstensprache ohne Akzent, wobei er jedoch die Hanjiigewohnheit gebrauchte, sich selbst in der dritten Person zu nennen. »Nur der Sandtiger würde mit Sandtigerjungen in einer Satteltasche an seinem Pferd in die Wüste reiten.«

Ein hohes Lob von einem Hanjii. Widerwilliger Respekt. (Widerwillig, weil die Hanjii sich selbst für den zähesten Stamm der Wüste halten. Während sie Mut untereinander bewundern, hassen sie es zuzugeben, wenn diese Eigenschaft auf andere zutrifft.) Ich war überrascht, daß er mich erkannt hatte, aber ich sagte nichts dazu. Statt dessen schaute ich ernst zu ihm zurück. »Er ist tatsächlich der Sandtiger.«

»Der Sandtiger hat den Hanjii ein großartiges Geschenk gemacht.«

»Das Geschenk ist verdient.« Vorsichtige Ausdrucksweise: genug Nachlässigkeit, um den Ruf der Hanjii zu unterstreichen, genug Überzeugung, um seine Anerkennung zu gewinnen. »Der Sandtiger hat von der Wildheit der Hanjii gehört und wünschte nur, er könnte etwas zu der Legende beitragen. Wer außer dem Shoka der Hanjii würde Sandtiger in seinem Lager halten?«

Wer außer dem Shoka der Hanjii würde das *wollen*? Die Jungen würden sich als sehr ungestüme Haustiere erweisen, aber wenn irgendein Stamm ihnen das Wasser reichen könnte, dann die Hanjii. Ich hätte den Shoka darauf aufmerksam gemacht, aber höchstwahrscheinlich würde ihn ihre Wildheit erfreuen.

Der alte Mann lächelte und zeigte harzgeschwärzte Zähne. »Der Shoka wird Aqivi mit dem Sandtiger teilen.« Er schob das Junge Goldring zu und verschwand im Hyort.

»Eine knappe Rettung«, murmelte ich Del zu. Es wäre nicht gut, die anderen merken zu lassen, daß ich mit ihr sprach, denn eine Frau ist allgemeiner Unterhaltung nicht wert. »Kommt.«

Schweigend folgte sie mir in den Hyort.

Der Shoka erwies sich als sehr zuvorkommend, großzügig mit Aqivi und mit Komplimenten. Als wir die erste Bota geleert hatten, waren wir gute Freunde, die sich gegenseitig erzählten, welch hervorragende Krieger sie waren und daß wahrscheinlich kein Mensch sie besiegen könnte. Natürlich war das zufälligerweise *wahr*. Wenn irgend jemand den Shoka jemals besiegt hätte, wäre er in den Kochtopf gewandert und hätte seine Reise zur Sonne angetreten. Und was mich betraf, wenn jemand *mich* besiegt hätte, würde ich auch nicht zusammen mit einem mit regenbogenfarbenen Narben versehenen Shoka und einer blonden nordischen Frau, die klug genug war, den Mund zu halten, in einem Hanjiihyort sitzen.

Als wir die zweite Bota geleert hatten, waren wir damit beschäftigt, uns gegenseitig mit unseren Kampftaten zu beeindrucken, und dann kam die Rede auf Frauen. Nun galt es ausführlich zu berichten, wie viele Eroberungen wir während der Jahre gemacht hatten, wann wir zum ersten Mal unsere Unschuld verloren hatten — er behauptete mit acht, ich übertrumpfte ihn und behauptete mit sechs, bis ich mich daran erinnerte, daß ich in *seinem* Hyort war und ›zugab‹, daß ich mich geirrt hatte — und über Taktiken. All das machte mir Dels stille, unmittelbare Gegenwart sehr bewußt.

Nach einer Weile versuchte ich, das Gespräch in andere Bahnen zu lenken, aber der Shoka war ganz zufrieden damit, stundenlang weitschweifig über all seine Frauen und Konkubinen zu reden und darüber, wie ermüdend es war, so viele Frauen zufriedenzustellen, wie glücklich er aber auch sei, daß die Sonne ihn mit unendlicher körperlicher Kraft und einem ausgezeichneten Werkzeug ausgestattet hatte.

Einen entsetzlichen Moment lang dachte ich, er würde einen Vergleich vorschlagen, aber er schüttete einen weiteren Schluck Aqivi hinunter und schien dieses Thema vergessen zu haben. Ich stieß einen tiefen Seufzer der Erleichterung aus, den ich aber unterbrach, als ich Dels unterdrücktes Kichern hörte.

Es erregte auch die Aufmerksamkeit des Shoka.

Er sah sie aus seinen schwarzen Augen, die mich plötzlich an Osmoons erinnerten — klein, tiefliegend, schweineähnlich und voll gerissener Tücke — forschend an. Er streckte die Hand aus, strich die Kapuze zurück und entblößte helles Haar, ein blasses Gesicht und blaue, blaue Augen.

Nur war er es, der tief einatmete. »Der Sandtiger reitet mit einer Frau der Sonne!«

Die Sonne ist ihre Hauptgottheit. Solange er Del als so gesegnet betrachtete, war unsere Sicherheit mehr oder weniger gewährleistet. Ich warf ihr einen strengen Blick zu und sah den reinen Ausdruck in ihren Augen und das schwache, höfliche Lächeln auf ihren Lippen.

»Der Shoka möchte sie besser sehen.«

Ich sah schnell zu dem alten Mann zurück, als ich den herausfordernden Ton in seiner Stimme wahrnahm, und sah, wie gierig seine Augen über die burnusverhüllte Gestalt wanderten.

»Was soll ich tun?« murmelte sie zwischen zusammengepreßten Lippen.

»Er will Euch sehen. Ich denke, es ist ungefährlich. Er glaubt, Ihr wärt von der Sonne gesegnet. Kommt, Del — legt den Burnus ab.«

Sie erhob sich, zog den karmesinroten Burnus über den Kopf und ließ ihn zu einem hellen Stapel Seide mit goldenen Quasten zu ihren Füßen sinken. Sie war staubig und matt vor Erschöpfung, aber nichts von alledem tat ihrer makellosen Schönheit und ihrem außergewöhnlichen Stolz Abbruch.

Der Shoka stand plötzlich auf, streckte die Hand aus und wirbelte Del herum, bevor sie etwas sagen konnte. Ich war sofort auf den Füßen, aber alles, was er tat, war, sich das an ihrer Schulter befestigte Schwert anzusehen.

Ich sah, was er sah: wie die fremdartigen Formen auf dem Heft fast lebendig schienen und sich im Silber wanden. Ein Korb voller Schlangen, zu lebenden Knoten verschlungen ... die züngelnde Flamme aus einem Drachenmaul, die zur Bekleidung einer Frau wurde, der Schurz eines kämpfenden Kriegers ... nordisches Netzwerk ohne Anfang, ohne Mitte, ohne Ende ... zahllose, namenlose Dinge, alle in das Metall eingraviert.

Innerlich schauderte ich, als ich mir die Berührung dieses Schwertes in Erinnerung rief, wie *kalt*, wie kalt sich der Stahl anfühlte. Wie es meine Seele berührt und etwas gesucht hatte, was ich weder geben noch begreifen konnte.

Ich sah, wie der Shoka das Schwert betrachtete und dann Del. Einen Augenblick später sah er mich an. »Die Frau trägt ein Schwert.« Alle Freundlichkeit war verschwunden.

Ich verfluchte mich, daß ich vergessen hatte, ihr das Schwert und den Harnisch abzunehmen und beides als meines auszugeben.

Ich machte einen vorsichtigen Atemzug. »Die Sonne scheint auch im Norden jenseits der Punja«, sagte ich deutlich. »Die Sonne, die auf das Haupt des Shoka scheint, scheint auch auf ihres.«

»Warum trägt sie ein Schwert?« fragte er.

»Weil sich die Bräuche im Norden, wo die Sonne auch scheint, von denen des Shoka und des Sandtigers unterscheiden.«

Er brummte. Ich konnte spüren, wie die Spannung von Del abstrahlte. Wir standen fast Schulter an Schulter, aber selbst zu zweit gegen einen würde uns der Tod drohen. Einen Shoka zu töten, würde uns lediglich einen schmerzhaften, langsameren Tod in den Kochtöpfen der Hanjii einbringen.

Er sah sie erneut an. Alles an ihr. Er kaute auf seiner Zungenspitze herum. »Der Shoka hat noch niemals eine Frau mit heller Haut bemalt.«

Der Gedanke an Dels Schönheit, die von Narben und Farben verdorben werden sollte, machte mich krank. Aber ich verbarg es vor ihm. Tatsächlich gelang es mir, ihn anzulächeln. »Die Frau gehört dem Sandtiger.«

Seine Brauen schossen in die Höhe. »Will der Sandtiger gegen den Shoka der Hanjii kämpfen?«

Hoolies, er erhob Ansprüche auf sie. Die Hanjii reden mit ausgesuchter Höflichkeit immer um ein Thema herum, bis man schließlich allmählich herausfindet, was sie wirklich meinen. Mich dazu aufzufordern, mit ihm um Del zu kämpfen, war seine Art, mir zu sagen, daß er hundertprozentig erwartete, daß ich sie ihm ohne Diskussion überlassen würde, denn kein Mann kämpft freiwillig gegen einen Hanjii-Krieger.

»Er will, daß Ihr kämpft.« Del hatte es gerade begriffen. Und sie war sehr ruhig, wenn man bedachte, daß der Kampf auf Leben und Tod geführt werden würde.

»Es sieht so aus, als würde er es auch erreichen. Ich meine — ein Teil des Handels, den wir eingegangen sind, ist, daß ich Euch sicher nach Julah bringe und nicht in das Bett eines alten Mannes.« Ich grinste. »Haben schon mal zwei Männer um Euch gekämpft?«

»Ja«, sagte sie grimmig, was mich überraschte. Aber ich war überhaupt nicht mehr überrascht, nachdem ich darüber nachgedacht hatte. »Tiger — lehnt ab.«

»Wenn ich ihm sage, daß ich nicht kämpfen will, bedeutet das, daß ich ihm nachgebe«, erklärte ich. »Es bedeutet, daß ich Euch ihm zum Geschenk mache.«

Del straffte die Schultern und sah dem Shoka in die Augen. Es war für eine Frau nicht klug, das zu tun. Und es wurde noch schlimmer, als sie die Bräuche völlig umkehrte und ihn direkt ansprach. »Wenn der Shoka um die nordische Frau kämpfen will, wird er zuerst mit der Frau kämpfen müssen.«

Direkt ausgedrückt, war der Shoka verblüfft. Und ich auch, um ehrlich zu sein. Sie hatte nicht nur die Regeln der üblichen Hanjii-Höflichkeit gebrochen, sondern ihn auch direkt bedroht.

Sein Nasenring schlug gegen seine Lippe. Jede Sehne seines Körpers stach unter seiner sonnengebräunten Haut hervor. »Krieger kämpfen nicht gegen *Frauen*.«

»Ich bin keine *Frau*«, sagte sie trocken, »ich bin ein Schwerttänzer wie der Sandtiger. Und ich werde gegen Euch kämpfen, um es zu beweisen.«

»Del«, sagte ich.

»Seid ruhig.« Sie hatte jegliche Höflichkeit abgelegt. »*Diesen* Kampf werdet Ihr mir nicht stehlen.«

»Bei allen Göttern des Valhail«, zischte ich, »seid nicht eine solche Närrin!«

»Hört auf, mich eine Närrin zu nennen, Ihr einfältiger Sandaffe!«

Der Shoka grunzte. »Vielleicht wäre es besser, wenn die Frau mit dem Sandtiger kämpfen würde.«

Del erkannte den Humor in seinen Worten nicht, besonders als ich laut lachte. »Ich werde kämpfen«, sagte sie bestimmt. »Gegen jeden.«

Ein Glitzern zeigte sich in den schwarzen Augen des Shoka. Er lächelte. Das bannte meine kurzzeitige gute Stimmung und Dels Verärgerung wirkungsvoll, und wir tauschten stirnrunzelnd bestürzte Blicke.

»Gut«, sagte er. »Der Sandtiger und die Frau werden kämpfen. Wenn der Sandtiger siegt, gehört die Frau ihm ... und dann wird er gegen den Shoka der Hanjii kämpfen, um zu bestimmen, wer von uns sie bekommen soll.« Seine Augen schweiften von meinem Gesicht zu Dels. »Wenn die Frau siegt ...« Sein Ton drückte sowohl überzeugten Unglauben als auch vollendete Höflichkeit aus »... ist sie keinem Mann verpflichtet und erhält ihre Freiheit.«

»Die habe ich bereits«, murmelte Del, aber ich winkte ab.

Hoolies, der Shoka war gerissen. Er wußte, daß ich gewinnen würde und somit gezwungen wäre, seinem Wunsch nachzukommen, mit mir um Del zu kämpfen. Er glaubte keinesfalls, daß Del fähig wäre, mich nach Kriegermanier zu besiegen. Daher war er sich sicher, sie am Ende zu bekommen, denn der Shoka würde ausgeruht sein und ich nicht — *und* er würde meine Gewohnheiten im Kreis gesehen haben, was einen Vorteil bedeutete, den jeder Mann gern hätte. Das würde seinen Sieg noch mehr versüßen.

Ich sah Del an und bemerkte die Erkenntnis in ihren Augen. Dann sah ich, wie sich ihr Gesicht straffte und herausfordernde Entschlossenheit in ihre Züge trat — und ich empfand den ersten Hauch von Angst.

Ich konnte den Kampf nicht ablehnen. Das zu tun, würde meinen Ruf ruinieren. Aber während ich sicher war, diesen Ruin zu überleben, würde der Shoka so beleidigt sein, daß er vergessen könnte, daß er uns am Leben lassen wollte. Wir würden unzweifelhaft zu einer Mahlzeit werden. Außerdem gab es keine Möglichkeit, daß ich absichtlich gegen eine Frau verlieren würde. Es gibt so etwas wie Stolz.

Del lächelte. »Wir sehen uns im Kreis.«

»Ach, Hoolies«, sagte ich angewidert.

Innerhalb weniger Minuten machte die Neuigkeit im Lager die Runde. Jeder wußte, daß sich die nordische Frau und der Sandtiger in einem Kreis für Schwerttänzer begegnen würden. Die Hanjii haben keine Schwerter, aber sie schätzen einen guten Tanz. Und sie sind Meister mit dem Messer. Wenn ich Del erst besiegt hätte, würde ich Einzelhieb aufgeben und den Shoka mit meinem Messer, das nicht meine stärkste Waffe ist, bekämpfen müssen. Auch damit bin ich gefährlich genug, aber das Schwert ist meine Magie, und ich habe mich mit Einzelhieb in Händen immer unglaublich sicher gefühlt.

Del hatte sich nicht die Mühe gemacht, den Burnus wieder anzuziehen. Wir standen außerhalb des Hyort, gut sichtbar für das ganze Lager, und ihre helle Hautfarbe und ihre makellose Haut riefen viele Bemerkungen hervor. Mich beachteten sie kaum.

»Ich kann den Kampf ablehnen«, belehrte ich sie leise. »Ihr wißt das. Die Regeln müssen eingehalten werden.«

Sie warf mir einen rätselhaften Blick zu. »Ich bewundere Eure Bescheidenheit.«

»Del ...«

»Ich tanze, um zu siegen«, sagte sie geradeheraus. »Ihr müßt keine Angst haben, Eurem Namen oder Eurem Stolz zu schaden, indem Ihr Euch einer Frau gewachsen zeigt, die beim ersten Streich zu Boden gehen wird. Die Hanjii werden nicht enttäuscht werden.«

»Del, ich möchte Euch nicht verletzen. Aber wenn ich mich zu sehr zurückhalte, werden sie es merken.«

»Also haltet Euch nicht zurück«, schlug sie vor.

»Ich möchte mich nur im voraus schon für eventuelle Schnitte und Prellungen entschuldigen.«

»*Aha.*«

Ich sah sie stirnrunzelnd an. »Del, kommt ... seid diesbezüglich ernst.«

»Ich *bin* ernst. Ich glaube aber nicht, daß *Ihr* es seid.«

»Natürlich bin ich ernst!«

Sie sah mich abwehrend an. »Wenn Ihr wirklich ernst wärt, würdet Ihr aufhören zu reden und Euch einfach ein Urteil über mich als Tänzer anstatt als Frau bilden.«

Sie hatte recht, so sehr ich es auch haßte, das zuzugeben. Niemals zuvor hatte ich mich für Verletzungen *entschuldigt*, die ich einem Gegner zufügen könnte. Das Ganze erschien mir auf einmal lächerlich, also ging ich nicht weiter darauf ein und starrte grimmig zu den sich versammelnden Hanjii.

Del begann, leise und sanft zu singen.

Wir waren beide müde und sonnenverbrannt und vom Sand aufgerieben und unsicher wegen des uns bevorstehenden Tanzes. Dels Gesicht war ausdruckslos, aber ich konnte es ihren Augen ansehen. Trotz ihrer stolzen Worte bezweifelte ich, daß sie jemals zuvor gegen einen Mann gekämpft hatte.

Und ich selbst fühlte mich hilflos und erschöpft. Ich wußte, daß sie mich mit all ihrer Kraft und all ihrem Können bekämpfen würde und von mir erwartete, daß ich dasselbe tun würde —, und wußte doch, daß ich durch das Wissen, daß sie eine Frau war, gehemmt sein würde. Es war für sie von Vorteil. Und ich hatte nicht die Absicht, es einzugestehen.

Sie sang noch immer sanft, als uns der Hanjii-Krieger mit dem goldenen Nasenring in den in den Sand gemalten Kreis führte. Del öffnete ihre Schuhe und stieß sie beiseite, und ich tat es ihr nach. Wir waren beide ungeschützt, denn wir hatten unsere Harnische zusammen mit den Burnussen im Hyort des Shoka gelassen. Und dann zog sie ihr Schwert aus der Scheide.

Ich hörte erschreckte Ausrufe, heftiges Atmen, erstauntes Gemurmel. Nun, ich konnte den Hanjii nicht wirklich einen Vorwurf machen. Kalter, glatter Stahl kann jeden erschrecken, der nicht daran gewöhnt ist. Aber eigentlich war Dels Schwert nicht wirklich aus glattem *Stahl*.

Aber kalt? Ja. Unzweifelhaft. Sie zog dieses Ding im grellen Sonnenlicht der Punja aus der Scheide, und der Tag veränderte sich sofort. Es war nicht nur so, daß sie eine Fremde aus dem Norden oder eine Frau mit einem Schwert war. Es war, als hätte die schwarze Wolke eines Sommersturmes das Gesicht der Sonne verdunkelt und die Hitze gebannt.

Heiß? Ja. Das war es immer noch. Aber ich fühlte, wie sich die Haut straffte und sich über meinen Knochen anhob, und ich zitterte.

Sie stand unmittelbar außerhalb des Kreises. Barfuß, mit bloßen Beinen und bloßen Armen. Abwartend. Mit diesem unirdischen Schwert leicht in einer Hand.

Ich warf einen kurzen Blick auf Einzelhieb. Blauer Stahl, glänzend im Sonnenlicht. Geschliffen und poliert und bereit, wie Einzelhieb es immer war. Aber — es gab einen Unterschied. Ein so vorzügliches Schwert es auch war, es veränderte doch nicht den Verlauf des Tages.

Zusammen betraten wir den Kreis und gingen in die Mitte, zu dem blutroten Teppich, der genau inmitten des Kreises ausgelegt war. Wir legten unsere Waffen vorsichtig ab.

Einzelhieb war um Zentimeter länger und sicherlich schwerer als ihr namenloses nordisches Schwert. Nein, nicht namenlos ... nur für mich unbenannt. Ich hatte das Gefühl, daß die Waffen genauso wenig zusammenpaßten wie wir.

Vielleicht war es das, was die Hanjii so erregte. Sie zogen sich um den Kreis zusammen wie Männer, die auf einen Hundekampf wetten.

Del und ich gingen zu entgegengesetzten Seiten des Kreises und traten hinaus, wobei wir uns ansahen. Es würde ein Wettlauf zu den Schwertern in der Mitte werden, dann käme der eigentliche Schwerttanz, voller Finten und Hiebe, Fußarbeit und blitzenden Klingen.

Ihre Lippen bewegten sich noch immer im Gesang. Und als ich sie ansah, wurde ich wieder von meinem Traum heimgesucht: eine nordische Frau, die ein nordisches Schwertlied sang und mich über den Kreis hinweg ansah.

Ich fühlte ein unirdisches Zittern mein Rückgrat hinablaufen. Ich schüttelte es mühsam ab. »Viel Glück, Del«, rief ich ihr zu.

Sie neigte den Kopf und dachte darüber nach. Sie lächelte, lachte und dann rannte sie zu ihrem Schwert.

NeuN

Dels Schwert lag in ihren Händen und schlug auf mich ein, bevor ich Einzelhieb auch nur berühren konnte. Ich spürte den Wind — seltsam in dieser Hitze, einen *kühlen* Wind —, als die nordische Klinge zum bizarren Gruß über meinen Kopf peitschte. Dann hielt ich Einzelhieb in Händen und stand ihr gegenüber, und sie trat zurück. Aber der erste Streich war geführt, und er gehörte ihr.

Ich erwiderte ihn nicht sofort. Ich trat zurück, glitt durch den Sand zum Rand des Kreises und beobachtete sie. Ich beobachtete, wie sie das Schwert hielt, und begutachtete ihren Griff. Ich beobachtete, wie sich ihre Oberschenkel beugten und die Muskeln spielten. Ich beobachtete, wie sie mich beobachtete.

Und ich beobachtete das Schwert.

Es hatte ein Silberheft, und die Klinge war von einem hellen, zarten Rosaton; nicht rosa wie Blumen oder Frauen, sondern rosa wie wässeriges Blut. Es war scharf. Hart, geschliffen, bereit, genau wie Einzelhieb. Aber meine Klinge war blank. Runen rannen an Dels Klinge wie Wasser hinab, von dem gewundenen, zierlichen Querstück bis zur Spitze. Im Sonnenlicht schimmerten sie wie Diamanten. Wie Eis. Hart, kalt, Eis.

Und einen kurzen Augenblick lang, während ich auf die Klinge sah, hätte ich schwören können, daß sie noch immer in ihrer Scheide steckte: nicht in einer Lederscheide, sondern in einer Eisscheide. Eisgeschützt gegen die Hitze der südlichen Sonne.

Und gegen das Können eines südlichen Schwerttänzers.

Del wartete ab. Über den Kreis hinweg wartete sie einfach ab. Es lag keine Spannung in ihrem Körper, keine Energie wurde durch lauernde Bereitschaft verschwendet. Geduldig, gelassen wartete sie ab und taxierte mich, wie ich sie taxierte, mein Können mit den Augen eines Schülers einschätzend, dem die Rituale des Tanzes von einem Shodo beigebracht werden. Oder, in ihrer Sprache, von einem *Kaidin*.

Silbern. Weißes, blendendes Metall, das lachs- und rosafarben schimmerte, durch das Sonnenlicht verstärkt. Und als sie das Schwert hochschwang, um den Beginn des Tanzes zu bekunden, schien der Bewegung der Klinge ein lachs- und silberfarbener Schweif zu folgen, wie eine Sternschnuppe, die eine Rauch- und Flammenspur hinter sich herzieht.

Hoolies, was *war* dieses Schwert?

Aber der Tanz hatte begonnen, und ich hatte keine Zeit mehr für Fragen oder Einbildungen.

Del bewegte sich in einer Flamme gelben Haares um den Kreis herum, griff zum Schein an, lachte und rief mir in ihrer nordischen Sprache Ermutigungen zu. Die Muskeln ihrer Waden und Unterarme spielten, die Sehnen standen wulstig hervor, wann immer sie die Stellung veränderte. Ich überließ ihr den Großteil des Tanzes und bildete mir währenddessen ein Urteil über ihre Technik.

Zweifellos enttäuschte meine Vorstellung die Hanjii, weil ihr der Einsatz fehlte, aber ich war zu sehr damit beschäftigt zu versuchen, eine schwache Stelle in Dels Verteidigung zu entdecken, als daß ich daran gedacht hätte.

Genau wie sie stand ich auf den Fußballen, das Gewicht nach vorn verlagert, gleichmäßig verteilt. Ich glitt langsam durch den Sand, aber ich vertraute nicht auf die geschmeidige Schnelligkeit, die ihre Hauptstärke zu sein schien. Mein Tanz ist ein Tanz der Kraft, der Ausdauer und der Strategie. Ich bin zu schwerfällig für Geschmeidigkeit, zu muskulös für leichte Schnelligkeit, obwohl ich durchaus nicht langsam bin. Aber Dels aufrechte Haltung und erstaunlich präzise Klingenführung ließen mich wie einen schwerfälligen Koloß aussehen.

Wir bildeten noch immer keine Einheit. Es war kein richtiger Schwerttanz, weil keiner von uns wirklich gegen den anderen im Tanz antreten wollte. Zumindest wollte *ich* nicht gegen Del im Tanz antreten. Sie selbst schien nichts dagegen zu haben.

Einzelhieb schlug jeden ihrer Angriffe mit Leichtigkeit zurück. Ich hatte eine größere Reichweite, ein längeres Schwert. Sie war schneller, konnte aber nicht nahe genug herankommen, so daß ihr Vorteil sich nicht bezahlt machte. Andererseits war ich eindeutig behindert durch den Wunsch, sie nicht zu verletzen. Ich brachte meine Kraft und Erfahrung nicht ein, scheute mich, sie endgültig zu besiegen. Wir tanzten zurückhaltend, uns gegenseitig ausreizend, uns entschlossen umkreisend, weder gewinnend noch verlierend, und wurden beide zunehmend erschöpfter.

Ein wenig Schwerttanz. Der Samum hatte uns der Energie beraubt, unabhängig davon, was unter diesen absonderlichen Umständen an größeren Anstrengungen gefordert war. Des Stolzes ungeachtet, hatte keiner von uns die Ausdauer, eine angemessene Vorstellung zu geben. Wir folgten lediglich mechanisch den Ritualen, ohne das Können und die Techniken zu zeigen, die ein von einem Shodo ausgebildeter Schwerttänzer normalerweise darbietet.

Aber schließlich war Del nicht wirklich ein Schwerttänzer, auch wenn sie behauptete, von einem *Kaidin* ausgebildet worden zu sein. Ich bin Südbewohner, aber ich bin auch professioneller Schwerttänzer, und eine der Verantwortlichkeiten dieses Berufes ist es, bezüglich aller das Schwert betreffenden Gebräuche auf dem laufenden zu bleiben.

Und Frauen gehörten nicht dazu, auch nicht im Norden.

Aber sie war gut. Unglaublich gut. Auch wenn sie durch die Müdigkeit und die Hitze langsamer war, auch wenn sie unter Druck handelte, war ihr Können doch deutlich sichtbar. Ihre Schwertführung war im allgemeinen auf einen kleinen Bereich begrenzt, wodurch die unerwartete Kraft in ihren Handgelenken und die Unterschiede unserer Kampfstile aufgezeigt wurden. Da ich sehr groß bin, ist meine Reichweite viel größer als die der meisten Gegner. Einzelhieb ist daher auch entsprechend länger und schwerer. Was mir einen Vorteil gegenüber vielen Männern verschafft. Aber kaum gegenüber Del.

Sie wandte kaum gefährliche Streiche oder Schläge an, die ihr Gleichgewicht hätten überfordern können. Sie zeigte in keinem Moment die Ungeduld, die Männer oft dazu verleitet, draufgängerische Kampfmuster zu versuchen, die wenig mehr bewirken, als daß sie einen ermüden oder dem Gegenschlag preisgeben. Ich wandte einige meiner Listen an und versuchte, ihr meinen Kampfstil aufzuzwingen (was sie natürlich aus ihrem eigenen herausbringen und mir den Sieg erleichtern würde), aber sie ging nicht auf meine ›Vorschläge‹ ein. Sie tanzte nur.

Kühl, so kühl tanzte sie. Abblockend, täuschend, sofort parierend. Ausweichend. Zustoßend, fest und mit unglaublicher Unterarm/Handgelenk-Beherrschung. Sie erwischte meine eigene Klinge wieder und wieder und wirbelte sie zur Seite. Ausgeglichen, so ausgeglichen tanzte sie.

Hoolies, und wie die Frau tanzen konnte!

Aber dennoch forderte die Müdigkeit allmählich ihren Tribut. Dels Gesicht nahm plötzlich eine alarmierend rötliche Färbung an. Es war bereits von der Sonne verbrannt, und die zunehmende Färbung bestätigte lediglich, daß sie am Rande eines unmittelbar bevorstehenden Zusammenbruchs stand. Das Zusammenwirken von Sonne und Hitze und Sand würde sie besiegen, lange bevor ich es konnte.

Insbesondere weil ich genauso abgekämpft war wie sie und mehr als bereit, diese Farce zu beenden.

Wieder und wieder senkte Del den Kopf, um mit den Brauen über den Arm zu reiben und damit den Schweiß wegzuwischen, der ihre Sicht behinderte. Auch ich war schweißbedeckt und mir bewußt, daß er mir über den Bauch, den Rücken und die Brauen hinablief. Aber ich bin eher daran gewöhnt und auch daran gewöhnt, es nicht zu beachten, und ich ließ nicht zu, daß es mich beeinträchtigte.

Ich machte mir Sorgen um sie. Ich machte mir so große Sorgen, daß ich den Grund des Schwerttanzes, nämlich den Sieg, vergaß. Dels Klinge wand sich unter meiner heraus, schoß hoch und traf die Unterseite meines linken Unterarmes. Das Blut quoll so schnell hervor, daß es den gelblichgrauen Sand scharlachrot färbte.

Einen Moment lang zögerte ich (was dumm war), dann hob ich erneut zur Abwehr mein Schwert.

Dels Zähne waren so fest zusammengebissen, daß die Muskeln ihres Kiefers hervorstanden, wodurch ihr Gesicht zu einer Maske aus zerbrechlichem Marmor wurde. Seide und Satin und unendlich verführerisch. Und ebenso ganz entschieden gefährlich. »Kämpft gegen mich...«, keuchte sie. »Baut nicht nur Eure Verteidigung auf — *kämpft* gegen mich.«

Also tat ich es. Ich trat vor und täuschte einen Streich vor, den ich dann blitzschnell gegen sie richtete. Ich schlug die flache Seite meiner Klinge gegen ihren Oberarm und schlug hart genug, um sofort Striemen zu verursachen. Wenn ich die Schneide benutzt hätte, wäre ihr Arm an der Schulter abgetrennt worden.

Die Hanjii waren nur noch ein verschwommener Eindruck. Ein Teil von mir hörte ihre Stimmen murren und murmeln, aber der größte Teil von mir war auf den Tanz konzentriert und auf meine Gegnerin. Das Atmen wurde schwer und schmerzhaft, weil ich mich heiß und müde und ausgetrocknet fühlte, aber irgendwie mußte ich meine Kräfte für den zweiten Kampf bewahren. Wenn ich es Del erlauben würde, mich zu sehr zu ermüden, würde ich unter dem Messer des Shoka viel zu schnell zu Boden gehen.

»Ich tanze, um zu *siegen*...« Del stürzte durch den Kreis auf mich los. Ich muß es zugeben, das Überraschungsmoment war auf ihrer Seite. Ihr Schwert fuhr leicht durch meine Abwehr, glitt an meinem Handballen und weiter an der Rippengegend entlang.

Ärgerlich schlug ich die flache Seite ihrer Klinge mit der bloßen Hand beiseite (im allgemeinen nicht empfehlenswert, aber sie hatte mit diesem Zug meinen Stolz getroffen), bekam ihr Handgelenk zu fassen und preßte es fest genug, daß sie das Schwert fallen lassen mußte. Ihr gerötetes Gesicht wurde vor Schmerz weiß. Ich ließ mich davon nicht beeindrucken, sondern hakte einen Fuß um ihre Füße und zog daran.

(Es war nicht eigentlich ein Zug, der auch von den Shodo anerkannt würde, aber schließlich ging dies längst über einen den Ritualen entsprechenden Tanz hinaus.)

Del ging zu Boden. Hart. Sie biß sich auf die Lippe, die sofort blutete, und sie schwankte so entsetzlich, daß sie mir beinahe leid tat. Sie hatte mir zweimal blutige Verletzungen zugefügt, aber ich hatte sie jetzt mit einem einzigen Zug entwaffnet, und sie stolperte und fiel auf den Rücken, wodurch ihre Kehle ungeschützt meiner Klinge preisgegeben war. Ich mußte nur die Spitze meines Schwertes an ihren Hals legen und sie auffordern, sich zu ergeben, und der Tanz wäre schon beendet.

Aber nicht mit Del. Ihr Schwert war außer Reichweite, aber der Teppich nicht. Ich hatte ihn vergessen. Sie nicht. Sie zog ihn vom Sand hoch, warf ihn über Einzelhieb, um die Klinge zu entschärfen, und warf mir dann eine Handvoll Sand ins Gesicht.

Zu den Hoolies mit dem Schwert und dem Tanz! Ich ließ es fallen und stürzte mich auf Del, blind, aber nicht hilflos. Beide Hände legten sich um einen schlanken Knöchel. Ich hörte sie aufschreien und fühlte ihren Widerstand, ihr Kämpfen, aber ich zog sie, Zentimeter für Zentimeter zu mir heran. Durch den Sand, der meine Sicht behinderte, sah ich ihre Hand sich nach dem nächstgelegenen Schwert ausstrecken — mein eigenes —, aber beide waren außer Reichweite.

»*Ich* brauche kein Schwert, um zu siegen«, spottete ich, bemüht, nicht laut zu keuchen. »*Ich* kann Euch mit bloßen Händen töten. Wie hättet Ihr es gern, Bascha?« Ich legte die Hände um ihre Kehle und beugte mich über sie, die Knie auf beiden Seiten neben ihren Hüften. »Ich kann Euch erwürgen oder Euch das Genick brechen, oder ganz einfach auf Euch *sitzen* bleiben, bis Ihr erstickt.« Ich machte eine Pause. »Ihr könnt mir gar nichts tun — Ihr könnt Euch noch nicht einmal bewegen — warum beenden wir diese kleine Farce also nicht einfach? Ergebt Ihr Euch?«

Blut von ihrer zerbissenen Lippe war über ihr Gesicht verschmiert und vermischte sich mit dem Sandstaub. Ihre Brüste bebten, als sie krampfhaft zu atmen versuchte, was mich nur dazu brachte, alles zu vergessen, was den Sieg betraf, und sie auf andere Art zu ersticken, nämlich mit meinem Mund auf dem ihren.

Del drehte die Hüften und stieß mit einem Knie aufwärts zwischen meine gespreizten Oberschenkel. Heftig.

Als ich mein furchtbar abscheuliches und demütigendes Schauspiel beendet hatte, bei dem ich mich in den Sand erbrochen hatte, erkannte ich, daß der Tanz endgültig vorüber war.

Also blieb ich einfach dort liegen und versuchte, wieder zu Atem zu kommen und meine Fassung wiederzuerlangen, während mehr als hundert Hanjii-Krieger und doppelt so viele Frauen und Konkubinen dies alles schweigend beobachteten. Schweigend und erstaunt.

Aber ich fand, die Frauen sahen verdächtig zufrieden aus.

Del stand mit ihrem runenverzierten Schwert fest in einer Hand über mir. »Ich muß Euch auffordern, Euch zu ergeben«, erklärte sie. »Seid Ihr in Ordnung?«

»Seid Ihr jetzt glücklich?« krächzte ich und versagte es mir, dem Drang nachzugeben, den Teil meines Körpers zu umfangen, den sie beinahe zerstört hatte. »Ihr habt mich praktisch in einen Eunuchen verwandelt, und das noch, ohne ein Messer zu gebrauchen.«

Dels Gesichtsausdruck zeigte angemessene Reue, aber in ihren Augenwinkeln sah ich etwas glitzern. »Es tut mir leid«, sagte sie. »Es war ein Trick. Es war nicht fair.«

Zumindest *gab* sie es *zu*. Ich lag einfach auf der Seite und sah zu ihr hinauf und wünschte mir, die Kraft zu haben, sie in den Sand zurückzustoßen. Aber ich wußte, daß jede Art heftiger — oder auch vorsichtiger — Bewegung den Schmerz wieder aufleben lassen würde, und also tat ich es nicht. »Hoolies, Frau, warum habt Ihr nicht ganz einfach Euer Schwert benutzt? Ihr könnt einen Mann nicht mit einem *Knie* besiegen!«

»Ich muß Euch auffordern, Euch zu ergeben«, erinnerte sie mich. »Oder wollt Ihr den Schwerttanz fortführen?«

»Das war kein Tanz«, erwiderte ich. »Kein *richtiger*. Und ich glaube nicht, daß ich jetzt irgend etwas fortführen kann.« Ich schielte zu ihr hinauf. »In Ordnung, Bascha ... ich ergebe mich. *Dieses* Mal. Und ich denke, daß sogar der Shoka damit zufrieden sein wird, daß die Frau den Sandtiger besiegt hat.«

Sie strich gelöstes Haar mit einer Hand zurück. »Ihr habt recht, es war nicht richtig. Mein *Kaidin* wäre wütend. Aber — es ist ein Trick, den mir meine Brüder beigebracht haben. Der Trick einer Frau.«

Ich setzte mich auf und wünschte, ich hätte es nicht getan. »Eure Brüder haben Euch *das* beigebracht?«

»Ihr sagtet, ich brauchte einen Vorteil.«

»Vorteil!« sagte ich angewidert. »Hoolies, Del — Ihr habt mich fast fürs Leben ruiniert. Wie fändet Ihr es, wenn Ihr *das* auf dem Gewissen hättet?«

Sie sah mich einen langen Moment lang an, zuckte leicht die Achseln, wandte mir den Rücken zu und ging durch den Kreis zu dem Shoka. Als ich schließlich auf den Füßen stand (und versuchte, so zu tun, als ginge es mir gut) und Einzelhieb wieder umgebunden hatte, legte der Shoka selbst ihr den Harnisch um, obwohl er beflissen vermied, das Schwert zu berühren. Ein Zeichen großen Respekts, denn normalerweise hielten sich die Hanjii von allem fern, was mit Schwertern zu tun hatte. (Und meistens auch von allem, was mit Frauen zu tun hatte.)

Er sah mich an, als ich zu ihnen trat. »Der Tanz war gut. Die Frau war gut. Der Sandtiger war nicht so gut.«

Insgeheim stimmte ich mit ihm überein, aber ich sagte es nicht laut. Irgendwie ließ mein Stolz das nicht zu.

Insbesondere vor Del.

»Die Hanjii brauchen starke Krieger«, verkündete der Shoka. »Hanjii-Frauen ziehen nie genug auf. Der Shoka wird die nordische Frau zur Gemahlin nehmen und das Blut der Hanjii verbessern.«

Ich starrte ihn an. Del, die den Dialekt nicht verstand, sah mich scharf an. »Was hat er gesagt?«

Ich lächelte. »Er will Euch heiraten.«

»Mich *heiraten!*«

»Ihr habt ihn beeindruckt.« Ich zuckte die Achseln und weidete mich an ihrem erschrockenen Gesichtsausdruck. »Er will Kinder von Euch haben — Hanjii-Krieger.« Ich nickte leicht. »Seht Ihr jetzt, was Ihr bekommt, wenn Ihr auf schmutzige Tricks zurückgreift?«

»Ich *kann* ihn nicht heiraten«, stieß sie zwischen zusammengebissenen Zähnen hervor. »Sagt ihm das, Tiger.«

»Sagt *Ihr* es ihm. Ihr seid diejenige, die ihn so sehr beeindruckt hat.«

Del sah mich an, sah den Shoka einen Moment lang an und dann wieder mich. Sie sah mich noch immer an. Aber ihr fehlten offensichtlich die Worte.

Mir nicht, aber ich konnte auch keinen diplomatischen Weg erkennen, es dem Mann zu verweigern. Schließlich räusperte ich mich und versuchte das einzige, was mir einfiel: »Die Frau ist mehr als nur die Frau des Sandtigers, Shoka. Sie ist seine Ehefrau, von der Sonne gesegnet.«

Er starrte mich aus bösartigen schwarzen Augen an. »Der Sandtiger hat dies dem Shoka nicht vorher gesagt.«

»Der Shoka hat nicht danach gefragt.«

Del runzelte die Stirn und beobachtete uns beide.

Der Shoka und der Sandtiger verbrachten endlose Minuten damit, sich gegenseitig anzustarren. Schließlich brummte der alte Mann und gab seinen Anspruch auf. »Es war vereinbart: Wenn die Frau gewinnt, soll sie frei wählen können. Die Frau wird wählen.«

Ich stieß einen erleichterten Seufzer aus. »Wählt einen von uns aus, Bascha.«

Del sah mich einen langen, stillen Moment lang an und erwog gütig beide Möglichkeiten. Ich wußte, das geschah alles zu meinem Nutzen, aber ich konnte nichts sagen oder es riskieren, beschuldigt zu werden, ihre Entscheidung beeinflußt zu haben.

Und sie wußte das.

Schließlich nickte sie. »Die Frau hat einen Ehemann, Shoka. Die Frau erwählt ihn.«

Ich übersetzte ihre Worte.

Wenn auch nichts sonst, so sind die Hanjii doch ein ehrenwertes Volk. Der Shoka hatte gesagt, sie könne wählen. Sie hatte gewählt.

Er konnte sein Wort nicht zurücknehmen, oder er würde vor all seinen Leuten das Gesicht verlieren. Ich fühlte mich erheblich besser.

Dann sah mich der Shoka mit Feindseligkeit in den Augen an, was noch weitaus schlimmer ist als Bösartigkeit. Feindseligkeit könnte ihn veranlassen, etwas zu *tun*.

Er tat es. »Der Shoka hat dem Sandtiger nichts versprochen. Er muß sein Schicksal erleiden. Da die Frau ihn frei erwählt hat, muß auch sie es erleiden.«

»Uh, oh«, murmelte ich.

»*Was?*« flüsterte Del.

»Wir sind frei«, belehrte ich sie, »zumindest seinen Worten nach.«

Del öffnete den Mund, um mich etwas zu fragen, aber sie schloß ihn wieder, als der Shoka eine ungeduldige Geste machte. Einen Moment später kam Goldring mit seinen neununddreißig Gefolgsleuten auf einem Pferd heran. Er führte zwei Pferde mit sich: Dels graubraunen Wallach und meinen kastanienbraunen Hengst.

»Geht«, sagte der Shoka und machte das Zeichen der Sonnensegnung. Ein ziemlich endgültiger Segen.

Ich seufzte. »Das habe ich befürchtet.«

»*Was?*« fragte Del.

»Es ist das Sonnenopfer. Sie werden uns nicht töten oder kochen — sie lassen die Sonne es besorgen.«

»Tiger ...«

»Steigt auf, Bascha. Es ist Zeit zu gehen.« Ich schwang mich auf den Hengst. Kurz danach bestieg sie den graubraunen Wallach.

Goldring führte uns in die Wüste. Wir ritten eine oder zwei Stunden lang immer wieder im Kreis, bevor er uns ein Zeichen gab abzusteigen, und selbst da hatte ich noch nicht das Gefühl, daß Del ganz verstanden hatte. Zumindest nicht, bis zwei weitere Krieger unsere Pferde am Zügel faßten.

Ich tätschelte den Hengst, als er fortgeführt wurde.

»Viel Glück, Alter. Denk an all deine Tricks.« Ich grinste, als ich sie mir selbst in Erinnerung rief. Einige hatte ich ihm beigebracht, die meisten kannte er von Geburt an, wie das bei Pferden manchmal ist.

Del sah zu, wie man ihr den Graubraunen fortnahm. Und dann verstand sie.

Keiner von uns sagte etwas. Wir beobachteten nur, wie die Hanjii in die Linie des Horizonts hinein außer Sicht ritten, eine wogende Linie, Schwarz vor Braun. Die Sonne brannte auf unsere Köpfe und erinnerte uns so an ihre Gegenwart. Und ich wünschte, sie *wäre* ein Gott.

Denn dann hätten wir vernünftig mit ihr reden können.

Del wandte sich um und sah mich streng an. Sie wartete.

Ich seufzte. »Wir laufen.« Ich beantwortete ihre ungefragten Fragen. »Und ich hoffe, wir werden von einer Karawane gefunden.«

»Wie wäre es, wenn wir den Hanjii folgten? Zumindest wissen wir, wo sie sind.«

»Wir sind der Sonne geweiht worden«, belehrte ich sie. »Wenn wir zurückgehen, werden sie uns bestimmt kochen.«

»Hier draußen werden wir sowieso kochen«, sagte sie angewidert.

»Das *ist* in groben Zügen die Idee.«

Wir sahen uns an. Dels Stolz und Abwehr kämpften auf ihrem sonnenverbrannten Gesicht mit der Erkenntnis, aber der Erkenntnisanteil siegte.

Sie sah mich in verwirrtem Eingeständnis an. »Wir könnten hier draußen sterben.«

»Noch sind wir nicht tot. Und ich bin zäh wie altes Cumfaleder, wenn Ihr Euch erinnert.«

»Ihr seid verletzt.« Bestürzung überlagerte das trokkene Mißbehagen in ihrem Ton. »Ich habe Euch verletzt.«

Der Schnitt war nicht tief, eigentlich nur ein schmaler Kratzer an den Rippen entlang. Er hatte ziemlich geblutet, aber jetzt war er trocken, begann zu verkrusten und würde mich nicht sehr behindern.

Als ich mir den ziemlich schmerzhaften Trick in Erinnerung rief, den sie im Kreis an mir angewandt hatte, war ich versucht, sie denken zu lassen, daß der Schwertschnitt schlimmer sei, als er wirklich war. Aber ich beschloß, daß das angesichts der Situation äußerst dumm wäre.

»Es ist nichts«, belehrte ich sie. »Nur ein Kratzer. Seht selbst.«

Sie berührte die Wunde mit sanften Fingern und sah, daß ich die Wahrheit gesagt hatte. Ihr Mund verzog sich. »Ich dachte, ich hätte Euch schlimmer verletzt.«

»Nicht beim Tanz gegen *mich*«, erwiderte ich. »Ihr hattet Glück, daß Ihr nahe genug herangekommen seid, um mir auch nur solch einen kleinen Schnitt zuzufügen.«

»Das war kein richtiger Tanz. Es war ein Witz. Und Ihr wart nicht sehr ausdauernd«, fauchte sie zurück. »Ihr wart ziemlich schnell am Boden, als ich mit dem Knie zustieß. Und Ihr habt geheult wie ein Baby.«

Ich sah sie stirnrunzelnd an. »Genug, Frau. Wißt Ihr, wie schwer es für mich war, auf dem Pferd hier heraus zu reiten?«

Sie lachte, was mir nicht sehr dabei half, meine zerzausten Federn wieder zu glätten. Dann erinnerte sie mich an die Umstände, und das Lachen verging uns. »Warum haben sie uns die Waffen gelassen?«

»Wir sind ein Sonnenopfer. Es wäre Blasphemie, wenn wir unvollständig zu der Göttin gelangten. Und die Hanjii glauben, daß ein Mann ohne Waffen unvollständig ist. Es würde das Opfer schmälern. Was *Euch* betrifft ... nun, ich vermute, Ihr habt Euch im Kreis als wert erwiesen.«

»Wofür auch immer es mir gedient haben mag.« Sie

runzelte die Stirn. »Wenn ich vielleicht *verloren* hätte, wären wir nicht hier.«

»Das wären wir nicht«, stimmte ich zu. »Wenn Ihr verloren hättet, hätte ich mit dem Shoka kämpfen müssen. Und wenn *ich* verloren hätte, wärt Ihr seine Frau geworden und am ganzen Körper mit Narben versehen und gefärbt worden. Und das ist etwas, was ich nicht verantworten könnte.«

Sie sah mich einen Moment lang ausdruckslos an. Dann trat sie von mir fort und zog ihr Schwert. Wieder beobachtete ich, wie die Klinge in den Sand gesteckt wurde und sie auf dem Sand ihre Stellung mit gekreuzten Beinen einnahm. Das Heft stand starr aufrecht, dem Sonnenlicht entgegen. Die Figuren wanden sich im Metall.

Ich zitterte. Runzelte die Stirn. Wollte sie anklagen, ein verhextes Schwert zu tragen, wodurch ihr sofort jegliche Fairneß abgesprochen worden wäre, wenn es zu einem richtigen Schwerttanz käme.

Aber Del rief wieder ihre Götter an, und dieses Mal rief auch ich ein wenig die meinen an.

Zehn

Innerhalb von zwei Stunden war Del über und über rot. Die Sonne saugte alle die Stellen ihres Körpers aus, die der Burnus verdeckt hatte, und jetzt bekam sie fast Brandblasen. Nie zuvor hatte ich bei einem Sonnenbrand eine solche Färbung gesehen, solch entzündet rote Haut. Gegen das blonde Haar, die Brauen und die blauen Augen wirkte die Verbrennung doppelt schlimm.

Ich konnte nichts dagegen tun. Die Haut würde anschwellen, bis etwas getan werden würde, und die Haut selbst würde es tun, indem sie blasige, mit Flüssigkeit gefüllte Taschen bilden würde, die aufplatzen und dringend benötigte Feuchtigkeit über andere Blasen verspritzen würden. Und dann würde sie wieder verbrannt werden, wenn die Haut — der die Feuchtigkeit fehlen würde — auf ihren Knochen ausdörren würde, bis sie nur noch eine rissige Hülle wäre, die unglaublich straff über spröde Knochen gespannt wäre.

Hoolies, ich haßte diesen Gedanken. Und doch war ich hilflos.

Wir wanderten. Anzuhalten würde nur bedeuten, die Hitze, den Schmerz, die Sinnlosigkeit unserer Situation zu verstärken. Die Bewegung vermittelte den Eindruck, von einer Brise umspielt zu werden, obwohl sich nichts rührte. Ich hatte beinahe Sehnsucht nach einem Samum. Aber dann war ich auch froh, daß keiner kam, denn der Wind und der Sand hätten uns die verbrannte Haut von den Knochen gescheuert.

Zum ersten Mal in meinem Leben hätte ich gerne gesehen, wie Schnee aussah, und aus erster Hand erfahren, ob er kühl und weich und nass war, wie es die Leute behaupteten. Ich dachte daran, Del zu fragen, ob es wahr sei — aber ich tat es nicht. Warum sollte man über etwas reden, was man nicht haben konnte? Besonders, wenn man es brauchte.

Die Punja ist voller Mysterien, das Mysterium ihres eigenen Sandes eingeschlossen. In einem Augenblick wandert man auf hartem Untergrund, im nächsten Augenblick stolpert man in eine Mulde loser, tiefer Weichheit, die an den Füßen zieht, einen behindert und die Anstrengungen beim Weitergehen erheblich steigert. Der armen Del stand eine schlimmere Zeit bevor als mir, weil sie es nicht wußte und die feinen Unterschiede in der Erscheinungsform des Sandes nicht erkennen konnte. Schließlich sagte ich ihr, sie solle in meine Fußstapfen treten, und sie verfiel wie ein verirrtes, verwirrtes Hündchen hinter mir in diesen Rhythmus.

Als die Dunkelheit kam, warf sie sich in den Sand, preßte sich flach hinein und versuchte, die plötzliche, unerwartete Kühle in sich aufzusaugen. Dies ist eine weitere Gefahr in der Punja: Die Tage sind heiß und brennend, aber bei Nacht kann man — wenn man ungeschützt ist — vor Kälte zittern und beben. Wenn die Sonne hinter dem Horizont versinkt, seufzt man vor Erleichterung: Erlösung von der Hitze. Und dann wird die Punja kalt, und man friert.

Nun, kalt ist relativ. Aber nach der brennenden Hitze der Tage scheinen die Nächte unglaublich kalt zu sein.

»Schlimmer«, murmelte Del. »Schlimmer als ich dachte. So viel *Hitze.*« Sie saß im Sand, das blanke Schwert auf ihren roten Oberschenkeln ruhend. Als ich mir die Kälte des fremdartigen Metalls in Erinnerung rief, hätte ich es ihr am liebsten fortgenommen und meine eigene Haut damit berührt.

Aber dann rief ich mir auch das betäubende Kribbeln in Erinnerung, den knochentiefen Schmerz, der allem Schmerz, den ich jemals empfunden hatte, so unähnlich war. Und das wollte ich nicht noch einmal erleben.

Ich sah, wie ihre Hände das Metall liebkosten; am Heft die Formen nachzeichneten; an der Klinge sanft die Runen berührten, als könne ihr dies Aufschub gewähren. So seltsame Runen, in das Metall eingearbeitet. Im Zwielicht schillernd. Sie ließen die Klinge in rosigem, schimmerndem Aufflackern leuchten.

»Was ist es?« fragte ich. »Was ist es *wirklich*?«

Dels Finger liebkosten das schimmernde Schwert. »Mein *Jivatma*.«

»Das sagt mir gar nichts, Bascha.«

Sie sah mich nicht an. Sie starrte nur über die sich verdunkelnde Wüste. »Eine Blutklinge. Eine *benannte* Klinge. Voll des Mutes und der Kraft und des Könnens eines ehrenhaften Kämpfers und all der Macht seiner Seele.«

»Wenn sie so mächtig ist, warum bringt sie uns dann nicht hier heraus?« Ich war ein wenig mißlaunig.

»Ich habe Euch etwas gefragt.« Sie sah mich noch immer nicht an. »Aber... es gibt so viel Hitze... so viel Sonne. Im Norden wäre es keine Frage. Aber *hier*... Ich glaube, seine Kraft ist genauso geschwächt wie meine.« Sie fröstelte. »Es ist jetzt kühl, aber das ist verkehrt. Es ist einfach — *ein Kontrast*. Keine ehrliche Kühle.«

Und dennoch, trotz ihrer so arg verbrannten Haut und trotz ihrer verlorenen physischen Abwehr, war Del doppelt kühl. Sie steckte das Schwert in die Scheide und rollte sich zu einer Kugel zusammengekauerten Elends zusammen. Ich hatte meinen eigenen Anteil am Mißbehagen: Die Haut ist so verbrannt, daß sie sich unglaublich heiß anfühlt, selbst wenn die Nacht kühl ist. Und so brennt und friert man gleichzeitig.

Ich hatte das Verlangen, sie zu berühren, sie festzuhalten und ihr etwas von der feurigen Hitze meiner eigenen verbrannten Haut abzugeben, sie zu wärmen, aber sie schrie bei meiner Berührung auf, und ich erkannte, daß es ihr zu weh tat. Die Sonne hatte ihre nordische Haut versengt, während meine südliche Haut lediglich gebräunt war.

Wir lagen Seite an Seite, dösend und wachend und uns schließlich ganz einfach in der glückseligen Erleichterung des Schlafes verlierend, bevor wir wieder erwachen und der Kreis von neuem beginnen würde.

Gegen Mittag ist die Sonne so heiß, daß sie einem die Fußsohlen von den Füßen brennt und man, um zu vermeiden, den Fuß lange auf dem Sand ruhen zu lassen, mit seltsamen, abgehackten Schritten geht. Die Zehen winden sich und biegen sich über den Fuß zurück, bis sie sich verkrampfen, und dann findet man sich auf einem brennenden Fuß hüpfend wieder, während man den Krampf aus dem anderen reibt. Wenn die Hitze zu schlimm wird und der Krampf noch schlimmer ist, setzt man sich nieder, bis man wieder stehen kann, und dann geht man wieder ein Stück weiter.

Wenn man harte Fußsohlen hat wie meine, kann man länger auf dem Sand stehen, und die Zehen biegen sich weniger. Man muß seltener anhalten, und man vermeidet, mit dem Gesäß den Sand zu berühren. Aber wenn die Fußsohlen wie Dels sind — weicher, dünner, weißer —, ist jeder Schritt von heftigen Schmerzen begleitet, egal wie schnell man auf den anderen Fuß hüpft. Nach einiger Zeit stolpert man, und dann fällt man, und dann hat man reichlich damit zu tun, nicht zu schreien, weil die Füße brennen, die Haut entflammt ist und die Augen so heiß sind, daß man kaum noch sehen kann.

Aber man schreit nicht. Zum Schreien braucht man Feuchtigkeit, und jetzt hat man keine mehr übrig.

Del stolperte. Fiel fast. Blieb stehen.
»Bascha...?«
Ihr Haar hob sich gegen die bläuliche Röte ihrer Haut, die Blasen gebildet hatte und jetzt verklebende Säfte absonderte, weiß ab. Ich sah, wie sie vor Schmerz und Erschöpfung zitterte.

»Tiger...« Es war kaum mehr als der Hauch einer Stimme. »Das ist keine gute Art zu sterben.«

Ich sah hinab und bemerkte, wie sich ihre Zehen vom Sand aufwärts rollten, wie sie ihr Gewicht ständig verlagerte: Fuß zu Fuß, Hüfte zu Hüfte, bis sie in einen Rhythmus verfiel, auf den sie sich konzentrieren konnte. Das hatte ich früher schon gesehen. Einige Menschen verlieren den Bezug zu ihrer physischen Bewegung, wenn die Sonne auf ihr Gehirn brennt. Bei Del schien es noch nicht ganz so weit zu sein, aber es war nahe daran. Zu nahe.

Ich streckte die Hand aus und strich ihr das Haar aus dem Gesicht. »*Gibt* es eine gute Art zu sterben?«

Sie nickte leicht. »Im Kampf, ehrenhaft. Wenn man ein Kind trägt, das besser und stärker sein wird. Wenn das Herz und die Seele und der Körper nach endlosen Jahren des Lebens schwächer werden. Im Kreis, allen Ritualen entsprechend. Das sind gute Arten. Aber dies...« Eine ausgestreckte Hand, zitternd, umfaßte alles, was wir von der Punja sehen konnten. »... dies ist, als würde man eine hochwertige Kerze völlig abbrennen, so daß nichts zurückbleibt...« Der Atem rasselte in ihrer Kehle. »Verschwendung... *Verschwendung*...«

Ich streichelte ihr Haar. »Bascha, schimpft nicht so darüber. Das saugt alle Kraft aus Euch heraus.«

Sie sah mich erbost an. »Ich will nicht so sterben!«

»Del — wir sind weit davon entfernt zu sterben.«

Unglücklicherweise war das so.

In der Wüste, ohne Wasser, platzen die Lippen auf, bis sie bluten und man mit geschwollener Zunge an der Feuchtigkeit leckt. Aber Blut schmeckt salzig und macht durstig, und man verflucht die Sonne und die Hitze und den Sand und die Hilflosigkeit und die absolute Sinnlosigkeit von allem.

Aber man geht weiter, man geht weiter.

Wenn man die Oase sieht, glaubt man es nicht, denn man weiß, daß sie eine Spiegelung ist, und fragt sich doch, ob sie real ist. Das ist der Gipfel der Qual, messerscharf geschliffen. Sie gleitet schmerzlos durch einen hindurch, und dann, wenn man überrascht hinsieht, geht es einem durch und durch, und was vom Geist übriggeblieben ist, versickert im Sand.

Die Oase wird deine Rettung sein, sie wird dein Tod sein.

Sie bewegt sich mit deiner Bewegung und verschiebt sich über den brennenden Sand, zuerst nahe, dann weiter entfernt, dann wenige Zentimeter vor deinen Füßen.

Schließlich schreist du auf und fällst auf deine verbrannten, schmerzenden Knie, wenn die Vision verblaßt und dich mit einem Mund voll heißem Sand zurückläßt, der deine Kehle verklebt und dir Übelkeit verursacht.

Aber dir kann nicht übel sein, weil nichts in deinem Bauch ist, was du erbrechen könntest.

Nichts.

Noch nicht einmal Gallenflüssigkeit.

Als ich zu Boden sank, zog ich Del mit mir. Aber sie stand fast sofort wieder auf und taumelte weiter. Ich beobachtete sie, wie sie vorwärts ging. Auf Händen und Knien, halb bewußtlos, beobachtete ich, wie die nordische Frau durch den Sand voranstolperte.

Südwärts. Unbeirrbar.

»Del«, krächzte ich. »Bascha ... *wartet* ...«

Aber sie wartete nicht. Und das brachte mich wieder auf die Füße.

»Del!«

Sie sah sich noch nicht einmal um. Ich spürte ein Gefühl des Unglaubens darüber aufkommen, daß sie mich so einfach zurücklassen konnte (ein Mann denkt gern, daß er zumindest ein *wenig* Gefühl erweckt), aber dann wurde es von der Leere der Angst ersetzt. Sie setzte sich in meinen Eingeweiden fest und trieb mich zu einem stolpernden Lauf an.

»Del!«

Sie torkelte noch immer vorwärts: taumelnd, schwankend, fast fallend, aber beständig in Richtung Süden. In Richtung Julah. In Richtung auf alles Neue, was sie über ihren Bruder erfahren könnte. Armer, hübscher Junge (wenn er seiner Schwester ähnlich war), dessen wahrscheinliches Schicksal das scheußlichste von allen war.

Dann war es besser zu sterben, dachte ich grimmig.

Aber das sollte man seiner Schwester nicht sagen.

Ich holte sie ziemlich schnell ein, denn auch wenn ich durch die Hitze und den Sand und die Sonne am Rande eines Fieberwahns schwankte, ging es mir doch nicht so schlecht wie Del. Nicht annähernd so schlecht.

Und als sie herumfuhr, um mich anzusehen, wußte ich, daß es ihr noch viel schlechter ging.

Dels Gesicht war geschwollen, verkrustet, so schlimm versengt, daß sie kaum etwas sehen konnte. Ihre Augenlider waren riesige, runzelige Blasen, die die Haut auseinanderzogen, bis sie aufplatzen würden, verkrusten würden und wieder aufplatzen würden, bis sie weinen würde, ohne daß Tränen flossen.

Aber es war das, was hinter den Lidern zu sehen war, was meine Seele frieren ließ: der erste Hauch von Kälte, den ich seit Tagesanbruch spürte. Ihre Augen, so blau und mit einem so fremdartigen Schimmern, waren mit Leere gefüllt.

»Hoolies«, krächzte ich verzweifelt, »Ihr seid sandkrank.«

Sie starrte mich mit blinden Augen an. Vielleicht erkannte sie mich noch nicht einmal. Aber als ich eine Hand ausstreckte, um sie am Arm zu berühren, weil ich sie dazu bringen wollte, sich auf den Sand zu setzen, bevor sie aufgrund all der Schmerzen und des Fieberwahns Amok laufen würde, versuchte sie, ihr Schwert aus der Scheide zu ziehen.

Es lag keine Anmut in ihren Bewegungen, keine Geschmeidigkeit. Es war nur eine ungeschickte, zerfahrene Bewegung, als sie versuchte, das Schwert von ihrem Harnisch zu reißen.

Ich bekam ihren linken Arm zu fassen. »Bascha ... nein!«

Der andere Arm fuhr mit der Bewegung fort. Ich sah das nutzlose, über Kreuz führende Ausstrecken der rechten Hand, die sich um das silberne Heft schloß, das über ihre linke Schulter herausragte. Wie immer machte mich das von der Klinge reflektierende Sonnenlicht fast blind. Aber es tat zu weh zu blinzeln.

Ich ergriff ihren anderen Arm. Ich spürte ihren sofortigen Rückzug: meine Berührung, sanfter als normal, war noch immer zu viel für ihre von Blasen übersäte Haut. Ihr schmerzhaft eingezogener Atem war in der Stille der Wüste als Zischen zu hören.

»Del ...«

»Schwert.« Das Wort hatte keine Gestalt, keine erkennbare Klangmodulation. Nur — ein Geräusch. Ein abgehacktes, geflüstertes Wort.

Eine Bitte. »Bascha ...«

»Schwert.« Ihre Augen waren außer Kontrolle, wie der Blick eines Sandtigerjungen. Es war unheimlich, und einen Moment lang hätte ich sie beinahe losgelassen.

Ich seufzte. »Nein, Bascha, kein Schwert. Die Sandkrankheit macht Euch verrückt — Ihr wißt nicht mehr, was Ihr tut. Vielleicht würdet ihr mir das Herz herausschneiden.« Ich versuchte zu lächeln, aber die Bewegung ließ meine Lippen aufplatzen und erneut bluten.

»*Schwert.*« Bemitleidenswert.

»Nein«, belehrte ich sie sanft, und sie begann zu weinen.

»*Kaidin* hat gesagt ... *An-Kaidin* hat gesagt ...« Sie konnte in ihrer Benommenheit kaum sprechen. »*An-Kaidin* hat gesagt ... Schwert ...«

Ich verstand den Unterschied sofort. *An-Kaidin*, nicht *Kaidin*.

»Kein Schwert.« Sanft überrumpelte ich sie. »*Der Tiger* sagt nein.«

Erneut traten ihr die Tränen in die Augen. Das rechte gab seine Flüssigkeitsreserve in Form eines einzigen über ihre Wange laufenden Tropfens ab. Aber die Träne erreichte nicht einmal ihr Kinn. Die Haut saugte sie sofort auf.

»Bascha«, sagte ich rauh, »Ihr müßt mir zuhören. Ihr seid sandkrank und werdet tun müssen, was ich Euch sage.«

»Schwert«, sagte sie und entzog beide Handgelenke meinem Griff.

Verbrannte Haut platzte auf, austretende Flüssigkeit vermischte sich mit Blut. Aber ihre Hände lagen jetzt auf dem Heft ihres Schwertes, schlossen sich darum, zogen es hinauf und dann seitwärts, als sie es gewaltsam herauszog. Eine Karikatur ihrer normalerweise geschmeidigen Bewegungen. Aber wie ungeschickt die Bewegung auch gewesen sein mochte, so blieb doch die Tatsache, daß Del ein Schwert in Händen hatte.

Ich bin kein Narr: ich trat schnell zurück. Männer behaupten, ich sei im Kreis ohne Furcht. Sollen sie. Es kommt dem Ruf zugute. Aber jetzt war ich nicht im Kreis. Mir gegenüber stand eine schwer sandkranke Frau mit einem glitzernden Schwert in Händen.

Ihr Griff verlagerte sich. Die Klinge zeigte zu Boden, parallel zu ihrem Körper. Beide Hände hielten das Heft an dem gewundenen Kreuzstück. Sie hob das Schwert langsam zu ihrem Gesicht hinauf und preßte dann den Schwertknauf gegen ihre aufgesprungenen, blasigen Lippen.

»*Sulhaya*«, flüsterte sie und schloß die Augen.

Ich beobachtete sie aufmerksam. Ich wollte ihr die Waffe abnehmen, aber sie war zu unberechenbar. Ihr Können, das sie beanspruchte, machte sie doppelt gefährlich: Kein Mann riskiert es, gegen eine Klinge *und* eine sandkranke Frau anzutreten. Noch nicht einmal gegen eine Frau ohne die geringsten Schwertkenntnisse.

Sie flüsterte dem Schwert etwas zu. Ich runzelte die Stirn, denn mich beunruhigte der Ton in ihrer Stimme. Ich bin schon früher mit Sandkrankheit konfrontiert gewesen und weiß, in welchem Maß sie einem Mann — oder eine Frau — den Verstand rauben kann und nichts zurückläßt als Wahnsinn. Sie ist im allgemeinen tödlich, denn so ziemlich die einzige Möglichkeit, daß Menschen diese Krankheit *bekommen*, ist, wenn sie ohne Wasser oder Schutz oder irgendeine Hoffnung auf Rettung in der Wüste gefangen sind.

So wie Del und ich.

»Bascha...«, begann ich erneut.

Sie wandte sich von mir ab. Unbeholfen sank sie mit dem Schwert auf die Knie: schrecklich verbrannte Haut auf sepiafarbenem Sand. Die Velourledertunika, die sie trug, lag straff an ihrem Körper an — eine Scheide um ein Schwert —, und doch überlegte ich zum ersten Mal nicht, was dieser geschmeidige Körper für meinen eigenen tun könnte. Ich sah sie nur an und fühlte Verzweiflung in mir aufkommen, als sich die Frau der Schwäche der Sandkrankheit ergab.

Hoolies, welch eine Verschwendung.

Sie kniete, kroch aber nicht vorwärts. Ihr Rückgrat war gestreckt. Vorsichtig steckte sie die Spitze der Klinge in den Sand und drückte das Heft nach unten, in dem Versuch es fest hinein zu bohren. Aber sie war zu schwach, und der Sand war zu fest. Schließlich war ich es, der sich auf den Knauf lehnte und das Schwert in den Boden stieß, so daß es aufrecht stand, wie es sein sollte.

Erst jetzt spürte ich den Schmerz, der in meiner Handfläche brannte. Er fraß sich den Arm hinauf bis zur Schulter und pochte derart, daß ich darunter erzitterte, und erst als ich die Hand fortriß, ließ das grausige Gefühl nach.

»*Del*«, sagte ich scharf und schüttelte meine brennende Hand. »Bascha — was zu den Hoolies *ist* dieses Schwert?«

Ich fühlte mich ein wenig wie ein Narr, als ich diese Frage aussprach — ein Schwert ist immerhin nur ein Schwert —, aber die noch immer gegenwärtige Explosion des Schmerzes in meiner Hand bestätigte, daß die nordische Klinge tatsächlich mehr als ein Stück Stahl war, das zu einer tödlichen Waffe geformt worden war. Meine Handfläche kribbelte. Ich besah sie mißtrauisch, rieb sie heftig mit meiner anderen Hand und sah Del an.

Einfache Tricks und Unsinn, für leichtgläubige Menschen gedacht. Aber ich bin kein leichtgläubiger Mann.

Und obwohl ich schnell mit Spott bei der Hand bin, erkenne ich den Geruch echter Magie, wenn er die Luft, die ich atme, durchdringt.

Wie jetzt.

Del antwortete mir nicht. Ich war nicht sicher, ob sie mich gehört hatte. Ihre Augen waren fest auf das Heft gerichtet, das auf gleicher Höhe mit ihrem Gesicht war. Sie sagte etwas — einen Satz in ihrer nordischen Sprache — und wiederholte es viermal. Sie wartete: Nichts tat sich (zumindest schien es mir so). Sie wiederholte den Satz erneut.

»Del, das ist lächerlich. Hört auf.« Ich streckte die Hand aus, um das Schwert aus dem Sand zu reißen. Ich tat es nicht. Mehrere Zentimeter davor hielt meine Hand inne, als ich mir das scheußliche Gefühl betäubender Schwäche in Erinnerung rief, das verwirrende, schmerzhafte Kribbeln, das wie Eis durch meine Venen geronnen war.

Eine Art Zauber?

Vielleicht. Aber das würde bedeuten, daß Del eine *Hexe* wäre ... oder etwas Ähnliches.

Noch immer konnte ich das Heft nicht anfassen. Ich konnte mich nicht *überwinden*, obwohl mich nichts daran hinderte, es zu tun. Nichts außer einem extremen Widerwillen, die Verzauberung erneut zu erfahren.

Del verbeugte sich und bog ihren Körper nach unten dem Sand zu. Ihre Hände waren flach aufgedrückt, die Finger gespreizt. Ihre Brauen berührten den Sand dreimal. Ein Blick zum Schwert. Dann wurde die Huldigung wiederholt.

Der blonde Zopf, der jetzt weiß gebleicht war, schlug auf dem Sand auf. Ich sah, daß die Sandkörner an der verbrannten Haut an ihrer Stirn kleben blieben, an der Nase, an ihren Lippen. Und als sie sich erneut in widerlicher Ehrerbietung vor dem Schwert verbeugte, sah ich, wie ihre rauhen Atemzüge den Staub unter ihrem Gesicht aufwirbelten.

Puff... Puff... Puff...

Staub flog auf: elfenbein- und umbrafarben.

Ich sagte nichts. Sie war jenseits aller Worte aus einem menschlichen Mund.

Sie kniete in vollständiger Ehrerbietung da. Und dann streckte sie sich unbeholfen aus, bis sie erschöpft auf dem Sand lag. Sie legte ihre Hände unmittelbar über der Sandoberfläche um die schimmernde Klinge. Ich sah, wie ihre versengten und rot verbrannten Knöchel von der Anspannung ihrer Hände weiß wurden. »*Kaidin, Kaidin, ich bitte dich...*« Die Hälfte der Worte wurden in der Sprache des Südens, die andere Hälfte in der des Nordens gesprochen. Also war der Bezug zu allen Dingen verloren. »*An-Kaidin, An-Kaidin, ich bitte dich...*«

Ihre Augen waren geschlossen. Ihre Lider waren vom Flüssigkeitsverlust und vom Sand verklebt. Er bildete Krusten auf ihrem Gesicht, wo das anschwellende Wundsein die wunderschönen Linien ihrer makellosen Wangen unkenntlich machte. Und ich fühlte einen solchen Zorn in mir aufsteigen, daß ich mich hinunterbeugte, ihre Hände von dem Schwert löste und — während ich mich auf die Verzauberung vorbereitete —

die Klinge aus ihrem behelfsmäßigen Altar im Sand riß.

Ein Schmerz schoß meinen Arm hinauf und in die Brust. Eiskalt. Scharf wie ein Dolch, obwohl nichts in meine Haut einschnitt. Es war einfach kalt, *so kalt*, als würden mein Blut, meine Knochen, meine Haut gefrieren.

Ich erschauderte. Meine Hand schien am dem Heft festzukleben, selbst als ich versuchte, das Schwert loszulassen. Licht erfüllte meinen Kopf, flammendes Licht, ganz purpurfarben und blau und rot. Wie blind schaute ich in die Wüste und sah nichts als das Licht.

Ich rief etwas. Fragt mich nicht, was. Aber während ich es rief, schleuderte ich das Schwert mit aller mir verbliebenen Kraft von mir. Und ich hatte in diesem Moment nicht mehr viel Kraft.

Meine Hand, Valhail sei Dank, löste sich. Mehrere Schichten meiner Haut waren in Streifen abgeschält worden und hafteten noch immer an dem Griff. In meiner Hand blieb das Muster des Heftes, die gewundenen, fremdartigen Umrisse nordischer Bestien und Runen. Flüssigkeitsperlen quollen in die in meine Hand gesengten Muster. Ausgetrocknet. Aufgesprungen. Mit einer weiteren Hautschicht abgelöst.

Ich zitterte. Ich umklammerte mein rechtes Handgelenk mit der anderen Hand und versuchte, es ruhig zu halten, versuchte, den schreienden Schmerz zu mildern. Heißes Metall brannte. Sengte. Ich hatte schon früher Verbrennungen gesehen. Aber das — *das* war etwas anderes. Mehr. Das war *Zauberei*. Eiskalte Zauberei. Der personifizierte Norden.

»Hoolies, Frau!« schrie ich. »Welche Art Zauberin seid Ihr?«

Noch immer ausgestreckt sah Del zu mir hoch. Ich sah das völlige Nichtbegreifen in ihren Augen. Äußerste Verwirrung. Ihr Mund stand offen. Die Ellenbogen bewegten sich, hoben sich. Sie drückte sich vom Boden hoch, obwohl sie es fast nicht schaffte. Sie erhob sich auf ein Knie und stützte sich mit zitternder Hand im Sand ab.

»Die Magie«, sagte sie verzweifelt, »die Magie gehorchte nicht ...«

»*Magie!*« Es widerte mich an. »Welche Macht schafft das — dieses *Ding* zu führen? Kann es den Tag abkühlen? Kann es unsere verbrannte Haut lindern? Kann es das Angesicht der Sonne von uns wenden und uns statt dessen Schatten gewähren?«

»Das alles, ja. Im Norden.« Sie schluckte, und ich sah, wie die verbrannte Haut an ihrem Hals aufsprang. »*Kaidin* hat gesagt ...«

»Es ist mir egal, was Euer Schwertmeister gesagt hat!« Ich schrie. »Es ist nur ein Schwert. Eine Waffe. Eine Klinge. Dafür gedacht, Haut und Knochen zu durchschneiden, Arme und Beine und Genicke zu durchtrennen — einen Menschen zu töten.« Und doch, als ich die Macht, die ich gespürt hatte, geleugnet hatte, schaute ich wieder auf meine Hand. Gebrandmarkt von den Erfindungen des Nordens. Eisgebrandmarkt von der Magie.

Del wankte. Ich sah das Zittern ihres Armes. Einen Moment lang lag Verstehen in ihren Augen. Und Bitterkeit. »Wie könnte ein *Südbewohner* auch wissen, welche Macht einem Schwert innewohnt ...«

Ich streckte die Hand nach oben, ergriff mit einer Hand Einzelhiebs erhitztes Heft, wobei ich das Stechen in meiner frisch verletzten Hand ignorierte, und riß ihn aus der Scheide. Ich hielt die Spitze der Klinge nur wenige Zentimeter vor ihre Nase. »Die Macht eines Schwertes liegt in dem Können des Menschen, der es führt«, sagte ich deutlich. »Es gibt nichts anderes.«

»O doch«, sagte sie, »das gibt es. Aber ich bezweifle, daß Ihr es jemals erkennen werdet.«

Und dann rollten ihre Augen zurück in die Höhlen, und sie sank haltlos in den Sand.

»Hoolies«, sagte ich angewidert und steckte Einzelhieb weg.

Ich hörte die Pferde zuerst. Schnauben. Das Quietschen von Leder. Klappernde Pferdegebisse. Das Knarren von Holz, und Stimmen.
Stimmen!
Del und ich lagen auf dem Sand ausgestreckt wie Stoffpuppen, zu schwach, um weiterzugehen, zu stark, um zu sterben. Wir lagen auf Armeslänge voneinander entfernt. Als ich den Kopf drehte und sie ansah, sah ich die Kurve ihrer Hüfte und ihren sonnengebleichten Zopf, lange, feste, verbrannte Beine mit weißen Schrammen über den Knien.
Und Sand, der auf ihrer sonnengerösteten Haut verkrustet war.
Als ich es schaffen konnte, wandte ich den Kopf zur anderen Seite. Ich sah eine Frau mit dunklem Gesicht, die in einen blauen Burnus gewickelt war, und ich erkannte sie.
»Sula.« Es kam als ein Krächzen heraus, das auf meiner geschwollenen Zunge erstarb.
Ich sah, wie sich ihre schwarzen Augen weiteten. Ihr breites Gesicht zeigte äußerstes Erstaunen. Und dann verwandelte sich das Erstaunen in Dringlichkeit.
Sie wandte sich um, rief etwas, und einen Augenblick später kamen andere Wagen heran. Leute versammelten sich um uns. Ich hörte die überraschten Ausrufe, als man mich erkannte. Mein Name wurde von den Männern an die Frauen, von den Frauen an die anderen Frauen, von den anderen Frauen an die Kinder weitergegeben.
Mein *alter* Name, der überhaupt kein Name ist.
Wie die Salset verstehen auch die Nomaden die Wüste. Es waren nur sehr wenige anweisende Worte notwendig, bis sie Del und mich in kühle, nasse Kleidung eingewickelt hatten und die Wagen näher heranbrach-

ten, um uns etwas Schatten zu gewähren. Es wurde sofort ein Lager errichtet. Die Salset sind gut darin: ein Hyort hier, einer dort, bis auf einem kleinen Streifen Wüste eine zusammengedrängte Traube davon dastand. Und sie nennen es Zuhause.

Ich konnte nicht sprechen, obwohl ich Sula und den anderen Frauen sagen wollte, sie sollten sich zuerst um Del kümmern. Meine Zunge war zu geschwollen und schwer in meinem ausgetrockneten Mund, und das Atmen machte mir Mühe. Schließlich, nachdem Sula mich ständig beruhigte, gab ich auf und ließ sie ihre Arbeit tun.

Als die Kleider auf meinem versengten Körper getrocknet waren, feuchtete Sula sie erneut in den hölzernen Wasserfässern an, die an den Wagen befestigt waren. Nach der fünften Anwendung mit nassem Leinen rief sie nach Allasalbe, und ich versank in glückselige Betäubung, als die kühle Salbe verkrustetes Gewebe aufsaugte und den Schmerz auslaugte. Und Sula, gedankt sei den Göttern des Valhail, hob meinen Kopf und ließ mich das erste Mal seit zwei Tagen trinken.

Mein letzter klarer Gedanke galt Del, als ich mir in Erinnerung rief, wie seltsam sie sich verhalten hatte. Als sei das Schwert mehr als nur ein Schwert. Als erwarte sie von dem Schwert, daß es uns aus unserer mißlichen Lage befreien würde.

Einzelhieb, so sehr ich ihn auch respektiere und bewundere, ist nur ein Schwert. Kein Gott. Kein Mensch. Kein magisches Wesen.

Ein Schwert.

Aber auch mein Retter.

* * *

Meine Verletzungen sind immer schnell geheilt, aber dennoch dauerte es Tage, bis ich mich wieder als Mensch fühlte. Meine Haut schälte sich in Fetzen und

Schichten ab, so daß ich mich wie ein Cumfa im Fellwechsel fühlte, aber die regelmäßige Anwendung von Allasalbe hielt die neue Haut feucht und weich, bis sie sich normal festigen konnte. Der Sandtiger, der immer dunkel wie ein Kupferstück gewesen war, sah jetzt so aus, als habe eine unglückliche Frau ein vollständig ausgewachsenes Baby geboren. Ich war überall schmutzig und rosig, außer an den Stellen, die der Dhoti bedeckt hatte.

Und da das ein Teil meines Körpers ist, auf den ich in mehr als einer Beziehung angewiesen bin, empfand ich außerordentliche Dankbarkeit.

Aber Del war sehr krank. Sie lag in Sulas kleinem orange- und ockerfarbenem Hyort, verloren im Delirium der Sandkrankheit und der schwarzen Welt der Infusion, an die Sula sie mehrmals am Tage anschloß. Selbst die Allasalbe konnte ihre Schmerzen nicht vollständig lindern.

Ich stand unmittelbar hinter dem Türschlitz und sah hinab auf den Umriß unter der safrangefärbten Leinendecke. Alles, was ich sehen konnte, war ihr Gesicht. Noch immer verbrannt. Noch immer voller Blasen. Sich noch immer schälend.

»Sie kann nicht mit euch sprechen.« Sula benutzte den Salset-Dialekt, den ich so lange nicht gehört hatte. »Sie ist bewußtlos. Bewußtlose sprechen nicht.«

»Es wird *vorbeigehen*.« Das war mehr Wunschdenken als irgend etwas sonst. Die Sandkrankheit ist eine ernste Angelegenheit.

»Vielleicht.« Sie tat mir nicht den Gefallen zu zweifeln.

»Aber sie wird jetzt gut versorgt«, erinnerte ich sie. »Sie bekommt wieder Wasser und das Zeug, das du ihr gibst. Die Sandkrankheit wird vergehen.«

Sula zuckte die Achseln. »Sie kann nicht mit Euch sprechen.«

Ich sah wieder zu Del. Sie jammerte und schrie in ihrer benommenen Betäubung und flüsterte in ihrer nordischen Sprache. Ich hörte *Kaidin*, wieder und wieder, aber wenn sie von dem Schwert sprach, so konnte ich das Wort nicht erkennen.

Resigniert schüttelte ich den Kopf. »Dumme, kleine Bascha. Ihr hättet im Norden bleiben sollen.«

Ich wollte nachts in dem Hyort schlafen, aber Sula — die die Salset-Bräuche kannte — wollte es nicht zulassen. Ich war ein unverheirateter Mann und sie eine unverheiratete Frau, die sich dennoch umeinander kümmerten. Also schlief ich draußen in eine Decke eingerollt, die nach Ziege und Hund roch und Erinnerungen an eine Zeit vor vielen Jahren in mir wachrief. Erinnerungen, die ich lieber vergessen hätte, aber ich konnte es nicht.

Jeden Tag betätigte ich mich in dem Versuch, die Starre aus meinen Muskeln zu bekommen und die sanfte neue Haut zu dehnen, bis sie mir besser passen würde. Ich übte stundenlang mit Einzelhieb und amüsierte mich, wenn sich alle Kinder versammelten, um mich mit ihren neugierigen schwarzen, vor Erstaunen weit geöffneten Augen zu beobachten, und doch spürte ich in mir eine Rastlosigkeit. Besorgnis. Ich konnte sie nicht abschütteln. Und als ich zwischen den Hyorts und Wagen hindurchging und mir meine Kindheit bei dem Stamm in Erinnerung rief, fühlte ich mich bedrückt und schlecht und verstört. Verstört — der Sandtiger. Ich wollte fortgehen — *mußte* fortgehen —, aber ich konnte nicht gehen. Nicht ohne Del.

Ich meine, ich hatte mit ihr einen Handel abgeschlossen, eine Arbeit für sie zu erledigen. Ich mußte sie zu Ende bringen, oder mein Ruf würde leiden.

Der Shukar kam und sah mich aufmerksam an, prüfte die Narben des Sandtigers auf meinem Gesicht und die Krallen, die um meinen Hals hingen, und ging wieder weg, ohne etwas zu sagen. Aber erst jetzt hatte ich die Bitterkeit in seinen Augen bemerkt: seine Erinnerung an die Vergangenheit, die Gegenwart, die Zukunft. Schlauer alter Mann. Gerissener alter Shukar. Er ging von mir fort, aber erst nachdem ich den häßlichen Zug um seinen Mund gesehen hatte.

Ihr Götter, der Mann haßte mich.

Aber nicht mehr, als ich ihn haßte.

Die Männer weigerten sich, mit mir zu sprechen, was nicht besonders überraschend war. Auch sie erinnerten sich. Die älteren Frauen schenkten mir keinerlei Beachtung: Die Gebräuche der Salset erlauben einer verheirateten Frau nicht, mit einem anderen Mann zu sprechen oder Interesse an ihm zu bekunden, es sei denn aus traditioneller Höflichkeit. Ich verdiente sie am wenigsten. Zumindest nicht von jenen Frauen, die alt genug waren, um sich von früher her an mich zu erinnern.

Aber die jungen Frauen konnten sich ganz und gar nicht an mich erinnern, und die jungen, *unverheirateten* Frauen — die mehr Freiheiten hatten als ihre Schwestern — beobachteten mich mit gierigen, schimmernden Augen. Und dennoch, obwohl mir dies ein Gefühl von Größe und Zähigkeit und Stärke hätte verleihen sollen, bewirkte es, daß ich mich klein fühlte, und schwach. Und wachsam war.

Die Salset sind ein reizvolles Volk. Sie sind nicht so dunkelhäutig wie die Hanjii mit ihrer spiralförmig gefärbten Haut. Die Salset sind von goldbrauner Farbe und haben glatte Haut. Haare und Augen sind einheitlich schwarz. Meist sind sie klein und schlank, obwohl viele der älteren Frauen — wie Sula — eine Neigung zum Dickwerden haben. Sie sind geschmeidig und schnell, wie Del, aber sie sind kein Kriegerstamm.

Sie sind Nomaden. Sie wandern. Sie leben jeden Tag bewußt, von Sonnenaufgang bis Sonnenuntergang, und ziehen mit dem Sand. Kommend, gehend, bleibend. Sie haben einen außerordentlichen Freiheitsdrang, feste Traditionen und eine große Liebe füreinander, die einen Außenstehenden beschämt, weil er sie nicht teilen kann.

Sie erweckten in *mir* ein Gefühl der Scham, was sie auch beabsichtigten, denn ich bin kein Salset, wenn ich auch einst bei ihnen gelebt hatte. Ich konnte damals kein Salset sein und auch heute nicht. Aufgrund meiner Größe, meiner Statur, meiner Farbe, meiner grünen Augen und braunen Haare, meiner Kraft und natürlichen Begabung mit dem Schwert.

Ich war fremd für sie, damals, jetzt, für immer. Und die ersten sechzehn Jahre meines Lebens hatten sie versucht, mir dies auszutreiben.

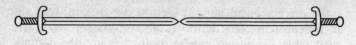

ElF

Die Sandkrankheit ist eine erschreckende Sache. Sie verwandelt das Gehirn in ein Sieb: Einige Erinnerungen sickern durch, andere werden zurückgehalten. Jene, die es verliert, werden durch Träume und Visionen ersetzt, die so real sind, so *sehr* real, daß man sie glauben muß, bis dir jemand sagt, daß sie es nicht sind.

Ich sagte Del, daß sie nicht real seien, aber sie hörte nicht zu. Sie lag auf einem Teppich in Sulas orange-okkerfarbenem Hyort, und ihre physische Genesung schritt langsam voran, aber ich war mir nicht sicher, wie es in ihrem Kopf aussah. Ihre Haut war großzügig mit Allasalbe bestrichen. Sula hatte sie in angefeuchtetes Leinen gewickelt, um die sich abschälende Haut feucht zu halten. Sie erinnerte weniger an einen lebenden Menschen als an einen toten, der eine zerstörte Hülle abstreift. Aber zumindest atmete sie.

Und träumte.

Ich verfiel in eine tägliche Routine: Essen, allgemeine Übungen, Essen, Schwerttraining, Gesellschaft für Del. Jeden Nachmittag saß ich stundenlang bei ihr, sprach mit ihr, als könne sie mich hören, und versuchte, sie wissen zu lassen, daß jemand bei ihr war. Ich weiß nicht, ob sie mich hörte. Sie flüsterte und jammerte und sprach, aber ich konnte nur wenig verstehen. Ich beherrsche ihre nordische Sprache nicht.

Manchmal sprach keiner von uns beiden. Wir teilten langanhaltendes, vertrautes Schweigen — Sula hatte ihre Stammespflichten —, während Del schlief und ich die gewirkten Wände des Hyort anschaute und versuchte (zumeist ohne Erfolg), mich wieder auf die Salset einzustimmen. Es war über sechzehn Jahre her, seit ich den Stamm verlassen hatte, wobei ich gedacht (und gehofft) hatte, die Salset nie wiederzusehen. Aber es hatte sich in der Zwischenzeit nicht viel geändert. Sula war eine Frau in mittlerem Alter, anstatt der jungen Frau, die ich in Erinnerung hatte. Die Kinder waren alle erwachsen geworden und spiegelten die traditionellen Tendenzen und Glaubensrichtungen des Stammes wider, indem sie ihre Kinder so aufzogen, wie sie selbst aufgezogen worden waren. Auch der alte Shukar war der gleiche geblieben, seltsam unverändert auf seine eigenartige, alterslose Art: wild, rauh, bitter — fest wie ein zum Bersten gefüllter Weinschlauch und voll eines hilflosen Zorns, wann immer er mich ansah.

Aber ich erinnerte mich der Zeit, als es kein hilfloser Zorn gewesen war.

In Sulas Hyort sitzend, dachte ich darüber nach, wie die Zeit alle Dinge, außer der Punja und all ihren Lebewesen, verändert hatte. Wie die Zeit *mich* verändert hatte.

Die Zeit und eine unbarmherzige Verzweiflung.

Sula trat leise ein. Ich beachtete sie nicht, denn ich war an ihr ruhiges Kommen und Gehen gewöhnt, aber dieses Mal ließ sie ein in Leder gewickeltes Bündel in meinen Schoß fallen, und ich sah sie überrascht an.

Sie war reich gekleidet, in Kobaltblau, das Blau einer sternenlosen Punjanacht. Schwarzes, aus dem Gesicht gestrichenes Haar, das von Silberfäden durchzogen war. »Ich habe sie für dich aufbewahrt«, sagte sie. »Ich wußte, daß ich dich wiedersehen würde, bevor ich sterbe.«

Ich sah in ihr goldenes Gesicht und bemerkte die Sonnenlinien um ihre Augen verstreut, ihre herabhängenden Wangen, die Schwerfälligkeit ihrer Hüften, Brüste und Schultern. Aber vor allem sah ich die Ruhe in ihren schwarzen Salsetaugen und erkannte, daß Sula mich wegen dessen anerkannte, was ich aus mir gemacht hatte, und nicht wegen dessen, was ich gewesen war.

Langsam packte ich das Bündel aus und brachte die beiden Gegenstände zum Vorschein. Den kurzen Speer, der an einem Ende abgestumpft und am anderen Ende zugespitzt war, mit einem Stück gebrochenen Steins sorgfältig geschärft und um Längen zu groß für den Jungen, der ihn geführt hatte. Nun hatte der Speer etwa die Länge meines Armes. Einst war er halb so groß gewesen wie ich.

Das Holz war dunkler, als ich es in Erinnerung gehabt hatte, bis ich sah, daß es noch immer Blutflecke aufwies, die im Laufe der Jahre gedunkelt waren. Der überhängende, nicht ausgewogene Schwerpunkt des Speeres war von Krallen- und Bißspuren gezeichnet. Als ich ihn wieder in Händen hielt und die Erinnerung wieder wachgerufen wurde, empfand ich rundum erneut die Gefühle, die ich vor so vielen Jahren durchlebt hatte.

Erstaunen. Entschlossenheit. Verzweiflung. Angst natürlich. Und Schmerz.

Aber am heftigsten den blinden, ungezähmten Trotz, der mich beinahe getötet hätte.

Der andere Gegenstand war genauso, wie ich ihn in Erinnerung gehabt hatte. Ein Stück Knochen, das in der Form eines wilden Tieres geschnitzt war. Eines Sandtigers, um genau zu sein. Vier stämmige Beine, ein Stummelschwanz, ein fauchendes, weit geöffnetes Maul, das die kleinen Stoßzähne freigab. Die Zeit hatte den Knochen in ein cremiges Gelbbraun verfärbt, fast die Farbe eines wirklichen Sandtigers. Die eingeritzten Augen und die Nase waren fast glatt abgewetzt. Aber ich konnte die Umrisse noch immer erkennen.

Jetzt waren meine Hände größer. Der Knochentiger paßte leicht in die Handfläche meiner rechten Hand. Ich konnte meine Finger über dem Spielzeug schließen und es so vor der Sicht anderer schützen. Vor etwa sechzehn Jahre hatte ich das nicht gekonnt. Also hatte ich ihn jede

Nacht gestreichelt und die magischen Worte in die kleinen knochigen Ohren geflüstert, wie der Zauberer es mich gelehrt hatte, und von einer bösartigen Bestie geträumt, die kommen würde, um meine Feinde zu fressen.

O ja, ich glaube an Magie. Ich weiß es besser, als daß ich daran zweifeln würde. Wenn auch vieles daran nicht mehr ist als Tricks und Fingerfertigkeit von Scharlatanen, so gibt es doch wahre Magier auf der Welt. Und wahre Magie mit derartiger Macht, daß sie sogar ein Leben völlig verändern kann, wenn dies dringend erforderlich ist.

Aber diese Art Macht fordert ihren Preis.

Ich umschloß das Spielzeug mit meiner rechten Hand und drückte den glatten, gelben Knochen gegen meine Handfläche, die die Spuren des Eisbrandes des nordischen Schwertes trug, und sah Sula an.

Ich sah das Mitgefühl in ihren Augen, ein allumfassendes Verständnis für die Gefühle, die der Speer und das Spielzeug hervorriefen. Und ich legte beides zurück in ihre Hände. »Heb sie für mich auf ... als Erinnerung an die guten Nächte, die wir miteinander verbracht haben.«

Sie nahm sie an, aber sie preßte die Lippen zusammen. »Es überrascht mich, daß du sie als gute Nächte bezeichnen kannst, nach den schlechten Tagen ...«

Ich unterbrach sie. »Ich habe beschlossen, die Tage aus meiner Erinnerung zu streichen. Ich bin jetzt der Sandtiger. Die Tage davor sind vergessen.«

Sie lächelte nicht. »Die Tage davor sind *nicht* vergessen. Das kann nicht so sein. Das sollte nicht so sein. Nicht was den Shukar betrifft, nicht was mich betrifft, nicht was den Stamm betrifft ... nicht was dich betrifft. Die Tage davor sind das, was dich zum Sandtiger *gemacht* hat.«

Ich machte eine abwehrende Geste. »Ein Shodo hat mich zum Sandtiger gemacht. Nicht die Salset.« Innerlich wußte ich es besser. Und beschloß, es zu leugnen. »Hier sagt mir niemand, woran ich mich erinnern soll, was ich denken soll, was ich sagen soll ... was ich mir wünschen soll.« Ich sah sie grimmig und stirnrunzelnd an. »*Nicht ... mehr.*«

Unbeeindruckt von der übertriebenen Bestimmtheit, lächelte Sula. In ihrem Gesicht zeigte sich die Gelassenheit, die ich immer mit ihr in Verbindung gebracht hatte. Aber in ihren Augen lag bittersüßes Wissen. »Der Sandtiger wandert nicht mehr allein?«

Sie meinte Del. Ich sah zu dem in Leinen gewickelten, sonnenverbrannten nordischen Mädchen und öffnete den Mund, um Sula zu sagen, daß der Sandtiger — ob als Mensch oder als Tier — *immer* allein wandert (denn er ist ein außerordentlich einsiedlerisches wildes Tier). Dann erinnerte ich mich seltsamerweise daran, wie ich einen männlichen Sandtiger getötet hatte, der versucht hatte, seine Gefährtin und seine Jungen zu schützen.

Ich lächelte. »*Dieser* wandert nur zeitweise mit der nordischen Frau.«

Sula, die am Boden kniete, wickelte den Speer und den Knochen wieder in das Ledertuch ein. Sie neigte abschätzend den Kopf, während sie Del beobachtete. »Sie ist sehr krank. Aber sie ist auch stark. Andere, die nicht so verbrannt und krank waren, sind gestorben, aber sie nicht. Ich glaube, sie wird sich erholen.« Sula sah mich an. »Du mußt Sand im Kopf gehabt haben, als du eine nordische Frau mit in die Punja genommen hast.«

»Es war ihre Entscheidung.« Ich zuckte die Achseln. »Sie hat mir Gold angeboten, damit ich sie nach Julah hinüberbringe. Ein Schwerttänzer sagt niemals nein zu Gold — besonders wenn er schon eine Weile keine Arbeit hatte.«

»Ein Chula sagt auch nicht nein zu Gold — *oder* zu einer gefährlichen Unternehmung —, wenn ihm dies die Freiheit erkauft, nach der er sich sehnt.«

Sula erhob sich und verließ den Hyort in gebückter Haltung, bevor ich eine Antwort ersinnen konnte.

Ich spürte den ganz leisen Hauch einer Berührung an meinem Bein, schaute überrascht hinab und fand Dels Augen geöffnet und auf mich fixiert. »Was meint sie? Was wollte sie damit sagen?«

»Bascha! Del ... sprecht nicht ...«

»Meine Stimme ist nicht verbrannt.« Sie formulierte die Worte sorgfältig, ein wenig unbeholfen. Ihre Lippen waren noch immer von Blasen bedeckt, noch immer aufgesprungen. Kein Lächeln — sie konnte es nicht zustande bringen —, aber ich sah es in ihren Augen.

Blaue Augen, blauer als ich sie in Erinnerung hatte. Die Wimpern und das Haar von der Sonne heller gebleicht. Neue Haut, intensiv rosa, zeigte sich in den Rissen der sich abschälenden alten Haut.

Ich runzelte die Stirn. »Konzentriert Euch auf Eure Erholung, nicht aufs Reden.«

»Ich *werde* überleben, Tiger — auch wenn das bedeutet, daß Ihr Sand im Gehirn habt, weil Ihr mich in die Punja gebracht habt.«

»Ihr habt Sula gehört.« Ein Vorwurf.

»Ich habe alles gehört«, antwortete sie. »Ich habe nicht die *ganze* Zeit geschlafen.« Und plötzlich hatte sie Tränen in den Augen. Verwirrt versuchte sie sie vor mir zu verbergen.

»Es ist in Ordnung«, sagte ich ihr. »Ich halte Euch nicht für schwach, zumindest nicht für *nachhaltig* schwach. Einfach für müde von Eurer kurzzeitigen Sandkrankheit.«

Ihre Kehle bewegte sich, als sie schwer schluckte. Alte Haut sprang auf. »Sogar als ich mich verloren hatte und gedanklich umherirrte, wußte ich, daß Ihr hier wart. Und ... irgend etwas sagte mir, daß Ihr auch hier sein würdet, wenn ich mich wiedergefunden hätte.«

Ich zuckte verwirrt die Achseln. »Ja, nun ... das habe ich Euch geschuldet. Ich meine, Ihr bezahlt mich, damit ich Euch nach Julah bringe. Ich kann kaum fortgehen und Euch zurücklassen. Das wäre schlecht für meinen Ruf.«

»Und ein Schwerttänzer sagt niemals nein zu Gold.« Ironie, ein wenig.

Ich grinste sie an und fühlte mich besser als seit Tagen. »Ihr seht ein, daß ich meinen Preis erhöhen muß, nicht wahr? Ich habe Euch gesagt, daß ich den Preis danach berechne, wie oft ich Euer Leben retten muß.«

»Dies war erst einmal.«

»*Dreimal.*«

»Drei!«

Ich zählte es an den Fingern ab. »Sandtiger. Hanjii. Und jetzt diese Rettung.«

Sie starrte mich so durchdringend an, wie sie nur konnte. »*Zuerst* habt Ihr uns in die Irre geführt.«

»Das waren die Hanjii. Es war aber nicht mein Fehler.«

»Es war nicht Euer Verdienst, daß die Salset uns gefunden haben«, erklärte sie. »Das geschah nach dem Willen der Götter.« Sie machte eine Pause. »*Meiner* Götter.«

Ich runzelte die Stirn. »Darüber werden wir uns unterhalten, wenn wir Julah erreicht haben. Und nebenbei gesagt, vielleicht muß ich Euch noch ein paar Mal mehr retten — in diesem Falle steigt mein Preis noch höher.«

»Vergeßt Ihr nicht etwas? Die Hanjii haben all mein Gold genommen.« Ihre Augen glitzerten. »Ich kann Euch nicht mehr bezahlen.«

»Nun gut, dann müssen wir eine andere Vereinbarung treffen.« Ich lächelte sie lässig und zweideutig an.

Sie zischte mir in ihrer unverständlichen nordischen Sprache etwas zu. Dann lachte sie kläglich. »Vielleicht *werden* wir eine andere Vereinbarung treffen müssen. Eines Tages.«

Ich hatte dies erwartet und nickte wohlüberlegt. Und lächelte.

Del seufzte. »Nordisch, südlich — ihr seid alle gleich.«

»Wer ist gleich?«

»Die *Männer*.«

»Das flüstert Euch die Sandkrankheit ein.«

»Das flüstert mir die *Erfahrung* ein«, erwiderte sie. Und dann sanfter: »Wollt Ihr mir davon erzählen?«

»Euch wovon erzählen?«

Ihre Augen ließen mein Gesicht nicht los. »Von Eurem Leben bei den Salset.«

Ich fühlte mich, als hätte mich jemand in die Eingeweide getreten. Mit Sula über meine Vergangenheit zu sprechen war eine Sache — sie war ein Teil davon gewesen —, aber einem Fremden davon zu erzählen war etwas, das ich nicht wollte. Selbst Sula berührte dieses Thema nur am Rande, denn sie wußte, wie heikel es war. Aber als mich Del mit ihren blauen Augen in ruhiger Erwartung fixierte (und da ich wußte, daß sie gerade durch ihre eigene Art Hölle gegangen war), dachte ich, daß ich es ihr vielleicht erzählen *sollte*.

Ich öffnete den Mund. Ich schloß ihn fast augenblicklich wieder.

»Das ist persönlich.«

»Sie hat gesagt, daß die Vergangenheit Euch zu dem gemacht hat, was Ihr seid. Ich *weiß*, wer Ihr seid. Ich möchte wissen, wer Ihr *wart*.«

Eine nervöse Anspannung ergriff meinen Körper. Die Muskeln verknoteten sich. Der Magen drehte sich. Der Schweiß brach auf meiner neuen Haut aus. »Ich *kann nicht*.«

Ihre Augen fielen zu, die Lider waren zu schwer, um geöffnet zu bleiben.

»Ich habe Euch mein Leben anvertraut. Ihr habt dieses Vertrauen verdient. Ich *weiß*, was Ihr von mir erwartet, Tiger — was Ihr erhofft —, denn Ihr verbergt Euer Gesicht, aber nicht Eure Augen. Die meisten Menschen machen sich noch nicht einmal Gedanken darum.« Ihre

Mundwinkel verzogen sich leicht, wie zu einem verzerrten Lächeln. »Erzählt mir, wer Ihr wart, damit ich sehen kann, wer Ihr seid.«

»Hoolies, Del — es ist nichts, was sich für eine höfliche Unterhaltung eignen würde.«

»Wer hat jemals behauptet, Ihr wäret höflich?«

Ein unzweideutiges Lächeln, wenn auch etwas zaghaft. »Dies sind Eure Leute, Tiger. Seid Ihr nicht glücklich, sie wiederzusehen?«

Ich rief mir in Erinnerung, wie eng sich nordische Verwandtschaftskreise standen. Das war es, was sie hierhergebracht hatte, Widrigkeiten zum Trotz. »Ich bin kein Salset«, belehrte ich sie einfach, denn ich erkannte, daß ich ihr so viel schuldete. »Niemand weiß, *was* ich bin.«

»Nun — die Salset haben Euch aufgezogen. Hat das keine Bedeutung?«

»Es hat Bedeutung. *Es hat Bedeutung.*« Es brach unerwartet heftig aus mir heraus, ein Strom höhnischer Bitterkeit. »Ja, die Salset haben mich aufgezogen ... *zu den Hoolies*, Del. Als Chula.« Ich wollte das Wort ausspukken, damit ich seinen faulen Geschmack niemals wieder schmecken müßte. »Es bedeutet Sklave, Del. *Ich hatte noch nicht einmal einen Namen.*«

Sie riß die Augen auf. »*Sklave!*«

Ich sah in ihr erschrockenes, mitleidiges Gesicht und sah ein Entsetzen, das so ausdrucksvoll war wie mein eigenes. Aber keinen Abscheu (in der Punja ist Sklaverei ein Makel, dem man nur im Tode entkommt). Statt dessen Einfühlungsvermögen, ehrliches, offenes Einfühlungsvermögen, ebenso wie Erstaunen.

Vielleicht glaubt man im Norden nicht an Sklaverei (oder aber man hält es nicht für ein entsetzliches Los), aber die Sklaverei im Süden beschert einem — besonders in der Punja — ein Leben äußersten Elends. Vollständige Erniedrigung. Ein Sklave ist unsauber. Verdorben. Gefangen in einem Leben, das weniger ist als ein

Leben. Im Süden ist ein Sklave ein Packtier. Ein Sklave ist ein Lasttier, das gezwungen ist, Schläge, Flüche und Herabsetzungen auszuhalten. Es ist eine Knechtschaft sowohl des Geistes als auch des Körpers. Ein Sklave ist keine Person. Ein Sklave ist kein Mensch. Er ist weniger als ein Hund. Weniger als ein Pferd. Weniger als eine Ziege.

Ein Sklave entwickelt Selbsthaß.

Im Süden ist ein Sklave lediglich ein *Ding*.

Ein Haufen Schmutz am Boden.

Und dort mußte ich lernen zu schlafen, wenn ich überhaupt schlafen konnte.

Ich hörte das innerliche Zischen von Dels eingezogenem Atem und erkannte, daß ich die Worte laut ausgesprochen hatte. Und ich wollte sie zurücknehmen, sie zwischen meinen Zähnen zermalmen und wieder durch meine Kehle hinunterschlucken, wo sie verborgen ruhen konnten, nicht ausgespien wie schlechte, stinkende Galle.

Aber es war zu spät. Ich hatte sie ausgesprochen. Sie konnten nicht ungesagt gemacht werden.

Ich schloß die Augen und fühlte diese starre Trostlosigkeit meine Seele erneut erfüllen, wie es in der Kindheit so oft der Fall gewesen war. Und den Zorn. Die Enttäuschung. Die Wut. All die wahnsinnige Angst, die einem Jungen den Mut gegeben hatte, einem voll ausgewachsenen männlichen Sandtiger mit nichts als einem groben Holzspeer gegenüberzutreten.

Nein. Nicht Mut. Verzweiflung. Denn dieser Junge wußte, daß er seine Freiheit gewinnen konnte, wenn er diese Bestie tötete.

Oder wenn er zuließ, daß die Bestie ihn tötete.

»Also habt Ihr ihn getötet.«

Ich sah Del an. »Ich habe mehr getan, als ihn nur zu töten, Bascha ... ich habe den Tiger *heraufbeschworen*.«

Dels Lippen öffneten sich. Ich sah, daß sie zu einer

Frage ansetzte, sie aber dann nicht stellte. Als würde sie allmählich begreifen.

Ich atmete tief ein. Und zum ersten Mal in meinem Leben erzählte ich einer Frau die Geschichte, wie ich meine Freiheit erlangt hatte.

»Es gab einen Mann. Einen Zauberer. Und die Salset ehrten ihn, wie sie jeden, der Macht hatte, ehrten.« Ich zuckte leicht die Achseln. »Für mich war er mehr als das. Er war ein Gott, der vor meinen Augen lebendig geworden war, denn er versprach mir die völlige Freiheit.« Ich erinnerte mich seiner Stimme sehr genau: ruhig, sanft, beruhigend — die mir sagte, ich könne frei sein. »Er sagte, ein Mann erkenne seine Freiheit immer in dem, was er für sich selbst tun kann, darin, wie er Träume heraufbeschwört und sie in die Realität umsetzt; daß ich, wenn ich fest genug an mich glaubte, alles haben könne, was ich mir wünsche; daß eine Magie wie die seine nur wenigen bekannt war, daß aber jene, die *ich* benötigte, für jedermann erreichbar sei.« Ich atmete tief ein und erinnerte mich an alles, was er gesagt hatte. »Und daher, als ich ihm folgte, obwohl ich dafür geschlagen wurde, wußte er über mein Elend Bescheid und tat, was er konnte, um es zu lindern. Er gab mir ein Spielzeug.«

»Ein *Spielzeug?*«

»Einen aus einem Knochen geschnitzten Sandtiger.« Ich zuckte die Achseln. »Ein Schmuckstück. Er sagte, ein Spielzeug könne einem Kind die Freiheit des Geistes geben, und die Freiheit des Geistes sei die Freiheit des Körpers. Am nächsten Tag war er fort.«

Del sagte nichts. Sie wartete ruhig ab.

Ich sah hinab auf meine Handfläche, die das Brandzeichen des nordischen Schwertes trug. Und ich hielt es für möglich, daß Del die Größe der Macht, die ich heraufbeschworen hatte, verstehen konnte, da sie ihren eigenen Maßstab dafür hatte.

»Ich nahm das Spielzeug und sprach damit. Ich gab

ihm einen Namen. Ich gab ihm eine Geschichte. Ich gab ihm eine Familie. Und ich gab ihm einen großen und furchtbaren Hunger.« Ich rief mir den Widerhall meiner geflüsterten Worte, die ich in die elfenbeinfarbenen Ohren gezischt hatte, wieder in Erinnerung. »Ich bat um Befreiung in der Art, daß ich sogar den Shukar davon überzeugen könnte, daß ich meine Freiheit verdiente. Ich bat darum, daß der Tiger zu mir kommen möge, damit ich ihn töten könne.«

In Stille eingebunden wartete Del ab.

Ich rief mir die glatte Mattierung des Knochens unter meinen Fingern in Erinnerung. Wie ich ihn gestreichelt, ihm zugeflüstert hatte; wie ich den Gestank des Dunges und der Ziege ausgeschlossen hatte, den Schmerz eines von Peitschenstriemen übersäten Rückens, die gefühlsmäßige Qual eines Jungen, der zu einem Lasttier erniedrigt wurde, als es nötig gewesen wäre, ein Mann zu sein.

Wie ich alles ausgeschlossen hatte, von meinem Tiger träumte und der Freiheit, die er mir bringen würde.

»Er kam«, sagte ich. »Der Tiger kam zu den Salset. Sobald ich es hörte, verspürte ich Freude: *Ich würde meine Freiheit erlangen*, aber dann erkannte ich, was der Preis für diese Freiheit sein würde.« Ich fühlte das vertraute, krank machende Rumoren in meinen Eingeweiden. »Mein Tiger kam, weil ich ihn heraufbeschworen hatte. Ein lebendiger Sandtiger, groß und wild, wie ich es mir nur wünschen konnte, erfüllt von einem großen und furchtbaren Hunger. Und um diesen Hunger zu stillen, begann er jedes Opfer zu verschlingen, dessen er habhaft werden konnte.« Ich wandte mich nicht vor Dels direktem Blick ab. »Kinder, Bascha. Er fraß Kinder.«

Ein sanfter, ruhiger Atemzug des Begreifens entrang sich ihren Lippen.

Ich schluckte schwer, und mir war kalt in der Wärme des Hyorts. »Die Salset verstehen nichts von Waffen und vom Töten, denn sie sind ein Stamm, der als Nahrung und zum Handeln Ziegen züchtet. Als der Sandtiger Kinder zu stehlen begann, sahen die Stammesältesten keine Möglichkeit, wie sie ihm auflauern und ihn töten könnten. Sie *versuchten* es — zwei Männer verfolgten ihn zu seinem Lager und versuchten ihn mit ihren Messern zu töten, aber er tötete sie. Und daher sagte uns der Shukar — nachdem all seine Magie umsonst gewesen war —, daß dies eine Bestrafung für unbekannte Vergehen sei und daß derjenige von allen Göttern des Stammes für immer gesegnet wäre, der die Macht der Bestie brechen könnte.« Ich erinnerte mich überdeutlich an seine Rede. Der alte, böse Mann, der niemals gedacht hatte, daß sich ein *Chula* mit der Bestie befassen könnte. »Es war an mir, es zu tun. Und so präparierte ich heimlich meinen Speer, denn der Stamm hätte niemals zugelassen, daß ein Chula so etwas versucht. Und als ich soweit war, ging ich dem Tiger selbst nach.«

Ihre Hand lag auf meiner zusammengepreßten Faust. »Euer Gesicht ...«

Ich schnitt eine Grimasse und kratzte mit einem abgebrochenen Fingernagel über die Narben. »Ein Teil des Preises. Ihr habt Sandtiger gesehen, Del. Ihr wißt, wie schnell, wie tödlich sie sind. Ich ging nur mit meinem Speer hinter meinem heraufbeschworenen Tiger her — aus irgendeinem Grund hatte ich nicht für wirkliche Wildheit gesorgt, als ich meine Beschwörungsformel sprach. Ich hatte Glück, daß diese Narben alles waren, was er mir hinterließ.« Ich seufzte. »Aber dennoch, er hatte vier Kinder gefressen und drei Männer getötet. Es war das Risiko mehr als wert.«

In ihren Augen flammte etwas auf. »Ihr *wißt* nicht, daß Ihr ihn heraufbeschworen habt! Es könnte Zufall gewesen sein. Dieser alte Zauberer hat Euch gesagt, was Euch *jeder* hätte sagen können: Glaube fest genug an etwas, und du wirst es zumeist bekommen. Sandtiger kommen in der Punja häufig vor — das habt Ihr mir selbst gesagt. Werft Euch nichts vor, womit Ihr vielleicht gar nichts zu tun habt.«

Nach einer Weile lächelte ich. »Ihr seid eine Zauberin, Bascha. Ihr wißt, wie die Zauberei vonstatten geht. Sie ist verwirrend. Sie ist gefährlich. Sie gibt einem, was man will, wenn man es richtig erbittet, und fordert dann ihren Preis.«

Ihr Kiefer straffte sich. »Was veranlaßt Euch dazu zu sagen, ich sei eine Zauberin?«

»Dieses Schwert, Bascha. Dieses unheimliche, verzauberte Schwert mit all den Runenzeichen im Metall.« Ich hob die Hand und zeigte ihr zum ersten Mal die vom Eis gezeichnete Handfläche. »Ich habe seinen Kuß gespürt, Del ... Ich habe ein Ausmaß seiner Macht gespürt. Versucht nicht, einem Mann gegenüber die Wahrheit zu leugnen, der Zauberei erkennt, wenn er sie riecht ... oder wenn er sie *spürt*. Dieses Schwert *stinkt* nach nordischer Zauberei.«

Del wandte den Kopf ab und starrte unverwandt auf die gewirkte Wand des Hyort. Ich sah, wie sie schluckte. »Es stinkt nach mehr als das«, sagte sie rauh. »Es stinkt genauso sehr nach Schuld und Blutschuld wie *ich*. Und auch ich werde den Preis zahlen.« Aber gerade, als ich den Mund öffnen wollte, um ihr eine Frage zu stellen, forderte sie mich auf zu beenden, was ich begonnen hatte.

Ich seufzte. »Ich kroch in der Hitze des Tages in das Lager, als der Tiger schlief. Er war gesättigt von dem Kind, das er zuvor gefressen hatte. Ich packte ihn mit dem Speer an der Kehle und hielt ihn an der Wand fest, aber als ich näher herankroch, um mein Werk zu bewundern — weil ich dachte, er sei tot —, kam er wieder zu sich und erwischte mich hier.« Ich berührte erneut die Narben, die Abzeichen meiner Freiheit. »Aber mein Gift war etwas stärker als seines, denn er starb, und ich nicht.«

Del lächelte ein wenig. »Und so gewannt Ihr Eure heraufbeschworene Freiheit.«

Ich sah sie finster an und erinnerte mich. »Es gab keine Freiheit. Ich kroch vom Lager fort — krank vom Gift der Katze — und starb fast in den Felsen. Ich lag dort drei Tage: halbtot, zu schwach, um nach Hilfe zu rufen ... und als der Shukar und die Stammesältesten auf der Jagd nach der Katze dorthin kamen und sie tot vorfanden — wobei niemand für sich beanspruchte, diese Tötung erwirkt zu haben —, sagte der alte Mann, seine Magie habe letztendlich genützt.« Es tat weh zu schlucken. Meine Kehle war angefüllt mit Bitterkeit und erinnerter Qual. »Ich kehrte nicht zurück. Sie nahmen an, ich sei auch gefressen worden.«

»Aber — *irgend jemand* muß Euch gefunden haben.«

»Ja.« Ich lächelte ein wenig. »Nun ja, sie war jung und schön. Und ledig.« Das Lächeln verblaßte. Ich verbarg mein Gesicht vor Del. »Nicht jeder hat mich wie einen Chula behandelt. Ich war groß für mein Alter — mit sechzehn so groß wie ein Mann —, und einige der Frauen machten sich das zum Vorteil. Ein Chula darf sich nicht verweigern. Und — ich wollte es nicht. Es war die einzige Art Freundlichkeit, die ich kennenlernte ... in den Zelten der Frauen ... nachts.«

»Sula?« fragte sie zaghaft.

»Sula. Sie nahm mich mit in ihren Hyort und heilte mich. Und dann rief sie den Shukar zu mir und sagte ihm, er könne nicht abstreiten, daß ich den Tiger getötet hätte. Nicht mit diesen Narben auf meinem Gesicht. Meinem *Beweis*.« Ich schüttelte den Kopf, als ich mich daran erinnerte. »Vor dem gesamten Stamm mußte er mich zum Mann erklären. Er mußte mir das Geschenk der Freiheit machen. Und als die Worte gesprochen waren, gab Sula mir — die dem Sandtiger die Krallen abgeschnitten hatte — diese Kette.« Ich verflocht meine Finger in dem Band. »Ich habe sie seitdem immer getragen.«

»Der Tod des Jungen, die Geburt des Mannes.« Sie schien zu verstehen.

»Ich verließ den Stamm an dem Tag, an dem ich mir die Krallen umlegte. Ich habe die Salset nie wieder gesehen — bis zu dem Tag, an dem sie uns fanden.«

»Die Katze, die allein wandert.« Del lächelte leicht. »Seid Ihr Euch so sicher, daß Ihr für das hier zäh genug seid?«

»Der Sandtiger ist für *alles* zäh genug.«

Sie sah mich kurz herausfordernd an und schloß dann die Augen. »Armer Tiger. Ich kenne Euer Geheimnis. Jetzt sollte ich Euch meines erzählen.«

Aber sie tat es nicht.

Zwölf

Dels Krankheit heilte langsam. Sie war, wie sie behauptete, wie eine alte Frau: lahm, steif, schlaff. Zuerst die befeuchteten Leinenwickel, dann die Allasalbe, und Sula wandte oft ein Öl an, das auch aus der Allapflanze gemacht war, damit die neue Haut nicht riß und durch ungewohnte Bewegungen aufplatzte. Schließlich verblaßte einiges von der lebhaften Rosafärbung, und sie ähnelte allmählich wieder mehr der Del, die auf der Suche nach einem Schwerttänzer namens Sandtiger in das Wirtshaus gekommen war.

Nachdem meine Gefühle für die Salset hervorgebrochen und laut ausgesprochen worden waren, fühlte ich mich ein wenig, als seien die Höllenhunde von meiner Seele verbannt worden. Obwohl ich zweifellos für den größten Teil des Stammes ein Fremder blieb, betrachtete *ich* mich nicht mehr als Außenseiter. Ich unterschied mich noch immer von ihnen, aber die Unterschiede waren erträglich geworden. Ich war nicht mehr der namenlose Junge, dessen einzige Vergangenheit, Gegenwart und Zukunft die eines Chula war.

Als die junge Frau mich ansah, schaute ich jetzt zurück.

Und als der Shukar, als er eines Tages vorbeiging, leise eine Beschimpfung murmelte, trat ich ihm in den Weg und bot ihm die Stirn.

»Der Chula ist fort«, belehrte ich ihn. »Jetzt gibt es nur noch den Sandtiger — einen vom Shodo ausgebildeten Schwerttänzer des siebten Grades, und ein solcher Mann verdient die übliche Höflichkeit der Salset.«

Sechzehn Jahre bei den Salset hatten gewisse Verhaltensweisen in mir verankert. Sechzehn Jahre *fort* von den Salset hatten sie nicht völlig ausgelöscht, wie ich bemerkte. Selbst als ich ihn herausforderte, empfand ich die alten Gefühle der Bedeutungslosigkeit und Nutzlosigkeit, die sich aus einem Winkel meines Seins erhoben. Es war schwer, ihm ins Gesicht zu sehen, seinen Augen zu begegnen, denn es war mir zu viele Jahre lang lediglich erlaubt gewesen, auf seine Füße zu sehen.

Ein Shukar muß immer respektiert, verehrt werden. Er ist anders als alle anderen, mehr als ein Mensch. Er hat Magie. Er ist heilig. Von den Göttern berührt. Die Berührung wurde bewiesen durch den tief weinroten Fleck auf seinem fahlen Gesicht, der sich vom Kinn bis zum linken Ohr erstreckte. Die Salset haben keine Könige, keine Oberhäupter, keine Kriegsführer. Sie verlassen sich auf die Stimme der Götter (Shukar bedeutet in der Sprache der Salset *Stimme*), und die Stimme sagt ihnen, was sie tun und wohin sie gehen sollen. Er ist die Gesetzmäßigkeit der Tage, der Ewigkeit, bis die Götter einen anderen erwählen.

Diesem alten Mann vor dem Rest des Stammes die Stirn zu bieten, war meine erste wirkliche Tat der Freiheit und Unabhängigkeit. Selbst als gerade befreiter Chula war ich unfähig gewesen, dem Mann entgegenzutreten. Ich war ganz einfach von ihm fortgegangen, von den anderen, von der Erinnerung an meinen heraufbeschworenen Tiger.

Das Alter hatte die goldene Pigmentierung seiner Haut aufgesaugt. Er trug einen safranfarbenen Burnus, der um den Saum mit Kupferstickerei beschwert war. Sein Haar, das einst schwarz gewesen war, war jetzt vollständig ergraut. Ich roch den scharfen Geruch des Öls, das er benutzte, um es aus seinem Gesicht zurückzuhalten, damit die ganze Welt die weinrote Markierung der Götter auf seinem Gesicht sehen konnte, die Markierung, die seinen Rang anzeigte. Seine Autorität. Und seine schwarzen Augen, die auf mein Gesicht gerichtet waren, hatten nichts von ihrem Haß für mich verloren.

Wohlüberlegt zog er die Lippen von den Zähnen zurück wie ein Hund, der seine Macht zeigt, und spuckte auf den Boden genau vor meinen rechten Fuß. »Ich schulde dir keine Höflichkeit.«

Nun, ich hatte nicht wirklich etwas anderes erwartet. Aber die Verweigerung der üblichen Höflichkeit (die größtmögliche Beleidigung nach den Salset-Gebräuchen) tat dennoch weh.

»Shukar, du bist die Stimme der Götter«, sagte ich. »Bestimmt haben sie dir gesagt, daß der Sandtiger geht, wohin er will — *unabhängig* davon, was das Jungtier einmal war.« Nun hatte ich seine Aufmerksamkeit errungen. Er erwiderte meinen Blick, als ich seinen Augen direkt begegnete. »Du hast mir keine Höflichkeit erwiesen, als ich die Katze vor so vielen Jahren tötete«, erklärte ich und erinnerte ihn damit an seinen Fehler, sich nicht wie ein richtiger Shukar verhalten zu haben. »Ich beanspruche sie jetzt, vor dem gesamten Stamm. Willst du dich vor deiner Pflicht drücken? Willst du Schande über die Salset bringen?«

Ich ließ ihm keine Wahl. Vor so vielen Leuten (von denen mich viele *nur* als den Sandtiger kannten) weiß sogar ein verbitterter alter Mann, daß er sich den Notwendigkeiten beugen muß. Ich hatte die Höflichkeit, die mir gebührte, nicht gefordert, als ich den Sandtiger getötet hatte, und hatte den Shukar damit einer sehr unangenehmen Pflicht enthoben. Nun forderte ich sie mit jedem Recht und jeder Berechtigung. Er mußte die Forderung anerkennen.

»Zwei Pferde«, sagte ich. »Wasser und Nahrung für zwei Wochen. Wenn ich darum bitte.«

Sein Mund arbeitete. Ich sah, wie gelb seine Zähne vom Bezanüssekauen, einem leichten Narkotikum, geworden waren. Eine übliche Gewohnheit in der Punja. Vermutlich steigert es die Magie, vorausgesetzt man hat sie bereits. »Wir haben dir erneut dein Leben gegeben«, sagte er schroff. »Wir haben dich und die Frau vom Sand zurückgefordert.«

Ich verschränkte die Arme. »Ja. Aber das ist etwas, was die Salset für jeden tun müssen. Dem Stamm gehört meine Dankbarkeit für diese Rettung, aber *du* mußt meine Bitte um Höflichkeit anerkennen.« Müßig strich ich mit einem Finger an der schwarzen Kordel um meinen Hals entlang und ließ die Krallen klappern. Um ihn daran zu erinnern, wie ich meine Freiheit gewonnen hatte.

Um ihn daran zu erinnern, daß er absolut keine Wahl hatte.

»Wenn du darum bittest«, sagte er bitter und wandte mir den Rücken zu.

Ich sah ihm nach, als er davonging. Ich erkannte die Genugtuung bei diesem Sieg, aber sie war nicht so süß, wie ich erwartet hatte. Wenn einem Menschen widerwillig das gegeben wird, was ihm ohnehin zusteht, hat er keinen Spaß daran.

* * *

Del war eher auf den Füßen, als ich es erwartet hatte, aber sie bewegte sich nur mühsam und mit Hilfe eines Stockes. Zuerst protestierte ich, bis sie etwas in ihrer nordischen Sprache herunterrasselte, was ärgerlich und ungeduldig zugleich klang, und da *wußte* ich, daß sie fast wieder in Ordnung war.

Ich stieß ein erleichtertes Seufzen aus. Wir hatten in dem Hyort eine kurzes, eigenartiges Gefühl der Nähe geteilt, als sie in der Sandkrankheit gefangen lag. Während es einerseits etwas Besonderes gewesen war, hatte es mich andererseits doch auch aus der Fassung gebracht. Das Zusammenleben mit den Salset ließ mein hart erkämpftes Gleichgewicht, das ich in den Jahren, seit ich fortgegangen war, sorgfältig aufgebaut hatte, durcheinandergeraten. Es machte mich Dingen und Gefühlen gegenüber verletzlich, die ich hinter mir gelassen hatte. Der Sandtiger hatte seine Wachsamkeit gemindert, wenn auch nur kurz, und das war etwas, was ich mir ganz einfach nicht leisten konnte. Ich war ein professioneller Schwerttänzer und verdiente mir meinen Lebensunterhalt, indem ich gefährliche, anspruchsvolle Arbeit verrichtete, zu der nur wenige andere bereit waren. Es gab keine Zeit, keinen Raum für Sentimentalitäten oder Gefühle außer denen, die zum Überleben notwendig waren, wenn ich so weitermachen wollte.

Del kam heraus, als ich im Schatten einer Plane außerhalb von Sulas Hyort herumtrödelte. Sie hatte wieder ihre von einem Gürtel gehaltene Tunika angezogen (Sula hatte sie gereinigt und gebürstet), und die blaue Saumeinfassung hob sich glänzend von dem Wildleder ab. Der größte Teil der rosafarbenen neuen Haut hatte sich gestrafft und nahm langsam eine normalere (wenn auch etwas dunklere) Farbe an. Sie war wieder überall weich und hellgolden. Das sonnengebleichte Haar war mit einem blauen Band zurückgebunden, wodurch sich die Linien ihrer Kiefer- und Wangenknochen deutlicher hervorhoben. Sie war dünner, langsamer geworden, aber sie bewegte sich noch immer mit der Anmut und Leichtigkeit, die ich bewunderte.

Ich bewunderte sie so sehr, daß ich spürte, wie mein Mund trocken wurde. Wenn ich nicht so sicher gewesen wäre, daß sie noch immer schwach und leicht zu ermüden war, hätte ich sie vielleicht neben mich herabgezogen, um die Frage der Bezahlung mit etwas anderem als Goldmünzen zu erörtern.

Dann bemerkte ich, daß sie ihren Harnisch trug und das Schwert in Händen hielt.

»Del ...«

»Tanzt mit mir, Tiger.«

»Bascha ... Ihr wißt es besser.«

»Ich muß es tun.« Es gab keine Möglichkeit, es ihr

auszureden. »Ich werde nichts wert sein, wenn ich nicht tanze. *Ihr* wißt das.«

Noch immer lässig ausgestreckt, sah ich zu ihr auf. Aber der Ton meiner Stimme war nicht im geringsten lässig. »Hoolies, Frau, Ihr wäret fast gestorben. Das kann noch immer passieren, wenn Ihr in den Kreis eintretet.« Ich schaute auf ihr gezogenes Schwert, runzelte die Stirn und sah, wie sich die Muster der Verzierung im Metall zu bewegen schienen und meine Augen verwirrten. Ich blinzelte.

»Ihr seid nicht *so* gut.«

Ich wandte den Blick von dem Schwert ab, und sah statt dessen sie an. »Ich bin«, erklärte ich ernst, »der beste Schwerttänzer in der Punja. *Vielleicht sogar* im Süden.« (Ich hielt es für wahrscheinlich, daß ich der beste Schwerttänzer im Süden *war*, aber ein Mann muß sich einen Hauch von Bescheidenheit bewahren.)

»Nein«, sagte sie. »Wir haben uns nicht richtig gegenseitig geprüft.«

Ich seufzte. »Mit einem Schwert seid Ihr gut — das habe ich gesehen, als wir vor den Hanjii tanzten —, aber Ihr seid kein Schwerttänzer, Bascha. Kein *richtiger*.«

»Ich habe es gelernt«, sagte sie, »genauso, wie Ihr es gelernt habt. Und davor haben mich mein Vater, meine Onkel und meine Brüder unterrichtet.«

»*Ihr* habt es gelernt?« fragte ich. »*In aller Form?*«

»Mit allen damit verbundenen Ritualen.«

Ich beobachtete sie. Ich konnte ihr zugestehen, daß sie mit ihrem Vater und ihren Onkeln und Brüdern trainiert hatte, denn sie *war* gut — für eine Frau —, aber eine regelrechte Lehre? Selbst in bezug auf den Norden bezweifelte ich, daß es einer Frau erlaubt sein würde, eine Beziehung ähnlich der, die ich mit meinem Shodo hatte, einzugehen.

»Auf formale Art, hm?« fragte ich. »Nun — Ihr *seid* schnell. Ihr seid geschmeidig. Ihr seid besser, als ich erwartet hatte. Aber Ihr habt nicht die erforderliche Kraft, die Ausdauer und die Kälte.«

Del lächelte leicht. »Ich bin eine Nordbewohnerin — eine *Zauberin*, wie er behauptet —, und er sagt, ich sei nicht kalt.«

Ich hob eine Augenbraue. »Ihr wißt, was ich meine. Die *Kaltblütigkeit*.«

»Kaltblütigkeit«, echote sie und ließ das Wort auf der Zunge zergehen.

»Ein Schwerttänzer ist mehr als nur ein Meister der Klinge, Bascha«, erklärte ich. »Mehr als jemand, der die Rituale des Tanzes beherrscht. Ein Schwerttänzer ist auch ein Mörder. Jemand, der ohne Reue tötet, wenn er muß. Ich meine damit nicht, daß ich ohne guten Grund töte, einfach aus Spaß — ich bin kein Borjuni —, aber wenn das Geld und die Umstände stimmen, werde ich Einzelhieb aus der Scheide ziehen und in den ersten Bauch stoßen, der es erfordert.«

Del schaute zu mir hinab. Ich hatte mir nicht die Mühe gemacht aufzustehen. »Versucht ihn in meinen Bauch zu stoßen«, schlug sie vor.

»Hoolies, Frau, Ihr habt Sand im Kopf«, sagte ich angewidert.

Sie starrte mich an, als ich keine Anstalten machte aufzustehen. Einen Augenblick später änderte sich ihr Gesichtsausdruck. Sie lächelte. Ich wußte genug, um mich jetzt vor ihr in acht zu nehmen. »Ich werde mit Euch handeln, Tiger.«

Ich knurrte.

»Tanzt mit mir«, sagte sie. »Tanzt mit mir — und wenn wir meinen Bruder finden, werde ich Euch mit etwas anderem als Gold bezahlen. Mit etwas — *Besserem*.«

Ich würde nicht sagen, daß es leicht war, einen unveränderten Gesichtsausdruck beizubehalten. »Vielleicht *finden* wir Euren Bruder niemals. Also, was für ein Handel ist das?«

»*Wir werden ihn finden.*« Ihre Gesichtshaut war gespannt. »Tanzt jetzt mit mir, Tiger. Ich brauche es. Und wenn wir nach Julah kommen und keine Spur von ihm finden können, überhaupt keine ... werde ich den Handel dennoch anerkennen.« Sie zuckte leicht die Achseln. »Ich habe kein Gold. Ich habe noch nicht einmal Kupfermünzen.«

Ich sah sie an. Ich ließ meine Augen nicht über ihren Körper wandern, denn ich bin nicht *völlig* unsensibel. Und, nebenbei gesagt, wußte ich schon, was sie anzubieten hatte.

»Handelt, Bascha!«

Das Schwert glitzerte im Sonnenlicht. »Tanzt mit mir, Tiger!«

Ich sah zu ihrer Waffe. »*Dagegen?* Nein. Gegen ein anderes Schwert.«

Ihre Gesichtshaut straffte sich. »*Dies* ist mein Schwert.«

Langsam schüttelte ich den Kopf. »Keine Geheimnisse mehr, Bascha. Das Schwert ist mehr als ein Schwert, und es ist jemand hinter Euch her.«

Sie wurde weiß, so weiß, daß ich dachte, sie würde ohnmächtig werden. Aber das tat sie nicht. Sie gewann ihre Fassung wieder. Ich bemerkte eine nur ganz schwache Anspannung ihrer Kiefermuskeln.

»Das ist meine Privatsache.«

»Ihr habt es nicht einmal gewußt«, beschuldigte ich sie. »Was ist privat an einer Sache, die *ich* Euch erzählen muß?«

»Ich habe es erwartet«, sagte sie kurz. »Es kommt nicht überraschend. Es ist eine — Blutschuld. Ich schulde vielen *Ishtoya* etwas. Wenn dies einer ist, werde ich die Verantwortung übernehmen.« Sie stand aufrecht vor mir. »Aber das hat nichts mit dem zu tun, was ich *Euch* zu tun bitte.«

»Ihr habt mich in den Kreis eingeladen«, sagte ich sanft. »Und Ihr fordert mich dazu auf, gegen ein verzaubertes Schwert zu tanzen.«

»Es ist nicht — verzaubert«, sagte sie nüchtern. »Nicht wirklich. Ich leugne nicht, daß diesem Schwert Macht innewohnt ... aber sie muß *beschworen* werden — ungefähr genau so, wie Euer Tiger beschworen werden mußte.« Auf indirekte Art forderte sie mich heraus. »In diesem Kreis, gegen den Sandtiger, wird mein Schwert ein Schwert sein.«

Ich sah auf meine Handfläche hinab. Schloß die Hand, um das Brandzeichen auszuschließen. Aber das schloß die Erinnerung an den Schmerz oder die Macht, die ich gespürt hatte, nicht aus.

Mein Harnisch lag rechts von mir. Ich zog Einzelhieb aus der Scheide und erhob mich. »Der Kreis wird klein sein«, sagte ich sachlich. »Der Tanz wird kurz und langsam werden. Ich möchte nicht zu Eurem Tod beitragen.«

Del zeigte bei einem wilden kurzen Lächeln die Zähne. »*Kaidin* Sandtiger, Ihr macht Eurer *Ishtoya* Ehre.«

»Nein, das tue ich nicht«, versicherte ich ihr sanft. »Ich *passe* mich ihr nur *an*.«

Innerhalb von Wochen war sie wieder geschmeidig und biegsam geworden, flink wie eine Katze, aber nicht so flink wie *diese* Katze. Ich hielt mich im Kreis zurück und spielte mit ihr, denn ich wollte sie nicht überfordern. Sie wußte es, ich wußte es, aber sie konnte nicht viel dagegen tun. Ein paar Mal versuchte sie mich zu treffen, indem sie schneller tanzte und in einem Schwall komplizierter Angriffs- und Verteidigungsmuster mit dem schimmernden Schwert auf mich losstürzte, aber ich schlug sie mit den Strategien, die ich vor langer Zeit gelernt hatte, zurück. Es war nicht schwierig. Es würde Zeit brauchen, bis sie ihren Rhythmus und ihre Kraft wiedererlangen würde.

Unsere Kampfstile waren sehr unterschiedlich. Das sollte bei einem Mann und einer Frau zu erwarten sein, es paßte, aber Dels Angriffsmuster waren schneller und kürzer und auf einen sehr viel kleineren Raum beschränkt. Es bedurfte großer Kraft und Flexibilität in den Handgelenken selbst, sowie auch in den Armen und den Schultern, und es bewies, daß sie tatsächlich richtig ausgebildet worden war. Aber von einem Shodo — oder, in ihrer Sprache *Kaidin?* Ich bezweifelte das. Außerdem setzte sie bei ihrem geübten Tanz keine Rituale ein. Sie bewegte sich nur, bewegte sich gut, wenn man einmal davon absah, daß ich keine formalen Muster erkennen konnte. Keine Handschrift. Nichts was auf eine formale Ausbildung hinwies. Nichts was das Kennzeichen eines wahren *Meisters* trug, kein Handschriftenmuster, das einen Schwerttänzer als einen ehemaligen Studenten dieses oder jenes Shodo auswies.

Aber dennoch, mit ihrem gelblich-weißen Haar, das vom Schweiß dunkel geworden war, ihren gelenkigen Beinen, die sich so geschmeidig im Kreis bewegten, war es leicht sich vorzustellen, daß sie von *jemandem* unterrichtet worden war. Und jemand sehr Gutem.

Aber nicht gut genug, um gegen den Sandtiger zu tanzen.

Tatsächlich, so war es.

Nach einigen kurzen Wochen mit Wandern, Laufen und Tanzen waren Dels Schnelligkeit und Kraft wiederhergestellt. Sulas Allaöl verhinderte, daß ihre Haut aufriß, und die natürliche Gesundheit und Vitalität besorgten den Rest. Fünf Wochen nach unserer Errettung aus dem Sand bestiegen Del und ich die Pferde, die ich von dem Shukar gefordert hatte, und ritten fort von den Salset.

Als wir uns gen Süden wandten, beobachtete Del mich mit beunruhigender Offenheit. »Die Frau sorgt sich um Euch.«

»Sula? Sie ist eine gute Frau. Besser als alle anderen.«

»Sie muß Euch sehr geliebt haben, als Ihr beim Stamm wart.«

Ich zuckte die Achseln. »Sula kümmerte sich um mich. Sie hat mich vieles gelehrt.« Ich rief mir einige der

Lektionen in der Dunkelheit und Intimität ihres Hyorts in Erinnerung. Wenn ich jetzt an die füllige, gealterte Frau dachte, fragte ich mich, wie ich sie begehrt haben konnte, aber das Aufflackern des Unglaubens verblaßte schnell zu Verständnis. Auch wenn Sula damals, als ich den Sandtiger getötet hatte, nicht jung und schön gewesen wäre, hätten ihre Freundlichkeit und Wärme sie dennoch zu etwas Besonderem gemacht. Und sie hatte mich zum Mann gemacht, auf mehr als eine Weise.

»Ich hatte nichts, was ich ihr hätte geben können«, sagte Del. »Um ihr zu danken.«

»Sula hat das nicht getan, um *Dankbarkeit* zu bekommen.« Aber dann sah ich das ehrliche Bedauern in ihrem Gesicht und bereute sofort meine Barschheit.

»Ich fühle mich schlecht«, sagte sie leise. »Sie verdiente ein Gastgeschenk. Irgend etwas, um ihre Freundlichkeit und Großzügigkeit anzuerkennen.« Sie seufzte. »Im Norden würde ich als herzlose, gedankenlose Person angesehen werden, die keine Höflichkeit verdient hat.«

»Ihr seid im Süden. Ihr seid weder herzlos noch gedankenlos *oder* wertlos«, erklärte ich. Dann grinste ich. »Wann habt Ihr vor, *mir* zu danken?«

Del sah mich nachdenklich an. »Ich glaube, ich konnte Euch besser leiden, als Ihr dachtet, ich würde an der Sandkrankheit sterben. Ihr wart netter.«

»Ich bin niemals nett.«

Sie dachte erneut nach. »Nein. Wahrscheinlich nicht.«

Ich führte mein Pferd neben ihres, so daß wir Seite an Seite ritten. Ich war von der Wahl, die der Shukar für uns getroffen hatte, angenehm überrascht gewesen: Es waren beides gute Wallache, kleine, in der Wüste aufgezogene Ponys. Ich hatte einen Falben mit gestutzter schwarzer Mähne und einem ebensolchen Schweif, und Del ritt einen sehr dunklen Fuchs, der mit einem weißen Streifen von den Ohren bis zum Maul gekennzeichnet war. Die scharlachroten Decken über unseren flachen

Sätteln waren ein wenig abgenutzt, aber die Qualität *unter* den Sätteln und Decken war ohnehin wichtiger. Aber jemand hatte die Quasten von den geflochtenen gelben Zügeln abgeschnitten.

»Was habt Ihr vor zu tun, wenn wir nach Julah kommen?« fragte ich. »Es ist fünf Jahre her, daß Euer Bruder entführt wurde. Das ist hier unten eine lange Zeit.«

Del zupfte an dem azurblauen Burnus, den Sula ihr gegeben hatte, und legte ihn um ihren Harnisch zurecht. Sula hatte auch mir einen gegeben, einen cremefarbenen, von Seide eingefaßten mit brauner Stickerei. Sowohl Del als auch ich hatten sofort Schlitze für die Schwerter in die Schultern geschnitten. »Osmoon sagte, sein Bruder Omar sei der Händler, der mir etwas über Jamail und sein Sklavenschicksal erzählen könnte.«

»Woher wollt Ihr wissen, daß Omar noch immer in Julah ist?« fragte ich. »Sklavenhändler kommen viel herum. Und woher wollt Ihr wissen, daß er bereit sein wird, Euch überhaupt etwas zu erzählen, selbst wenn er noch in Julah *ist?*«

Del schüttelte den Kopf. »Ich *kann* es nicht wissen... nicht bevor wir da sind. Aber ich habe Pläne für bestimmte Fälle.«

Mein Falbe reckte den Hals, um an der gestutzten, hochstehenden Mähne von Dels Fuchs zu knabbern. Ich löste meinen Fuß aus dem Steigbügel, streckte mein Bein zwischen den Pferden aus und schlug mit der Ferse gegen die Nase des Falben. Er hörte auf zu knabbern. »Ich glaube nicht, daß Ihr viel Erfolg haben werdet, Bascha.«

»Warum nicht?« Sie ließ ihre Zügel ein wenig knallen und das Zaumzeug klappern, womit sie dem Fuchs klarmachen wollte, daß er sich nicht wieder von dem Falben anstiften lassen sollte.

Ich seufzte. »Ist es nicht offensichtlich — sogar für *Euch?* Es stimmt, daß die hiesigen nordischen Jungen von Tanzeers und vermögenden Kaufleuten, die eine

Vorliebe für solche Dinge haben, hochgeschätzt werden. Aber das ist nicht die Regel. Normalerweise sind es die nordischen *Mädchen*, die als so wertvoll erachtet werden.« Ich sah sie fest an. »Wie, zu den Hoolies, könnt Ihr denken, Ihr würdet etwas herausfinden, wenn jeder Sklavenhändler in Julah versuchen wird, *Euch* zu entführen?«

Ich sah einen Ausdruck der Erkenntnis ihr Gesicht und ihre Augen erfüllen und ihre Haut leicht anspannen. Ein Muskel zuckte an ihrem Kinn. Dann zuckte sie die Achseln. »Ich werde mein Haar schwarz färben. Meine Haut bemalen. Und hinken.«

»Werdet Ihr auch stumm sein?« Ich grinste. »Euer Akzent ist nordisch, Bascha.«

Sie schaute mich an. »Vermutlich habt Ihr Euch bereits eine Lösung einfallen lassen.«

»Tatsächlich ...« Ich zuckte die Achseln. »Laßt *mich* nach ihm suchen. Das wird sicherer sein und wahrscheinlich schneller gehen.«

»Ihr kennt Jamail nicht.«

»Sagt mir, wonach ich schauen soll. Nebenbei gesagt, es kann nicht so viele nordische Jungen in Julah geben, die — wie alt, fünfzehn? — sind. Ich halte es nicht für schwierig, ihn ausfindig zu machen, vorausgesetzt, er lebt noch.«

»Er ist noch am Leben.« Sie war absolut davon überzeugt.

Ich hoffte zu ihren Gunsten, daß es so war.

»Staub«, sagte Del barsch und deutete nach Osten. »Ist das ein weiterer Samum?«

Ich sah die Wogen von Sand, die sich im Osten erhoben. »Nein. Es sieht nach einer Karawane aus.« Ich riß meinen Falben aus seiner Lethargie, indem ich ihm die Fersen in die Flanken stieß. Das plötzliche Rucken seines Kopfes zeigte an, daß er halbwegs eingeschlafen war. Hoolies, ich vermißte die Stute. »Laßt uns nachsehen.«

»Laden wir uns damit nicht Ärger auf? Nach den Hanjii ...«

»Das sind keine Hanjii. Kommt, Bascha!«

Als wir die Karawane deutlich ausmachen konnten, merkten wir, daß sie angegriffen wurde, wie Del befürchtet hatte. Aber die Angreifer waren keine Hanjii, es waren Borjuni. Obwohl die Wüstenräuber äußerst gefährlich sind, zögern sie im allgemeinen sehr lange, bevor sie ihre Opfer töten. Sie lieben es, zuerst mit ihnen zu spielen.

Ich sah Del an. »Ihr bleibt hier.«

»Wollt Ihr eingreifen?«

»Wir brauchen Gold, wenn wir in Julah Informationen kaufen wollen. Eine Möglichkeit daran zu kommen ist, einer Karawane, die angegriffen wird, zu helfen. Der Führer ist immer unglaublich dankbar und im allgemeinen sehr großzügig.«

»Nur wenn Ihr am Leben bleibt, um die Belohnung entgegenzunehmen.« Del legte ihre Zügel in einer Hand zurecht — der linken. »Ich werde Euch begleiten.«

»Habt Ihr Sand im Kopf?« fragte ich. »Seid keine Närrin ...«

Sie zog mit der rechten Hand ihr Schwert. »Ich wünschte wirklich, Ihr würdet aufhören, mich eine Närrin zu nennen, Tiger.« Dann trieb sie ihr Salsetpferd mit der flachen, runenversehenen Seite der Klinge an und galoppierte direkt auf die schreienden Borjuni zu.

»Gott der Hoolies, *warum* hast du mich mit dieser Frau belastet?« Und ich ritt hinter ihr her.

Eigentlich war die Karawane von Vorreitern bewacht worden. Die meisten von ihnen waren tot oder verwundet, obwohl ein paar von ihnen noch immer versuchten, eine Verteidigung aufzubauen. Die Borjuni waren nicht übermäßig viele, aber das war bei ihnen auch nicht nötig. Sie reiten schnelle, an das Lenken mit den Knien gewöhnte Pferde, die es ihnen erlaubten zuzuschlagen, sich umzuwenden, fortzuspringen und sich erneut umzuwenden, um zu beenden, was sie begonnen hatten. Borjuni kämpfen niemals im Stand, wenn sie umherwirbeln und reiten können.

Ich löste meine Anspannung mit einem schauerlichen Schrei und ritt direkt mitten hinein, in der Absicht, die Borjuni zu überraschen. Das tat ich auch, aber unglücklicherweise waren auch die Vorreiter der Karawane überrascht. Anstatt anzugreifen, während die Borjuni einen Moment lang überrascht waren, standen sie nur da und schauten.

Dann schrie Del von der anderen Seite der Wagen her auf, und das Handgemenge flammte erneut auf. Aus den Augenwinkeln gewahrte ich ihr Vorbeireiten auf dem Fuchs mit flatterndem und zerknittertem Burnus und silber-weiß glitzerndem Schwert, das dann rot und naß wurde. Einen Moment lang war ich erstaunt über ihre Bereitschaft, Blut fließen zu lassen. Aber einen Moment später war ich viel zu beschäftigt, um mir Gedanken darüber zu machen.

Ich verwundete zwei und tötete drei Räuber und stand dann dem Führer der Borjuni gegenüber. Er trug glänzende silberne Ohrringe und eine Kette aus menschlichen Fingerknochen um den Hals. Sein Schwert war die gewundene Klinge der Vashni. Es ist ungewöhnlich, einen Vashni außerhalb seines Stammes anzutreffen. Sie sind einander zutiefst ergeben, aber gelegentlich verläßt ein Krieger den Stamm, um seinen eigenen Weg zu gehen.

Außer natürlich, wenn er ausgestoßen wird, was ihn doppelt gefährlich werden läßt. Er muß der Welt etwas beweisen.

Die Zähne des Vashni waren weiß und in seinem rotbraunen Gesicht entblößt, als er auf seinem kleinen Punjapferd auf mich zukam, die gewundene Klinge hinter der Schulter verborgen, so daß er einen schwungvollen Schlag an meinem Hals anbringen und damit sofort den Kopf von den Schultern trennen könnte. Ich bückte mich, aber ich hörte das pfeifende Zischen, als die Klinge über meinen Kopf hinwegfegte. Einzelhieb war bereit, als der Vashni herumwirbelte, um es erneut zu versuchen, und der Krieger taumelte in einem wirren Knäuel von Armen und Beinen langsam vom Pferd. *Ohne* Kopf.

Ich sah mich nach meinem nächsten Gegner um und stellte fest, daß keine mehr da waren. Die, die übriggeblieben waren, waren alle tot, oder zumindest fast. Und dann sah ich Del, die noch mit ihrem letzten Gegner beschäftigt war.

Sie war von ihrem Salsetpferd herabgeglitten. Das Schwert in ihren Händen war blutbefleckt, und sie stand aufrecht und wartete. Ich sah den Borjuni zu Pferde heranpreschen, in der rechten Hand sein Schwert, in der linken Hand ein Messer. Auf die eine oder andere Art würde er die Frau am Boden töten.

Außer wenn Del von seinem heulenden Schrei oder der Standhaftigkeit seines Pferdes unbeeindruckt bleiben würde. Sie wartete ab, und als er heranschoß und das Schwert in einem tödlichen Streich senkte, duckte sie sich darunter hinweg. Gebückt stieß sie auf die Beine des Pferdes ein und durchtrennte Verbindungssehnen.

Das Pferd fiel unter dem Borjuni zur Seite. Aber der Mann stand wieder aufrecht, bevor er auch nur den Boden berührt hatte, und das Messer flog aus seiner Hand in Dels Richtung. Ich sah ihr Schwert aufblitzen, zustoßen und das Messer zur Seite schlagen. Und als er zu Fuß auf sie zurannte, blitzte das Schwert erneut auf.

Borjunistahl und die nordische Klinge berührten sich kein einziges Mal. Ruhig ließ sich Del unter seinem Stoß flach fallen, ließ ihn das Gleichgewicht verlieren, rollte sich herum, kam mit der Klinge in Händen seitlich wieder auf die Füße und bohrte sie ihm in den Bauch.

Erst als der Körper zu Boden fiel, bemerkte ich, daß ich den Atem angehalten hatte. Ich atmete ein und ritt dann langsam hinüber zu Del. Sie wischte ihr Schwert an der Kleidung des Borjuni ab, der tot im Sand lag, und steckte die Klinge wieder in die Scheide.

»Das habt Ihr nicht zum ersten Mal gemacht«, stellte ich fest.

»Das? Nein, ich habe noch nie eine Karawane gerettet.«

»Ich meine: Ihr habt schon früher Menschen bekämpft und getötet.«

Sie strich gelöstes Haar hinter die Ohren. »Ja«, bestätigte sie kurz.

Ich seufzte und nickte. »Es scheint, als hätte ich Euch die ganze Zeit unterschätzt ... Zauberin.«

Sie schüttelte den Kopf. »Keine Zauberei. Nur einfache Schwertarbeit.«

Die *Hoolies* war das! Aber ich beließ es dabei, denn eine Stimme schrie nach unserer Aufmerksamkeit. »Wir werden gerufen. Wollen wir gehen?«

»Ihr geht. Ich muß mein Pferd einfangen. Ich komme gleich nach.«

Ich ritt hinüber zum Leitwagen und begrüßte einen fetten Eunuchen mit hoher Stimme, der mit Edelsteinen und seidenen Gewändern bekleidet war.

»Schwerttänzer!« rief er. »Bei allen Göttern des Valhail, ein *Schwerttänzer!*«

Ich glitt von meinem Falben und wischte Einzelhiebs blutbefleckte Klinge an der nächstgelegenen Leiche ab. Ich steckte das Schwert über meine Schulter hinweg zurück in die Scheide und sagte ein kurzes Begrüßungswort auf wüstisch.

»Ich bin Sabo«, erklärte der Eunuch, nachdem die üblichen Höflichkeiten ausgetauscht worden waren. »Ich diene dem Tanzeer Hashi, möge die Sonne lange und warm auf ihn scheinen.«

»So möge es sein«, stimmte ich ernst zu. Ich sah mich um und bemerkte, wie viele der Vorreiter die Borjuni getötet hatten. Von zehn waren nur noch zwei am Leben, und sie waren verwundet. Dann runzelte ich die Stirn. »Seid ihr *alle* Eunuchen?«

Er sah sofort zur Seite und vermied es, meinen Augen zu begegnen, ein Eingeständnis der Einfalt. »Ja, Schwerttänzer. Wir sind die Eskorte für meine Herrin Elamain.«

Ich sah ihn erstaunt an, als Del heranritt und von ihrem Fuchs glitt. »Ihr eskortiert eine Lady mit nur einer Handvoll *Eunuchen* durch die Punja?«

Sabo machte ein beschämtes Gesicht. Noch immer sah er mich nicht an. Eine Handbewegung deutete ein Schuldgeständnis an. Er würde verantwortlich gemacht werden, selbst wenn es nicht seine Idee gewesen war. »Mein Herr Hashi bestand darauf. Die Herrin soll seine Braut werden, und er... er...« Sabos Augen streiften kurz mein Gesicht und sahen dann wieder fort. Er zuckte die Achseln. »*Ihr* versteht.«

Ich seufzte. »Ja. Ich denke, das tue ich. Er wollte nicht, daß die Tugend der Dame aufs Spiel gesetzt würde. Statt dessen setzt er ihre Sicherheit aufs Spiel.«

Ich schüttelte den Kopf. »Es ist nicht dein Fehler, Sabo, aber du hättest es besser wissen sollen.«

Er nickte, sein Dreifachkinn schwabbelte gegen den hohen, mit Edelsteinen besetzten Kragen, der aus seinen weinroten Gewändern herausragte. Er war dunkelhäutig und schwarzhaarig, aber seine Augen waren von einem hellen Braun. »Ja. Natürlich. Aber was geschehen ist, ist geschehen.«

Er lächelte schlau, und der Ausdruck der Scham verschwand sofort. »Und jetzt, wo *Ihr* hier seid, um uns zu helfen, brauchen wir uns nicht länger zu fürchten.«

Del lächelte ironisch. Ich mißachtete es. Sabo spielte mir direkt in die Hände. »Ich könnte mir vorstellen, daß der Tanzeer — *erfreut* — sein würde, seine zukünftige Braut wiederzubekommen.«

Sabo verstand. Und er hatte eine natürliche Begabung für Dramatik. »Aber *natürlich!*« Seine hellbraunen

Augen weiteten sich. »Mein Herr Hashi ist ein großzügiger Herr. Er wird Euch für diesen großmütigen Dienst reich belohnen. Und ich bin sicher, daß die Herrin selbst genauso dankbar sein wird.«

»Die Herrin *ist* dankbar«, sagte die Stimme der Herrin.

Ich schaute mich um. Sie trat aus einem stoffverhangenen Wagen heraus, kam heran und vermied es dabei sorgfältig, die Leichen zu berühren, die auf dem Sand verstreut lagen. Sie raffte ihre Gewänder, während sie sich bewegte, und ich sah schmale, mit goldenen Quasten besetzte blaue Pantoffeln an ihren Füßen.

Dem Diktat der Wüstengebräuche folgend, trug sie einen Schleier vor dem Gesicht. Er fiel von den schwarzen Zöpfen herab, die auf ihrem Kopf aufgetürmt und mit emailliertem Schmuck festgesteckt waren. Aber der Schleier war farblos wie Wasser und doppelt so durchsichtig. Sie sah mich aus einem makellosen dunklen Gesicht und klaren, goldenen Augen an.

Sie ließ sich mit einer einzigen geübten, anmutigen Bewegung im Sand nieder und küßte meinen Fuß, der staubig und schweißbedeckt und ohne Zweifel unglaublich übelriechend war.

»Lady...« Bestürzt zog ich den Fuß zurück.

Sie küßte den anderen und sah mich dann mit einer Haltung dankbarer Verehrung an. »Wie kann diese arme Frau Euch danken? Wie kann ich mit Worten sagen, was ich bei dem Gedanken daran empfinde, vom Sandtiger gerettet worden zu sein?«

Bei Valhail, sie *kannte* mich!

Sabo keuchte überrascht. »Der Sandtiger! Ihr Götter des Valhail, ist es wahr?«

»Natürlich ist es wahr«, fuhr die Herrin ihn an, milderte ihre Worte aber mit einem Lächeln. »Ich habe von dem Schwerttänzer mit den Narben im Gesicht, der die Krallen trägt, die ihn gezeichnet haben, gehört.« Ich half ihr mit einer blutbefleckten Hand auf. Ich fühlte mich schmutzig und übelriechend und nicht geeignet für solch gewähltes Gehabe.

»Du liebe Güte«, rannte Del.

Ich sah sie mißtrauisch an, runzelte die Stirn, wandte mich dann wieder der Lady zu und lächelte. »Ich *bin* der Sandtiger«, gab ich bescheiden zu, »und ich wäre überaus glücklich, Euch zum Tanzeer zu begleiten, der sich glücklich schätzen darf, mit einer so bezaubernden Dame wie Euch verbunden zu sein.«

Del schaute ziemlich erstaunt, daß ich es geschafft hatte, solch gewandte Rede zu bewältigen, und ich war es auch. Aber es hatte eine hübsche Wirkung auf die errötende Braut, denn sie errötete noch stärker und wandte den Kopf in mitleidheischender Verlegenheit ab.

»Die Herrin Elamain«, stellte Sabo vor. »Verlobt mit dem Fürsten Hashi von Sasqaat.«

»Wer?« fragte Del, und ich fragte: »Von wo?«

»Lord Hashi«, erwiderte er geduldig. »Von Sasqaat.« Sabo winkte mit einer beringten Hand. »Hier entlang.« Er sah Del einen Moment lang an. »Wer seid Ihr?«

»Del«, sagte sie. »Einfach Del.«

Der Eunuch schaute ein wenig verwirrt drein, weil er vielleicht etwas mehr Informationen von einer Frau erwartet hatte, die mit dem Sandtiger unterwegs war, aber sie sagte nicht mehr und schien auch nicht die Absicht zu haben. Ihre Augen, so dachte ich, machten einen verdächtig amüsierten Eindruck. Ich hatte das sichere Gefühl, daß sie all diese Dankbarkeit als ziemlich komisch empfand.

Elamain legte eine sanfte, kühle Hand auf mein Handgelenk, das von Borjuniblut bedeckt war. Es schien ihr nichts auszumachen. »Ich möchte, daß Ihr mit mir in meinem Wagen nach Sasqaat fahrt. Es wäre mir eine Ehre.«

Dels Brauen hoben sich. »Es ist schwierig, die Karawane zu beschützen, wenn er *im* Wagen ist, anstatt ihn von außen zu bewachen.«

Elamain warf ihr einen schnellen unsicheren Blick aus großen, goldenen Augen zu. Neben dieser dunklen Wüstenschönheit schien Dels Hellhäutigkeit wie ausgewaschen. Weißblondes Haar breitete sich über ihren Rücken aus und hing ihr in die Augen, Staub und Blut bedeckten ihr Gesicht. Ihr Burnus war zerrissen und verfärbt. Beide sahen sich, wie sie so beieinanderstanden, so ähnlich wie eine Königin und die niedrigste Küchenmagd — besonders für einen Mann, der viel zu lange von widerspenstigen Frauen umgeben gewesen war.

Elamain lächelte mich an. »Kommt, Tiger. Begleitet mich in meinen Wagen.«

Fest entschlossen, daß Del nicht das letzte Wort haben sollte (oder daß irgend etwas, was sie sagen würde, auch nur den geringsten Einfluß auf meine Entscheidung und mein Verhalten haben sollte), warf ich ihr einen milden Blick zu und lächelte dann die Lady an. »Es wäre mir eine Ehre, Prinzessin.«

Elamain führte mich zu ihrem Wagen.

Dreizehn

Die Lady war angemessen dankbar. In der Intimität ihres sehr privaten Wagens, der sanft über den Sand holperte, zeigte mir Hashis Braut, daß sie keine sittsame Jungfrau war, sondern eine erfahrene Frau, die wußte, was sie wollte, und es zu bekommen versuchte. Im Moment war zufälligerweise ich es, was rundum äußerst zufriedenstellend war.

Es war nicht leicht gewesen, mit Del zu reiten. Ich hatte sie von dem Moment an begehrt, als sie in das Wirtshaus gekommen war, aber ich wußte, daß sie mich wahrscheinlich mit ihrem Messer aufspießen würde, wenn ich mir unerwartet — und ohne dazu ermutigt worden zu sein — eine Vertrautheit herausnahm. Die Nacht, in der sie ihr blankgezogenes Schwert zwischen uns legte, hatte mir deutlich klargemacht, wie sie über die Angelegenheit dachte, und ich bin noch nie jemand gewesen, der etwas mit Gewalt versucht, wenn es nur ein wenig Geduld bedarf. *Dann* wurden wir ohnehin von den Hanjii aufgelesen, und alle Gedanken daran, Del zu lieben, waren mir ziemlich schnell vergangen.

Besonders nachdem sie mich gedemütigt hatte.

Dels Vorschlag bezüglich der ›Bezahlung‹ meiner Dienste, wenn wir Julah erreichen würden, hatte mich dazu gebracht, mit Hoffnung vorwärts zu streben und mich insgesamt heiß vor Ungeduld werden lassen, aber — noch einmal — *Geduld* war das, was notwendig war. Nun, sie vergeht einem mit der Zeit. Del war nicht verfügbar, aber Elamain war es.

Junge, süße, verführerische, hungrige Elamain. Nur

ein Narr oder ein Heiliger mißachtet eine wunderbare, dankbare, liebebedürftige Frau.

Und wie ich bereits zuvor erwähnte, bin ich keines von beidem.

Wir mußten natürlich leise sein. Es wurde erwartet, daß Hashis Braut makellos und unberührt ankäme. Wie sie einem frischgebackenen Ehemann erklären wollte, daß sie keine Jungfrau mehr war, sollte nicht mein Problem sein, und ich ließ es nicht zu, daß es mein Empfinden allzu lange belastete. Es gab andere Dinge, an die ich denken mußte.

Viele Frauen lieben es, den Sandtiger zum Schnurren zu bringen. Ich vermute, daß dies vorrangig damit zusammenhängt, daß ich diesen Name trage. Gelegentlich, wenn die Zeit und die Frau richtig sind, macht es mir nichts aus, denn ich kann mir wirklich nicht helfen. Aber ich belehrte Elamain, daß es dumm wäre, von mir zu erwarten, ich solle diskrete Stille bewahren, wenn sie andererseits alles in ihrer Macht Stehende tat, damit ich wie eine große, zahme Katze schnurrte.

Sie lächelte nur und biß mich in die Schulter. Also biß ich sie auch.

Wo Del währenddessen war — oder was sie tat —, wußte ich nicht. Wenn sie überhaupt einen Sinn dafür hatte, würde sie sich mit Sabo anfreunden, der wahrscheinlich sehr überzeugend sein konnte, wenn es daran ging, seinem Herrn zu erklären, daß großzügiger Dank angemessen war. Aber ich kannte Del lange genug. Obwohl ich sie für offensichtlich ziemlich vernünftig hielt, war sie doch auch eine Frau und daher nicht einschätzbar. Und neigte in diesem Fall wahrscheinlich zu einem nicht sehr vernünftigen Verhalten.

»Wer ist sie?« fragte Elamain, als wir leicht schwitzend in den Kissen und den Seidenstoffen lagen.

Ich dachte daran zu fragen, wen sie meinte, aber ich tat es nicht. Ich hielt Elamain auch nicht für dumm. »Sie ist eine Frau, die ich nach Julah führe.«

»Warum?«

»Sie hat mich dafür angeheuert.«

»Angeheuert.« Elamain sah mich an. »Keine Frau *heuert* den Sandtiger *an*. Nicht mit Gold.« Ihre Zungenspitze war zu sehen.

»Tut sie das für dich?« Und sie tat etwas sehr Einfallsreiches mit der Hand. Nachdem ich mich erholt hatte, sagte ich ihr nein, Del täte das nicht. Ich sagte ihr nicht, daß ich noch keine Möglichkeit gehabt hatte festzustellen, ob Del es *konnte*.

»Wie ist es damit?«

»Elamain«, stöhnte ich, »wenn du willst, daß dieses erfreuliche kleine Rendezvous ein Geheimnis *bleibt*, dann denke ich, du solltest besser aufhören.«

Ein tiefes Lachen erklang aus ihrer Kehle. »Es sind Eunuchen«, sagte sie. »Wen kümmert es, was sie wissen? Sie wünschen sich nur, *sie* könnten dies mit mir tun.«

Wahrscheinlich. Dennoch, ich habe zumindest *ein wenig* Anstand und das sagte ich ihr.

Elamain ignorierte meine Bemerkung. »Ich mag dich, Tiger. Du bist der Beste.«

Wahrscheinlich sagte sie das zu jedem Mann, aber dennoch tat es mir gut. Das ist immer so.

»Ich will, daß du mit mir kommst, Tiger.«

»Ich *gehe* mit dir — zumindest bis Sasqaat.«

»Ich will, daß du bei mir *bleibst*.«

Ich sah sie überrascht an. »In Sasqaat? Aber du wirst heiraten, Elamain ...«

»Wegen der Heirat muß nichts aufhören«, sagte sie verdrießlich. »Es ist unbequem, das gebe ich zu, aber ich habe nicht die Absicht, nur *deswegen* damit aufzuhören.« Sie lächelte jetzt wieder und damit wurde auch erneut die Einladung in ihren Augen sichtbar. »Willst du nicht mehr, Tiger?«

»Diese Frage ist für uns unbedeutend.«

Sie kicherte und glitt wieder auf mich hinauf. »*Ich*

will mehr, Tiger. Ich will dich *ganz*. Ich will dich *behalten*.«

Diese Art Gespräch macht jeden Mann nervös. Besonders mich. Ich küßte sie, wie sie es wollte, und tat auch alles andere, was sie wollte, aber tief in mir hatte ich das unangenehme Gefühl des Vereinnahmtwerdens.

»*Elamain hat den Sandtiger...*«, flüsterte sie heiter und leckte an meinem Ohr.

Im Moment war dies tatsächlich so.

* * *

Als die untergehende Sonne den Horizont in Magentarot und Amethyst entflammte, umritt ich auf meinem graugelben Salsetwallach den äußeren Rand des kleinen Lagers. Insgesamt gab es acht Wagen: Elamains persönliches Transportmittel und jene für ihre Dienerinnen und das Gepäck. Die Fahrer waren alle Eunuchen, die Dienerinnen alle Frauen, und ich war der einzige normale Mann auf Meilen im Umkreis. Wäre Elamain nicht so zuvorkommend gewesen, wäre ich vielleicht durch all die Damen beunruhigt gewesen. Aber so, wie es jetzt war, hatte ich keine Zeit — und keine Kraft — für eine andere.

An einer Stelle hielt ich an und schaute hinaus in die purpurfarbene Wüste, versunken in die nachdenkliche Betrachtung von Elamains unerwarteten — und nicht zu leugnenden — Fähigkeiten, als Del angeritten kam. Ich Haar war neu geflochten und zurückgebunden. Sie hatte sich den Staub der Wüste aus dem Gesicht gewaschen, aber ich war zu erfüllt von Elamain, um ihren außerordentlich sanften Gesichtsausdruck zu bemerken.

»Sabo sagt, daß wir Sasqaat ohne Schwierigkeiten erreichen werden, jetzt, wo der Sandtiger die Karawane anführt«, sagte sie.

»Das werden wir wahrscheinlich.«

Del kicherte. »Macht sie Euch glücklich, Tiger? Oder — sollte ich sagen — macht Ihr *sie* glücklich?«

Ich sah sie an. »Kümmert Euch um Eure eigenen Angelegenheiten.«

Ihre hellen Brauen hoben sich in spöttischer Überraschung. »O nein, habe ich Euch beleidigt? Sollte ich auf die Knie sinken und Eure Füße küssen?«

»Das reicht, Del.«

»Die ganze Karawane weiß es«, sagte sie. »Ich hoffe, es ist Euch klar, daß dieser Lord Hashi von Sasqaat als ziemlich reizbarer Mann gilt. Sabo sagt, er tötet jeden, der ihm im Wege ist.« Sie schaute genau wie ich hinaus in die sich verdunkelnde Wüste und verbreitete Unparteilichkeit. »Was wird er sagen, wenn er herausfindet, daß Ihr mit seiner Braut geschäkert habt?«

»Dafür kann er *mich* nicht verantwortlich machen«, erklärte ich. »Sie gibt nichts, was sie nicht schon vorher gegeben hätte.«

Del lachte offen. »Dann ist die *Dame* keine Dame. Nun, ich habe kein Mitleid mit Hashi. Ich vermute, daß er das bekommen wird, wofür er bezahlt hat.«

Ich sah sie scharf an. »Was meint Ihr?«

»Sabo erzählte mir, daß Elamains Vater mehr als glücklich war, seine Tochter zu vermählen. Offensichtlich war sie ... unbesonnen in ihren Zuneigungen. Er war so versessen darauf, Hashi um ihre Hand anhalten zu sehen, daß er den Brautpreis reduzierte. Hashi bekommt Rabatt.« Sie zuckte die Achseln. »Gebrauchte Ware, wie es scheint.«

»Ihr seid *eifersüchtig*.« Etwas verspätet dämmerte es mir.

Del grinste. »Ich bin nicht eifersüchtig. Warum sollte ich?«

Wir sahen uns an. Del aufrichtig amüsiert und ich ganz allgemein verstimmt.

»Warum sollte Sabo gerade *Euch* all das erzählen?«

fragte ich. »Hashi ist sein Herr. Wie könnte er soviel über Elamain wissen?«

Del zuckte die Achseln. »Er sagte, jeder wüßte es. Die Dame hat einen schrecklichen Ruf.«

Ich runzelte die Stirn und bewegte mich auf dem flachen Sattel. »Aber wenn *Hashi* es nicht weiß...« Ich überlegte.

»Es scheint wahrscheinlich, daß er es erfahren würde«, erklärte Del. »Aber ich vermute, man kann nicht sagen, was ein Wüstenprinz tun würde — ich habe oft genug gehört, wie habsüchtig sie sind, wie eifersüchtig und besitzergreifend. Wie schändlich sie ihre Frauen behandeln — obwohl dies im Süden allgemein akzeptierter Brauch zu sein scheint.« Sie warf mir einen sanften Blick zu. »Wie behandelt Ihr *Eure* Frauen, Tiger?«

»Macht weiter so, und *Ihr* werdet es niemals erfahren.«

Sie lachte. Ich ritt fort, um eine Runde in die andere Richtung zu drehen, und Del lachte.

Ich hielt es absolut nicht für witzig.

Es dauerte nicht lange, bis Elamain allen Anspruch darauf, eine umsichtige, tugendhafte Frau zu sein, aufgab und sich offen zu ihrer augenblicklichen Leidenschaft bekannte, indem sie so nah wie möglich bei mir blieb, selbst wenn ich der Karawane auf der Suche nach Borjuni voranritt. Sie veranlaßte einen der verletzten Eunuchen bei diesen Gelegenheiten, in ihrem Wagen zu fahren, und nahm sein Pferd für sich selbst. Unter all den fließenden Stoffen trug sie die seidenen Jodhpurs der Wüstentanzeers und ritt selbstsicher im Herrensattel. Auch außerhalb des Wagens trug sie den durchsichtigen Schleier, aber jeder wußte, daß dies nur Heuchelei war. Wenn man ganz ehrlich war, hatte Elamain kein Recht, den Schleier zu tragen, der die tugendhafte Weiblichkeit symbolisierte, aber niemand hatte den Mut, ihr zu sagen, was sie zweifellos ohnehin wußte.

Zu meiner Überraschung bemühte sich Elamain, Del besser kennenzulernen. Sie bat Del sogar mehr als einmal in ihren Wagen. Ich habe keine Ahnung, worüber sie sprachen. Frauengespräche interessierten mich nicht im geringsten. Ich fragte mich unbehaglich, ob Elamain über etwas sprechen wollte, was sie und Del gemein hatten — mich —, aber keine von beiden sagte es mir jemals.

Ich fragte mich auch, was Del antworten würde, wenn ich das Thema *wäre*. Sie konnte meinem Ruf ungeheuer schaden, wenn sie Elamain erzählte, daß wir intim gewesen wären. Auf der anderen Seite war Del Del, und ich konnte nicht von ihr erwarten zu lügen. Und da ich Elamain kannte, bezweifelte ich, daß sie Del glauben würde, selbst wenn diese Vertrautheit leugnen *würde*. Es war insgesamt sehr verwirrend, und ich beschloß, daß es mutiger war, über das Ganze einfach nicht zu grübeln.

Dennoch konnte ich nicht umhin mich zu fragen, wie Del über das alles dachte. Die Situation zwischen uns war seltsam. Einerseits wußte sie, daß ich sie begehrte. Sie wußte auch, daß sie versprochen hatte, mit mir zu schlafen, wenn die Reise nach Julah beendet wäre, also gab es keinen Grund für Geziertheit oder Spielereien.

Andererseits zerstreute der geschäftsmäßige Beigeschmack der ganzen Situation alle Hoffnungen und reduzierte sie auf nichts weiter als einen Vertrag. Ich würde sie nach Julah bringen, sie würde bezahlen. Vorher, als nur Del und ich zusammen waren, war ich mit der Hoffnung vollauf zufrieden. Jetzt, wo Elamain so nah war (und so *aktiv*), entdeckte ich, daß meine Gefühle für Del zwiespältig waren. Unzweifelhaft wollte ich diesen hellhäutigen, seidenweichen Körper noch immer, aber die Hoffnung hatte sich von Ungeduld zu Akzeptanz gewandelt.

Es schien mir nicht, als sei Elamains Unersättlichkeit der Grund dafür, daß nichts für Del übrigblieb.

Die Frau forderte den ganzen Mann. Wir gaben alle Ansprüche auf eine Geschäftsbeziehung auf. Ich blieb nachts bei ihr im Wagen, und gelegentlich zogen wir uns auch während des Tages für eine Weile zurück. Ihre Dienerinnen — die gut ausgebildet waren — sagten niemals ein Wort. Auch die Eunuchen verhielten sich ruhig. Nur Sabo sah besorgt aus, aber er äußerte Elamain oder mir gegenüber nichts.

Und was Del betraf: Sie machte noch nicht einmal mehr Witze darüber. Ich hielt es für ein wenig Eifersucht, die ihre helle Haut grün werden ließ, aber ich war nicht ganz sicher. Del schien kein eifersüchtiger Typ Frau zu sein, und alle eifersüchtigen Frauen, die ich gekannt hatte, konnten sich nicht so — *normal* verhalten. Ich war mir noch nicht einmal bohrender Blicke bewußt, wenn ich ihr den Rücken zuwandte.

Dachte sie also so wenig an mich, daß eine Affäre mit einer anderen Frau keine Bedeutung hatte? Oder war es ganz einfach so, daß sie dachte, es sei den Ärger nicht wert?

Ich mochte diesen Gedanken nicht. Ich entschied mich, daß es deshalb sei, weil sie dachte, sie könne nicht mithalten. Was dumm war, denn Del konnte mit allem mithalten. Sauber *oder* schmutzig.

Schließlich näherte sich Sabo mir. Wir ritten an der Spitze der Karawane, und in der Ferne lagen die unförmigen, sandfarbenen Umrisse Sasqaats, der Stadt Hashis.

»Lord«, begann er.

Ich lehnte den Ehrentitel ab. »Tiger reicht auch.«

Er sah mich aus seinen beredten, hellbraunen Augen an. »Lord Tiger, darf ich sprechen? Es ist eine etwas delikate Angelegenheit.«

Natürlich. Ich hatte es erwartet. »Sprich, Sabo. Du kannst offen zu mir sprechen.«

Er spielte mit den geflochtenen, scharlachroten Zügeln, die rundlichen Finger glitzerten vor Ringen. »Lord

Tiger, ich muß Euch warnen, denn mein Herr ist kein ruhiger Mann. Er ist nicht eigentlich *grausam*, aber er ist eifersüchtig. Er wird alt, und mit jedem zusätzlichen Jahr fürchtet er stärker, seine Männlichkeit zu verlieren. Seine Vitalität hat bereits etwas nachgelassen, und daher versucht er, dies zu verbergen, indem er den größten Harem der Punja unterhält, damit jeder denken soll, er sei noch immer jung und stark und zeugungskräftig.« Die Augen, in dunklen, fleischigen Falten versenkt, spähten besorgt zu mir. »Ich spreche von persönlichen Angelegenheiten, Lord Sandtiger, denn ich muß es tun. Sie betreffen auch die Lady Elamain.«

»Und daher auch mich.«

»Und daher auch Euch.« Er zuckte mit einer unbehaglichen Bewegung die Achseln, wodurch die goldene Stickerei seines weißen Burnus in der Sonne glitzerte. »Es steht mir nicht zu, mich bei meinen Herrschaften einzumischen, aber ich muß es tun. Ich muß Euch warnen, denn mein Herr Hashi könnte sehr böse sein, weil seine Braut keine Jungfrau mehr ist.«

»Sie war jedoch schon *vor* mir keine Jungfrau mehr, Sabo.«

»Das weiß ich.« Er versicherte sich, daß alle seine Ringe fest saßen. »Ich bin sicher, daß mein Lord Hashi es auch weiß ... aber er würde es niemals zugeben. Niemals.«

»Dann ist alles, was er tun muß, darüber hinwegzusehen, daß seine Braut ein wenig erfahrener ist, als er erwartet hatte.« Ich lächelte. »Er sollte sich wirklich nicht beklagen. Wenn irgend jemand Hashis verlorene Vitalität wiederherstellen kann, dann *sie*.«

»Aber — wenn sie es nicht kann?« Sabo zeigte seine Angst offen. »Wenn sie es nicht kann und er bei ihr versagt, wird er böse sein. Gewaltig böse. Er wird die Lady verantwortlich machen, nicht sich selbst, und er wird einen Weg suchen, sie zu bestrafen. Aber da sie durch ihren Vater eine Dame mit einem gewissen Ruf ist, kann er sie nicht töten. Also wird er nach jemand anderem suchen, an dem er seinen Ärger und seine Enttäuschung auslassen kann, und er wird es für sehr naheliegend halten, sich an den Mann zu halten, der für die letzte ›Defloration‹ seiner Braut verantwortlich war.« Seine Stimme klang entschuldigend. »Jeder in Sasqaat kennt, so denke ich, den Ruf der Lady. Aber *niemand* wird es aussprechen, denn er ist der Tanzeer. Er wird *Euch* bestrafen, wahrscheinlich *Euch* töten, und niemand wird es zu verhindern versuchen.«

Ich lächelte und zog meine linke Schulter hoch, so daß sich das Schwert ein wenig bewegte. »Einzelhieb und ich haben eine Übereinkunft getroffen. Er paßt auf mich auf, und ich passe auf ihn auf.«

»Ihr könnt in Gegenwart des Tanzeer keine Waffen tragen.«

»Dann werde ich den Tanzeer nicht gegenübertreten.« Ich sah ihn offen an. »Sicherlich kann ihm sein treuer Diener sagen, wie hilfreich ich gewesen bin, und eine angemessene Belohnung vorschlagen, die man mir durch *seine* Bediensteten zukommen lassen kann.«

Sabo war erstaunt. »Ihr würdet *mir* vertrauen, daß ich Euch Eure Belohnung bringen würde?«

»Natürlich. Du bist ein ehrenwerter Mann, Sabo.«

Sein braunes Gesicht wurde blaß, bis er an ein häßliches, kränkliches Kind erinnerte. Ich dachte, er habe eine Art Anfall. »Niemand ...«, begann er, hielt inne, begann erneut. »*Niemand* hat das jemals zu mir gesagt. Es heißt immer Sabo *hier*, Sabo *da*. Renn, so schnell es dein fetter Bauch zuläßt, Eunuch. Ich bin in ihren Augen kein Mann, nicht einmal für meinen Lord Hashi, der nicht wirklich schlecht ist. Aber die anderen ...« Er brach ab und schloß den Mund.

»Sie können grausam sein«, sagte ich leise. »Ich weiß das. Ich bin vielleicht kein Eunuch, Sabo, aber ich verstehe es. Ich habe meine eigene Art Hölle erlebt.«

Er starrte mich an. »Aber — was immer es auch war

— Ihr habt es überstanden. Ihr müßt es überstanden haben. Der Sandtiger wandert frei ... und unversehrt.«

»Aber der Sandtiger erinnert sich auch an Zeiten, in denen er nicht frei umhergehen konnte.« Ich lächelte und schlug ihm auf die schlaffe Schulter. »Sabo, die Hölle ist das, was man daraus macht. Einige von uns müssen sie erleiden, um bessere Menschen zu werden.«

Er seufzte. Seine Brauen zogen sich zusammen. »Vielleicht sollte ich mich nicht beklagen. Ich bin leidlich reich, denn mein Lord Hashi ist großzügig mir gegenüber.« Er wedelte mit seiner beringten Hand. »Ich esse, ich trinke, ich kaufe Mädchen, um auszuprobieren, wieviel Männlichkeit mir geblieben ist. Sie sind freundlich. Sie wissen, daß ich es mir nicht ausgesucht habe — was man mir als Junge angetan hat. Aber es ist nicht dasselbe wie Freiheit.« Er sah mich an. »Die Freiheit, eine Frau wie Elamain zu nehmen, wie Sie es tun, oder eine wie die blonde nordische Frau.«

»Die blonde nordische Frau ist meine Arbeitgeberin«, erklärte ich sofort. »Nicht mehr als das.«

Er sah mich mit äußerst ungläubiger Miene an, und ich konnte es ihm nicht verübeln. Und dann traf mich wieder einmal blitzartig der Gedanke, warum ich nicht zumindest *versucht* hatte, Del näherzukommen. Ein Schwert auf dem Sand hat den Sandtiger niemals zuvor aufgehalten!

Aber andererseits war es noch nie ein Schwert wie Dels Schwert gewesen, aus hartem, kaltem Eis gearbeitet und mit fremdartigen Runen versehen, die einen schmerzhaften Tod versprachen.

Dennoch, eigentlich war überhaupt nicht das Schwert der Grund. Es war Del selbst und diese alte Integrität und der Stolz. Vielleicht hätte dies einen anderen Mann nicht aufgehalten, aber ganz sicher hatte es mich aufgehalten.

Ich seufzte zutiefst widerwillig.

Sabo lächelte. »Manchmal muß ein Mann kein Eunuch sein«, sagte er ausweichend. Ich verstand ihn sehr gut.

Ich schaute mich um, suchte nach Del und sah sie am Ende der Karawane reiten. Die Sonne schien strahlend auf ihr Haar hinab. Sie lächelte schwach, aber das Lächeln war nach innen gerichtet und galt niemandem. Sicherlich nicht mir.

Vierzehn

Elamain war während unseres letzten Stelldicheins in ihrem Wagen hinreichend überzeugend. Wir näherten uns Sasqaat allmählich und daher mit jedem Augenblick dem Ende unserer Affäre. Sie sagte, sie wolle nichts versäumen, was ich zu geben hätte. Zu diesem Zeitpunkt war ich nicht sicher, daß überhaupt *irgend etwas* zu geben übriggeblieben war — aber sicherlich versuchte ich es.

»Knurre für mich, Sandtiger.«

»Elamain.«

»*Mir* ist es egal, wer davon weiß. Jeder *weiß* es. Macht es dir etwas aus? Knurre für mich, Tiger.«

Also knurrte ich. Aber ganz sanft.

Danach seufzte sie, schlang einen Arm um meinen Hals und schmiegte ihr Kinn an meine Schulter. »Tiger, ich will dich nicht verlieren.«

»Du wirst heiraten, Elamain, und ich werde nach Julah weiterziehen.«

»Mit *ihr*.«

»Natürlich mit ihr. Sie hat mich angeheuert, damit ich sie dahin bringe.« Ich fragte mich, wieviel Del ihr über unser Vorhaben erzählt hatte oder ob dies überhaupt schon Gegenstand ihrer Unterhaltungen gewesen war.

»Kannst du nicht eine Weile in Sasqaat bleiben, Tiger?«

»Dein Ehemann könnte etwas dagegen haben.«

»Oh, *ihm* macht das nichts aus. Ich werde ihn so erschöpft halten, daß er froh sein wird, wenn ich einige Zeit mit jemand anderem verbringe. Nebenbei gesagt, warum sollte uns ein Ehemann an unserem Vergnügen hindern?«

»Er wird etwas größeres Anrecht auf deine Gunst haben als ich, Elamain. Ich glaube, so funktioniert eine Ehe.«

Sie seufzte und schmiegte sich fester an mich. Schwarzes Haar kitzelte meine Nase. »Bleib eine Weile bei mir. Oder bleib in Sasqaat, und dann werde ich dich in den Palast rufen lassen. Wegen deiner Belohnung.« Sie kicherte. »Habe *ich* dich nicht genug belohnt?«

»*Mehr* als genug.« Dies kam von Herzen.

»Nun, ich will mehr für dich. Ich werde dich Hashi vorstellen — respektvoll natürlich und angemessen —, und ich werde ihm erzählen, wie wundervoll du warst, als du die Karawane gerettet hast. Wie du all die fürchterlichen Borjuni allein niedergestreckt und mich persönlich aus ihren Fängen befreit hast.«

»Ich *war* nicht allein, und du warst nicht *in* ihren Fängen. Jedenfalls noch nicht.«

Sie seufzte entsagend. »Dann werde ich ein wenig lügen. Es wird dir eine höhere Belohnung einbringen. Willst du keine Belohnung, Tiger?«

»Ich liebe Belohnungen«, gab ich zu. »Ich habe noch nie eine abgelehnt.«

Ein tiefes Lachen entrang sich ihrer Kehle. »Was wäre, wenn ich dir sagte, daß ich dir eine weitaus größere Belohnung verschaffen werde, als du dir vorstellen kannst?«

Ich schaute sie nachdenklich an, konnte aber nicht viel mehr als seidiges, schwarzes Haar und eine zarte, dunkle Braue sehen. Dennoch, ich hatte gelernt, die Lady nicht zu unterschätzen. »Was führst du im Schilde?«

»Das ist *mein* Geheimnis. Aber ich verspreche dir — du wirst es nicht bedauern.«

Ich fuhr mit dem Finger die Linie ihrer Nase nach. »Bist du sicher?«

»Du wirst es nicht bereuen«, flüsterte sie. »O Tiger ... du *wirst* es nicht bereuen.«

Was natürlich bedeutete, daß ich es doch bereuen würde.

Del und ich mußten in einem der anderen Räume warten, als wir Hashis Palast in Sasqaat erreicht hatten. Sabo eskortierte Elamain strahlend in den Hauptteil des Palastes und ließ uns zurück, aber er versprach, uns Bescheid zu geben, sobald er konnte. Das tat er auch. Innerhalb einer Stunde umgab uns ein Schwarm Diener und führte uns in getrennte Zimmer. Damit wir ein Bad nähmen, sagten sie.

Es bedurfte keines Zwanges, damit ich in die große eingelassene Badewanne stieg, die mit heißem Wasser und süßduftendem Öl gefüllt war. Ich sprang hinein, bevor jemand es vorschlagen konnte, nachdem ich Schuhe, Burnus, Dhoti und Harnisch abgelegt hatte. Die staubigen, schweißdurchtränkten Kleider verschwanden sofort und wurden von wertvollen Seidenstoffen und weichen Lederschuhen ersetzt. Meine Diener waren ausschließlich Frauen, was mich nicht im geringsten störte. Ich fragte mich aber, ob sie Del auch Frauen zugeteilt hatten oder wenigstens Eunuchen.

Zwei der Dienerinnen stiegen mit mir ins Bad und begannen, meine Haare und auch meinen restlichen Körper zu waschen. Dies führte zu Gekicher und halbwegs ernsten Vorschlägen für eine andere Art, sich eines Bades zu erfreuen, so daß es kaum länger dauerte, als ich erwartet hatte. Als ich herauskletterte, war ich sauber und schläfrig und sehr, sehr entspannt. Alles, was ich jetzt brauchte, war ein gutes Mahl.

Ich kaute geräuschvoll auf frischen Früchten, während ich mich anzog. Die Trauben waren hervorragend, und die Orangen auch. Die Melonen waren kühl und saftig und wohlschmeckend. Der dazu gereichte Wein war leicht, aber etwas zu süß, um eine gute Begleitung zu den Früchten zu bilden. Er war auch ziemlich schwer. Als ich den sauberen Dhoti und den dunkelblauen Burnus, der mit echt goldener Stickerei versehen war, angezogen hatte, fühlte sich mein Kopf benebelt und schwer an.

Einer der Palasteunuchen kam und führte mich in die große Empfangshalle. Sie war mit seidenen und mit Quasten versehenen Stoffen in allen Farben herausgeputzt, so daß sie fast an einen riesigen Hyort erinnerte. Der Boden war mit verwirrend gemusterten Mosaiken ausgelegt, die sich auf dem ganzen Weg hinauf bis zum Podium, auf dem ein goldener Thron stand, wiederholten. Der Thron war unbesetzt.

Weitere Eunuchen standen um den Thron und das Podium herum, alle in großartige Gewänder gehüllt und alle mit großen, gebogenen Schwertern ausgerüstet, die um ihre rundlichen Taillen gebunden waren. Fast unbewußt hob ich mit der automatischen Geste, die mir sagte, daß Einzelhieb sicher in seiner Scheide ruhte, meine linke Schulter an.

Aber er war nicht dort. Ich hatte Einzelhieb im Baderaum zurückgelassen.

Hoolies, ich hatte mein Schwert vergessen!

Ich wollte mich umdrehen und den Raum wieder verlassen, aber einer der Eunuchen versperrte mir den Weg. »Mein Lord Hashi kommt bald. Ihr müßt warten.«

»Ich habe meine Waffen zurückgelassen. Ich gehe sie holen.« Innerlich ärgerte ich mich, daß ich so dumm gewesen war.

»Ein Mann betritt die Gegenwart des Tanzeers nicht mit Waffen.«

Ich sah ihn an. »Ich gehe niemals *un*bewaffnet.«

»Aber jetzt«, sagte Del hinter mir. Ich fuhr herum, und sie zuckte die Achseln. »Sie haben mir meine auch genommen.«

»Ihr laßt sie Euer wundervolles Schwert behalten?«

Sie sah mich vielsagend an, und ich glaubte zu verstehen. Ich bemerkte für einen Moment einen fremden Ausdruck in ihren Augen, eine Mischung aus Besitzanspruch, Besorgnis und Anerkennung. »In der Scheide«, antwortete Del. »Aber wenn sie es *aus* der Scheide ziehen ...« Sie brach ab. Zuckte leicht die Achseln. »Man kann mich nicht verantwortlich machen.«

»Wo*für?*« fragte ich. »Was geschieht, wenn jemand außer Euch das Schwert aus der Scheide zieht?«

Del lächelte kaum merklich. »*Ihr* habt es aus der Scheide gezogen. *Ihr* habt Eure Hand an das Heft gelegt. Ihr könnt besser erklären, was dann geschieht, als ich es kann.«

Sofort erinnerte ich mich des brennenden Schmerzes in meiner Hand, meinem Arm, meiner Schulter, der durch die Knochen und das Fleisch und das Blut floß. Heiß und kalt, alles auf einmal. Ich schwitzte. Ich zitterte. Fühlte mich krank. Nein, sie brauchte keine Angst zu haben, daß dieses Schwert in eines anderen Mannes Hände fallen könnte. Niemand konnte es benutzen, das wußte ich. Absolut niemand, außer Del.

Einen Augenblick später schüttelte ich den Kopf. »Nein. Nein, ich kann nichts erklären. Dieses — dieses *Ding* ist anders als alles, was ich kenne.«

»Ich auch.« Und sie lächelte.

Ich sah sie an. »Wenn das wahr wäre, dann wärt Ihr, so glaube ich, die Richtige für diesen Mann.« Ich deutete auf den leeren Thron des Tanzeers.

Sie zuckte die Achseln. »Vielleicht.«

Dann vergaß ich, über magische Schwerter und Hexenkraft und alte Männer zu diskutieren, denn ich sah, was sie Del angetan hatten. Fort war das sich ungezwungen bewegende nordische Mädchen, die für sich selbst in Anspruch nahm, ein Schwerttänzer zu sein, und an ihre Stelle war eine Frau getreten, die auf Wüstenart in rosenfarbene Seide gehüllt war, die bewirkte, daß ihr hübscher Körper verlockender war denn je. Immer wenn sie sich bewegte, teilten sich die Schleier und gaben den Blick auf noch mehr Schleier oder auch blitzartig auf ein langes, helles Bein frei. Ihr helles Haar glänzte vom Waschen, war auf dem Kopf aufgerollt und mit goldenen, mit türkisen Steinen besetzten Nadeln hochgesteckt worden. Aber die Diener hatten den Schleier weggelassen, weil sie vielleicht annahmen, daß sie keine wirkliche Lady war, wenn sie mit einem Schwerttänzer, der der Sandtiger genannt wurde, quer durch die Punja ritt.

»Lacht mich nicht aus«, sagte sie ärgerlich. »*Ich* wollte meine Tunika anbehalten, aber sie wollten es nicht zulassen.«

»Wer lacht? Ich bin viel zu beschäftigt mit Schauen.«

»Schaut mich nicht an.« Sie musterte mich stirnrunzelnd. »Hat Eure Mutter Euch keine besseren Manieren beigebracht?« Dann schlug sie sich mit der Hand auf den Mund, als sie sich daran erinnerte, daß ich keine Mutter *hatte*.

»Vergeßt es«, sagte ich zu ihr. »Laßt uns nur versuchen, uns für das zu stärken, was kommen mag.«

Sie runzelte ein wenig die Stirn. »Warum? Was glaubt Ihr, was kommen wird?«

Ich dachte über das nach, was Elamain gesagt hatte, *wann* sie es gesagt hatte, und wie sie es ausgedrückt hatte. »Macht Euch keine Gedanken. Ihr würdet es nicht verstehen.«

Sie verzog den Mund. »Würde ich das nicht?«

Aber ich antwortete ihr nicht, denn ich war zu beschäftigt damit, den verwelkten alten Mann anzustarren, der mit Sabos Hilfe von einer Seitentür her auf das Podium zukam.

Er war uralt. Er war gebeugt und runzelig und hatte Schüttellähmung, aber seine schwarzen Augen glitzerten grimmig, als er seinen Platz auf dem Thron einnahm. Ich machte Del ein Zeichen, und sie wandte sich ebenfalls um und trat automatisch an meine Seite, als wir uns langsam dem Thron näherten.

»Mein Lord Hashi, Tanzeer von Sasqaat!« kündigte Sabo an. »Möge die Sonne lange und warm auf ihn scheinen!«

Die Sonne hatte sicherlich *lange* auf ihn geschienen. Er mußte fast neunzig Jahre alt sein.

»Nähert Euch dem Thron!« rief Sabo.

Da Del und ich bereits dabei waren, genau das zu tun, gingen wir einfach weiter.

»Mein Lord Hashi möchte Euch wissen lassen, daß er für die Dienste, die Ihr ihm geleistet habt, als Ihr seine Braut vom sicheren Tod errettet und sie unversehrt zu ihm gebracht habt, dankbar ist. Ihr werdet belohnt werden.« Sabos Gesichtsausdruck zeigte ein ganz schwach verschwörerisches Lächeln.

Del und ich blieben vor dem Podium stehen. Ich vollführte die traditionelle Wüstengeste des Respekts: Ich legte eine Hand mit gespreizten Fingern über das Herz, während ich den Kopf geneigt hielt. Del sagte und tat nichts. Sie war offenbar gewarnt worden, daß eine Frau niemals mit einem Tanzeer spricht, bis er sie beachtet und zum Gespräch auffordert.

Hashi winkte Sabo, sich zu entfernen. Der Eunuch trat fünf Schritte hinter den Thron zurück und wartete still, das Gesicht völlig ausdruckslos. Dann beugte sich der alte Tanzeer auf seinem Thron vor.

»Ihr seid der Schwerttänzer, den sie Sandtiger nennen?«

»Ich bin der Sandtiger.«

»Und die Frau reist mit Euch?«

»Ich führe sie nach Julah.«

»Julah ist nicht so schön wie Sasqaat«, sagte Hashi barsch, mit der schnellen Verärgerung älterer Leute.

Ich lächelte nicht. Alte Männer sind nicht einschätzbar. Alte Tanzeer sind nicht einschätzbar und dazu noch gefährlich.

»Der Tanzeer in Julah ist zu jung für seine Stellung«, fuhr Hashi fort. »Er weiß nichts. Er läßt seine Diener ohne Disziplin wild umherlaufen, und er handelt mit Sklaven. Es ist kein Wunder, daß die Stadt zu einem Pfuhl für gewöhnliche Diebe, Borjuni, Schwerttänzer, bucklige Händler und Sklaven sowie anderes verwegenes Gesindel geworden ist.« Seine schwarzen Kulleraugen hingen an meinem Gesicht. »Sasqaat ist ein friedlicher Ort und viel sicherer.«

»Aber ich muß nach Julah gehen«, sagte Del ruhig, und ich zuckte zusammen.

Hashi sah sie an. Seine mageren Hände griffen nach den Armlehnen seines Thrones. Die Venen standen hervor wie Quetschungen, die sich über seine marmorierte Haut zogen. Der gesunde dunkle Teint, den er einst gehabt hatte, war mit den Jahren grau geworden und hatte ihn aschfahl und kränklich aussehend zurückgelassen. Es war kein Wunder, daß er im Bett nichts mehr ausrichten konnte. Ich fragte mich nur, wie Elamain auf ihn reagiert hatte.

»Elamain, du kannst eintreten«, rief Hashi.

Ich sah mich überrascht um, sah, wie sich eine schmale Seitentür öffnete, und einen Augenblick später betrat Elamain die Halle. Sie war ähnlich wie Del gekleidet, obwohl die Farben ihrer Kleidung zartes Gelb und Braun anstelle der fahlen Rosatöne aufwiesen, die Del trug.

Sie kam süß lächelnd herein, das schwarze Haar hing lose um ihren wohlgerundeten Körper bis zu den Knien herab. Ich hatte es noch niemals zuvor ganz gelöst gesehen und verschluckte fast meine Zunge. Ihr Lächeln nahm ein wenig zu, als sie mich ansah, und ich schaute sofort zu Hashi, um zu sehen, ob er es bemerkt hatte.

Er hatte. Seine Augen funkelten. »Meine Lady Elamain hat mir erzählt, wie freundlich Ihr zu ihr gewesen seid, und wie besorgt. Wie sorgfältig Ihr ihre Tugend bewahrt habt.« Er lächelte. »Obwohl allgemein bekannt ist, daß Elamain keine hat.«

Ihr Lächeln gefror. Ihr makelloses Gesicht wurde sehr

ruhig, und ihre Augen verwandelten sich von Gold zu Schwarz, als sie sich weiteten. Auch ich fühlte mich nicht sehr wohl.

»Aber ich werde sie sowieso haben«, fuhr Hashi mit seiner rauhen, dünnen Stimme in leichtem Plauderton fort. »Ich bin ein alter Mann, weit über meine beste Zeit hinaus, und es ist mir nichts sonst in diesem Leben geblieben. Es wird mir ein wenig Freude bringen, die schönste Frau der Punja zur Gemahlin zu nehmen — und sicherzustellen, daß sie nie wieder bei einem Mann liegen wird.« Er lächelte ein arglistiges Lächeln, das aus den dunklen Schatten seiner Seele zu kriechen schien. »Elamain hat viele Bettgenossen verschlissen. So viele Männer, daß ihr Vater fürchtete, er könne sie niemals angemessen verheiraten. Nun, ich habe gesagt, ich würde sie ihm abnehmen. Ich würde sie zur Frau nehmen. Und ich würde sicherstellen, daß sie *genau* entdeckt, was es bedeutet, jemanden so sehr zu begehren und zu wissen, daß sie ihn niemals bekommen wird.«

Elamain war so blaß, daß ich dachte, sie würde tot umfallen. Aber das tat sie nicht. Sie ließ sich auf dem Mosaikboden vor dem Podium auf die Knie nieder. »*Mein Lord* ...«

»*Ruhe!* Dieser Schwerttänzer hat dich mir übergeben, wofür ich ihm dankbar bin, und ich habe die volle Absicht, ihn so zu belohnen, wie du es erbatest.« Er beachtete sie nicht weiter und sah mich an. »Wißt Ihr, was meine Braut vorgeschlagen hat? Geschickt, wie ich zugeben muß — sie war großartig.« Er grinste. Er hatte den größten Teil seiner Zähne bereits verloren. »Sie sagte, es sei üblich für einen Ehemann und die Ehefrau, Hochzeitsgeschenke auszutauschen, Geschenke von so besonderer Art, daß sie in höchstem Grade persönlich sind und daher um so vieles wertvoller. Ich habe zugestimmt. Ich habe ihr angeboten, daß sie alles haben könne, was in meiner Macht steht.« Er nickte. »Sie sagte, sie wolle *Euch* haben.«

»Mich?«

»Euch.« Seine Augen durchbohrten mich. »Ihr müßt gut sein, wenn Elamain Euch für mehr als nur ein paar Nächte haben will. Das hat sie nie zuvor getan.«

»Lord Hashi ...«, bemühte ich mich.

»Ruhe, Schwerttänzer. Ich bin noch nicht fertig.« Er sah Elamain an. »Sie sagte, ich solle ihr den Sandtiger zum Hochzeitsgeschenk machen, denn sie hätte ein ebenso phantastisches für mich.« Erneut dieses fast zahnlose Grinsen. »Sie sagte, wenn ich ihr den Sandtiger zum Geschenk machte, würde sie mir eine hellhäutige, hellhaarige, blauäugige, nordische Frau zum Geschenk machen. Für mich allein.«

Meine Hand fuhr zu meiner linken Schulter hinauf und blieb leer. Einzelhieb war fort. Ebenso mein Messer. Ich sah, daß Del dieselben erfolglosen Bewegungen vollführte, und dann stand sie sehr ruhig da. Sie sah mich nicht an.

»Sie *ist* großartig.« Hashi sah Del an. »Und ich denke, ich werde sie nehmen.«

Ich bemerkte, daß eine Gruppe großer, schwerer Eunuchen hinter mir und neben mir standen. Die gefährlichen, gebogenen Schwerter lagen blank in ihren Händen.

Ich atmete tief ein. »Wir sind freie Menschen«, erklärte ich Hashi. »Wir sind keine Chula, mit denen Ihr Euren Launen gemäß handeln könnt.« Ich sagte ihm nicht, daß er nicht damit durchkäme, weil es ihm wahrscheinlich doch gelingen würde.

»Ich handele mit gar nichts«, sagte Hashi. »Elamain macht mir ein Geschenk, das ich annehme.« Er lächelte. »Aber ich fürchte, ich kann ihr nicht dieselbe Gunst erweisen. Ihr, Sandtiger, habt bereits Euren Spaß mit Elamain gehabt, und das ist etwas, was kein Mann noch einmal haben wird.« Er nickte, die Falten seines Halses zitterten. »Aber ich werde Euch hierbehalten, so daß sie Euch sehen kann und an ihre Dummheit erinnert wird.

Und solltet Ihr beabsichtigen, mich erneut zum Hahnrei zu machen, so werde ich es verhindern.« Er lachte. »Ich werde Euch zum Eunuchen machen lassen.«

Das war das letzte, was ich hörte, denn ich sprang ihm an seine lange, dünne Kehle und ging unter einem Dutzend Wächtern zu Boden.

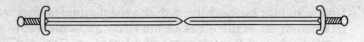

Fünfzehn

Hashi hatte dem Wein etwas zugesetzt. Das erkannte ich, als ich aufwachte, denn ich war fast ohne Kampf zu Boden gegangen, und das sieht mir gar nicht ähnlich. Die Merkwürdigkeiten hatten mich tatsächlich überlistet (und ich bin nicht dumm). Ich wußte, daß mich die Eunuchen schnell überwältigen würden.

Aber nicht so *leicht*.

Hashis Großzügigkeit hatte dramatisch geendet. Ich hatte noch immer meinen eigenen Raum, aber dieses Mal befand ich mich nicht in einem Baderaum. Ich befand mich in einer winzigen Zelle irgendwo im Inneren des Palastes. Und ich trug eisernen Schmuck.

Ich saß mit dem Rücken gegen eine kühle, harte Wand. Mein Kopf schmerzte dumpf von den Nachwirkungen des vergifteten Weines und dem Schlag, den ich in der Halle bekommen hatte. Meine Handgelenke waren in Eisen eingeschlossen und an einer Wandkette befestigt, was die Bewegungsfähigkeit erheblich beeinträchtigte. Dasselbe war mit meinen Knöcheln geschehen. Meine Beine lagen vor mir ausgestreckt, die Knöchel eingeschlossen und am Boden befestigt. Solange ich ruhig dort sitzenblieb, hielt sich mein Ungemach in Grenzen. Aber ich war noch nie gut im Stillsitzen.

Ich schloß wegen der Schmerzen in meinem Kopf für einen Moment die Augen, öffnete sie dann wieder und besah mir den Schaden, der meinem Körper zugefügt worden war. Bei dem Handgemenge war mir der Burnus abgestreift worden, so daß ich die blauen Flecke sehen konnte, die über und unter dem Wildlederdhoti auf meiner Haut erschienen waren. Auch meine Schuhe fehlten, und ich bemerkte, daß der kleine Zeh meines rechten Fußes als ziemlich bizarrer Gruß an die anderen Zehen zur Seite hinausragte. Mein restlicher Körper schien jedoch heil zu sein, obwohl er sich ziemlich wund anfühlte. Niemand hatte ein Schwert oder ein Messer gegen mich benutzt, so daß nur die blauen Flecken mein Bemühen bewiesen. Es gab keine Hieb- oder Schnittwunden. Dafür war ich sehr dankbar.

Die Zelle war ein dunkler, enger Ort und roch nach Urin und Fäkalien. Nicht nach meinen eigenen, so verzweifelt war ich noch nicht. Aber es schien mir offensichtlich, daß der oder die vorherigen Bewohner einige Zeit hier gefangengehalten worden waren. Man kann den Gestank einer engen Beschränkung nicht so schnell vertreiben, selbst wenn man den Ort von oben bis unten abwäscht. Und das hatte niemand getan.

Mein Nacken war steif. Ich konnte mir gut vorstellen, daß ich schon eine geraume Zeit in der Zelle war. Dem Gefühl in meinem Bauch nach zu urteilen, wahrscheinlich die ganze Nacht. Ich war dem Verhungern nahe. Auch war ich unheimlich durstig, aber das konnte eher mit dem vergifteten Wein zu tun haben als mit irgendwelchen natürlichen Faktoren. Ich untersuchte meine Eisenfesseln und befand sie für sehr solide. Ich konnte nicht daraus entkommen, es sei denn, jemand schloß sie für mich auf. Und das schien nicht sehr wahrscheinlich. Die einzige, die sie aufschließen würde, war Del, und sie war genauso eine Gefangene wie ich — wenn auch auf andere Art.

Elamain würde auch keine Hilfe sein. Sie war wahrscheinlich zu sehr mit dem Versuch beschäftigt, den alten Mann zu beschwatzen. Sabo? — Ich bezweifelte es. Er war der Diener des alten Mannes. Also — ich war gefangen.

Und ich hatte Angst, denn kein Mann möchte daran denken, seine Männlichkeit zu verlieren.

Übelkeit ballte sich in meinem Bauch zusammen, die

ich in die Zelle ausspucken und dem Gestank hinzufügen wollte. Ich konnte die scharfe Klinge *sehen*, Hashis teuflisches Gelächter *hören* und den Schmerz *fühlen*, wenn sie zu schneiden begannen. Ich biß die Zähne zusammen, hob das Gesicht und versuchte, das Bild zu verdrängen, wobei ich so sehr zitterte, daß ich Gänsehaut bekam. Lieber tot als entmannt!

Die Tür zum Verlies öffnete sich leise, aber ich hörte es. Ich hätte alles gehört, was eine Annäherung ankündigte. Warum wollte Hashi es so bald geschehen lassen? Oder war es Elamain, die kam, um Verzeihung zu erbitten?

Nun, das würde sie nicht tun. Nicht Elamain.

Und es war nicht Elamain und auch nicht Hashi und seine Eunuchendiener. Die Tür zu meiner Zelle rasselte und öffnete sich quietschend, und es war Del.

Ich starrte sie in der Dunkelheit an, wild entschlossen, in dem Moment, wo ich aus den Eisenfesseln befreit wäre, bis zum Tode zu kämpfen. Aber jetzt würde es nicht nötig sein. Es war *Del*.

Sie hielt in dem engen Durchgang inne und bückte sich dann, um in die Zelle zu gelangen. Ihr weißblondes Haar fiel über ihre seidenbekleideten Schultern und über ihre Brüste, als käme sie aus dem Bett eines Mannes.

Hashis? Der Gedanke machte mich krank, krank und böse und — vielleicht — mehr als nur ein bißchen eifersüchtig.

»Geht es Euch gut?« Ihre geflüsterte Frage zischte in die Dunkelheit.

»Wie seid Ihr hier herunter gekommen?« fragte ich erstaunt. »Wie zu den *Hoolies* habt Ihr das geschafft?«

Sie wartete ab, während ich all meine halb zusammenhanglosen Fragen stellte, und zeigte dann den großen Eisenschlüssel, der von ihrer Hand herabbaumelte. Eine beredte Antwort auf alle meine Fragen.

»*Beeilt Euch!*« zischte ich. »Bevor sie mich holen!«

Del lächelte. »Dieser alte Tanzeer hat Euch wahnsinnige Angst gemacht, nicht wahr? Der Sandtiger, Schwerttänzer der Punja, von einem kleinen, alten Mann zu Tode geängstigt.«

»Das wärt Ihr *auch*, wenn Ihr ein Mann und an meiner Stelle wärt.« Ich rasselte mit den Fesseln. »*Kommt*, Del. Zögert nicht.«

Sie kicherte, betrat die Zelle und kniete sich hin, um meine Knöchel zu befreien. Ich konnte nichts dagegen tun — in dem Moment, in dem meine Beine frei waren, zog ich sie an, um den Teil meiner Anatomie zu schützen, den Hashi verändern wollte.

»Wie seid Ihr an den Schlüssel gekommen?« fragte ich. Die wahrscheinlichste Antwort fuhr mir sofort durch den Kopf. »Ich vermute, Ihr seid im Gegenzug mit Hashi ins Bett gegangen.«

Del hielt einen Augenblick inne, als sie die Hand ausstreckte, um meine Handgelenke zu befreien. »Und würde es Euch denn etwas ausmachen, wenn es so wäre?«

Ihr gelöstes Haar streifte meine blanke Brust und mein Gesicht.

»Hoolies *ja*, Frau! Was *denkt* Ihr?«

»Was ich denke?« Sie befreite mein rechtes Handgelenk. »Ich glaube, Ihr zieht sehr voreilige Schlüsse, Tiger.«

Ich hatte den Eindruck, sie sei ein wenig ärgerlich. Vielleicht ein wenig verbittert. Ich weiß nicht, warum. Es war schließlich nicht *Del*, die hier unten in einer Zelle gefangen war und auf die Kastration wartete.

Ich spähte in ihr Gesicht und versuchte, ihren Ausdruck zu beurteilen. »Ihr *habt* mit diesem kleinen Punja-Knirps geschlafen.«

Sie befreite mein linkes Handgelenk. »Ich habe Euch freibekommen, nicht wahr?«

Ich erhob mich auf die Knie und faßte sie an der Schulter, hielt sie mit meinen großen Händen gefangen.

»Wenn Ihr glaubt, daß ich meine Männlichkeit im Austausch für diese Art Opfer behalten will und es mir *nichts ausmacht,* habt Ihr Sand im Kopf.«

»Aber Ihr *würdet* es tun«, sagte sie. »Jeder Mann würde das. Und ob es ihm etwas ausmacht? Ich weiß es nicht. Wißt Ihr es?«

»Ob es mir etwas ausmacht? Hoolies *ja,* Del. Ich möchte nicht, daß Ihr denkt, ich wüßte nicht zu schätzen, was Ihr für mich getan habt.«

Ihr Lächeln war nicht wirklich ein Lächeln, nur ein Verziehen des Mundes. »Tiger, eine Frau verliert ihre Unschuld nur einmal — richtig? Sie überlebt — richtig? ... und lernt, was es heißt, einen Mann zu erfreuen. Aber dieser Mann — vielleicht ein Mann wie der *Sandtiger* —, der seine Männlichkeit verliert, überlebt vielleicht *nicht.* Richtig?«

Bevor ich antworten konnte, entzog sie sich meinen Händen und ging gebückt aus der Zelle hinaus. Ich folgte ihr und fluchte leise in mich hinein.

Ich haßte den Gedanken daran, wie Del in Hashis Bett lag. Ich haßte den Gedanken daran, daß sie es für mich getan hatte, auch wenn sie schon vor Jahren gelernt *hatte,* wie man einen Mann erfreut. Aber vor allem haßte ich mich selbst, denn tief drinnen war ich erleichtert. *Erleichtert,* daß sie es getan und mich damit vor einem Leben als Eunuch bewahrt hatte, was sicherlich bei weitem schlimmer und erniedrigender war als das Leben eines Sklaven der Salset.

Aber erleichtert zu sein ist nicht dasselbe, wie *glücklich* zu sein.

Ich war überhaupt nicht glücklich.

Oben an der engen Verliestreppe wartete Sabo. Er warf mir einen dunkelblauen Burnus und einen mit Münzen gefüllten Lederbeutel zu. »Belohnung«, sagte er. »Für die Errettung der Lady und meiner selbst. Hashi ist vielleicht nicht dankbar, aber *ich* bin es.« Er lächelte. »Ihr habt mich wie einen Mann behandelt, Sandtiger. Das wenigste, was ich tun kann ist, sicherzustellen, daß *Ihr* einer bleibt.«

Ich sah, wie Del ihm den Eisenschlüssel aushändigte. »*Du* hast ihr den Schlüssel gegeben!«

Sabo nickte. »Ja. Ich habe Hashis Wein mit Betäubungsmittel versetzt, und als er eingeschlafen war, holte ich Del aus ihrem Raum und brachte sie dann hierher.«

Ich sah sie an. »Also habt Ihr *nicht* ...«

»Nein«, stimmte sie zu. »Aber Ihr wart sicher bereit zu glauben, daß ich es getan *hätte.*« Sie stürmte an mir vorbei, an Sabo und verschwand.

Ich sah den Eunuchen an. »Ich habe einen furchtbaren Fehler begangen. Und ich habe einen Narren aus mir gemacht.«

Sabo lächelte, und die schlaffen Wangen wurden faltig. »Jeder macht Fehler, und jeder Mann ist mindestens einmal im Leben ein Narr. Ihr habt es zumindest hinter Euch.« Er berührte mich kurz am Arm. »Kommt hier entlang. Ich habe Pferde für Euch bereitgestellt.«

»Einzelhieb«, sagte ich, »und mein Messer.«

»Bei den Pferden. Kommt jetzt.«

Del wartete in der Dunkelheit eines schattigen Ganges. Sie hatte die durchsichtigen rosa- und rosenfarbenen Schleier gegen einen einfachen Burnus aus aprikosenfarbener Seide, der mit weißen Verzierungen versehen war, ausgetauscht. Der Kragen des Burnus stand offen, und ich sah darunter ihre Ledertunika. Wie bei mir fehlten auch bei ihr das Schwert und das Messer.

Ich dachte an ihr Schwert und fragte mich, ob Sabo dasselbe ungute Gefühl wie ich erfahren hatte, als er das Heft berührte. Aber ich erinnerte mich an Dels Worte: In der Scheide war das Schwert harmlos.

Harmlos. Nein. Nicht ganz.

»Wo?« flüsterte sie Sabo zu.

»Direkt vor uns. Dort ist eine Tür, die zum Hinterhof des Palastes führt, wo sich die Ställe befinden. Ich habe dafür gesorgt, daß Pferde für Euch bereitstehen und Eure Waffen.«

Ich streckte die Hand aus und ergriff seinen Arm. »Herzlichen Dank, Sabo.«

Er lächelte. »Ich weiß. Aber ich *konnte* nichts anderes tun.«

Del beugte sich vor, schlang ihm die Arme um den Hals und küßte ihn fest auf eine schlaffe, braune Wange. »*Sulhaya*, Sabo«, flüsterte sie. »Das bedeutet in der nordischen Sprache ›Danke‹ und alles, was man sonst daraus entnehmen will.«

»Geht«, sagte er. »Geht, bevor ich den Wunsch verspüre mitzukommen.«

»Das könntest du«, stimmte ich zu. »Komm mit uns, Sabo.«

Seine hellbraunen Augen wirkten in dem dunklen Gang schwarz. »Nein. Mein Platz ist hier. Ich weiß, Ihr haltet nicht viel von meinem Lord Hashi, aber er war einst ein ehrenwerter Mann — ich habe beschlossen, ihn so in Erinnerung zu behalten. Ihr geht, und ich werde bleiben.« Er deutete mit dem Kopf zur Tür. »Geht jetzt, bevor die Stallburschen ungeduldig werden und die Pferde wegbringen.«

Del und ich verließen ihn. Aber wir gingen in dem Wissen, daß es Sabo war, der uns befreit hatte, und nicht eine der Fähigkeiten, die zu haben wir behaupteten.

Wir eilten aus dem Palast auf den Stall zu und waren froh über die Dunkelheit. Ich schätzte die Zeit auf ungefähr Mitternacht. Es war kaum Mondlicht zu sehen. Wir fanden die Pferde, banden sie sofort los und schwangen uns ohne Verzögerung hinauf. Ich fühlte Einzelhiebs vertrauten Harnisch über dem kurzen Sattelknauf hängen, zusammen mit einem darangebundenen Messer. Dankbar zog ich mir den Harnisch über den Kopf, schnallte ihn um meine Hüften und zog dann den Burnus darüber.

Del hatte ebenfalls ihren Harnisch angelegt. Das Silberheft ihres Zauberschwertes stand hinter ihrer Schulter hervor. »Kommt, Tiger«, flüsterte sie drängend, und wir ritten aus dem Tor hinaus, das von einem von Sabo bezahlten Wächter geöffnet worden war.

Wir klapperten durch die engen Straßen von Sasqaat Richtung Süden. Ich dachte nicht daran, die Nacht in der Stadt zu verbringen. Es wäre vielleicht schlau, einen Platz genau vor Hashis Nase zu finden, aber ein Tanzeer ist eine *uneingeschränkte* Autorität in einer Wüstenstadt, und er könnte ohne weiteres befehlen, daß die Stadt abgeriegelt und Haus für Haus durchsucht würde. Besser war es, sich ein für allemal aus diesem Ort zu entfernen.

»Wasser?« fragte Del.

»In den Satteltaschen«, sagte ich. »Sabo hat an alles gedacht.«

Wir ritten weiter durch die Straßen, wobei wir den Alarm vom Palast erwarteten. Aber kein Warnsignal erklang. Und als wir aus den Stadttoren hinausritten und die zusammengeduckten Hütten, die den äußeren Rand von Hashis Herrschaftsbereich bildeten, passierten, entspannten wir uns allmählich. Zum ersten Mal in meinem Leben war ich froh, die Punja zu sehen.

»Wie weit ist es bis Julah?« fragte Del.

»Mindestens eine Woche. Eher zwei. Ich bin noch nie über Sasqaat dorthin gegangen. Ich denke, das ist ein kleiner Umweg.«

»Und wo ist dann die nächste Wasserstelle?«

»In Rusali«, sagte ich. »Es ist größer als Sasqaat, zumindest nach dem zu urteilen, was ich von Sasqaat gesehen habe.«

»Zu viel«, sagte sie leidenschaftlich.

Ich stimmte ihr von ganzem Herzen zu.

Wir ritten die halbe Nacht hindurch und in die frühen Stunden der beginnenden Dämmerung hinein, denn da wir befürchteten, daß der Tanzeer Männer hinter uns her geschickt hatte, wagten wir nicht anzuhalten. Ich bezweifelte, daß er dies tun würde. Hashi hatte nicht wirklich etwas verloren. Da war Del, aber für einen Mann wie den alten Hashi wäre es keine große Sache, ein halbes Dutzend Mädchen zu kaufen oder mehr. Zugegeben, keine würde *Del* sein, aber schließlich kannte er sie nicht und würde daher nicht wissen, was er verpaßt hatte.

Und was mich betrifft ... nun, er konnte jemand anderen zum Eunuchen machen. Nicht mich.

Als es hell wurde, hielten wir schließlich an, um uns auszuruhen. Del rutschte von ihrem Fuchs, verhielt einen Moment im Steigbügel und begann dann, das Pferd abzusatteln. Ich beobachtete sie einen Moment, besorgt um ihr Wohlergehen, stieg dann selbst ab und sattelte mein eigenes Pferd ab. Sabo hatte es sogar geschafft, daß wir unsere eigenen Salsetpferde bekommen hatten. Ich vermißte die Stute noch immer, aber der Falbe war mir zumindest ein wenig vertraut.

Ich band den Wallach an, gab ihm eine Ration von dem Hafer, den Sabo wohlüberlegt unseren Satteltaschen hinzugefügt hatte, breitete dann eine Decke aus und ließ mich darauf nieder. Meine Knöchel und Handgelenke schmerzten von den Eisenfesseln. Der Rest meines Körpers war auch ziemlich müde.

Del warf mir eine Bota in den Schoß. »Hier.«

Ich öffnete sie und trank dankbar. Ich fühlte mich ein wenig menschlicher, als ich sie dann wieder verschloß und zur Seite stellte. Ich streckte mich auf dem Rücken liegend aus und fuhr fort, meine Arme und Beine vorsichtig zu strecken, wobei sich verspannte Sehnen lösten, als ich mich bewußt lockerte.

Ich schlief fast ein. Aber ich schreckte wieder auf, als ich sah, wie Del, die auf ihrer ausgebreiteten Decke saß, ihr Schwert aus der Scheide zog und die mit Runen versehene Klinge begutachtete.

Ich rollte mich auf die rechte Seite und stützte den Kopf auf meinen gebeugten Ellenbogen. Ich beobachtete, wie sie die Klinge schräg hielt, sie hin und her drehte und den Stahl in der gleißenden Sonne auf Schäden untersuchte. Ich sah, wie dieses Licht die Klinge entlanglief: malvenfarben und phantastisch violett, orchideenrosa und ockergolden. Und durch dies alles hindurch schien das weiße Licht nordischen Stahls.

Oder welches Metall auch immer es sein mochte.

»Also«, sagte ich, »es ist Zeit für eine richtige Erklärung. Was genau *ist* dieses Schwert?«

Del strich sonnengebleichtes Haar hinter ihr linkes Ohr. Alles, was ich sehen konnte, war ihr Profil, die sanfte Rundung eines makellosen, abweisenden Gesichtes. »Ein Schwert.«

»Seid mir gegenüber jetzt nicht so verschlossen«, warnte ich. »Ihr habt die letzten paar Wochen damit verbracht, Andeutungen über Eure Ausbildung als Schwerttänzer zu machen, und ich weiß aus persönlicher Erfahrung, daß dieses Schwert irgendeine Art magischer Fähigkeiten hat. Also dann, ich warte. Was *ist* es?«

Sie sah mich noch immer nicht an und fuhr fort, jeden Zentimeter des Schwertes zu überprüfen. »Es ist ein *Jivatma*. Meine Blutklinge. Sicherlich wißt Ihr, was das bedeutet.«

»Nein.«

Schließlich sah sie mich an. »Nein?«

»Nein.« Ich zuckte die Achseln. »Es ist kein südlicher Begriff.«

Sie zuckte ebenfalls leicht die Achseln und hob eine Schulter. »Es ist ... ein Schwert. Ein echtes Schwert. Ein benanntes Schwert. Eines das ... vorgestellt wurde.« Ihr Stirnrunzeln sagte mir, daß sie nicht die südlichen Worte finden konnte, die klarmachen würden, was sie sagen wollte.

»Zwei Fremde, die einander vorgestellt werden, sind

keine Fremden mehr. Sie *kennen* sich. Und wenn sie sich *gut* kennenlernen — dann werden sie mehr, sogar mehr als Freunde. Gefährten. Schwertgenossen. Bettgenossen. Einfach — mehr.« Ihr Stirnrunzeln verstärkte sich. »Ein *Jivatma* wird nach Erkenntnissen höchsten Ranges mit einem *Ishtoya* verbunden. Ich ... *sorge* für mein Schwert ... mein Schwert sorgt für mich.« Sie schüttelte ratlos den Kopf. »Es gibt keine südlichen Worte dafür.«

Ich dachte an Einzelhieb. Ich hatte Del oft genug erklärt, er sei einfach ein Schwert, eine Waffe, eine Klinge, aber das war er nicht. Ich konnte nicht ausdrücken, was er *war*, genauso, wie sie nicht erklären konnte, was ihr Schwert war. Einzelhieb war Macht und Stolz und Rettung. Einzelhieb war meine Freiheit.

Aber ich spürte, daß ihres mehr war.

Ich sah auf die Runen auf der Klinge. Die Umrisse auf dem Heft. In den Farben des Sonnenaufgangs veränderte sich das Schwert ständig.

»Kalt«, sagte ich. »Eis. Dieses Ding ist aus Eis gemacht.«

Dels rechte Hand war um das Heft gelegt. »Warm«, sagte sie. »Wie Fleisch und Blut ... genauso wie ich aus Fleisch und Blut bin.«

Das Grauen lief mein Rückgrat entlang. »Sprecht nicht in Rätseln.«

»Das tue ich nicht.« Sie lächelte nicht. »Es ... lebt nicht. Nicht wie Ihr und ich. Aber es ist auch nicht ... *tot*.«

»Blutklinge«, sagte ich. »Ich schätze, sie hat sich satt getrunken?«

Del sah hinab auf die Klinge. Der Sonnenaufgang verwandelte das lachsfarben-silbrige Karminrot in die Röte der Dämmerung. »Nein«, sagte sie schließlich. »Nicht bevor ich *mich* satt getrunken habe.«

Das Grauen kehrte zurück, zusammen mit einem Rachegefühl. Ich legte mich wieder zurück auf meine Dekke, starrte hinauf in den beginnenden Tag und fragte mich, ob ich mich auf etwas eingelassen hatte, was um einiges bedeutsamer war als nur Begleiterpflichten.

Ich schloß die Augen. Ich legte einen Arm über die Augenlider, um die blendende Sonne abzuhalten. Und ich hörte sie eine sanfte, kleine Melodie singen, als besänftige sie das Schwert.

Sechzehn

Rusali ist eine typische Wüstenstadt, angefüllt mit Menschen aller Stämme und Rassen. Reiche und arme, saubere und schmutzige, üble und kranke, gesunde und verkrüppelte. (Tatsächlich paßt Rosali ziemlich genau zu der Beschreibung, die Hashi von Julah gegeben hatte.)

Del hielt es nicht für nötig, ihre Kapuze aufzuziehen, als wir durch die engen, sandigen Straßen ritten, und sie zog vieler Menschen Aufmerksamkeit auf sich. Männer blieben auf der Straße stehen, um sie anzuschauen, und die käuflichen Frauen schimpften untereinander laut über nordische Leute, die ihnen ihr Geschäft streitig zu machen versuchten.

Ich erkannte dann, daß ich einen Fehler gemacht hatte. Ich hätte von der Vorderseite in die Stadt reiten sollen, wie jeder Mann, der Gold am Gürtel trug. Statt dessen war ich dort hereingekommen, wo ich gewöhnlich hereinkam, wobei ich selbst wie ein Dieb Schleichwege suchte. Ich bin niemals ein Dieb *gewesen*, aber manchmal stellt ein Schwerttänzer fest, daß die Geschäfte in Randgebieten der Stadt besser gehen.

»Beachtet sie einfach nicht, Del.«

»Das passiert mir nicht zum ersten Mal, Tiger.«

Nun, es war das erste Mal, seit sie mit *mir* unterwegs war. Und mir mißfiel die Art, in der die Männer sie anstarrten. Geile, lüsterne Narren, die auf der Straße eine Frau suchten.

»Wir müssen die Pferde loswerden«, sagte ich, um das Thema zu wechseln.

Del sah mich stirnrunzelnd an. »Warum? Brauchen wir sie nicht, um nach Julah zu gelangen?«

»Nur für den Fall, daß der alte Hashi *doch* beschließt, seine Leute hinter uns herzuschicken, sollten wir die Pferde wechseln. Vielleicht erschwert dies die Verfolgung ein wenig.«

»Das wird Hashi nicht tun.« Sie schüttelte den Kopf. »Er hat Elamain, die ihn beschäftigt.«

»Elamain wird ihn *umbringen!*« Ich konnte nicht anders. Mir den alten Mann in ihrem Bett *vorzustellen*, reichte aus, um mich zum Lachen zu bringen.

Del sah mich von der Seite an. »Ja, nun ... dann wird er nicht länger unser Problem sein.«

Ich lächelte und dachte darüber nach. »Wir werden trotzdem die Pferde wechseln. Ich werde diese verkaufen und dann woandershin gehen, um andere zu kaufen. Auf diese Weise wird niemand mißtrauisch werden.« Ich sah mich auf der Straße um. »Dort — ein Wirtshaus. Wir können uns etwas zu essen und zu trinken besorgen. Hoolies, ich habe Durst auf etwas Aqivi.« Ich glitt von meinem Falben und band einen der Zügel an dem Ring in der sandfarbenen Wand fest.

Das Wirtshaus war dunkel und stickig vom Rauch des Huvakrauts. Er bildete eine dünne, grünliche Schicht bis hinauf zu den tief eingelassenen Balken des aus Lehm gebauten Wirtshauses. Es gab kaum Fenster, nur ein paar Löcher, die in die Lehmziegel gehauen waren. Ich wäre fast umgekehrt und wieder hinausgegangen und hätte Del mit mir gezogen.

Doch sie war nicht nahe genug, um sie zu packen. Sie setzte sich auf einen Stuhl an einem leeren Tisch. Nachdem ich sie einen Augenblick stirnrunzelnd betrachtet hatte, tat ich es ihr gleich.

»Dies ist kein Ort für Euch«, belehrte ich sie.

Sie hob ein wenig die Brauen. »Warum nicht?«

»Es ... es ist einfach so.« Ich versicherte mich, daß Einzelhieb locker in seiner Scheide steckte. »Ihr verdient etwas Besseres.«

Del sah mich einen langen Augenblick lang an. Ich

konnte ihren Gesichtsausdruck nicht deuten. Aber ich glaubte einen Schimmer von Nachdenklichkeit und mehr als eine Spur Überraschung in ihren Augen zu sehen.

Dann lächelte sie. »Ich fasse es als Kompliment auf.«
»Es ist mir gleich, als *was* Ihr es auffaßt. Es ist eine Tatsache.«

Gereizt sah ich mich nach der Bedienung um und rief nach Aqivi.

Aber ich hörte auf mich umzusehen, als ich Dels entsetzten Atemzug hörte.

Und dann schaute ich zu dem großen, hageren, blonden Nordbewohner, der das Wirtshaus betrat, und ich wußte, warum sie ihn anstarrte.

Fast augenblicklich sprang Del auf. Sie rief ihm etwas in der nordischen Sprache zu und erregte damit seine Aufmerksamkeit.

Es kam mir in den Sinn, daß dieser Mann ihr Bruder sein könnte. Aber nein, ich wußte es fast sofort besser. Der große Nordbewohner sah wie dreißig aus, nicht wie fünfzehn.

Dann kam mir in den Sinn, daß dieser Mann jemand sein könnte, der hinter ihr her war, einer der *Ishtoya*, denen sie, wie sie behauptete, etwas schuldete. Und es war ziemlich offensichtlich, daß dies auch Del in den Sinn gekommen war, denn sie hatte ihr nordisches Schwert gezogen.

Die Unterhaltung in dem Wirtshaus brach fast sofort ab, als die Gäste einer nach dem anderen die Gegenüberstellung bemerkten. Und dann hörte ich die Stimmen eine nach der anderen wieder lauter werden. Und alle Bemerkungen bezogen sich auf die Tatsache, daß einer der Nordbewohner eine Frau war und noch dazu eine Frau mit einem Schwert.

Meine rechte Hand schmerzte. Zuerst glaubte ich, es sei der Eisbrand in der Handfläche, aber dann erkannte ich, daß es damit nichts zu tun hatte. Es hatte etwas mit meinem Wunsch zu tun, mein *eigenes* Schwert zu ziehen, um Del zu verteidigen.

Aber eigentlich sah sie nicht so aus, als brauche sie Hilfe.

Das Wirtshaus war eng, stickig und ungemütlich. Das einzige Licht kam von der geöffneten Tür und den Löchern, die als Fenster dienten. Der Geruch des Huvakrautes war ekelerregend, fast erstickend. Die Atmosphäre war so dick, daß man sie mit dem Messer hätte schneiden können.

Oder mit einem Schwert.

Del wartete ab. Sie wandte mir den Rücken zu, so daß sie mit dem Gesicht zu der geöffneten Tür stand. Der Nordbewohner war nur als Silhouette sichtbar, ohne klare Konturen. Aber ich konnte seinen Harnisch sehen. Ich konnte das aus Knochen gefertigte Heft seines Schwertes sehen, das hinter seiner Schulter hervorstand. Seine Hände waren deutlich sichtbar leer.

Del stellte ihm eine Frage. Seine Antwort wurde von einem Kopfschütteln begleitet, welches mir zeigte, daß er etwas verneinte. Del sprach erneut mehrere Minuten lang und ließ die fremd klingenden Silben weich über ihre Zunge rollen.

Wieder schüttelte der Nordbewohner den Kopf. Seine Hände blieben leer. Aber ich verstand ein paar Worte. Eines lautete *Ishtoya*. Ein anderes lautete *Kaidin*.

Einen Moment später nickte Del. Ich konnte ihr Gesicht nicht sehen. Aber sie versenkte das Schwert wieder in seiner Scheide, und ich wußte, daß sie zufriedengestellt worden war.

Der Nordbewohner machte ein nachdenkliches Gesicht, und dann nahmen seine Augen den warmen, interessierten Glanz an, den die meisten Männer zeigten, wenn sie Del begegneten, und ich sah sein anerkennendes Lächeln.

Er schlenderte zum Tisch hinüber und setzte sich hin, als Del auf den verbliebenen Stuhl deutete. Der Aqivi wurde gebracht, mit zwei Gläsern. Del goß eines ein und reichte es dem Nordbewohner. Das andere nahm sie für sich selbst. Also ergriff ich den Krug und trank daraus.

Das einzige, was ich ihrer Unterhaltung entnehmen konnte, war das Wort Alric, worin ich seinen Namen vermutete. Alric war groß. Alric war stark. Alric sah so aus, als könne er Bäume ausreißen.

Als Kontrast lag sein weißblondes Haar in sanften Locken um seine breiten Schultern. Er trug einen in Wüstenfarben gestreiften Burnus — bernsteinfarben, honigfarben und rotbraun —, und er trug ein großes Schwert. Ein gebogenes Schwert. Ein südliches Schwert, kein nordisches wie Dels. Und ich erkannte seine Herkunft: Vashni. Ein *Nordbewohner* mit einem Vashni-Schwert. Für mich war das gleichbedeutend mit einem Sakrileg. Schlimmer noch, er hatte sogar südliche Sonnenbräune erlangt. Sie war nicht annähernd so dunkel wie meine, aber es würde im Notfall helfen.

Ich trank einen Schluck aus meinem Krug voll Aqivi und bemerkte, daß in mir Voreingenommenheit für Dels neuen Freund zu schwären begann.

Ich hörte den Namen Jamail und erkannte, daß sie Alric von ihrem vermißten Bruder erzählte. Er hörte aufmerksam zu, runzelte die Stirn und stieß einen leidenschaftlichen Kommentar zwischen den weißen Zähnen hervor. Wahrscheinlich irgend etwas über den Sklavenhandel im Süden. Ich selbst bin nicht gerade stolz auf diese Handhabung, aber nichts gab *ihm* das Recht, meine Wüste zu kritisieren.

Del sah mich an. »Alric sagt, es gäbe Sklavenhändler, die *speziell* mit Nordbewohnern handeln.«

»So verdienen sie mehr Geld«, stimmte ich zu.

Del wandte sich sofort wieder an Alric und sprach so schnell weiter, daß ich bezweifelte, etwas verstehen zu können, selbst wenn ich ihren Dialekt beherrscht hätte.

Nach einiger Zeit langweilte ich mich. »Del.« Ich wartete einen Moment. »Del, ich werde die Pferde verkaufen.« Ich wartete weiter, aber sie hatte mich anscheinend gar nicht gehört. Schließlich räusperte ich mich geräuschvoll. »*Del.*«

Sie sah mich erschrocken an. »Was ist?«

»Ich werde die Pferde verkaufen.«

Sie nickte und wandte sich sofort wieder Alric zu.

Ich erhob mich, so daß der Stuhl über den Lehmboden scharrte und sah die beiden einen Moment lang an. Dann ging ich aus dem Wirtshaus hinaus und wünschte, der große Trottel wäre niemals südlich der Grenze aufgetaucht.

Draußen band ich die Pferde los, stieg auf meinen Falben und führte Dels Fuchs die Kopfsteinpflasterstraße hinunter. Es war spät am Nachmittag, fast Abend, und ich verspürte allmählich riesigen Hunger. Aber Alric der Nordbewohner hatte einen schalen Geschmack in meinem Mund hinterlassen.

Warum interessierte sich Del so für ihn? Brachte nicht *ich* sie nach Julah? Warum dachte sie, *er* könne ihr etwas erzählen?

Sie war wirklich sofort auf ihn eingegangen. Als ob ich gar nicht dagewesen wäre. Und ich hatte auch nicht den Glanz in seinen blauen Augen übersehen, als er sie anschaute, und auch nicht seinen gierigen Gesichtsausdruck. Del hat diese Wirkung auf Männer.

Dennoch, ich konnte kaum etwas dagegen tun. Sie war eine freie nordische Frau, und mir war schon klar geworden, daß sich nordische Frauen einer völlig anderen Art Freiheit erfreuten als die Frauen im Süden. Wodurch sich Del hier in einer gefährlichen Situation befand, denn jede Frau, die kommen und gehen kann wie es ihr beliebt, wird von allen als Freiwild angesehen.

Ich fluchte, während ich die Straße hinunterritt und mir meinen Weg zwischen den Fußgängern hindurch bahnte. Ich konnte nicht gut zum Wirtshaus zurückkehren und dem Nordbewohner sagen, er solle sich verdrücken. Immerhin hatte Del einen guten Grund, mit ihm zu reden. Tatsächlich sogar zwei. Alric könnte ganz einfach etwas über ihren Bruder wissen, obwohl es unwahrscheinlich war. Er kam aus ihrer Heimat. Das war vielleicht eine ausreichend starke Verbindung, daß sie mich völlig vergessen und sich ihm zuwenden konnte. Das gebogene Schwert, das er trug, wies ihn ziemlich deutlich als Kämpfer aus. Er konnte sogar ein Schwerttänzer sein.

In diesem Falle könnte Del mich *entlassen* und ihn einstellen. Als ich schließlich einen ortsansässigen Pferdehändler fand, war ich ärgerlich und gereizt und geladen. Ich verkaufte die Pferde, steckte das Geld ein und ging davon, ohne jedoch Ersatzpferde gekauft zu haben. Das konnte ich am Morgen tun. Also ging ich zurück zum Wirtshaus, um Del aus Alrics großen, nordischen Händen zu befreien.

Sie war nicht da. An unserem Tisch saßen vier Südbewohner. Del war nirgends zu sehen. Und auch Alric nicht.

Ich spürte Übelkeit in mir aufkommen. Dann wurde ich böse.

Ich trat zu dem Mädchen, das den Aqivi an den Tisch gebracht hatte. »Wo ist sie hingegangen?«

Das Mädchen war dunkelhaarig, dunkeläugig und eitel. Zu einer anderen Zeit hätte ich es vielleicht zu würdigen gewußt. Aber jetzt hatte ich andere Sorgen.

»Was wollt Ihr von *ihr*?« Sie lächelte gefällig. »Ihr habt *mich*.«

»Ich will nicht *dich*«, belehrte ich sie grob. »Ich suche *sie*.«

Das Lächeln des Mädchens verlor sich. Sie warf den Kopf herum, wobei dunkle Locken um üppige Brüste wallten. »Dann vermute ich, daß sie *Euch* nicht will, denn sie ging mit dem Nordbewohner fort. Was wollt Ihr überhaupt mit einer nordischen Frau, Beylo. Ihr seid Südbewohner.«

»In welche Richtung sind sie gegangen?«

Sie schmollte und deutete dann mit dem Kopf gen Westen. »Dort entlang. Aber ich glaube nicht, daß sie von Euch gefunden werden will. Sie schien sehr glücklich zu sein, daß sie mit ihm gehen konnte.«

Ich murmelte ein mürrisches Dankeschön, warf ihr eine Kupfermünze aus dem Beutel zu, die Sabo mir gegeben hatte, und ging hinaus.

Ich bahnte mir meinen Weg durch die belebte Straße und blieb sehr oft stehen, um die Verkäufer zu fragen, ob einer von ihnen eine große nordische Frau mit einem großen nordischen Mann gesehen hatte, der südlich gekleidet war. Sie alle hatten sie gesehen. (Wer könnte Del vergessen?) Natürlich behaupteten sie alle, sie seien nicht *sicher*, daß sie es gewesen wäre — bis ich ihrer Erinnerung mit weiteren Münzen aus Sabos Belohnung nachhalf.

Rusali ist nun mal ein überfülltes Kaninchengehege. Wenn ich die Information nicht kaufen würde, müßte ich Wochen damit verbringen, die Straßen und Sackgassen und Wohnungen zu durchkämmen.

Mein Hunger nahm bei der Suche zu, was meine Stimmung absolut nicht verbesserte. Außerdem war ich müde, was nicht erstaunlich war. Als ich stehenblieb, um darüber nachzudenken, erkannte ich, daß ich während der letzten zwei Monate viel durchgemacht hatte, dank Del. Zerkratzt von einem Sandtiger, von einem Samum verschlungen, von den Hanjii ›bewirtet‹, zum Sterben in der Punja zurückgelassen (und zu einer ausgetrockneten Hülle gebraten), gefangengenommen vom Hashi von Sasqaat. (Und Elamain natürlich.) Und alles dies die Arbeit eines Tages, könnte man sagen, außer daß dieser Tag viel zu lang zu werden schien und dieser Arbeiter müde wurde.

Die Schatten wurden länger, als die Sonne unterging, und färbten die Gassen und Straßen dunkelbraun und gelbbraun-topasfarben. Ich ging jetzt vorsichtiger weiter und rechnete mit fast allem. Rusali ist, wie die meisten Wüstenstädte, ein Ort mit sehr verschiedenen Stimmungen und Vorlieben, einschließlich verzweifelter. Ich haßte den Gedanken, daß Del ohne Schutz darin herumlief.

Natürlich war sie mit Alric nicht wirklich ohne Schutz. Er sah so aus, als könne er sie beschützen, aber soweit *ich* es beurteilen konnte, war er selbst ein Sklavenhändler. Und Del, die in seine Hände gefallen war wie eine reife Frucht, würde eine zu große Versuchung bedeuten. Gerade jetzt konnte sie gefesselt, geknebelt und gefangen in irgendeinem übelriechenden Raum liegen und auf die Überführung zu einem reichen Tanzeer warten.

Oder (was mir im Moment noch schlimmer erschien) würde der große Nordbewohner sie für sich selbst behalten?

Bei diesem Gedanken knirschte ich mit den Zähnen. Ich konnte es direkt vor mir sehen: zwei blonde Köpfe, helle Arme, helle Beine, geschmeidige, weiche Körper, die in der entspannten Umarmung der Befriedigung ineinander verschlungen waren.

(Ich konnte sehen, wie Del ihm das gab, was sie mir nicht geben würde, und das alles nur, weil er Nordbewohner war, nicht Südbewohner, und daher mehr Anspruch hatte.)

Und ich konnte sehen, wie er über Dels Erzählungen über unsere Reise lachte und den großen, dummen Südbewohner lächerlich machte, der sich Sandtiger nannte, weil er keinen richtigen Namen hatte, da er gleichzeitig geboren und verlassen worden und als Sklave anstatt als Mann aufgezogen worden war.

Zu dem Zeitpunkt, als sich die blanke Scheibe des Mondes erhob und die meisten Ladenbesitzer ihre Türen und Fensterläden schlossen, war ich bereit, alles zu töten, was Alric dem Nordbewohner auch nur *ähnlich* sah.

Was auch der Grund dafür ist, daß ich eine gelbe Melone zerteilte, die von ihrem Stapel vor dem Wagen eines Verkäufers gerollt war.

Ich stand da und fühlte mich närrisch und dumm und verlegen, als die zerschnittenen Hälften sauber zu Boden rollten. Von Einzelhieb tropfte der Saft und das Mark.

Ich schaute mich verstohlen um. Niemand war, dank Valhail, Zeuge meiner Dummheit geworden. (Oder zumindest bemerkten sie es nicht.)

Der Verkäufer war nicht in der Nähe, so daß ich die sauberere Hälfte der Melone aufhob, abwischte und mitnahm.

Ich hatte Hunger, und sie war köstlich.

Die Diebe kamen aus den Schatten heraus wie Ratten und umkreisten mich in der Gasse. Es waren sechs, was bedeutete, daß es sehr eifrige Diebe sein mußten, denn jeder von ihnen würde im Schnitt entsprechend weniger bekommen. Instinktiv suchte ich sicheren Halt auf der sandbestreuten Gasse, spannte die Muskeln an und wartete.

Sie kamen sofort näher, nicht unerwartet. Ich stieß einem von ihnen die Schale meiner Melone ins Gesicht, zog Einzelhieb und wirbelte herum, um die Diebe hinter mir anzugreifen, die erwartet hatten, ich würde die Diebe *vor mir* angreifen. Demzufolge waren sie ziemlich überrascht, als ich einem von ihnen den Kopf abschlug, einem anderen die Kehle durchschnitt, die eine Waffe umfassende Hand eines dritten abschlug — und herumwirbelte, um mich gegen die ersten drei zur Wehr zu setzen.

Derjenige, der Melonensaft im Gesicht hatte, rief den anderen beiden etwas zu, befahl ihnen, mich zu überwältigen, aber es würde ihnen nichts einbringen. Nicht jetzt, wo sich die Vorteile so plötzlich gewandelt hatten.

Die drei schlichen vorsichtig um mich herum, bewaffnet mit Messern und südlichen Stichwaffen, aber sie griffen nicht an.

Ich bewegte mein Schwert langsam hin und her. Ermutigend. »Na los, Männer. Einzelhieb hat Hunger.«

Drei Paar Augen schauten auf das Schwert. Sahen, wie meine Hände um das Heft lagen. Sahen das Lächeln auf meinem Gesicht.

Sie fuhren zurück. »Schwerttänzer«, murmelte einer von ihnen.

Ich lächelte noch breiter. Es gibt Zeiten, in denen man von seinem Titel profitiert. Im Süden wird ein Schwerttänzer als in höchstem Grade erfahren im Umgang mit Waffen angesehen, ob er sein Können nun bei einem gewöhnlichen Diebstahl einsetzte oder einem Borjuni oder sogar einem Krieger das Leben nahm. Das Schwerttanzen besteht sogar innerhalb seiner eigenen Lehre aus vielen verschiedenen Graden, die zu zahlreich sind, um sie im einzelnen aufzuzählen. Es genügt zu sagen, daß jemanden einen Schwerttänzer zu nennen im Jargon der Diebe gleichbedeutend damit war, ihn als tabu anzusehen. Unberührbar.

Natürlich gab es noch eine andere Erklärung. Diebe greifen generell aus drei Gründen nicht gern Schwerttänzer an: Der erste ist, daß Schwerttänzer entweder viel Geld haben oder gar keines. Warum sollte man sein Leben riskieren, wenn die Beute vielleicht ärmlicher ist als man selbst? Der zweite Grund ist, daß Schwerttänzer sozusagen Waffenverwandte sind, und man greift nicht seine eigene Art an.

Der dritte (und wichtigste) Grund ist der, daß Schwerttänzer unbestreitbar viel besser töten können als gewöhnliche, einfache Diebe, denn davon leben wir.

Ich lächelte. »Wollt ihr mich in einen Kreis begleiten?«

Sie lehnten alle ab (in angemessen höflichem Ton, wie es mir schien) und erklärten, sie hätten woanders dringende Geschäfte zu erledigen. Sie entschuldigten sich und verschwanden in die Dunkelheit. Ich wünschte ihnen eine gute Nacht, wandte mich um und suchte den nächstgelegenen Leichnam, um Einzelhieb zu reinigen ... und merkte, daß ich einen sehr verhängnisvollen Fehler gemacht hatte.

Es gab nur zwei Leichen anstatt drei. Der dritte Mann, dem die rechte Hand fehlte, war noch sehr lebendig — zusätzlich dazu, daß er ein wenig aufgeregt war, weil ich ihn einer Hand beraubt hatte.

Aber es war die linke Hand, in der das Messer lag. Als ich herumfuhr, warf er sich gegen mich und bohrte das Messer in meine rechte Schulter, durch Fleisch und Muskeln hindurch, bis es durch den Lederharnisch aufgehalten wurde, als es knirschend Knochen berührte.

Er war zu nahe, als daß mir Einzelhieb von Nutzen gewesen wäre. Ich ergriff mein eigenes Messer mit der linken Hand, während ich ihm mein Knie in den Schritt stieß. Ich dankte Del rasch im Geiste, weil das ihre Idee gewesen war, wechselte das Messer dann in die rechte Hand und warf es, wobei ich den Schmerz in meiner Schulter verfluchte. Nichtsdestoweniger war ich erfreut zu sehen, daß das Messer genau sein Herz traf. Er taumelte zu Boden. Dieses Mal blieb er liegen.

Ich stolperte zu der nächstgelegenen Wand, lehnte mich dagegen und fluchte erneut, während ich versuchte, meine verwirrten Sinne neu zu ordnen. Einzelhieb lag in der Gasse, wo ich ihn fallengelassen hatte, stumpf von Blut. Es war nicht der Ort, wo man ein gutes Schwert lassen sollte, aber ich war im Moment ein wenig außer Gefecht gesetzt.

Das spitze Loch in meiner Schulter war keine tödliche Wunde, aber es blutete schreckerregend. Außerdem schmerzte es höllisch. Ich stopfte Händevoll meines Burnus in die Wunde und preßte meine linke Hand gegen den Stoff, um die Blutung zu stoppen. Als ich es ertragen konnte, holte ich mir das Messer und das Schwert zurück. Mich zu bücken gab mir fast den Rest, aber ich wankte wieder auf die Füße, sammelte mich und verließ die Gasse dann so schnell ich konnte. Diebe respektierten einen Schwerttänzer vielleicht, wenn er in guter Verfassung ist, aber man bohre ein Messer in ihn, und jedermann hat mit ihm leichtes Spiel.

Ich wußte, wenn ich mich auch nur annähernd so verhielt, als sei ich schwer verwundet, würde ich Schwierigkeiten bekommen. Also ließ ich den Arm beim Gehen ganz natürlich herunterhängen, obwohl ich fühlte, wie das Blut unter meinem Burnus ungehindert hervorquoll. Ich hatte keine andere Wahl. Ich mußte zu dem Wirtshaus zurückgehen, um mich zusammenzuflicken, bevor ich die Jagd nach Del fortsetzen konnte.

Das schwarzäugige Flittchen war dort, und ihre Augen weiteten sich, als ich das Wirtshaus betrat. (Nun — hineinstolperte.) Ich schätze, es ging mir in dem Moment nicht sehr gut. Sie verfrachtete mich auf den nächsten Stuhl, goß eine große Portion Aqivi ein und flößte sie mir ein. Ohne ihre Hilfe hätte ich alles verschüttet, denn meine rechte Hand war nutzlos, und die linke war ziemlich zittrig.

»Ich habe Euch gesagt, daß Ihr mit mir besser dran wärt als mit ihr«, tadelte sie.

»Vielleicht.« Der Raum begann sich in sehr seltsamen Mustern zu drehen.

»Kommt mit in mein Zimmer.« Sie stemmte ihre rechte Schulter unter meinen rechten Arm und half mir hoch.

Ich grinste sie benebelt an. »Ich glaube nicht, daß du heute nacht viel von mir haben wirst, Bascha.«

Sie lächelte keß zurück. »Das könnt Ihr noch nicht wissen, Beylo. Marika kennt viele Dinge, die einen Mann wiederherstellen, sogar einen, der ein bißchen zu wenig Blut hat.« Sie knurrte leise. »Kommt, Beylo. Ich helfe Euch.«

Das tat sie. Sie brachte mich durch den mit Perlschnüren versehenen Eingang in eine kleine Kammer, in der es aber zumindest ein Bett gab. (Natürlich.) Wahrscheinlich ein vielbesuchtes.

Ich setzte mich auf den Bettrand, schaute sie durch verhangene Augen an und versuchte, einen angemessen energischen Ton zustande zu bringen. »Ich werde heute nacht hier schlafen. Aber morgen früh muß ich mich auf den Weg machen nach Julah, also laß mich nicht zu lange schlafen. Der Tanzeer erwartet mich.«

Marika stemmte die Hände in die Hüften und lachte mich aus. »Wenn das Eure Art ist, mir zu sagen, ich solle meine Finger aus Eurem Geldbeutel lassen, dann spart Euch Euren Atem. Ich werde auf Euch *und* auf Euer Geld aufpassen. Ich weiß genug, um mich nicht mit dem Sandtiger anzulegen.«

Ich sah sie mit verschwommenem Blick an. »Kenne ich dich?«

»Ich kenne *Euch*.« Sie grinste. »*Jeder* kennt Euch, Beylo. Euch und dieses Schwert und die Krallen um Euren Hals.« Sie beugte sich hinab, zeigte etwas von ihren Reizen, streichelte mit sanfter Hand über meine rechte Wange und liebkoste meine Narben. »Und diese«, flüsterte sie. »Niemand sonst hat sie.«

Ich murmelte etwas, und irgendwie schwanden mir dann die Sinne. Aqivi auf leeren Magen hat diese Wirkung. (Wobei wir gar nicht den Messerstich mit dem damit verbundenen Blutverlust erwähnen wollen.) Wenn Marika erwartet hatte, daß der Sandtiger seine legendäre Kühnheit unter Beweis stellen würde, dann würde sie warten müssen.

Das letzte, woran ich mich erinnere, ist, wie mir Marika die Schuhe auszog und etwas darüber sagte, sie wolle meine Wunde reinigen und meinen abgespreizten Zeh untersuchen. Weitere Nahrung für die Legende, dachte ich flüchtig und schlief ein.

Siebzehn

Als ich erwachte, blickte ich in zwei fest auf mich gerichtete Augenpaare. Wartende Augen. Beide waren blau. Und ein Paar gehörte Del.

Ich setzte mich abrupt hin, schrie vor Schmerz auf und sank zurück in die Kissen.

Del legte mir die Hand auf die Stirn. »Ihr Narr«, bemerkte sie. »Bewegt Euch nicht soviel.«

Als mein Kopf aufhörte, sich zu drehen, und sich der Schmerz auf ein erträgliches Maß reduzierte, öffnete ich die Augen erneut. Del schien völlig heil und gesund zu sein, nicht anders als am Tag zuvor. Sie trug noch immer den aprikosenfarbenen Burnus, der ihren inzwischen warm lohfarben-goldenen Teint unterstrich. Helles Haar war zu einem dicken Zopf zusammengebunden, der über eine Schulter fiel.

»Woher wißt Ihr es?« fragte ich.

Sie saß vorgebeugt auf ihrem Stuhl, die Ellenbogen auf den Knien, das Kinn in den Händen. »Alric brachte mich hierher zurück, um auf Euch zu warten. Aber Ihr tauchtet nicht auf. Wir hingen mehrere Tage hier herum, und schließlich sagte Marika uns, wo Ihr wart.«

Ich sah an Del vorbei zu dem großen Nordbewohner hin, der gegen die Wand gelehnt dastand wie ein großer, gefährlicher Bär. »Was habt Ihr mit ihr gemacht?«

Der Bär zeigte kurz die Zähne. »Ich habe sie mit nach Hause genommen. Nach Süden. Habt Ihr nicht genau das erwartet?«

Ich versuchte mich aufzusetzen, aber Dels Hände drängten mich zurück, und ich war zu schwach, um zu protestieren. Ich bedachte Alric mit einem ziemlich unhöflichen Namen in südlichem Dialekt. Er antwortete mit einem gleichermaßen verletzenden Begriff in derselben Sprache, ohne Akzent. Im Augenblick waren wir quitt und starrten einander an.

Del seufzte. »Hört auf. Dies ist weder die richtige Zeit noch der richtige Ort.«

»Was hat er mit Euch gemacht?« fragte ich sie und übersah, daß sich das bedrohliche Gesicht des Bären verfinsterte.

»*Nichts*«, erklärte sie sehr bestimmt. »Denkt Ihr, daß mich *jeder* Mann in sein Bett bekommen will?«

»Jeder Mann, der nicht bereits tot ist — oder kastriert.«

Del lachte. »Ich vermute, ich sollte Euch für dieses Kompliment dankbar sein, ob es nun zweideutig oder anders gemeint war. Aber im Moment mache ich mir eher Sorgen um Euch.« Sie fühlte erneut meine Stirn und überprüfte kritisch meine verbundene Schulter. »Was ist passiert?«

»Ich habe *Euch* gesucht.«

Das mußte sie erst einmal verdauen. »Ach so«, sagte sie schließlich. »Ich verstehe. Es ist *mein* Fehler.«

Ich zuckte die Achseln und wünschte mir dann, ich hätte es nicht getan. »Wenn Ihr geblieben wärt, wo ich Euch zurückgelassen hatte, läge ich jetzt nicht mit einer Messerwunde in der Schulter flach.« Ich schaute kurz zu Alric. »Ihr habt ihm zu leicht vertraut, Bascha. Was wäre gewesen, wenn *er* ein Sklavenhändler gewesen wäre?«

»*Alric?*« keuchte Del. »Er ist ein Nordbewohner!«

»Richtig«, stimmte ich zu, »und wir wissen beide, daß jemand hinter Euch her ist. Wegen Eurer Schuld.« Ich sah sie stirnrunzelnd an. »Ihr wißt genausogut wie *ich*, daß Ihr dachtet, Alric sei derjenige, als Ihr ihn zuerst saht. Nun — er könnte es noch immer sein.«

Del schüttelte den Kopf. »Nein. Das ist geklärt. Es gibt bestimmte Rituale beim Eintreiben einer Blutschuld. Wenn Alric ein *Ishtoya* wäre, der hinter mir her ist, dann hätten wir dies im Kreis bereinigt.«

Alric sagte in ihrer gewundenen nordischen Sprache etwas zu ihr, das mich ausschloß und verdrießlicher machte denn je. Ich habe es nie besonders gemocht, mich schwach und krank zu fühlen. Meine Stimmung leidet darunter. Natürlich half es da auch nicht besonders, daß Alric hier war.

Alric sagte etwas zu Del, das sie erzürnte. Sie erwiderte etwas sehr kurz, sehr abgehackt, aber mit unglaublich vielen Stimmnuancierungen: Unglauben, Erstaunen, Ablehnung und etwas, das ich nicht deuten konnte. Etwas wie — Entdeckung. Und sie sah mich scharf an.

Alric wiederholte seinen Satz. Del schüttelte den Kopf. Ich öffnete den Mund, um sie zu fragen, über was zu den Hoolies sie sich stritten, aber sie legte mir eine Hand auf den Mund.

»Seid still«, befahl sie. »Ihr habt schon genug Blut verloren ... es würde nichts nützen, sich zu beschweren. Also werden Alric und ich dem ein Ende setzen.«

»*Wem* ein Ende setzen — dem Beklagen oder dem Bluten?« fragte ich, nachdem sie die Hand fortgenommen hatte.

»Wahrscheinlich beidem«, bemerkte Alric und lächelte zufrieden.

»Wie?« fragte ich mißtrauisch.

Sein Grinsen wurde breiter. »Mit Feuer natürlich. Wie sonst?«

»*Wartet* einen Moment ...«

»Seid still«, sagte Del energisch. »Er hat recht. Marika hat die Wunde verbunden, aber sie blutet noch immer. Wir müssen etwas unternehmen und werden daher Alrics Vorschlag versuchen.«

»*Sein* Vorschlag war das?« Ich schüttelte den Kopf. »Bascha, er würde mich lieber tot sehen. Dann hätte er Euch für sich selbst.«

»Er *will* mich nicht!« Del sah mich an. »Er hat bereits eine Frau und zwei kleine Kinder.«

»Dies ist der Süden«, erinnerte ich sie. »Männer haben das Recht, mehr als eine Frau zu haben.«

»*Das Recht?*« fragte sie scharf. »Oder ist es nicht so, daß sie sie sich einfach *nehmen?*«

»Del ...«

»Er ist ein Nordbewohner«, erinnerte sie mich, was irgendwie unnötig war. »Er hält nichts von einer Vielzahl von Ehefrauen.«

Alric grinste bärig. »Del könnte mich jedoch dazu überreden, diesen Brauch zu übernehmen.«

Ich starrte ihn an, was lediglich bewirkte, daß er sich noch mehr amüsierte. Er war groß und stark und sah unzweifelhaft gut aus, wie er auch unzweifelhaft seiner selbst sicher war.

Ich hasse Männer wie ihn.

»Was werdet Ihr tun?« fragte ich.

Alric deutete auf eine Kohlenpfanne auf dem Boden. Ich sah, daß darin bereits ein Messer mit beinernem Griff lag, dessen Klinge rot glühte. »*Das* werden wir tun.«

Ich biß auf die Innenseite meiner Wange. »Gibt es keine andere Möglichkeit?«

»Nein.« Del sagte es so prompt, daß ich zu argwöhnen begann, sie freue sich darauf.

»Wo ist Marika?« Ich dachte, daß die Bedienung mir vielleicht die nötige Unterstützung geben könnte.

»Marika kümmert sich draußen um ihre Geschäfte«, sagte Del rasch. »Ihre *anderen* Geschäfte — diejenigen, die Ihr unterbrochen habt, als Ihr ihr Bett mit Beschlag belegtet.«

»Das Messer ist soweit«, kündigte Alric in einem Ton an, der erstaunlicherweise unverstellt fröhlich klang.

Ich sah Del an. »Tut *Ihr* es. Ich traue ihm nicht.«

»Das hatte ich vor«, sagte sie heiter. »Alric wird Euch festhalten.«

»Mich festhalten?«

Sie beugte sich hinab und wickelte ein Tuch um den Messergriff. »Ich glaube, sogar der Sandtiger wird dies als schmerzhafte Erfahrung empfinden. Wahrscheinlich wird er sehr schreien.«

»Ich schreie nicht.«

Dels gehobene Augenbrauen drückten entschiedenen Zweifel aus. Dann senkten sich Alrics große Pranken auf meine Schultern. Seine rechte Hand war gefährlich nahe an der Wunde, was ihn mir nicht sympathischer machte. »Vorsicht, Nordbewohner.«

Sein Gesicht hing über meinem. »Ich könnte mich auf Euch *setzen* ...«

»Tut Euch keinen Zwang an.«

Del gab mir ein Glas Aqivi. »Trinkt das!«

»Ich brauche keinen Drink. Tut es einfach.«

Sie lächelte schief. »Dummer Tiger.« Dann legte sie die rotglühende Klinge auf die blutende Wunde, und dann war es mir egal, was Alric von mir dachte (oder auch Del). Ich schrie laut genug, um das ganze Gebäude einstürzen zu lassen. Ich versuchte, vom Bett zu springen, aber der Nordbewohner lehnte sich auf mich, und ich sprang nirgendwohin. Ich lag einfach da und fluchte und schwitzte und fühlte mich schlecht und nahm den Geruch meines brennenden Fleisches wahr.

»Das macht Euch Spaß«, warf ich Del schwach durch zusammengebissene Zähne hindurch vor.

»Nein«, sagte sie. »Nein.«

Vielleicht sagte sie noch etwas anderes, aber ich hörte sie nicht. Irgendwie trat ich einfach für eine Weile ab.

Ich erwachte in einem seltsamen Raum an einem seltsamen Ort und in einem seltsamen Bewußtseinszustand. Ich fühlte mich schwebend und losgelöst, auf seltsame Weise gefühllos, aber ich bemerkte, daß ich nicht mehr in Marikas kleinem Zimmer war.

»Del?« krächzte ich.

Eine Frau betrat den Raum, aber es war nicht Del. Sie war schwarzhaarig und schwarzäugig wie Marika, aber es war auch nicht sie. Sie war auch in höchstem Grade schwanger. »Del ist bei den Kindern.« Sie sprach ohne Akzent, in vertrautem südlichem Tonfall. Sie lächelte. »Ich bin Lena. Alrics Frau.«

»Dann ... ist er *wirklich* verheiratet?«

»Mit zwei kleinen Kindern und einem weiteren unterwegs.« Sie tätschelte ihren dicken Bauch. »Nordische Männer sind kräftige Teufelskerle, nicht wahr?«

Ich sah sie stirnrunzelnd an und fragte mich, wie sie so fröhlich und unbeschwert sein konnte, wo Del im Haus war, die jede Art von Anziehung für einen Mann bot, den sie *selbst* als kräftig bezeichnete. (Was für mich nicht unerwartet kam.) »Wie geht es mir?« fragte ich mürrisch.

Lena lächelte. »Viel besser. Alric und Del haben Euch vor ein paar Tagen hierhergebracht. Seitdem habt Ihr geschlafen, aber Ihr seht viel besser aus. Wenn der Sandtiger der Mann ist, der er angeblich sein soll, solltet Ihr bald wieder auf den Beinen sein.«

Der Sandtiger fühlte sich ein wenig grün um die Nase. Aber das sagte ich ihr nicht.

»Ich werde Del holen.« Lena verschwand.

Einen Augenblick später kam Del herein. Ich bemerkte ein seltsames Lauern in ihren Augen, und ich fragte sie nach dem Grund.

»Weil Ihr wieder mit dem Thema Alric anfangen wollt, nicht wahr?«

»Sollte ich nicht?«

Sie sah mich an. »Ihr verhaltet Euch sehr dumm bezüglich dieser Sache, und das wißt Ihr. Alric hat uns angeboten, in seinem Haus zu wohnen, das kaum groß genug für ihn selbst, Lena und die Kinder ist. *Ihr* bewohnt das einzige Schlafzimmer! Wir anderen teilen uns das Vorderzimmer.«

Ich fühlte mich fast augenblicklich unbehaglich, was

genau das war, was sie beabsichtigt hatte. »Dann sagt ihm, daß wir uns auf den Weg machen, sobald ich kann.«

»Das weiß er.« Del zog sich einen dreibeinigen Stuhl ans Bett. »Was ist mit Euch geschehen, Tiger? Marika konnte es uns nicht sagen.«

Ich fühlte den Verband an meiner rechten Schulter und fragte mich, wie die ausgebrannte Wunde wohl aussehen mochte. »Diebe. Einer von ihnen hatte Glück.« Ich machte eine Pause. »Kurzzeitig.«

»Es tut mir leid«, sagte Del schuldbewußt, »ich *hätte* in dem Wirtshaus bleiben sollen. Dann wärt Ihr nicht verletzt worden. Aber Alric wollte mich mit nach Hause zu seiner Frau und seinen Kindern nehmen. Er ist sehr stolz auf sie.« Sie zuckte die Achseln. »Ich bin eine Nordbewohnerin, und er hat lange Zeit niemanden aus seiner Heimat gesehen.«

»Was *macht* er hier?«

Sie lächelte ein wenig. »Träumen nachjagen. Wie jeder. Er kam vor mehreren Jahren in den Süden, um sich mit seinem Schwert zu verdingen. Dann traf er Lena und blieb hier.«

»Er hätte sie mit in den Norden nehmen können.«

»Das hätte er tun können. Aber er liebt den Süden.« Sie runzelte ein wenig die Stirn. »Man muß nicht hier geboren *sein*, um den Süden zu mögen, das wißt Ihr.«

Ich setzte mich versuchsweise auf. Im Moment ging es mir gut. Ich wandte mich um, so daß ich mich gegen die Wand lehnen und den verletzten Arm über meine Rippen legen konnte. »Er will nicht mehr Frauen haben?«

Das Stirnrunzeln verschwand, als sie lächelte. »Er hat nur *eine* — und ich glaube, sie könnte etwas dagegen haben. Tiger... es gibt keinen Grund, auf Alric eifersüchtig zu sein.«

»Ich bin nicht eifersüchtig. Nur — beschützend. Dafür habt Ihr mich angeheuert.«

»Ich verstehe.« Del erhob sich. »Ich hole Euch etwas zu essen. Ihr seht hungrig aus.«

Das war ich. Ich widersprach nicht, als sie es brachte. Ich vertilgte Brot und Fleisch und Ziegenkäse. Es gab keinen Aqivi, also einigten wir uns auf Wasser. (Harmloses Zeug.) Del wartete, während ich aß, um sich zu versichern, daß es dem Patienten gutging. Und als sie sich auf dem Stuhl vorbeugte, stolperten Alrics Kinder herein. Ich hörte auf zu kauen und schaute erstaunt zu, wie sie beide gleichzeitig versuchten, auf Dels Schoß zu klettern.

Es waren beides Mädchen mit schwarzen Haaren und dunkler Haut wie ihre Mutter, aber beide hatten die blauen Augen ihres Vaters. Eine interessante Kombination. Sie konnten nicht viel älter als zwei und drei Jahre sein und waren beide wackelig und unbeholfen, aber darum um so niedlicher.

Ich beobachtete Del mit den Mädchen. Sie konnte gut mit ihnen umgehen und zeigte Zuneigung, ohne sie damit zu ersticken. Eine ungekünstelte Verhaltensweise, die offensichtlich ankam. Die Mädchen sahen glücklich und zufrieden aus.

Ebenso, was das betraf, Del. Sie lächelte abwesend, strich lockiges schwarzes Haar zurück und schien für den Augenblick meine Anwesenheit im Raum vergessen zu haben.

Ich unterbrach den Augenblick jäh. »Und Ihr geht zurück in den Norden, wenn Eure Angelegenheit hier erledigt ist? Um nach jemandem wie Alric zu suchen und nordische Babys zu bekommen?«

»Ich ... weiß nicht. Ich meine ... ich habe noch nicht darüber nachgedacht. Ich habe tatsächlich noch nicht viel weiter gedacht, als bis dahin, Jamail zu finden.«

»Was geschieht, wenn Ihr ihn nicht findet?«

»Das habe ich Euch schon einmal gesagt: Ich habe diese Möglichkeit noch nicht erwogen. Ich *werde* ihn finden.«

»Aber wenn Ihr ihn *nicht* findet«, beharrte ich. »Del ... seid realistisch. Es ist gut und schön, auf Rettung und Rache zu sinnen ... aber Ihr müßt alle Aspekte berücksichtigen. Jamail *könnte tot sein* ... und dann müßt Ihr Euch Gedanken über die Gestaltung Eurer Zukunft machen.«

»Das werde ich *dann* tun.«

»Del ...«

»Ich weiß es nicht!« Erstaunt bemerkte ich Tränen in ihren Augen.

Ich sah nun überrascht auf das, was ich mit meiner Frage angerichtet hatte.

Del schluchzte. »Ihr hackt immer auf mir herum, Tiger. Ihr sagt mir immer wieder, daß ich ihn nicht finden werde, daß ich meinen Bruder *wahrscheinlich* nicht finden kann. Weil eine Frau keine Chance hat, einen Jungen ausfindig zu machen, der fünf Jahre zuvor entführt wurde.

Aber Ihr irrt Euch. Seht Ihr das nicht?« Ihre Augen waren fest auf mein Gesicht gerichtet. »Mein Geschlecht spielt keine Rolle. Es ist die Aufgabe. Das ist alles. Das ist es, was getan werden muß. Und ich kann es tun. Ich *muß* es tun.«

»Del, ich wollte nicht ...«

»Doch, das wolltet Ihr. Das wollen sie alle. Alle jene Männer, die mich anschauen und eine Frau mit einem Schwert sehen. Die innerlich — und auch offen — über die Spiele einer einfältigen Frau lachen. Und mir nachgeben. *Mir nachgeben*, weil sie mich in ihr Bett kriegen wollen; sie würden fast jede Dummheit begehen, um mich dorthin zu bekommen.«

Sie warf den Zopf zurück. »Doch es handelt sich nicht um Einfalt, Tiger. Es ist notwendig. Eine Pflicht. Ich *muß* Jamail finden. Ich *muß* Tage, Wochen und sogar Monate auf die Suche nach ihm verwenden, denn wenn ich dies nicht tue ...« Sie hielt unvermittelt inne, als seien alle Gefühle, die sie zu dieser Erklärung getrieben hatten, auf einmal hervorgebrochen und hätten eine leere Hülle zurückgelassen.

Aber sie fuhr dennoch fort. »Denn wenn ich dies nicht tue, dann habe ich an meinem Bruder versagt, an mir selbst, an meinen Verwandten, an meinem *Kaidin* ... und an meinem Schwert.«

Das Essen war vergessen. Eine nach der anderen kletterten die Mädchen von Dels Schoß herunter und gingen fort, erschreckt durch den Zorn und den Kummer in ihrer Stimme. Tränen rannen unverhüllt über ihr Gesicht, und sie wischte sie nicht fort.

Ich atmete vorsichtig ein. »Was ein Mensch tun kann, Del, hat Grenzen. Ein Mann oder eine Frau.«

»Ich kann es tun. Ich muß.«

»Laßt es nicht zur Besessenheit werden.«

»*Besessenheit!*« Sie schaute mich an. »Was würdet *Ihr* tun? Was würdet *Ihr* tun, wenn alle aus Eurer Familie außer einem unmittelbar vor Euren Augen getötet worden wären?« Sie schüttelte den Kopf. »Alles, was ich tun konnte, war *zusehen*. Ich konnte ihnen nicht helfen, konnte nicht fortlaufen, *konnte noch nicht einmal hinsehen* —, bis mich einer der Mörder am Genick packte und mich zwang zuzusehen, wie sie die Männer töteten und die Frauen vergewaltigten, meine Schwestern, meine *Mutter*, und lachten, während ich schrie und weinte und schwor, jeden von ihnen zu kastrieren.« Sie schloß für einen Moment die Augen und öffnete sie dann wieder. Jetzt waren keine Tränen mehr darin zu sehen, nur eine stille Entschlossenheit. »Das hat mich genauso zu dem gemacht, was ich bin, wie die Salset den Sandtiger geprägt haben.«

Ich setzte den Teller neben mir ab. »Ich dachte, Ihr hättet erzählt, Ihr seid den Mördern entkommen.«

»Nein.« Ihr Mund war ein dünner, grimmiger Strich.

»Dann ...« Ich beendete den Satz nicht.

»Sie wollten uns beide verkaufen, Jamail und mich. Alle anderen waren tot.« Sie hob eine Schulter an. Ihre linke, die kein Schwert trug. »Aber ... ich entkam. *Nachdem* sie mit mir fertig waren. Und ... ich ließ Jamail zurück.«

Einen Moment später stieß ich einen langen schweren Seufzer aus. »O Bascha, es tut mir leid. Ich habe Euch ungerecht beurteilt.«

»Ihr habt weder mich *noch* meine Aufgabe ernst genommen.«

»Nein.«

Del nickte. »Ich weiß. Nun, es war egal. Ich habe Euch nur dazu benutzt, um die Punja zu durchqueren.« Sie zuckte die Achseln. »Ich habe einen Pakt mit den Göttern geschlossen. Mit meinem Schwert. Ich brauche nicht wirklich jemand anderen.«

»Dieses Geheimnis habt Ihr schon einmal erwähnt«, sagte ich. »Ist es das, was Ihr mir gerade erzählt habt?«

»Ein Teil davon«, stimmte sie zu. »Der andere Teil ist ... vertraulich.«

Und sie erhob sich und verließ den Raum.

Ich sah meinen Gegner über den Kreis hinweg an. Ich sah hellblondes Haar, von der Sonne lohfarben-golden gebrannten Teint, Sehnen unter festem Fleisch. Und ein Schwert, in geschmeidigen Händen.

»Gut«, stellte die vertraute Stimme fest, und ich erwachte ruckartig aus dem kurzen Tagtraum.

Ich runzelte die Stirn. Alric sah mich über den zufälligen Kreis hinweg an, den er in den Staub der Gasse hinter dem Haus gezeichnet hatte. Das gebogene Vashni-Schwert lag in seinen Händen, aber er hatte die Haltung der Kampfbereitschaft abgelegt. »Was ist gut?« fragte ich.

»Ihr«, antwortete er. »Ihr genest schnell.« Er zuckte die Achseln. »Ihr braucht keine Übung mehr.«

Wir hatten drei Tage lang geübt. Meine Schulter schmerzte höllisch, aber ein Schwerttänzer lernt, den Schmerz zu verdrängen und ihn schließlich ganz zu überwinden. Oft hat man keine Möglichkeit, sich völlig auszukurieren. Man kämpft, man kuriert sich aus, man kämpft wieder. Wann immer es nötig ist.

Alric schnippte ein Büschel Gras von seiner gefährlich gebogenen Klinge. Ein bloßer Fuß verwischte einen Teil des Kreises. Die Übung war beendet. Es waren keine in den Staub gezeichneten Kreise mehr nötig.

Ich sah hinüber zu den Mädchen. Sie saßen still an die schattige Wand gelehnt, mit großen Augen und kleinen Fäusten vor den Mund gepreßt. Alric hatte ihnen erlaubt zuzusehen, aber nur, wenn sie sich dabei ruhig verhielten. Das hatten sie getan. Mit ihren zwei und drei Jahren benahmen sie sich besser als die meisten Erwachsenen.

»Wir sind fertig«, sagte er zu ihnen und erlöste sie damit. Beide Mädchen standen auf und rannten vor das Haus.

Ich beugte mich hinab, hob meinen abgelegten Harnisch auf und schob Einzelhieb wieder in seine Scheide. Sand knirschte unter meinen bloßen Füßen. Sich hinabzubeugen tat weh, aber nicht so sehr wie am Tanz teilzunehmen, auch wenn es nur Übung war.

Ich befestigte den Harnisch über meinen Armen und schloß die Schnallen. »Warum ein Vashni-Schwert?« Ich deutete mit dem Kopf auf Alrics Klinge. »Warum nicht ein nordisches Schwert — so eines wie Dels?«

»Eines wie Dels?« Alrics helle Brauen hoben sich ruckartig. »Ich hatte *niemals* ein Schwert wie Dels.«

Ich runzelte die Stirn und verwischte den Kreis beiläufig mit einem schlenkernden Fuß. »Ihr seid ein Nordbewohner. Und ein Schwerttänzer — mehr oder weniger.«

Unbeeindruckt durch meine Spöttelei nickte Alric. »Schwerttänzer, Nordbewohner, ja. Aber nicht von Dels Kaliber.«

»Eine Frau ...?«

»Nun, es stimmt, daß das ungewöhnlich ist«, stimmte er zu und ging zu der Bota hinüber, die er im Schatten einer sandfarbenen Wand deponiert hatte. »Und daher ist es ungewöhnlich, daß *Del* damit begonnen hat.« Er entkorkte die Bota, trank einige Schlucke und hielt sie mir dann in stummer Einladung entgegen.

Ich hörte auf, den Kreis zu verwischen, und ging hinüber, um die Bota entgegenzunehmen. Wir setzten uns hin und lehnten uns gesellig gegen die Wand, die ein wenig warm war, obwohl sie tief im Schatten lag. Im Süden bedeutet Schatten nicht notwendigerweise Kühle.

Ich trank meinen Anteil Aqivi. »Nein. Ich würde niemals behaupten, daß Del etwas anderes *als* ungewöhnlich sei. Aber das erklärt mir nicht, warum Ihr ein Vashni-Schwert benutzt.«

Alric zuckte die Achseln. »Durch einen Kampf«, sagte er. »Mein Gegner war ein Vashni. Ein sehr unangenehmer Typ. Er hat es geschafft, mein nordisches Schwert zu zerbrechen.« Er hob Schweigen gebietend die Hand, als ich den Mund aufmachte, um einen Einwand zu erheben. »Nein — es war kein Schwert wie Eures. Es war — einfach ein Schwert. Und es zerbrach. Ungefähr in dem Moment, in dem ich die gebogene Linie der Vashni-Klinge bewunderte. Ich beschloß, daß ich nicht *mein* Schwert brauchte, um ihn zu töten. Also riß ich ihm das seine aus den Händen ... und tötete ihn damit.« Er lächelte, während er stolz die schimmernde Klinge betrachtete. Das Heft war aus einem menschlichen Oberschenkelknochen gearbeitet. »Ich habe es für mich behalten.«

»Del nennt ihres ein *Jivatma* — eine Blutklinge ...« Alric nickte. »Was bedeutet das?«

Er zuckte die Achseln und trank noch etwas Aqivi, als ich ihm die Bota reichte. »Wonach es klingt. Eine Klinge, die speziell dafür gearbeitet wurde, Blut zu fordern. Zum Töten. Oh, ich weiß — man kann sagen, daß *jede* Klinge für diesen Zweck geeignet ist —, aber im Norden ist das anders. Zumindest wenn man ein Schwerttänzer ist.« Er reichte mir die Bota zurück. »Die Rituale sind im Norden anders, Tiger. Das ist der Grund, warum Ihr und ich nicht gut zueinander passen — unsere Kampfstile unterscheiden sich zu sehr. Und ich könnte mir vorstellen, daß sogar Del und ich Schwierigkeiten hätten, die Rituale richtig auszuführen.«

»Warum?«

»Weil unsere Kampfstile ähnlich sein würden. Zu ähnlich, um eine ausgezeichnete Ergänzung zu bilden. Klingenführung, Bewegungsabläufe, Fußarbeit ...« Er zuckte die Achseln. »... obwohl wir bei verschiedenen *Kaidin* gelernt haben; alle Nordbewohner kennen viele der gleichen Tricks und Rituale innerhalb des Kreises. Und so wäre es ein unmöglich durchführbarer Tanz.«

»Aber nicht, wenn es bei dem Tanz um Leben oder Tod ginge.«

Alric sah mich an. »Selbst wenn ich ihr Feind wäre, würde ich niemals mit ihr tanzen.«

Meine Brauen hoben sich bis zum Haaransatz. »Eine Frau ...?«

»Das spielt keine Rolle.« Er runzelte nachdenklich die Stirn und beobachtete seinen rechten Fuß, den er in den Schmutz stieß. »Im Süden besteht der Schwerttanz aus verschiedenen Graden. Ein Schüler arbeitet sich so weit durch die Grade, wie er kann. Ihr habt, soweit ich gehört habe, den siebten Grad erreicht.« Als ich nickte, fuhr er fort. »Hier würde ich in den dritten Grad eingestuft werden. Im Norden bin ich besser als das, aber die Vergleiche treffen nicht wirklich zu. Es ist, als würde man einen Mann und eine Frau vergleichen — das kann man einfach nicht.« Blaue Augen trafen meine grünen. »Im Grunde will ich damit sagen, daß der höchste Grad der Ausbildung im Norden keinen entsprechenden Grad im Süden kennt. Es ist keine Frage des *Könnens* — zumindest nicht ausschließlich. Es ist eher eine Frage der völligen, bedingungslosen Hingabe und Entschlossenheit, eine vollständige Auslieferung des Willens an die Rituale des Tanzes.« Er schüttelte den Kopf. »Es ist schwer für mich, es auszudrücken, Tiger. Ich denke, die beste Erklärung ist, einfach zu sagen, daß Del — wenn sie mir die Wahrheit gesagt hat — *Ishtoya* des *An-Kaidin* war. Und alles, was ich darüber sagen kann, ist das, was ich darüber weiß, und das ist nicht viel. Ich stand niemals so hoch.« Er trank erneut. »Sie muß die Wahrheit gesagt haben. Sonst müßte sie das nordische Schwert gestohlen haben... und eine benannte Klinge kann nicht gestohlen werden.«

Eine benannte Klinge. Da war es wieder. Eine bedeutsame Unterscheidung. »Auch *mein* Schwert trägt einen Namen.«

»Und eine Legende.« Alric lächelte und schlug die Bota gegen meine Hand. »Ich weiß alles über Einzelhieb. Die meisten Schwerttänzer wissen es. Aber — nun, es ist nicht dasselbe. Ein *Jivatma* ist etwas mehr als das. Nur der *An-Kaidin* verleiht es auserwählten *An-Ishtoya*, jenen Schülern, die ihren Wert bewiesen haben.«

»Wie kommt es, daß *Ihr* keines habt?«

»Ich habe keines, weil ich in der rituellen Rangordnung niemals hoch genug stand, um damit belohnt zu werden.« Er sagte es ziemlich leichthin, als ob die Qual dieses Wissens Jahre zuvor verblaßt wäre. Alric, so glaubte ich, war zufrieden mit seinem Los. »Was es nun eigentlich *ist* — das ist schwer zu erklären. Mehr als ein Schwert. Weniger als ein Mensch. Es lebt nicht *wirklich*, obwohl mancher sagen würde, daß es das tut.« Er zuckte die Achseln. »Ein *Jivatma* hat besondere Eigenschaften. Wie Ihr oder ich. In dieser Hinsicht hat das Schwert ein Eigenleben. Aber nur, wenn es mit dem *An-Ishtoya*, der sich sein...« Er hielt bezeichnenderweise einen Moment inne. »... oder die sich ihr Recht darauf verdient hat, der oder die den Namen des Schwertes kennt und das Lied zu singen weiß, zusammengefügt wird.« Er zuckte die Achseln. »*Ishtoya*, die den höchsten Rang vom *An-Kaidin* zugesprochen bekommen, sind keine *Ishtoya* mehr. Es sind *An-Ishtoya*. Und dann selbst *Kaidin*, wenn sie sich dafür entscheiden. Oder Schwerttänzer.«

»*Kaidin* — *An-Kaidin*.« Ich runzelte die Stirn und sann über die Klangabstufungen nach. »Del nannte ihren Schwertmeister immer *Kaidin*, ohne die Vorsilbe.«

Kurz darauf nickte Alric. »Die Vorsilbe dient der Ehrung. *Kaidin* — *Ihr* würdet es Shodo nennen — bedeutet Schwertmeister. Lehrer. Hochgradig erfahren, aber ein Lehrer. Ein *Kaidin* ist jemand, den alle *Ishtoya* kennen. Aber — *An-Kaidin* bedeutet mehr. Ein *An-Kaidin* ist der Höchste der Hohen. Ich glaube, sie läßt die Vorsilbe weg, weil sie verleugnen möchte, was geschehen ist.«

Ich runzelte die Stirn. »Was geschehen ist?«

Alric strich sich mit dem Unterarm die Haare aus dem Gesicht. »Es gibt — *gab* — nur einen *An-Kaidin* an der alten Schule, die für den ganzen Norden übriggeblieben ist. Noch nie haben irgendwelche Schulen die alte ersetzt, und viele *Ishtoya* ziehen es vor, den alten Wegen zu folgen anstatt den neuen.«

»Es gab?« fragte ich scharf.

»Er wurde vor einem Jahr getötet, wie ich hörte. Bei einem rituellen Kampf gegen einen *An-Ishtoya*.«

Das kann passieren. Auch den Besten. Es ist nicht immer leicht, ein Blutvergießen im Kreis zu verhindern, selbst wenn es nur ein Scheinkampf ist.

Der große Nordbewohner mit dem gebogenen Vashni-Schwert schaute auf Einzelhieb. »Schwerter sind hier im Süden — *anders*. Aber im Norden sind sie Schwerter und nichts als Schwerter. Eine benannte Klinge, ein *Jivatma*, ist aus einem Material gearbeitet, das mehr ist als bloßes Stahl. Der *An-Kaidin* macht sie für die besonderen Schüler, die *An-Ishtoya*, die eines Tages den Platz des *An-Kaidin* einnehmen werden. Da ich nur ein *Ishtoya* war, habe ich niemals die Gelegenheit gehabt, mehr über die Blutklingen zu erfahren. Aber — es ist genau das: ein durch Blut besänftigtes Schwert. Und das erste Blut wird stets sorgfältig ausgewählt, denn das Schwert nimmt all das Können des Lebens an, das es tötet.«

Ausgewählt. Ich sah ihn scharf an. »Also — wollt Ihr sagen, daß der *An-Kaidin* nicht durch einen Unfall getötet wurde. Daß jemand das Können des *An-Kaidin* zu übernehmen wünschte.«

Alrics Gesicht war angespannt. »Ich habe gehört, daß es vorsätzlich geschah.«

Ich dachte an das nordische Schwert. Ich erinnerte mich der fremdartigen Umrisse in dem Metall, an das Gefühl von Eis und Tod. Als ob das Schwert lebte. Als ob mich das Schwert kannte. Als ob es *mich* töten wollte, wie es den *An-Kaidin* getötet hatte.

Alric spielte an dem Heft seines Vashni-Schwertes. Ich fragte mich zerstreut, ob *es* einen Namen hatte. »Einen *An-Kaidin* zu töten kann, wie Ihr Euch denken könnt, mit dem Tode bestraft werden«, sagte er leise. »Eine Blutschuld ist nichts, was man sorglos mit sich herumträgt.«

»Nein«, stimmte ich zu.

Er sah mich offen an. »Im Norden gibt es eine Sache, die sich Blutschuld nennt. Man schuldet sie den Verwandten eines Mannes — oder einer Frau —, dessen Tod unverdient war. Eine Person, oder zwei oder sogar mehr als zwanzig können schwören, die Schuld einzutreiben.«

Ich nickte einen Moment später und dachte über den Mann nach, der Del verfolgte. Hatte er geschworen, die Blutschuld einzutreiben? »*Wie* wird die Schuld eingetrieben?«

»Im Kreis«, antwortete Alric. »Dieser Tanz geht dann um Leben und Tod.«

Ich nickte erneut. Ich war nicht übermäßig überrascht. Ich bezweifelte nicht, daß der Tanz durch das begangene Verbrechen gerechtfertigt war. Ein Mann wurde getötet, ein Lehrer wurde von seinem Schüler umgebracht. Weil der Schüler das Können benötigte, das dem Mann *innewohnte*, und nicht nur das, was er gelehrt hatte.

Ich stieß den Atem zwischen zusammengebissenen Lippen zischend aus. Ich dachte daran, wie verzweifelt Del das Massaker an ihrer Familie rächen wollte, und die Versklavung ihres Bruders und die Erniedrigung, die sie unter den Händen der südlichen Mörder erlitten haben mußte. Es war, so dachte ich, eine Blutschuld, die man ihr schuldete. Eine, die ihr gegenüber mehr als gebührend war, ungeachtet des Preises.

Ich wußte sehr genau, daß Del fähig war, alles zu tun, was sie wollte.

Uneingeschränkt alles.

Egal, was es kosten würde.

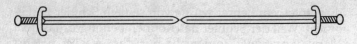

Achtzehn

Alric gab mir die Bota. Aber bevor ich sie öffnen und einen Schluck trinken konnte, kamen die zwei kleinen Mädchen um die Seite des Hauses herumgerannt.

Sie gingen direkt zu Alric, zogen ihn an beiden Armen und plapperten in einer ziemlich unverständlichen Mischung aus nordischem und südlichem Dialekt auf ihn ein. Ich war mir nicht sicher, wie vieles dieser Unverständlichkeit mit ihrem Alter zu tun hatte und wie vieles mit ihrer Zweisprachigkeit.

Alric seufzte und stand auf. »Wir sollten hineingehen. Lena hat sie geschickt, uns beide zu holen.« Dann sagte er etwas auf Nordisch zu den kleinen Mädchen, und beide rannten wieder davon.

»Gute Läuferinnen«, bemerkte ich.

»Für Mädchen.« Er grinste. »Del würde mir das Fell über die Ohren ziehen, wenn sie mich das sagen hörte. Nun, das wäre ihr gutes Recht. Im Norden kennen die Frauen mehr Freiheit.«

»Das habe ich bemerkt.« Ich bog um die Ecke des Lehmhauses und ging gebückt durch die Tür hinein, die entschieden zu niedrig war für Nordbewohner, oder auch für Südbewohner wie mich.

Und blieb stehen.

Alrics Haus war klein. Zwei Räume. Ein Schlafzimmer, das ich gern wieder an Alric und seine Familie übergeben hatte, und ein Vorderzimmer, das Del und mir nachts als Schlafraum diente. Es war keine Frage, daß das Haus mit vier Erwachsenen und zwei Kindern reichlich überbelegt war.

Ganz abgesehen davon, daß es jetzt noch einen Erwachsenen mehr beherbergen mußte und der Raum damit noch kleiner wirkte.

Del saß mit gekreuzten Beinen auf einem Fellteppich aus gekräuseltem safrangelbem Ziegenhaar. Sie sah Alric und mich eintreten, sagte aber nichts. Eingebunden in Schweigen saß sie mit dem Schwert über den Oberschenkeln da.

Es war ungeschützt.

Ich trat zur Seite, so daß Alric eintreten konnte. Lena stand im dunklen Teil des Raumes. Ihre Töchter waren neben ihr, jede an einer Seite. Niemand sagte etwas.

Ich sah den Fremden an. Er trug einen mausgrauen Burnus. Die Kapuze war vom Kopf heruntergezogen. Er hatte, wie ich, braune Haare. Er war, wie ich, groß. Und ziemlich genauso schwer. Andere Fakten konnte ich wegen des Burnus nicht ausmachen. Aber ich sah das Schwertheft, das über seine linke Schulter ragte, und ich wußte, daß der Jäger seine Beute letztendlich aufgespürt hatte.

Der Fremde lächelte. Der Einschnitt einer alten Narbe teilte sein Kinn diagonal. Sein Gesicht wirkte verlebt. Sein Haar zeigte graue Fäden. Ich hielt ihn für gut zehn Jahre älter als mich, was bedeutete, daß er mehr als vierzig Jahre alt sein mußte. Seine Augen waren so blau wie Dels und Alrics, aber er sah mir am ähnlichsten.

Er entbot mir den Wüstengruß: die Hand mit gespreizten Fingern über das Herz gelegt und sich kurz verbeugend. »Sie sagt, Ihr seid der Sandtiger.« Eine kühle, weiche Stimme, mit nordischer Färbung.

»Der bin ich.«

»Dann bin ich wirklich erfreut, diese Legende endlich persönlich zu treffen.«

Ich lauschte auf einen sarkastischen Unterton, ein Maß an Verhöhnung. Aber da war nichts dergleichen. Ich konnte auch keine Unhöflichkeit erkennen. Aber deswegen mochte ich ihn nicht mehr.

»Sein Name ist Theron.« Das war Del, sehr bestimmt. »Er war der Schatten, der kein Schatten war.«

Theron nickte leicht. »Ich kam aus dem Norden hierher, um die *An-Ishtoya* zu suchen, aber die Umstände, die sich gegen mich verschworen hatten, kosteten mich immer wieder Zeit. Jetzt endlich sind sie mir wohlgesonnen.«

Neben mir atmete Alric schwer. »Wie viele von Euch sind hier?«

»Nur ich.« So ruhig. So sicher. »So habe ich es gewollt.«

»*Ach so*«, sagte ich scharf. »Wenn Del Euch tötet, wird niemand anderer die Jagd aufnehmen.«

»Für den Zeitraum eines Jahres«, stimmte Theron zu. »Ein nordischer Brauch, der durch Übereinkommen und die Rituale des Kreises bindend ist. Da Ihr ein Schwerttänzer seid — ob nun ein südlicher oder nicht —, nehme ich an, daß Ihr versteht.«

»Erklärt es mir trotzdem.«

Für kurze Zeit verschwand Therons Lächeln. Aber dann nahm er es wieder auf. »Sie schuldet vielen Leuten im Norden eine Blutschuld. *Ishtoya, Kaidin, An-Ishtoya, An-Kaidin*. Viele wünschen ihren Tod, aber nur einer kann ihn im Kreis fordern — für den Zeitraum eines Jahres. Wenn dieses Jahr vorüber ist, kann sie erneut jemand — oder mehrere — aufsuchen.«

»Es gehört mehr dazu als das«, sagte Alric scharf.

Therons Lächeln verbreiterte sich. »Ja. Um fair zu sein, Südbewohner, sollte ich auch erwähnen, daß die *An-Ishtoya* eine Wahl treffen kann. Obwohl ich die Erlaubnis erhalten habe, sie zu einem Tanz herauszufordern, muß ich der *An-Ishtoya* doch auch die Chance gewähren, völlige Begnadigung zu erlangen.«

»Wie?« fragte ich.

»Indem ich nach Hause zurückkehre«, sagte Del. »Ich kann nach Hause gehen und mich dem Urteil aller *Kaidin* und *Ishtoya* stellen.«

»Das klingt vernünftiger, als ihm im Kreis gegenüberzutreten«, erklärte ich ihr deutlich.

Del zuckte die Achseln. »Ich würde fast absolut sicher des vorsätzlichen Mordes für schuldig befunden werden. Es ist eine Blutschuld, die von mir gefordert wird. Das Eingeständnis eines unverdienten — und unnötigen — Todes.«

»Also leugnet Ihr nicht, den *An-Kaidin* getötet zu haben.«

»Nein«, sagte Del überrascht. »Niemals. Ich habe ihn getötet. Im Kreis.« Ihre Hände umklammerten das Schwert. »Es geschah für die Klinge, Tiger. Um meine Klinge mit Blut zu tränken. Weil ich mehr Schwertmagie brauchte, als der *An-Kaidin* mich gelehrt hatte.«

»Warum?« fragte ich ruhig. »Warum benötigt Ihr sie *so sehr*? Ich habe Euch tanzen gesehen, Bascha, auch wenn es nicht ernst war. Ich kann nicht glauben, daß Euch so viel Können fehlte, daß Ihr zusätzliches vom *An-Kaidin* benötigt.«

Sie lächelte leicht. »Dafür danke ich Euch. Aber ja — ich brauchte das Können des *An-Kaidin*. Ich *brauchte* es ... also nahm ich es mir.« Einen Moment lang sah sie auf ihr Schwert hinunter und liebkoste das schimmernde Metall. »Es waren mehr als zwanzig Räuber, Tiger. Mehr als zwanzig Männer. Würde sich denn der *Sandtiger* so vielen Männern in der Absicht nähern, sie alle zu töten?«

»Nicht allein«, antwortete ich. »Ich lebe noch, weil ich nur selten ein Narr bin, und *niemals* dann, wenn es gilt, den Vorteil abzuschätzen.«

Del nickte. Ihr Gesicht zeigte keinerlei Finsterkeit oder Angst. Abgesehen von den ständigen Bewegungen ihrer Finger entlang der Klinge, schien sie in überaus guter Verfassung. »Sie wurde mir geschuldet, Tiger. Die Blutschuld von mehr als zwanzig Männern. Niemand konnte sie fordern außer mir. Es gab niemanden, den ich sie für mich fordern lassen *wollte*. Meine Pflicht.

Mein Wunsch. Meine Bestimmung.« Die Andeutung eines Lächelns zeigte sich in ihren Mundwinkeln. »Ich bin nicht so dumm zu behaupten, ich könnte als Frau allein mehr als zwanzig Männer töten. Also habe ich den *An-Kaidin* in mein Schwert genommen und war nicht länger eine Frau allein.«

Ich fühlte ein ganz leichtes Frösteln. »Bildlich gesprochen.«

»Nein«, sagte Del. »Das ist die Abschreckung, Tiger. Eine benannte Klinge, deren Durst nicht gestillt ist, ist lediglich ein Schwert. Besser als gut. Aber nur kaltes Metall, ohne Leben und Geist und Mut. Um das zu bekommen, um ein *Jivatma* zum Leben zu bringen, wird es in den Körper eines starken Mannes getaucht, den stärksten, den man finden kann. Um *Kaidin* zu werden, sucht sich der *An-Ishtoya* einen angesehenen Feind und umhüllt das Schwert mit seiner Seele. Das Schwert nimmt den Willen des Mannes an.« Sie zuckte leicht die Achseln. »Ich brauchte großes Können und Macht, um die Schuld einzufordern, die mir die Mörder schuldeten. Also nahm ich sie mir.« Sie sah Theron nicht an. Sie sah mich an. »Der *An-Kaidin* wußte es. Er hätte sich weigern können, mich im Kreis zu treffen ...«

»*Nein*«, sagte Theron scharf. »Er hätte sich niemals geweigert. Er war ein ehrenwerter Mann. Er konnte nicht, ganz bewußt, seiner *An-Ishtoya* die Chance verwehren, sich selbst zu beweisen.«

Nun sah sie ihn an. »Merkt Euch: Der *An-Kaidin* traf die *An-Ishtoya* im Kreis, und die Blutklinge wurde getränkt.«

Ich seufzte leise. »Wie sie gesagt hat, es ist vollbracht. Und — ich denke, vielleicht hatte sie einen Grund für das, was sie getan hat.«

Therons Gesicht verhärtete sich. »Möglicherweise würden der *Kaidin* und der *Ishtoya* übereinkommen, daß ihre Belange den Tod rechtfertigten. Es ist aber auch möglich, daß sie sie einstimmig des vorsätzlichen Mordes beschuldigen und darauf ihren Tod befehlen würden.«

»Was Euch Eurer Prämie berauben würde.«

Theron schüttelte den Kopf. »Wenn sie sich entscheidet, nach Hause zurückzukehren, um ihr Urteil zu empfangen, werde ich meinen Lohn bekommen. Wenn sie zum Tode verurteilt wird, werde ich meinen Lohn bekommen.« Er lachte laut. »Ich kann auf keinen Fall verlieren.«

Ich bemerkte, daß ich eine deutliche Abneigung gegen Theron entwickelte. »Es sei denn, sie wählt den Kreis.«

Theron lächelte wieder. »Ich hoffe, sie tut es.«

»Er ist ein Schwerttänzer«, sagte Del heiter. »Er wurde von demselben Mann ausgebildet wie ich. Theron war einer der wenigen *An-Ishtoya*, die wählen konnten, ob sie Schwerttänzer oder *An-Kaidin* werden wollten.«

Ihr Gesicht war ruhig, als sie mich ansah. »Versteht Ihr, Tiger? Er war ein *An-Ishtoya*. Der Beste der Besten. Nur *An-Ishtoya* haben die Wahl, zu lehren oder zu kämpfen.« Sie seufzte leise. »Theron ist Schwerttänzer geworden, anstatt *Kaidin*, und daher wurden die niederen Rangfolgen der *An-Kaidin* dem jüngeren, stärkeren Mann, der sie brauchte, versagt. Einem Mann, der vielversprechende *Ishtoya* zum höchsten Rang hätte bringen können.«

»*An-Ishtoya*«, sagte ich. »Der Beste der Besten.«

»Ihr habt es gehört«, sagte Theron direkt. »Ihr habt gehört, wie es war, als der alte *An-Kaidin* — der Meister, der *mich* ausgebildet hat! — dieser *An-Ishtoya* die Wahl gelassen und wie sie ihn zurückgewiesen hat. Wie sie ihn in den Kreis eingeladen hat, so daß sie den Durst ihrer Klinge stillen konnte, bevor diese das Blut eines anderen zu schmecken bekam.« Die ernste Höflichkeit war aus seinem Ton verschwunden. »Ihr habt *ihre* Wahl gehört.«

»Das ist eine Blutfehde«, sagte Del ruhig. »Schwerttänzer gegen Schwerttänzer. *An-Ishtoya* gegen *An-Ishtoya*.« Sie lächelte. »Und, da Theron auch das haben wollte, Mann gegen Frau. So kann er beweisen, daß er überlegen ist.«

Theron sagte etwas auf nordisch. Der Ton war fast ein Singsang, und es war nicht schwer für mich, eine formelle Herausforderung darin zu erkennen. Ich habe über die Jahre hinweg meinen eigenen Anteil gegeben und bekommen.

Als er bereit war, nickte Del einmal. Sie sagte leise etwas, ebenfalls auf nordisch. Und dann stand sie auf und trat aus dem schattigen Haus ins Tageslicht.

Theron wandte sich um und folgte ihr. Und als er an mir vorüberging, lächelte er. »Ihr dürft gern zusehen, Schwerttänzer. Es sollte immer ein Zeuge bei der Eintreibung einer Blutschuld anwesend sein.«

Ich wartete, bis er vom Haus fortgegangen war. Ich sah Alric an. »Ich glaube nicht, daß ich diesen Sohn einer Salsetziege sehr mag.«

Alric nickte mit ernstem Gesicht. Er sagte etwas zu Lena und den Mädchen — bat sie, im Haus zu bleiben — und folgte mir hinaus.

Der Kreis, den Alric und ich benutzt hatten, war fast verwischt. Hier und da sah ich Spuren der gebogenen Linie, aber wir hatten große Teile davon mit bloßen und mit Schuhen bekleideten Füßen beseitigt. Nun mußte er erneut gezogen werden.

Ich schaute Theron an. Langsam entledigte er sich der Schuhe, des Gürtels, des Harnischs. Aller Dinge außer seines Dhotis. In den Händen hielt er das blankgezogene Schwert, und ich sah die fremdartigen Runen.

Einen kurzen Augenblick lang sahen wir einander an: Nordbewohner und Südbewohner. Abschätzend. Es war nicht unser Tanz, aber wir maßen uns. Denn er wußte genausogut wie ich, daß, wenn er Del besiegte, der nächste Gegner im Kreis ein Schwerttänzer namens Sandtiger sein würde.

Flink entledigte sich Del ihres Burnus. Zog die Schuhe aus und stellte sie zur Seite. Öffnete den Harnisch und legte ihn zu den Schuhen. Nur mit der Tunika bekleidet, das *Jivatma* in Händen, wandte sie sich um und sah Theron an. »Ich möchte den Sandtiger bitten, den Kreis aufzuzeichnen.«

Theron lächelte nicht. »Einverstanden: Er wird den Kreis aufzeichnen. Aber er soll nicht als Schiedsrichter fungieren. Der Sandtiger wäre wohl kaum unparteiisch gegenüber der Frau, in die er sein *anderes* Schwert versenkt.«

Ich glaubte, Del würde es sofort abstreiten. Aber sie ließ ihn denken, was er wollte.

Ich wollte reden, dem Nordbewohner das Gesicht polieren.

»Ich werde als Schiedsrichter fungieren.« Alric, neben mir. Wie ich, sah auch er Theron an.

Der ältere Mann neigte zum Zeichen des Einverständnisses den Kopf. »Das wäre genauso gut. Als Nordbewohner werdet Ihr die erforderlichen Rituale etwas besser kennen.« Eine weitere Stichelei an meine Adresse. Oder war sie für Del gedacht? Es war schwer zu sagen, denn es bestand die Möglichkeit, daß Theron sie in Wut bringen wollte.

Aber ich hatte Del noch nie wütend gesehen, nicht *wirklich* wütend, und ich bezweifelte, daß dies ausreichen würde.

»Tiger«, sagte sie. »Ich wäre froh, wenn Ihr den Kreis in den Sand zeichnen würdet.«

Für einen Tanz war der Platz heimtückisch. Für einen Übungskreis war er gut genug gewesen, denn wir hatten keinen besseren. Die Gasse zwischen dieser und der nächsten Reihe Häuser war nicht besonders breit, obwohl an der Kreuzung dieser Gasse mit einer anderen, die im rechten Winkel davon abging, mehr Raum war.

Der Untergrund war festgetreten, aber auch mit einem Belag aus Sand und weichem Schmutz bedeckt. Alric und ich hatten einen großen Teil unserer Zeit damit verbracht, unabsichtlich um den Kreis herumzuschlittern und zu versuchen, die Füße unter unseren Körpern zu halten. Zu Übungszwecken war dies alles schön und gut. Für einen wirklichen Schwerttanz war ein fester Stand lebensnotwendig.

Del und Theron warteten. Ich sah an dem grimmigen Zug um Alrics Mund, daß er genausogut wie ich um die Tragweite eines hier durchgeführten echten Tanzes wußte. Aber die Sache war beschlossen. Del und Theron hatten sie beschlossen.

Ich zog Einzelhieb aus der Scheide und begann, den Kreis zu zeichnen.

Als das vollbracht war, steckte ich mein Schwert weg und sah beide Tänzer an. »Bereitet Euch vor.«

Theron und Del betraten den Kreis, legten die Schwerter genau in die Mitte und traten wieder heraus.

Ich schaute auf die am Boden liegenden Waffen. Dels kannte ich. Zumindest so gut, wie ich sie kennen *konnte*. Therons war mir fremd. Kaltes, fremdartiges Material, Stahl, der kein Stahl war, wie Alric ihn beschrieben hatte. Dels Schwert schimmerte in dem inzwischen vertrauten lachsrot-silbernen Farbton. Therons schimmerte ganz hell purpurfarben.

Sie sahen sich über den Kreis hinweg an. Für mich bestand die Vorbereitung darin, sich außerhalb des Kreises in Positur zu begeben. Eine Position einzunehmen, die in sich selbst Geschwindigkeit, Kraft und Strategie beinhaltete. Einen Moment der inneren Sammlung und Selbstabschätzung, bevor der Geist den Muskeln sagte, was sie tun sollten. Und das war es, was ich von ihnen erwartete.

Ich hatte natürlich mit den nordischen Ritualen gerechnet. Ich hatte nur vergessen, wie verschieden doch all die Ähnlichkeiten sein konnten. Del und Theron standen ruhig zu beiden Seiten des Kreises, und sie sangen.

Leise. So leise, daß ich es kaum hören konnte.

Vertrauen. Klarheit. Triumph, Mahnung. Dies alles, und mehr.

Ein Todesgesang? Nein. Ein Lebensgesang. Das Versprechen des Sieges.

Alric nahm seinen Platz ein. Als Schiedsrichter galt sein Wort, wenn entschieden wurde, daß der Tanz gewonnen oder verloren war. Selbst wenn es offensichtlich sein würde, daß einer der Tänzer tot war, verlangte das Ritual eine Erklärung.

Ich zog mich zurück. Meine Aufgabe war vollendet. Theron hatte recht. Es gab für mich keine Möglichkeit, unparteiisch zu sein. Aber nicht, weil Del und ich das Bett miteinander geteilt hätten.

Sondern weil ich es *wollte*.

Aber auch, weil ich die Frau als mehr kennengelernt hatte denn nur als Frau.

Ich lächelte leicht. Verzerrt. Schüttelte den Kopf. Alric sah mich über den Kreis hinweg stirnrunzelnd an, denn er verstand nicht, aber ich machte mir nicht die Mühe, es zu erklären. Solche Dinge sind einfach zu persönlich.

»Tanzt«, sagte Alric. Das war alles, was die beiden wollten. Sie erreichten ihre Schwerter gleichzeitig. Ich sah Dels Hände blitzartig abwärts stoßen und blitzartig wieder aufwärts stoßen und sah Therons Hand abwärts stoßen und aufwärts stoßen.

Und dann hörte ich auf damit, auf ihre Hände zu schauen. Ich hörte auf damit, auf ihre Gesänge zu lauschen. Denn die Schwerter waren lebendig geworden.

Del hatte mir einmal erzählt, eine benannte Klinge lebe *nicht*. Aber sie hatte *ebenfalls* gesagt, sie sei auch nicht tot. Und während ich die Szene bestürzt beobachtete, begriff ich den Widerspruch dieser Erklärung. Den Widerspruch dieser Schwerter selbst.

Lachsfarben-silbern, glitzernd im Sonnenlicht. Und

Therons: hell purpurfarben. Und doch, sie veränderten sich. Die Farben veränderten sich, vom Heft zur Spitze hinab, bis ich im Sonnenlicht Regenbogen sah. Nicht die Art, die nach einem Regen erscheint, sondern Regenbogen der Dunkelheit und des Lichts. Hellrosa, blaurot-purpurfarben, eine Schattierung von seltsamem Violett. Alle Farben der Nacht. Alle Farben eines Sonnenuntergangs, die aber ihre dunklere Seite zeigten. Keine Pastelltöne. Keine wässerigen Schattierungen. Unheimliche Leuchtkraft. Rauhe Farben, bis zur Nacktheit entblößt.

Beide Klingen verschwammen. In Händen, die zu flink für mich waren, als daß ich den sprunghaften Mustern, die ich nie zuvor gesehen hatte, hätte folgen können. Aber ich *konnte* sie sehen, ganz deutlich, weil jede Klinge bei der Bewegung das Muster in der Luft hinterließ. Sie zeichneten ein Band reinster Farbe, einen Streifen bleifarbenen Lichts, wie das Nachglühen einer Fakkel, die zu schnell davongetragen wird.

Als würden die Klingen die Luft selbst zerschneiden, so wie ein Messer in Fleisch einschneidet.

Sie tanzten. Und wie sie tanzten. Herumwirbelnd, schwebend, Scheinangriffe vollführend, gleitend, den Tag auseinanderreißend, um an seiner statt gespenstische Erhitzung zurückzulassen: kobaltblau, bleifarbenes Purpur, grünliches, unheimliches Rosa.

Als ich dazu in der Lage war, hörte ich auf, die Schwerter zu beobachten. Statt dessen beobachtete ich die Tänzer, um zu lernen, was ich lernen konnte. Um das Geschenk aufzunehmen, das sie mir anboten, das Geschenk des nordischen Stils.

Er unterschied sich, wie ich schon sagte, erheblich von meinem eigenen. Mit meiner Größe, Kraft und Reichweite ist meine beste Strategie die Ausdauer. Ich kann die Waffe gegen die Besten schwingen. Ich kann hacken und schlagen und schwingen, stoßen und kontern und nichts schuldig bleiben. Ich zwinge meine

Gegner nieder. Ich kann ihnen gegenüberstehen und sie bezwingen, ihre Stöße abblocken und aufhalten. Oder ich kann auch mit dem schnellsten Mann tanzen, denn trotz meiner Größe bin ich schnell. Wenn auch nicht so schnell wie Del.

Theron, physisch in etwa mein Ebenbild, hätte vielleicht besser daran getan, meinen Stil nachzuahmen. Aber er war nicht dazu ausgebildet. Wie Del setzte auch er die geschmeidige Kraft der Handgelenke und Unterarme ein und vollführte schnelle, heftige Bewegungen. Es erinnerte sehr stark an den Unterschied zwischen einem Stilett und einer Axt, wenn man seinen Kampfstil mit meinem vergleichen wollte. Er hätte auf einem Fleck stehenbleiben und gegen ihr Schwert angehen können, aber das war nicht Therons Art. Und ich konnte vorhersagen, daß es sie nicht besiegen würde.

Ehrlich gesagt, hatte ich der Dame einen schlechten Dienst erwiesen. In all meiner Anmaßung und dem Stolz auf meinen Ruf (der natürlich begründet war), hatte ich es abgelehnt, ihre außergewöhnlichen Fähigkeiten anzuerkennen. Ich hatte gespottet, in überaus großem Vertrauen darauf, daß eine Frau niemals einem Mann im Kreis begegnen und ihn besiegen könnte. Noch nicht einmal einen unfähigen Tänzer. Aber ich hatte ihr Können zu voreilig unterschätzt. Jetzt sah ich es deutlich und erkannte meinen Fehler.

Ebenso Theron. Ich konnte es an seinen Augen ablesen. Der unerfreuliche Zweikampf war jetzt mehr als nur eine einfache Bestimmung der Schuld oder der Unschuld. Er war über die Eintreibung einer Blutschuld hinausgegangen. Er war unter den Schutz seines männlichen Stolzes geschlüpft und hatte sich in die Eingeweide gebohrt, gerade als sich ihre Schwertspitze in seine Knöchel bohrte.

Del war mehr als gut. Del war besser als Theron.

Fremdartiger Stahl klirrte, drehte sich, kreischte. Klinge gegen Klinge in dem Mißklang des Tanzes. Gleitbewegung, Gleitbewegung, Schritt. Das Klingen des Stahls. Das Scharren bloßer Füße auf dem Sand, der auf hartem Untergrund auflag.

Ein Gitterwerk aus Farbstreifen schimmerte im Sonnenlicht. Hier ein Muster, dort ein Muster, das Maßwerk einer Flamme. Lachsfarben-silbern, hellpurpurfarben und alle dazwischenliegenden Farben.

Der Schweiß rann an ihren Körpern hinab. Er verlieh dem blassen Bronze von Dels gebräunter Haut Glanz. Bloße Arme, bloße Beine, ein nacktes Gesicht mit zurückgebundenem weißblondem Haar. Ich sah grimmige Entschlossenheit in ihrem Gesicht. Die völlige Aufgabe des Bewußtseins an den Tanz, den sie gegen einen guten Gegner tanzte.

Es war ziemlich eindeutig, daß Theron kämpfte, um zu töten. Im Kreis ist der Tod nicht zwingend. Der Sieg zählt. Wenn ein Mann besiegt ist und sich auf Befragung ergibt, wird ein Sieger bestimmt. Sehr häufig ist der Tanz kaum mehr als eine Vorführung oder eine Erprobung reinen Könnens. Ich habe schon zuvor einfach aus Freude an der Sache gekämpft, gegen gute und gegen schlechte Gegner. Ich habe auch getanzt, um zu töten, obwohl mich die Tode nie erfreut haben. Was mich erfreut, ist das Überleben.

Del, so dachte ich, würde überleben. Theron, so dachte ich, vielleicht nicht.

Eine Brise kam auf. Sie wühlte den dünnen Belag safranfarbenen Sandes auf. Wurde zu Wind. Hob den Sand auf und blies ihn mir in die Augen. Ungeduldig wischte ich den Sand fort.

Aber der Wind blieb. Nahm zu. Fegte durch den Kreis wie das umherwirbelnde Spielzeug eines Kindes. Und dann sah ich, wie er sich in der Mitte des Kreises zu einem Wirbelwind sammelte: ein Staubdämon, der an Füßen züngelte. Züngelte, züngelte, wuchs, bis sogar Theron und Del auseinandergingen, weil der Dämon sie dazu veranlaßte.

Ein Wirbeln, Wirbeln, Wirbeln, so schnell, daß das Auge nicht folgen konnte. Der *Geist* konnte es nicht, egal, wie angestrengt ich hinschaute. Und dann explodierte die Wolke in einem Schauer aus Sand und Staub, und an der Stelle des Staubdämons stand ein Mann.

Eine Art Mann. Nicht wirklich ein — *Mann*. Eher ein Wesen. Klein. Weder häßlich noch gutaussehend. Nur — eine Art formloser Gestalt mit einer ganz schwachen Andeutung menschlicher Konturen. Es hing zwischen Del und Theron in der Luft und schwebte im Kreis umher.

»Ich bin Afreet«, verkündete es. »Mein Meister wünscht ein Schwert.«

Wir alle vier starrten es lediglich an.

»Ich bin Afreet«, wiederholte es ein wenig ungeduldig. »Mein Meister wünscht ein Schwert.«

»Das sagtest du bereits.« Das Wesen sah nicht sonderlich gefährlich aus, nur ein wenig seltsam. Also beschloß ich, daß uns eine Unterhaltung nicht schaden könnte.

Winzige Züge verdichteten sich in einem winzigen mißgebildeten Gesicht. Es runzelte die Stirn. Es starrte uns genauso an, wie wir es anstarrten.

Ich sah, wie sich Hände formten. Füße. Ohren bildeten sich aus, und eine Nase. Aber das Wesen war nackt. Ganz offensichtlich war das Wesen männlich. Und plötzlich wußte ich, was es war.

»*Ein* Afreet«, sagte ich. »Das ist kein Eigenname, sondern eine Beschreibung dessen, was es *ist*.«

»Also, was *ist* es?« fragte Del leicht angewidert.

»Ich bin Afreet«, verkündete der Afreet. »Mein Meister wünscht ein Schwert.«

Gleichzeitig traten Theron und Del einen Schritt von dem winzigen schwebenden Wesen zurück. Ich erwartete fast, daß sie ihre Schwerter hinter ihre Rücken halten würden, als wollten sie sie verstecken.

Anscheinend erwartete dies auch das Afreet. Es — *er* — lachte.

Und wenn man jemals einen Afreet lachen gehört hat, mag man den Klang nicht besonders.

»Ich bin Afreet«, begann er. »Mein Meister...«

»Das wissen wir, das wissen wir«, unterbrach ich ihn. »Leg eine andere Platte auf, kleiner...« Pause »... *Mann*. Wer ist dein Meister, und warum wünscht er ein Schwert?«

»Mein Meister ist Lahamu, und Lahamu wünscht ein mächtiges Schwert.«

»Also hat er dich losgeschickt, eines zu besorgen.« Ich seufzte. »Kleiner Afreet, du erschreckst mich nicht. Du bist nur eine Manifestation seiner Macht und kein Maßstab dafür. Geh nach Hause. Geh zurück zu Lahamu. Sage ihm, er soll sein Schwert auf andere Art erlangen.«

»Tiger«, sagte Del unbehaglich. »Nicht *Ihr* steht so nah bei ihm.«

»Er kann Euch nicht verletzen«, belehrte ich sie. »Oh, ich vermute, er könnte Euch Sand ins Gesicht werfen oder Euch an den Haaren ziehen, aber das ist wohl auch schon alles. Er ist nur ein Afreet. Ein Wichtigtuer. Kein wirklicher Dämon.«

»Aber dieser Lahamu *ist* einer?« fragte sie. »Es ist nicht sehr klug, seinen Diener so schlecht zu behandeln.«

»Lahamu ist kein Dämon.« Das war Alric, von der anderen Seite des Kreises her. »Er ist ein Tanzeer. Rusali ist seine Domäne.«

»Ein Tanzeer mit einem *Afreet?*« Das klang selbst für mich seltsam. »Wie ist *das* zustande gekommen?«

»Lahamu befaßt sich mit Magie.« Alric zuckte die Achseln. »Er ist nicht der gescheiteste Mann im Süden, Tiger. Er hat den Titel geerbt, was bedeutet, daß er ihn nicht unbedingt verdient.« Alric sah den Afreet an. »Ich habe einige seltsame Geschichten über ihn gehört, aber ich glaube nicht, daß ich sie dort wiederholen sollte, wo kleine Ohren sie hören können. Sagen wir einfach, daß er nicht für seinen — Menschenverstand bekannt ist.«

»Ach so.« Ich sah den kleinen Afreet stirnrunzelnd an. »Das heißt, er ist hinter einem *magischen* Schwert her.«

Der Afreet lachte erneut. »Hinter einem magischen, nordischen Schwert, mit magischen Fähigkeiten. Mit Macht. *Besser* als südliche Schwerter, die nur in den Händen eines Tänzers gut sind, oder zumindest sagt mein Meister das.«

Ich nickte. »Lahamu könnte sich auch vorstellen, ein Schwerttänzer zu sein, nicht wahr?«

»Das habe ich Euch bereits gesagt.« Soweit Alric. »Vielleicht will er ein wenig von Eurem Ruhm stehlen, Tiger.«

Der Afreet starrte ihn an. »Lahamu ist *vieles.*«

Jetzt lachte *ich*. »Tut mir leid, kleiner Afreet. Gerade jetzt ist dafür keine Zeit. Wir sind im Moment ein bißchen zu beschäftigt.«

Das winzige Gesicht schaute böse. »Mein Meister wünscht ein Schwert. Mein Meister wird ein Schwert *bekommen.*«

»Wie?« fragte ich sanft. »Will er, daß du eines stiehlst?«

»Den Tänzer stehlen, das Schwert stehlen.« Ein afreetisches Grinsen ließ spitze Zähne sehen. »Aber nicht die Frau, sondern den *Mann.*«

Theron hatte keine Chance. Ich sah seine Klinge aufwärts schwingen, als wolle er den Afreet zweiteilen, aber der Wirbelwind verschluckte ihn ganz. Und mit ihm sein nordisches Schwert.

Ein dünner Staubschleier legte sich erneut auf den Boden. Alric und ich blinzelten uns über den Kreis hinweg an. Er war leer bis auf Del, die mich anstarrte. »Ich dachte, Sie hätten gesagt, daß dieses kleine — Wesen — nichts *tun* könne.«

»Ich schätze, ich habe mich geirrt.«

»Sagt ihm, er soll Theron zurückbringen! Sagt ihm, ich sei noch nicht fertig mit ihm.« Del runzelte die Stirn. »Außerdem, wenn Lahamu so sehr ein nordisches Schwert wünschte, warum nahm er dann nur eines, wenn er zwei haben konnte?«

»Ich *glaube* die Antwort zu wissen, aber ich glaube nicht, daß sie Euch sehr gefallen wird.«

Ihr Blick war ruhig. »Warum nicht?«

»Weil Lahamu, als Südbewohner, wahrscheinlich nicht viel von Frauen hält.« Ich zuckte die Achseln. »Theron hatte höheres Ansehen.«

Del runzelte die Stirn. Dann fluchte sie. Leise, ganz leise.

»Spielt das eine Rolle?« fragte ich verärgert. »Zumindest ist Theron aus dem Weg. Ihr solltet Lahamu dankbar sein, daß er den Afreet losgeschickt hat.«

»Dankbar? Daß er meinen Kampf verdorben hat?« Sie sah mich stirnrunzelnd an. »Ich wollte Theron besiegen — *ich* wollte ihn schlagen.«

»Ihn besiegen? Oder ihn töten?«

Sie hob das Kinn an. »Ihr denkt, ich wäre zu beidem nicht fähig?«

»Ich denke, Ihr seid zu beidem fähig.«

Del sah mich lange an. Ich sah die Feinheiten eines wechselnden Mienenspiels in ihrem Gesicht. Aber dann wandte sie sich ab und trat aus dem Kreis heraus, und ich wußte, daß der Tanz beendet war.

Aber nur der gegen Theron.

Neunzehn

Alric kaufte von dem Geld, das ich ihm gab, zwei Pferde und Geschirre, und drei Tage später verließen Del und ich ihn. Ich dankte dem großen Nordbewohner und seiner Frau für ihre Gastfreundschaft, entschuldigte mich dafür, daß ich sie aus ihrem Schlafzimmer vertrieben hatte, umarmte jedes der kleinen Mädchen und beließ es dabei.

Dels Abschied war ein bißchen schwieriger als meiner, zumindest was die Mädchen betraf. Sie hob jedes der Mädchen hoch, flüsterte etwas in sein Ohr, umarmte es, küßte es und ließ es dann wieder herunter. Es war ein seltsamer Zwiespalt, dachte ich: eine Frau mit einem Kind, eine Frau mit einem Schwert.

Ich bestieg meinen blau-falbenfarbenen Wallach und wartete darauf, daß Del auf die graue Stute klettern würde, die Alric gekauft hatte. Die Stute war klein, fast zart, und doch bemerkte ich den täuschend breiten, tiefen Brustkasten und die breiten Schultern, die von Ausdauer und Schnelligkeit zeugten. Mein eigener Blaufalbe war größer und sehniger, fast plump mit seinem kantigen Kopf, den hageren Flanken und den mächtigen Hüften, aber in Wirklichkeit war er um nichts schlechter als andere Pferde, zumindest was die Klassenunterschiede betraf. (Wenn überhaupt, dann stammte er überhaupt aus einer sehr viel *niedrigeren* Klasse.) Ein anderes Pferd hatte an seinem schiefergrauen Schweif geknabbert, wodurch er kurz und sehr zerzaust war und jetzt kaum mehr als Fliegenwedel nützlich war.

Ich sah Alric halb stirnrunzelnd, halb amüsiert an. Er wußte, was ich meinte. Ich hatte ihm genug Geld für ausgezeichnete Pferde gegeben, und er hatte wohlüberlegt Pferde von einwandfreier Qualität ausgesucht. Um so besser konnte man sie bei anderen Leuten in Julah eintauschen.

Seufzend erinnerte ich mich der rotbraunen Stute. Es würde Jahre dauern, bis ich wieder ein solches Pferd fand.

Die Reiseunterbrechung (wenn man es so nennen konnte) in Rusali hatte die Punja in unseren Vorstellungen verblassen lassen. Als wir aber wieder draußen über den Sand ritten, wurden wir schnell an die harte Realität erinnert und daran, wieviel Glück wir gehabt hatten, daß uns die Salset noch lebend gefunden hatten. Del streifte ihre aprikosenfarbene Kapuze ab und zog die Schultern gegen die Hitze der Sonne hoch. Ich rieb über meine wunde Schulter und fragte mich, wie lange es dauern würde, bis die Schmerzen nachlassen würden. Ein rechtshändiger Schwerttänzer kann es sich nicht leisten, sehr lange untauglich zu sein, oder er verliert mehr als nur einen Schwerttanz.

»Wie weit ist es bis Julah?« fragte Del.

»Nicht weit. Zwei oder drei Tage.«

Sie wandte sich im Sattel um. »So nah?«

Ich stellte mich für einen Moment in den Steigbügeln auf und versuchte, den Falben aus einem holprigen, schlenkernden Trab in eine bequemere Gangart zu bringen. Bei dieser Geschwindigkeit würden mir alle Zähne aus dem Mund fallen. »Soweit ich mich erinnere, liegt Rusali ein Stück nordwestlich von Julah. Natürlich hängt alles von den Launen der Punja ab, aber wir sollten nach ein paar Tagesritten dort sein.« Ich knirschte mit den Zähnen und richtete mich erneut auf, indem ich meine Kehrseite von dem flachen Sattel abhob. »Närrisches Pferd...«

Del verlangsamte ihre graue Stute. Da er nicht mehr mit der Stute mithalten mußte, verfiel mein Falbe neben ihr in eine bequemere Gangart.

»Besser?« fragte Del ruhig.

»Ich werde dieses Untier verkaufen, sobald wir in Julah sind.« Ich sah die Ohren mit den schwarzen Spitzen sich in meine Richtung drehen. »Ja, *dich*.« Ich sah Del an. »Nun, habt Ihr Euch schon entschlossen, was Ihr tun werdet, wenn wir unser Ziel erreichen?«

»Das habt Ihr mich schon einmal gefragt.«

»Und Ihr habt mir niemals richtig geantwortet.«

»Nein«, stimmte sie zu, »und ich weiß nicht, ob ich es Euch jetzt eher erzählen möchte als *damals*.«

»Weil Ihr es nicht wißt.«

Sie sah mich schief und mit einem düsteren Stirnrunzeln an. »Ich vermute, *Ihr* habt einen Plan.«

»In der Tat ...« Ich grinste.

Del seufzte und strich eine Strähne sonnengebleichten Haares hinter ihr rechtes Ohr. Das silberne Heft ihres nordischen Schwertes — ihres *Jivatma* — schimmerte im Sonnenlicht. »Ich hätte es wissen müssen ... in Ordnung, was ist es?«

»Ich werde Sklavenhändler werden«, erklärte ich. »Einer, der zufälligerweise eine prächtige nordische Bascha in seinem Besitz hat.« Ich nickte. »Dieser Händler ist kein Laie. Er erkennt sehr genau, wie groß die Nachfrage nach nordischen Jungen und Mädchen ist. Und da es nicht immer so einfach ist, sie zu stehlen, hat er beschlossen, sie zu züchten.«

»Sie zu *züchten!*«

»Ja. Also, da er eine erstklassige Zucht-›Stute‹ an der Hand hat, muß er sie mit einem nordischen Mann zusammenbringen.«

Helle Brauen zogen sich über ihrer Nase zusammen. »Tiger ...«

»Er darf nicht zu alt sein, weil *sie* es nicht ist«, erklärte ich. »Er sollte jung und stark und kraftvoll sein und so gut aussehen wie sie. Auf diese Weise werden die Kinder mit größerer Wahrscheinlichkeit hübsch sein. Was ich *brauche*, ist eine Kopie von ihr, nur daß es ein Mann sein soll.« Ich hielt erwartungsvoll inne.

Del sah mich an. »Ihr wollt mich als Köder benutzen, um meinen Bruder ausfindig zu machen.«

»Ihr habt den Nagel auf den Kopf getroffen, Bascha. Ich werde dem Mann, der ihn hat, einen Handel anbieten: sozusagen die Fäden aufrollen. Er kann das erste Kind aus dieser Verbindung und mein Gold bekommen, so daß er mit seiner eigenen Zucht nordischer Sklaven beginnen kann.«

Del schaute auf ihre geflochtenen Zügel hinab. Die Finger zupften an der Baumwolle.

»Del ...?«

»Es könnte funktionieren.« Ihr Ton war gedämpft.

»Natürlich wird es funktionieren ... solange Ihr auf meine Vorschläge eingeht.«

»Und die wären?« Ein Paar klarer, blauer Augen heftete sich auf mein Gesicht.

Ich atmete vorsichtig und zögernd ein. Aber jetzt waren Ehrlichkeit und Offenheit vonnöten. »Ihr werdet meine Sklavin sein müssen. Eine echte Sklavin. Das heißt, daß Ihr den Halsring tragen und mir als fügsame Sklavin dienen müßt, unterwürfig und still.«

Einen Moment später verzog sich ihr Mund. »Ich glaube nicht, daß ich darin sehr gut wäre.«

»Wahrscheinlich nicht«, stimmte ich trocken zu, »aber es ist die einzige Chance, die wir haben. Wollt Ihr diese Chance *ergreifen?*«

Sie wandte sich ab und fuhr mit starren Fingern durch die dunkelgrauen Stoppeln der kurzgeschnittenen Mähne der Stute. Die aprikosenfarbene Kapuze rutschte ihr vom Kopf und lag zerknittert um ihre Schultern. Die einst buttergelbe Färbung ihres Haares war fast vollständig von einem sonnengebleichten, platinweißen Farbton überlagert worden, aber dieser eine Zopf glänzte noch immer wie Maisfasern.

»Del?«

Sie sah unbeweglich zu mir zurück und nahm die Hände von der geschorenen Mähne. »Was würde geschehen, wenn wir einfach dort hineinreiten und nach einem fünfzehnjährigen Jungen suchen würden?«

Ich schüttelte den Kopf. »Zum einen würde man wissen wollen, warum speziell ich ihn kaufen wollte. Zum anderen würde man mir ein Angebot machen, sobald man Euch erblickte. Und wenn man erführe, daß Ihr eine freie, nordische Frau seid, würde man Euch einfach *stehlen*.« Ich lächelte nicht, es war nicht lustig. »Aber wenn Ihr bereits eine Sklavin seid, wird man einfach versuchen, mich zu überreden, Euch zu verkaufen. Und ich werde natürlich jedes Angebot ausschlagen.«

»Ihr mögt Geld«, bemerkte sie. »Ihr mögt doch Geld *sehr*.«

»Aber ich würde nicht im *Traum* daran denken, Euch zu verkaufen«, erwiderte ich. »Zumindest nicht, bevor Ihr mich auf die Art bezahlt habt, die wir vereinbart haben.«

»*Das* werdet Ihr nicht bekommen, bevor wir meinen Bruder gefunden haben.«

»Und das werden wir nicht *tun* können, wenn wir das andere nicht versuchen.«

Del seufzte und knirschte so fest mit den Zähnen, daß die Muskeln ihrer Wangen hervorstanden. »Ihr würdet mir dann mein Messer fortnehmen ... und mein Schwert.«

Ich malte mir aus, dieses Schwert erneut in den Händen zu halten. Ich dachte daran, was Alric mir über das Stillen seines Durstes im Blut eines Feindes gesagt hatte.

Oder im Blut eines angesehenen *An-Kaidin*.

»Ja«, sagte ich zu ihr. »Sklaven tragen normalerweise keine Messer und Schwerter.«

»Und Ihr werdet mir ein eisernes Halsband umlegen.«

»So ist es üblich.«

Sie fluchte. Zumindest *glaube* ich, daß sie fluchte. Ich hätte Alric zum Übersetzen gebraucht. »Gut«, stimmte sie schließlich zu. »Aber — ich denke, ich werde es bedauern.«

»Nicht wenn *ich* Euer Besitzer bin.«

»Eben *darum*.«

Der erste Schmied, den wir in den Randgebieten Julahs fanden, war überaus bereit, ein eisernes Halsband für Del zu fertigen. Ich hatte bereits ihr Schwert — mit Harnisch und Scheide — an meinen Sattel gebunden, und ihr Messer steckte in meinem Gürtel.

Sie gab einen ziemlich widerspenstigen Sklaven ab, wie sie da im Sand saß und darauf wartete, daß ihr Hals in Eisen gelegt würde.

Ich beobachtete den Schmied an seinem Amboß, wie er den Ring mit flinker Fingerfertigkeit und Können in Form hämmerte. Er hatte Del nur einmal angesehen und gesagt, er würde keine Zeit verschwenden: Eine Bascha wie sie wäre sicher beträchtlich viel Geld wert. Ich sollte es nicht riskieren, sie zu verlieren. Del, die seinen rauhen Dialekt und seinen vulgären südlichen Slang nur halb verstand, sah ihn böse an, als ich ihm sagte, er solle sich beeilen.

Seine Zähne waren von der Bezanuß gelb gefärbt. Er spie einen Strahl ätzenden Saft und Speichel aus. »Warum habt Ihr ihr nicht schon vorher ein eisernes Halsband umgelegt?«

»Ich habe sie von einem Mann gekauft, der glaubte, Sklaven hätten ein Recht auf Würde.«

Er schnaubte, spie erneut aus und traf den Käfer, auf den er gezielt hatte. »Dummheit«, sagte er zu mir. »Kein Sklave hat ein Recht auf Würde.« Er hämmerte ein wenig heftiger. »Ihr solltet besser eine Kette haben. So, wie *sie* schaut, würde ich sagen, daß sie sich bei der ersten Gelegenheit aus dem Staub machen wird.«

»In Ordnung.« Ich biß mir fest auf die Zähne.

»Dann sagt ihr, sie soll ihren Hintern hierher bewegen.«

Ich machte ihr ein Zeichen. Del kam, langsam. Der Schmied sah sie lange und gründlich an und sagte etwas, das ihm ihr Messer im Bauch eingebracht hätte, wenn sie ihn verstanden hätte. Aber der Tonfall war für sie erkennbar. Sie wurde rot, dann weiß, und ihre Augen wurden dunkel vor Wut.

Ich konnte nichts dagegen tun. Sklaven sind im Süden weniger als nichts wert und daher Beleidigungen aller Art ungeschützt ausgesetzt. Del würde ein Ziel für fast alle Arten von Schmähungen sein. Solange der Schmied sie nicht wirklich verletzte, konnte ich nur wenig tun.

»Sagt Ihr das zu *ihrem* Nutzen oder zu meinem?« fragte ich heiter.

Er starrte mich an, der Speichel troff ihm aus dem Mund, das Gesicht war von der Hitze des Schmiedefeuers gerötet. »Sie spricht die südliche Sprache nicht?«

»Nur ein wenig. Nicht die Unflätigkeiten, die Ihr von Euch gebt.«

Er wurde unangenehm. Ich auch. Er taxierte meine Größe, die Waffen und die Sandtigerkrallen um meinen Hals erneut.

»Sagt ihr, sie soll sich hinknien.« Er spie erneut aus. Der tote Käfer wurde auf den Rücken geschnipst, die Beine ausgestreckt.

Ich legte meine Hand auf Dels Schulter und drückte sie. Sie kniete sich nach einem Moment des Zögerns hin.

»Die Haare.« Er spie aus.

Del kniete im Sand, der aprikosenfarbene Burnus blähte sich im Wind des Blasebalgs auf. Ihr Kopf war folgsam gebeugt, aber ich konnte aus der Anspannung ihres Körpers ersehen, daß sie diese Haltung überhaupt nicht mochte. Nun, ich auch nicht.

Kurz darauf schluckte ich, kniete mich auf ein Knie und hielt den Zopf aus dem Weg, wobei ich mit schwieligen Fingern über weiche Haut strich. Ich konnte ihr

Zittern spüren. Sie sah mich kurz an, und ich sah Trostlosigkeit und Angst und Dunkelheit in ihren Augen.

Ich begann mich zu fragen, drängender denn je, was die Mörder ihr angetan hatten.

Der Schmied legte ihr das drehbare eiserne Halsband mit der Kette daran um. Das Schloß wurde durch Ösen gezogen und dann geschlossen. Er gab mir den Schlüssel.

Del: mit eisernem Halsband und einer Kette wie ein Hund. Zumindest bei den Salset habe ich *diese* Erniedrigung nicht kennengelernt.

»Ihr solltet besser vorsichtig sein«, bemerkte der Schmied. »Wenn sie merkt, daß Ihr Euch so sorgt, wird sie Euch bei der ersten Gelegenheit aufspießen.«

Ich vergaß, daß Del an einer kurzen Kette war. Ich stand so schnell auf, daß ich sie mit hochriß. »Wieviel?« fragte ich, als ich wieder klar reden konnte.

Er nannte seinen Preis. Viel zu hoch, aber ich war zu sehr darauf bedacht, seine Schmiede zu verlassen, als daß ich gefeilscht hätte. Ich bezahlte ihn und wandte mich sofort den Pferden zu, wobei ich kaum bemerkte, daß ich Del wie einen Hund an der Leine hinter mir her zog. Ich war ärgerlich. Ich war ärgerlich und empfand Ekel, weil ich ein Sklave gewesen war und nun *sie* dazu veranlaßte, sich wie einer zu verhalten, obwohl sie das freieste Wesen war, das ich je gesehen hatte.

»Ich kann nicht aufsteigen«, sagte Del ruhig, als ich meinen Fuß in den Steigbügel des Falben stellte.

Ich wandte mich um, runzelte die Stirn und erkannte verspätet, daß ich sie sogar der Fähigkeit beraubt hatte, die einfachsten Bewegungen auszuführen. Aber unter den Augen des aufmerksamen Schmieds konnte ich ihr nicht die eigene Kette aushändigen. Also bestieg ich mein Pferd vorsichtiger, führte Del — zu Fuß — zu ihrer Stute hinüber und beobachtete, wie sie hinaufkletterte. Ihr Gesicht war blaß und hart und angespannt, und ich hatte das Gefühl, daß es meines auch war.

»Ihr solltet sie laufen lassen«, sagte der Schmied. »Sonst wird sie überheblich.«

Del sagte nichts. Ich auch nicht. Ich hielt nur meine Hand mit aller Entschlossenheit meines Körpers von Einzelhieb weg und schnalzte dem Falben zu.

Wegen der Kette mußten Del und ich nahe beieinander bleiben. Wegen der Kette war ich so böse, daß ich rot sah. Ich hatte mich so sicher in der Rolle eines Sklavenhändlers verfangen, wie ich Del in Eisen geschlossen hatte. Ich konnte sie auf den Straßen Julahs nicht freilassen, wenn wir mit unserem Trick Erfolg haben wollten. Gedankenlos hatte ich erklärt, daß es das war, was wir tun würden. Nun taten wir es, und ich glaube, es machte uns beide krank.

Ich atmete tief ein. »Es tut mir leid, Bascha.«

Sie antwortete nicht.

Ich besah mir ihr Profil. »Del...«

»Mögt Ihr Eure Frauen so?« Keine Bitterkeit, nicht die Spur davon, und irgendwie machte das die Frage noch schlimmer. Als ob sie glaubte, daß ich es mochte.

»Ich würde den Platz mit Euch tauschen, wenn ich könnte.« Und wußte, daß ich es so meinte.

Del lächelte leicht. »Das würde nicht funktionieren, Tiger. Und außerdem — seid Ihr nicht schon an diesem Platz gewesen?«

»Sozusagen«, stimmte ich grimmig zu, und damit war die Unterhaltung beendet.

Julah ist eine reiche Stadt. Sie begrenzt die Punja auf einer Seite, und auf der anderen Seite kokettiert sie mit den Südlichen Bergen. Sie genießt den Reichtum der Tanzeer, die die Goldminen in den Bergen besitzen, und der Sklavenhändler, die mit menschlichem Fleisch spekulieren statt mit Erz. Die Nähe zu den Bergen bedeutet, daß Julah reich an Wasser ist, und für jeden, der die Punja auf dem Weg nach Norden durchquert, ist es die letzte Bastion der Sicherheit und Bequemlichkeit. Es war schwer zu glauben, daß Del und ich so weit gekommen waren.

Wir fanden Omars Haus schnell, nachdem man uns einmal die richtige Richtung gewiesen hatte. Es war in einem hellen Orchideenblau gestrichen und in Ockergelb gedeckt, von Palmen und Laubwerk umgeben, die es von der Straße, der Sonne und von neugierigen Augen abschirmten. Der mit einem Turban bekleidete Torwächter warf einen Blick auf Del, wußte, welche Geschäfte ich mit Omar machen wollte, und ließ uns passieren. Ein Diener nahm unsere Pferde, und ein weiterer führte uns ins Haus, wo er uns in einen kühlen, privaten Vorraum führte. Ich setzte mich hin. Als Del sich auch hinsetzten wollte, sagte ich, sie solle es nicht tun.

Omar war unglaublich höflich. Anstatt uns warten zu lassen (wir hatten keine Verabredung), trat er fast sofort ein. Er wartete, bis ein dritter Diener Effangtee serviert hatte, und setzte sich dann selbst auf ein safranrotes Kissen.

Wie sein Bruder Osmoon war auch er mollig. Und schwarzäugig. Aber seine Zähne waren seine eigenen, denen der Prunk von Osmoons Goldgebiß fehlte. Er trug einen hellen rosafarbenen Turban und dunklere Kleidung mit Perlenstickerei am Hals. Seine Hände waren mit Ringen geschmückt. Der Sklavenhandel in Julah schien profitabler zu sein als der Wüstenhandel, den sein Bruder betrieb.

»Osmoon sendet Euch seine guten Wünsche.« Ich trank Effangtee und vollführte die Begrüßungsrituale, die viel Zeit in Anspruch nehmen, auch wenn sie die wahren Gefühle eines Besuchers verbergen. Aber ich beherrsche sie und weiß, wie ich den ganzen Tag lang freundlich über belanglose Themen sprechen kann.

Omar durchschaute das. Er begrüßte mich und machte dann ein Zeichen, die Rituale auszulassen. »Was ist Euer Geschäft?«

»Das Eurige«, sagte ich ruhig. »Man hat mir gesagt, Ihr wüßtet, wenn es nordische Männer zu kaufen gibt.«

Sein Gesicht zeigte nichts als höfliches Interesse. »Wer will das wissen?«

Ich überlegte, ob ich lügen sollte. Falsche Namen sind nützlich, genauso wie falsche Geschäfte. Aber zu viele Menschen kennen den Sandtiger. Omar könnte mich vom Sehen kennen, und mein Ruf eilt mir normalerweise voraus. Das liegt in der Natur der Sache. »Ich bin als der Sandtiger bekannt. Ein Schwerttänzer. Und manchmal ein Sklavenhändler.«

Seine schwarzen Augenbrauen hoben sich, während er eine hellgrüne Traube aus einer Schüssel pflückte, die auf dem niedrigen lackierten Tisch zwischen uns stand. »Ich kenne einen Mann, der der Sandtiger genannt wird. Er hat Narben wie Ihr und trägt die Krallen. Er ist tatsächlich ein Freund meines Bruders, aber er hat, meines Wissens nach, niemals zuvor mit Sklaven gehandelt.«

»Nein«, stimmte ich zu, »aber nach einer Weile wird man es leid, den Reichtum anderer zu sehen, die ähnliche Geschäfte betreiben wie Ihr. *Mein* kümmerlicher Wohlstand ist nur durch die Kraft der Arme entstanden.«

Omar hatte es sorgsam vermieden, Del anzusehen. Als Sklavin hatte sie kein Interesse an unserem Gespräch. Aber nun ließ er seine Augen zu ihr abschweifen und über ihre verhüllte Gestalt gleiten. »Ihr wollt verkaufen?«

»Ich will *kaufen*.« Ich sagte dies sehr bestimmt. »Einen nordischen Mann, den ich mit dieser nordischen Frau zusammenbringen kann.«

Seine schwarzen Augen kehrten ruckartig zu mir zurück. »Ihr wollt sie *züchten*?«

»Vorausgesetzt, ich finde einen passenden Mann für sie.«

Er spie Traubenkerne aus. »Wieviel wollt Ihr ausgeben?«

»Soviel wie nötig. Aber ich werde auch das erste Kind dem Händler überlassen, der mir den richtigen Jungen verkauft.« Tatsächlich hatten wir nicht viel Geld von Sabos Belohnung übrigbehalten. Ich dachte daran, ihren Bruder zu finden, über den Preis zu verhandeln und mich dann zurückzuziehen, um es zu überdenken. Dann würde ich Del befreien, ihr ihre Waffe wieder aushändigen, und anschließend würden wir einen Plan machen.

»Ich werde *sie* kaufen«, sagte Omar, »aber ich kann Euch keine nordischen Jungen verkaufen. Ich habe keine.«

»Keine?«

»Keine.« Er kniff die fleischigen Lippen zusammen.

»Wer hat denn welche?«

Keine Antwort.

Ich seufzte. »Seht, ich werde das, was ich suche, *mit* oder ohne Eure Hilfe finden. Wenn jemand hier in Julah ein Monopol auf Nordbewohner hat, werdet Ihr ohnehin keinen Verlust haben, wenn Ihr es mir sagt.«

Omar redete eine Weile um den heißen Brei herum, denn er wollte keinen potentiellen Kunden verlieren, aber schließlich bestätigte er, daß es ein Monopol gab, und sagte mir, wer es hatte. »Aladar. Aber er ist der Tanzeer. Ihr müßt seinen Mittelsmann treffen, wenn Ihr kaufen oder verkaufen wollt.«

»Wer ist sein Mittelsmann?«

Omar nickte. »Ich werde es Euch natürlich sagen, Freund meines Bruders ... für einen Preis, der dem Sandtiger angemessen erscheint.«

Manchmal kann ein Ruf den Geschäften schaden. Aber schließlich bekam ich den Namen, den ich haben wollte, und er bekam seine Belohnung.

»Honat«, sagte Omar.

»Wo?«

»In Aladars Palast natürlich.«

Also ritten Del und ich zu Aladars Palast. Natürlich.

ZwanziG

Aladars Palast war ziemlich beeindruckend, selbst wenn man, wie wir, durch den Hintereingang hereinkam. Die Lehmwände waren weiß gekalkt. Geschmackvoll gedeckte Bogengänge waren mit einem Rapport von Mosaikmustern in Mandarinfarben, hell Kalkfarben und Kanariengelb versehen. Sogar im Stallraum knirschte creme- und kupferfarbener Kies unter unseren mit Schuhen bekleideten Füßen. Palmen und Zitrusbäume gaben dem Ganzen einen Anstrich kühler Geräumigkeit.

Und das alles, so dachte ich, war mit Aladars Sklavenhandel bezahlt worden.

Ich dachte einen Moment daran, Del bei den Pferden zu lassen, aus Angst, unser Mittelsmann Honat könnte Gefallen an ihr finden und die Angelegenheit erheblich komplizieren. Dann beschloß ich aber, daß sie bei mir auf lange Sicht sicherer war, denn es wäre für die Sklavenhändler sehr viel einfacher, sie *ohne* mich zu erwischen, als wenn sie direkt neben mir saß oder stand.

Honat war ein schmieriger kleiner Mann mit einer überraschend tiefen Stimme. Seine Finger waren sehr kurz und seine Handgelenke ziemlich breit, was mich an eine Kröte erinnerte. Auch seine Augen waren krötenartig (torfgrün und hervorstehend) und gefielen mir nicht besser.

Er trug einen hellgrünen Turban, der mit einem glänzenden Smaragd befestigt war. Ziemlich protzig für den Mittelsmann eines Tanzeers, dachte ich. Seine Gewänder waren aus goldenem Gewebe, und er trug kleine goldene Slipper an den fetten, breiten Füßen. Ich überragte ihn. Ebenso Del, aber das schien ihn nicht im geringsten zu stören. Er zupfte einen Moment lang gedankenvoll an seinem fliehenden Kinn (während er sie aus bösen, krötenartigen Augen anstarrte) und bedeutete mir dann, mich auf ein grell blutrotes Kissen zu setzen. Das tat ich, wobei ich die Kette ausreichend lang ließ, damit Del — die stehenblieb — nicht erdrosselt werden würde.

Honat sah sie erneut an. »Die Frau darf sich setzen.«

Nun, ein Fortschritt. Aber sie mußte sich auf die gewebten Teppiche setzen, denn es gab keine weiteren Kissen, die sowieso nicht für Sklaven gedacht waren. Zu dem Zeitpunkt war Del bereits gut darin, den Kopf unterwürfig gesenkt zu halten. Ich hatte keine Ahnung, welche Gedanken ihr durch den Kopf gingen, aber zumindest wußte auch Honat dies nicht.

Er fragte mich nach meinen Wünschen, und ich erzählte die ganze Geschichte noch einmal, wobei ich deutlich machte, daß ich nicht die Absicht hatte zu verkaufen, sondern nur zu kaufen. Als ich die Zuchtpläne ansprach, leuchteten seine Augen auf. Ich war mir nicht sicher, ob diese Antwort gut oder schlecht war.

Honat sah Del erneut sehr genau an und befahl ihr, den Kopf zu heben. Nachdem ich den Befehl in der südlichen Sprache, die sie verstehen konnte, wiederholt hatte, tat sie es.

Der Mittelsmann lächelte sein schmieriges kleines Lächeln. »Kinder von dieser Frau würden tatsächlich wunderhübsch sein. Ich verstehe, warum Ihr einen Partner für sie haben wollt.«

»Habt Ihr einen?«

Er winkte mit der Hand, die eigenartigerweise unberingt und ungeschmückt war. »Wir haben mehrere. Es ist nur eine Frage der Auswahl des Geeignetsten.«

Wie wahr. Ich kannte Jamail noch nicht einmal vom Sehen und konnte mich nicht von Del beraten lassen, denn ein Sklave hat kein Mitspracherecht beim Verkauf oder Kauf eines Mitsklaven. Aber Del würde ihn ansehen *müssen*, denn anders würde ich ihn nicht erkennen können. Dels Beschreibung von ihm würde mir nicht viel nützen. Nach fünf Jahren ähnelte Jamail höchstwahrscheinlich nicht mehr dem Zehnjährigen, den Del in Erinnerung hatte.

»Ich suche nach einem Jungen«, erklärte ich. »Vielleicht fünfzehn, sechzehn ... nicht älter. Jung genug, um sicherzustellen, daß er noch viele Jahre zu leben hat, denn — wie Ihr wißt — hat ein Mann länger Zeit sich fortzupflanzen als eine Frau. Selbst *diese* wird fast ein Jahr brauchen, um ein einziges Kind auszutragen.«

Honat, der noch immer Del anstarre, nickte verstehend. »Wir haben zwei junge nordische Knaben. Ich kann nicht genau sagen, wie alt sie sind — sie wurden als Kinder *erworben*, versteht Ihr, und Kinder wissen ihr Alter manchmal nicht genau.«

Er wartete freundlich auf meine Antwort.

»Ich möchte sie sehen.« Mehr würde er aus mir nicht herausbekommen.

»Alles zu seiner Zeit«, versprach Honat glatt. »Zuerst muß ich das mit meinem Herrn besprechen. Er entscheidet, ob wir kaufen oder verkaufen.« Die Krötenaugen zuckten erneut in Dels Richtung. »Ich halte es für wahrscheinlich, daß er mehr Interesse daran hätte, *diese* zu erwerben, als einen anderen zu verkaufen.«

»*Diese* ist nicht zu verkaufen.« Genauso glatt. »Ich habe ein Vermögen für sie bezahlt. Ich erwarte, ein noch größeres zu gewinnen, indem ich ihre Kinder verkaufe.«

Honat sah mich prüfend an. Sein Gesicht war völlig ausdruckslos, obwohl ich in seinen Augen einen ganz schwachen Anschein von Widerwillen entdeckte. »Ihr seid kalt, Sandtiger. Selbst *ich* rede in Gegenwart einer Frau nicht so fröhlich davon, Kinder zu verkaufen, die sie gebären wird.«

Innerlich verfluchte ich mich selbst. War ich *zu* kalt, *zu* gefühllos für einen Sklavenhändler? Ich hatte angenommen, daß sie eher unmenschlich wären. (Oder war ich nur unachtsam, weil ich wußte, daß nichts an der Geschichte stimmte?)

Ich zuckte ungezwungen die Achseln. »Die Arbeit des Sandtigers hat ihn gelehrt, kalt zu sein. Hat Honats Arbeit ihn das nicht gelehrt?«

Seine Augen verengten sich etwas. »Ist sie Jungfrau?«

Ich runzelte die Stirn. »Wir reden nicht über diese Frau, Honat. Und wenn Ihr darauf beharrt, werde ich meine Geschäfte woanders tätigen.« Ich tat so, als wollte ich mich erheben, und war mir sicher, daß mich der Mittelsmann zum Bleiben bewegen würde.

Das tat er. Er wollte den potentiellen Gewinn nicht verlieren, denn als Aladars Mittelsmann hatte er das Recht auf Prozente aus dem Verkauf irgendwelchen Eigentums.

Honat lächelte. »Wenn Ihr mich entschuldigt, Tiger, werde ich nachfragen, ob mein Herr damit einverstanden ist, daß Euch die Sklaven gezeigt werden.« Er erhob sich, wobei er vorsichtig auf seinen breiten Krötenfüßen balancierte. »Bitte erfrischt Euch. Dort ist gekühlter Wein.« Eine nackte Hand flatterte in Richtung der auf dem Tisch stehenden Karaffe. Er ging.

Ich sah Del an. »Und? Denkt Ihr, er hat es geglaubt?«

»Zwei nordische Jungen«, sagte sie grimmig. »Aber vielleicht ist keiner von ihnen Jamail.«

»Ich werde Euch mit mir nehmen, um sicherzugehen, daß wir einen angemessenen Partner finden.«

Ich goß ein Glas Wein ein und hielt es ihr hin. »Hier. Dieser Unsinn hat lange genug gedauert. Es ist mir *egal*, ob Honat zurückkommt und sieht, daß ich Euch wie einen Menschen anstatt wie ein Ding behandele.«

Sie lächelte leicht, dankte mir und nahm den Wein mit Händen entgegen, an denen die Knöchel vor Anspannung weiß hervorstanden. Ich erkannte, daß sie zutiefst besorgt war, um sich selbst *und* um ihren Bruder. Hier, innerhalb des Palastes, war sie eine Sklavin. Sie würde als solche behandelt werden. Niemand würde darauf hören, wenn sie behauptete, eine freie Frau zu sein. Und wenn es dazu käme, daß sie Jamail gegenüberstehen würde, könnte er alles verderben. Und es würde für uns alle alles vorbei sein.

Del gab mir das geleerte Weinglas zurück. Und Honat betrat den Raum, gefolgt von zwei blonden Jungen. Ich saß da und sah sie beide an, während sich Honat auf dem Kissen gegenüber meinem niederließ. Dann sah ich Del an.

Alle Farbe war aus ihrem Gesicht gewichen. Sie atmete abgehackt und rauh, während sie die beiden Jungen anstarrte. Ich sah, wie sie sich in die Oberlippe biß. Das, was sie sah, machte sie wütend und krank, aber ich sah kein Erkennen in ihren Augen. Nur Enttäuschung.

Honat lächelte. »Diese beiden Sklaven sind jung und stark und — wie Ihr zweifellos erkennen werdet — gesund. Wie geschaffen für die Zucht.«

Beide waren nackt. Sie standen ruhig vor Del und mir, starrten mit frostigen Gesichtern, frostigen Augen über unsere Köpfe hinweg, vermieden es, mir in die Augen zu schauen, als wenn mich nicht zu sehen bedeuten würde, daß ich auch sie nicht sähe und damit ihre Erniedrigung gemildert würde.

Ich umfaßte Dels Kette mit meiner Hand so hart, daß es weh tat. Ich hatte das Bedürfnis, den Jungen zuzurufen, daß ich *kein* Sklavenhändler war, daß ich in der Hoffnung gekommen war, einen von ihnen zu befreien. Ich erkannte die überwältigende Versuchung, sie beide zu befreien, unabhängig von ihrer Identität. Sie einfach die Männer sein zu lassen, die sie eigentlich sein sollten.

Ich spürte Dels Augen auf mir, blickte sie langsam an und sah Verständnis und Einfühlungsvermögen in ihrem Gesicht. Vorher hatte sie lediglich Mitleid wegen meiner Vergangenheit gehabt. Jetzt verstand sie sie gänzlich.

Ich wünschte mehr als alles auf der Welt, ihren Bruder für sie zu finden.

»Nun?« fragte Honat, und ich erkannte, daß ich das Schauspiel fortsetzen mußte.

»Ich weiß nicht«, sagte ich. »Sie sehen sehr jung aus.«

»Ihr sagtet, Ihr *wolltet* sie jung.« Honat runzelte die Stirn. »Sie werden wachsen. Sie sind Nordbewohner. Nordbewohner werden groß und schwer, wie Ihr selbst.« Torfgrüne Augen taxierten kurz mein eigenes Gewicht und meine Größe, die Voraussetzung, die das Schwerttanzen erbrachte. »Noch etwas Wein?«

»Nein«, antwortete ich geistesabwesend und stellte Dels Glas auf den Tisch. Ich stand auf, ließ ihre Kette fallen und ging zu den Jungen. Ich mußte die Form wahren. Also ging ich langsam um sie herum und überlegte, wobei ich sie nicht berührte, wie man es bei einem Pferd tun würde, denn ich konnte mich nicht dazu durchringen, aber ich tat alles andere, was mir einfiel. »Wie kann ich sicher sein, daß sie beide potent sind?« fragte ich steif. Die Sklaverei kann einen Mann auch ohne Klinge kastrieren. Ich hatte es selbst kennengelernt, bevor mir Sula meine Männlichkeit wiedergegeben hatte.

»Beide haben Palastsklavinnen mit einem Kind.«

»Aha.« Ich stützte die Hände auf die Hüften. »Wie kann ich sicher sein, daß es *diese* zwei waren?«

Honat lächelte. »Ihr seid ein schlauer Mann, Sandtiger. Ich könnte fast glauben, daß Ihr für den Handel geboren seid.«

Ich vermute, daß er das als Kompliment verstanden wissen wollte. Es machte mich krank, auch wenn ich ihn ebenfalls anlächelte. »Ich will von keinem Mann übervorteilt werden, Honat. Noch nicht einmal von dem Mittelsmann des Tanzeers.«

Er spreizte die breiten, ungeschmückten Hände. »Ich bin ein ehrlicher Mann. Wenn ich es nicht wäre, so würde es bald bekannt werden, und niemand würde mit mir

Geschäfte machen. Mein Herr würde mich fortschicken. Ich versichere Euch, diese beiden Jungen sind ideal für Eure Zwecke. Welchen wollt Ihr?«

»Keinen«, sagte ich kurz. »Ich werde weitersuchen.«

Honats dunkle Augenbrauen schossen zur Stirn hoch, die vor Überraschung gefurcht war. »Aber wir sind die einzigen, die speziell mit Nordbewohnern handeln, mein Herr und ich. Ihr müßt mit uns Geschäfte machen.«

»Ich mache meine Geschäfte, mit wem ich will.«

Honat starrte mich an. Ich hatte den Eindruck, daß er sich sein Urteil über mich bildete und auf etwas wartete. Dann lächelte er und klatschte in die Hände, womit er die Jungen entließ. Sie wandten sich um und gingen hintereinander aus dem Raum. »Natürlich könnt Ihr Geschäfte machen, mit wem Ihr wollt«, stimmte Honat bereitwillig zu, als besänftige er ein störrisches Kind. Er hob die schwere Karaffe hoch, als ich mich wieder hinsetzte. »Hat Euch der Wein geschmeckt? Er stammt aus den eigenen Weinbergen meines Herrn.«

»Ich habe keinen Wein getrunken«, belehrte ich ihn gereizt. »Ich ziehe Aqivi vor.«

»Ah.« Es war ein Aufschrei der Entdeckung, und dann warf Honat die Karaffe auf mich, während er nach Hilfe schrie.

Als ich auf den Füßen war und Einzelhieb blankgezogen hatte, war der Raum von kräftigen Palastwachen erfüllt. Es waren weder Eunuchen noch kleine Jungen, und jeder hatte ein Schwert in der Hand.

Der Wein tropfte von meinem Gesicht und dem Burnus. Ich hatte die Karaffe aus dem Weg geschlagen, aber das hatte mich wertvolle Zeit gekostet. So schnell ich auch bin, Honat hatte doch die Verzögerungstaktik dazu benutzt, außerhalb meiner Reichweite zu gelangen. »Ein ehrlicher Mann, seid Ihr das?« knurrte ich.

»Honat tut das, was ich ihm befehle.« Die leise, ruhige Stimme kam von der Wand her. »Dafür bezahle ich ihn.« Aus einer Geheimtür trat ein Mann hervor, der nur Aladar sein konnte.

Er war ein Tanzeer, gut. Er trug wertvolle Seidenstoffe und Edelsteine, die ihm das Aussehen eines Wüstenprinzen verliehen. Sein hellbraunes Gesicht war glatt und jugendlich und von einem sorgfältig getrimmten schwarzen Bart und einem Schnurrbart umrahmt. Er hatte eine leichte Hakennase, die ihm das Aussehen eines Räubers gab. Mahagonifarbene Augen sahen sehr, sehr schlau aus. Und auch ehrlich belustigt.

»Der Sandtiger, nicht wahr?« Er strich sich über den Bart, der vor Duftöl glänzte. Aladar war ein reizvoller Mann, wenn man sie weich wie Honig mag. »Ich habe mich immer gefragt, wie sein Brüllen klingen würde.«

»Kommt etwas näher. Ihr könnt dann sein Brüllen hören *und* seine Krallen spüren.«

Aladar lachte. Seine Stimme erklang in einem warmen, klaren Bariton. »Das glaube ich nicht. Ich bin vieles, aber nicht dumm. Ich werde Abstand halten, vielen Dank, bis der Sandtiger sicher eingefangen und seiner Krallen entledigt ist.« Seine Augen ruhten auf Einzelhieb. »Ich bin dankbar dafür, daß Ihr selbst ein Angebot gemacht habt. Das erspart mir einige kleinere Unannehmlichkeiten.«

»*Ich?*« Ich sah ihn stirnrunzelnd an. »Ich biete Euch nichts an, Sklavenhändler.«

»Nun, dann *nehme* ich es mir.« Aladar schien von dem Wechsel der Ausdrucksweise unbeeindruckt. »Ich denke, Ihr werdet meinen Zwecken sehr dienlich sein. Was die Frau betrifft ...«, er sah Del einen Moment lang an, »... so sagtet Ihr, Ihr würdet sie nicht verkaufen, also ist die einzige Möglichkeit, sie zu bekommen, die, sie Euch zu stehlen. Aber andererseits — Sklaven können keinen eigenen Besitz haben, nicht wahr? Und ganz gewiß nicht andere Sklaven besitzen.«

Wenn man Aladar und Honat nicht mitzählte (von denen keiner sehr kampfbereit wirkte), standen uns sechs Männer gegenüber. Keine schlechte Sache, wenn man bedenkt, daß ich Del neben mir hatte. Ihr Hals steckte in Eisen, aber nicht ihre Hände.

»Fragt Ihr Euch, warum ich Euch will?« Aladar strich sich erneut über den Bart. Edelsteine glitzerten an seinen Fingern und spiegelten sich in seinen Augen wider. »Ich bin ein sehr reicher Mann, der beabsichtigt, noch reicher zu werden. Ich besitze Goldminen und Sklaven und handele regelmäßig mit beidem. Beide sind für mich gleich wichtig. Wie sonst sollte man Arbeiter finden, um diese Minen zu betreiben?« Er lächelte. »Mit diesen Armen und Schultern, Freund Schwerttänzer, könntet Ihr die Arbeit von drei Männern verrichten.«

Ich spürte, wie mein Mund trocken wurde. Der *Gedanke* daran, wieder zum Sklaven zu werden, beunruhigte mich so sehr, daß ich die Klinge der Panik durch mein Denken schneiden fühlte. Aber etwas anderes entsetzte mich noch mehr.

»Sie ist keine Sklavin«, erklärte ich ihm deutlich. »Sie ist eine freie nordische Frau.«

Aladar hob die Augenbrauen bis zu seinem bronzefarbenen Turban mit dem blinkenden Granatauge an. »Warum trägt sie dann ein eisernes Halsband, und warum kommt Ihr als Sklavenhändler zu mir?«

Ich benetzte mir die Lippen. »Das ist eine zu lange Geschichte. Aber Ihr macht einen Fehler, wenn Ihr denkt, Ihr könntet sie für Euch selbst nehmen, denn sie ist keine Sklavin.«

»Sie ist es jetzt.« Er lächelte. »Und Ihr auch.«

Ich riß Dels Messer aus meinem Gürtel und warf es ihr zu. Dann forderte ich Aladars Leute dazu auf, uns beide zu fassen.

»Beide?« fragte Aladar. »Seht Euch die Frau noch mal an, Schwerttänzer ... sie hat den Wein getrunken, der für Euch bestimmt war.«

Ich schaute hinüber. Del schwankte. Das Messer fiel aus ihren schlaffen Händen. »Tiger ...«

Sie war bewußtlos, bevor sie auf dem Boden aufschlug. Ich fing sie mit einem Arm auf und ließ sie sacht zu Boden gleiten. Dann wirbelte ich herum und ließ Einzelhieb die Kehle des am nächsten stehenden Mannes kitzeln.

»Ihr könnt sicherlich nicht alle *sechs* besiegen«, bemerkte Aladar.

»Ruft noch ein paar mehr herein«, schlug ich vor. »Man kann es genausogut zu einer wirklichen Herausforderung werden lassen.«

Aladar tippte mit einem langen, polierten Fingernagel gegen einen Zahn. »Ich *habe* mir schon immer *gewünscht*, Euren Schwerttanz zu sehen.«

»Nehmt Euch selbst ein Schwert«, forderte ich ihn auf. »Tanzt mit mir, Aladar.«

»Oh, ich fürchte, das geht nicht.« Es klang ernsthaft bedauernd. »Ich muß mich um andere Dinge kümmern, und ich mag den Anblick meines eigenen Blutes nicht.« Er gab Honat ein Zeichen zum Rückzug. »Es wird ein trauriger Anblick sein, wenn dem Sandtiger die Zähne und die Krallen gezogen werden, aber ich kann keinen Sklaven dulden, der wertvolle Zeit darauf verwendet, an Rebellion zu denken. Aber Ihr braucht Euch keine Sorgen zu machen. Ich werde den Kampf von meinem geheimen Kabinett aus miterleben, von wo aus ich auch alle Handlungen Honats beobachten werde.«

Er ging. Ebenso Honat. Und ich war allein mit einer bewußtlosen Del und sechs bewaffneten, fanatisch treuen Männern.

»Kommt her!« Ich sagte dies mit einem Selbstbewußtsein, das ich absolut nicht empfand. »Tanzt mit dem Sandtiger.«

Zunächst taten sie das. Einer nach dem anderen. Es war ein Wettbewerb der Schnelligkeit und Kraft, des Könnens und der Strategie, und jeder von Aladars Leuten kämpfte einwandfrei. Dann, als zwei von ihnen unter Einzelhieb zu Boden gegangen waren, erkannten sie, daß ich sie töten würde. Und sie nicht nur auf die Probe stellte. Ich würde sie *töten*. Und das machte sie zornig. Ich hörte Aladars wütenden Schrei von irgendwo tief in den Mauern, und dann griffen mich die verbliebenen vier Männer an.

Ich bewegte mich sofort in Richtung Wand, so daß mich niemand von hinten angreifen konnte. Ich ließ mir an drei Seiten Raum, und Einzelhieb und ich sind sehr schnell. Ich hieb durch einen Zaun aus Stahl, der wieder und wieder auf mich zukam. Ich traf mehrere Arme und ging weiter, um noch mehr zu treffen. Das Problem war, daß sie nicht die Absicht hatten, mich zu töten. Sie wollten mich lediglich überwältigen.

Es ist sehr entmutigend, wenn du ein paar Feinde töten willst und sie dich lediglich fangen wollen.

Meine Schulter schmerzte. Ich ließ Einzelhieb noch immer fliegen und losschlagen, um Klingen, Arme und Rippen zu treffen, aber die vier Männer konzentrierten sich zusammen auf mich, was es für mich erschwerte, mich um einen Feind im besonderen zu befassen, wenn ich mich um drei weitere kümmern mußte. Ich hätte sie am liebsten alle verflucht, aber man verschwendet seinen Atem nicht für solche Dinge, wenn das eigene Leben (oder die Freiheit) auf dem Spiel steht.

Die Wand scheuerte gegen meinen Rücken. Ich fühlte einen Wandbehang hinter mir, der gegen meine Taille flatterte. Dann wurde der Wandbehang zur Seite geschoben, und ein Arm kam aus der Wand hervor und umschloß meine Kehle.

Aladar. Aladar in seinem höllischen geheimen Kabinett.

Ich hielt Einzelhieb mit einer Hand im Gefecht. Mit der anderen Hand faßte ich nach dem verbliebenen Messer, das in meinem Gürtel steckte. Aladars Arm war fest um meine Kehle geschlossen, und seine Leute wichen zurück. Warum sollten sie kämpfen, wenn er es für sie tun würde?

Ein roter Nebel schob sich vor meine Augen, der meine Sicht behinderte. Ich sah vier Augenpaare, die mich beobachteten, und darunter Dels schlaffen Körper auf dem Teppich. Ich riß das Messer heraus und versuchte, es hinter meinen Rücken zu stechen, aber einer von Aladars Leuten wurde angesichts der Bedrohung seines Herrn munter und schnitt mir mit dem Schwert über die Knöchel.

Das Messer polterte zu Boden. Ebenso Einzelhieb. Ich griff hinter mich und versuchte, beide Hände um Aladars Kopf zu verhaken. Alles, was ich erwischte, war ein Armvoll Turban, der abrutschte und in verknoteten Streifen kostbaren Stoffs zu Boden fiel.

Unglücklicherweise fiel Aladars Arm nicht mit herunter.

Einer seiner Männer war es leid. Vielleicht sah er, daß sein Herr nicht so große Fortschritte machte, wie er hoffte. Was auch immer der Grund war, er ballte eine große Faust und schlug mir damit unter die Rippen, was wirkungsvoll bewies, wie wenig Atem ich noch hatte.

Danach brauchte Aladar nicht mehr lange, um mir den Atem ganz zu nehmen, und als ich in die Dunkelheit hinüberglitt, hörte ich ihn fluchen.

»Doppelte Gewichte!« keuchte er. »Ich will nicht, daß er auch nur die geringste Chance hat, auf dem Weg zur Mine zu entkommen.«

Und das war es, wie man so sagt.

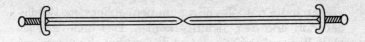

Einundzwanzig

Doppeltes Gewicht bedeutete Ketten um den Hals, die Taille, die Handgelenke, die Knöchel. Es bedeutete so schweres Eisen, daß es mich bei jedem Schritt herunterzog, aber ich brauchte nicht viele Schritte zu gehen, denn die Wachen warfen mich auf einen Wagen und fuhren schnell in die Berge.

Ich lag ausgestreckt auf dem Wagen (das heißt: so ausgestreckt, wie man liegen kann, wenn man Eisen trägt). Die Ketten klapperten gegen die Bodendielen, während der Wagen über die Furchen auf dem Weg rollte. Ich war voller blauer Flecke und Schnitte, ich war zerschunden und hatte Schmerzen, und meine Kehle schmerzte wie die Hölle.

Aber vor allem hatte ich Angst.

Die Leute haben mich als tapferen Mann bezeichnet. Als furchtlosen Mann. Als den Mann, der sich allem und jedem stellt, ohne zurückzuweichen oder auch nur mit der Wimper zu zucken. (Natürlich ist nichts davon wahr, aber man kann sich nicht über eine Legende lustig machen, wenn es diese Legende ist, die einen antreibt.) So habe ich meine Angelegenheiten weitergeführt, ohne mir Gedanken darüber zu machen, daß, ja, daß auch der Sandtiger Angst haben könnte, und jetzt — als ich die Sklaverei erneut vor Augen hatte — erkannte ich, daß ich von meinem eigenen Ruf ein wenig verleitet worden war. Ich *wußte*, daß ich um nichts tapferer war als jeder andere Mann. Man steht seinen Fehlern irgendwann von Angesicht zu Angesicht gegenüber, wenn das, was man am meisten fürchtet, in unmittelbare Nähe rückt.

Man hatte mir alles abgenommen, außer dem Wildlederdhoti und den Sandtigerkrallen. Das hieß, daß ich ohne Burnus, ohne Gürtel, ohne Schuhe, ohne Harnisch war. Und ganz sicher ohne Einzelhieb, aber das überraschte mich nicht. Was mich aber überraschte war, daß man mir erlaubt hatte, die Krallen zu behalten.

Es sei denn, es wäre irgendeine niederträchtige Art der Vergeltung von Aladars Seite. Wie konnte man besser unter das Fell des Sandtigers gelangen, als wenn man den Sklaven, mit denen er Tag für Tag arbeiten würde, seine Identität kundtat?

Möglich. Aladar erschien mir als der Typ Mann, der es gleichermaßen genoß, psychische Qualen wie physische Härte anzuwenden. Er hatte vielleicht vor, mich als eine Art Kontrolle zu benutzen, etwa nach dem Motto: *Der Sandtiger ist ein starker, tapferer, unabhängiger Mann. Seht ihr, wie schlecht er jetzt dasteht? Seht ihr, wie er gedemütigt wird? Seht ihr, wie er das tut, was man ihm sagt?*

Zur Hölle.

Ich zog mich hoch, hörte die Mißklänge von eisernen Kettengliedern und Manschetten und kniete mich auf den Boden des Wagens. Ich wurde von einem vollen Kontingent Palastwachen eskortiert: zwanzig Mann. Auf eine Weise war dies ein Kompliment. Zwanzig Mann für einen, und noch dazu für einen Mann, der so schwer in Ketten gelegt war, daß er kaum atmen, geschweige denn sich bewegen konnte.

Natürlich war das auch zweckmäßig. Aladar *wußte* wahrscheinlich, daß ich die dringende Absicht hatte freizukommen. Er wußte wahrscheinlich, daß ich vorhatte, den Weg zurück zum Palast zu finden und Del zu befreien. *Unzweifelhaft* wußte er, daß ich ihn von Kopf bis Fuß aufschlitzen wollte, mit jeder Waffe, die ich finden könnte.

Ich würde es auch tun. Wenn ich erst einmal freikam.

Auf dem gesamten Weg zur Mine plante ich meine

Flucht. Ich weigerte mich, an den Transport zu denken. Ich weigerte mich, mir vorzustellen, wie es sein würde, wieder ein Chula zu sein.

Erst als ich zu der Mine kam, erkannte ich, daß Aladar sich wirklich um nichts Sorgen machen mußte. Ich würde Glück haben, wenn ich *überlebte*.

Die Wachen brachten mich in die Tunnel. Sie führten mich tief ins Innere des Berges: in Serpentinen, um Biegungen, Strecken hinauf, Strecken hinunter, um Biegungen, um Biegungen, um *Biegungen* ... bis ich jede Orientierung verlor und mich wahrhaftig hilflos fühlte.

Die Tunnel waren mit Männern angefüllt. Ein Gang war bis zum Bersten mit Männern belegt, die keine Menschen mehr, sondern Abfall waren und deren Hilflosigkeit und Wertlosigkeit ausgenutzt wurde. *Chula.* Arme und Beine. Jeder der Männer trug wie ich Eisen, aber die Taillenkette war ungefähr zehn Meter lang und an eine weitere Kette angeschlossen. Diese verlief an der Wand entlang und war bei jedem Mann im Felsenuntergrund verschraubt. Die Männer waren ungefähr fünfzehn Meter voneinander entfernt aufgestellt worden. Das verschaffte jedem von ihnen einen begrenzten Raum, in dem er arbeitete. In dem er lebte. Der Gestank im Tunnel verriet mir, daß niemand jemals von der Wand losgemacht wurde. Noch nicht einmal, um sich zu erleichtern.

In dem harten, starren Fackellicht sah ich den Toten. Er lag am Felsboden: ein schlaffer, hingestreckter Körper ohne Leben. Er stank, wie Tote dies tun. Und ich war sein Ersatz.

Der Körper wurde von der Kette losgemacht. Ich hörte das Eisen fallen und auf den Fels klirren. Dann versetzte mir ein Wachposten einen Stoß in die Nieren, und ich machte einen Schritt nach vorn.

Dann wieder zurück. Grob. Ruckartig. Ich *konnte* mich nicht überwinden, den Platz des toten Mannes einzunehmen.

Schließlich halfen die Wachposten nach. Ich spürte das Zerren von Eisen an meinem Hals, an den Handgelenken, an der Taille, an den Knöcheln, als sie mich an der Wand anketteten und sich versicherten, daß die Kettenglieder hielten. Ich hörte das metallische Klirren. Ich hörte die Stimme eines der Wächter, gelangweilt, er leierte die Anweisungen monoton herunter. Ohne Klangänderungen. Nur — Lärm.

Ich mußte mit Hammer und Meißel gegen die Wand hämmern und Brocken des Gesteins abschlagen, um das Erz freizulegen, das in hölzernen Wagen aus der Mine hinaustransportiert wurde. Jeder Mann, der bei dem Versuch erwischt wurde, seine Ketten zu durchschlagen oder die Bolzen aus der Wand zu brechen, wurde mit nach draußen genommen, ausgepeitscht und drei Tage lang am Pfahl aufgehängt. Ohne Nahrung und Wasser.

Wenn ich gut arbeiten würde, leierte der Wachposten weiter herunter, würde ich zweimal am Tag Essen bekommen: morgens und abends. Ich mußte auf dem Tunnelboden an meinem Platz schlafen. Wasser wurde dreimal am Tag herumgereicht, nicht mehr und nicht weniger. Man erwartete von mir, von der Morgendämmerung bis zur Abenddämmerung zu arbeiten, mit Unterbrechungen zu den Morgen- und Abendmahlzeiten.

Dies, so sagte er, sei mein Leben. Für den *Rest* meines Lebens. Er ließ Hammer und Meißel vor meine Füße fallen und ging mit den anderen Wächtern davon, wobei er das Licht mitnahm.

Ich stand mit dem Gesicht zur Wand da. Alles war schwarz, schwarz und bleiern purpurfarben. Nur wenige Fackeln waren an den Wänden befestigt, und nur die Hälfte davon war entzündet. Meine Augen würden sich daran gewöhnen, das wußte ich, denn der Körper stellt sich um, wo er nur kann ... aber ich war mir nicht sicher, ob ich das sehen *wollte*, was ich tat.

Ich fühlte, wie mir der Schweiß auf der Haut ausbrach. Meine Haut weitete sich über den Knochen, als mich ein Schauder nach dem anderen überfiel. Meine Eingeweide verzerrten sich, bis ich dachte, sie würden platzen. Eisen rasselte. Ich konnte es nicht verhindern. Ich konnte das Zittern nicht verhindern.

Der Gestank des Tunnels überwältigte mich: Urin. Fäkalien. Angst. Hilflosigkeit. Tod. Das Wissen um die Wertlosigkeit.

Ich schloß die Augen, legte die Stirn gegen das Gestein und bohrte die Finger in den Fels. Mein Bewußtsein, mein Körper, mein Geist waren von Dunkelheit umhüllt. Alles, was ich sehen konnte, war Wahnsinn. Er erfüllte alle meine Sinne, bis ich wieder klein war, so klein, *so klein*.

Selbst bei den Salset hatte ich mich nicht so hilflos gefühlt, so angstvoll, *so klein*.

Ich zwang mich, die anderen anzusehen. Sie saßen zusammengekauert da, alle an die Wand gedrückt, und sahen mich offen an. Ich war angekettet, wie auch sie angekettet waren, und genauso ohne Hoffnung. Ich sah auf ihre aufgebrochenen, schwieligen Hände, ihre überentwickelten Schultern, ihre leeren, starren Augen und erkannte, daß sie seit Monaten hier sein mußten. Vielleicht seit Jahren.

Keiner von ihnen schien auch nur noch eine Spur von Menschenwürde übrigbehalten zu haben. Und ich erkannte, während ich sie ansah, so wie sie mich ansahen, daß ich in mein eigenes Gesicht blickte.

Die Sonne ging unter, entzog dem Tunnel noch mehr Licht und ließ mich in dem Mosaik aus zusammengeflickter Dunkelheit zurück: schmutziges Violett, Enzianblau, blaurotes Schwarz. Und ein Schimmer glänzenden Fuchsienrots, wann immer ich die Augen schloß. Die Abendmahlzeit war vor meiner Ankunft eingenommen worden. Jetzt schliefen die Männer. Ich hörte ihr Schnarchen, ihr Stöhnen, ihre Schreie, ihr Wimmern. Hörte das beständige Rasseln von Eisen. Hörte das Keuchen meines eigenen Atems, als er in einer Kehle pulsierte, die von einer Symphonie der Angst zugeschnürt wurde.

Nachdem mein Appetit zunächst verschwunden war, kehrte er schließlich zurück. Er steigerte sich bei der schweren Arbeit, die darin bestand, Gesteinsbrocken herauszubrechen und auf Karren zu laden, die von daran angeketteten Sklaven gezogen wurden, doch die Essensrationen blieben unverändert gering. Ich ging hungrig und erschöpft schlafen und wachte eine oder zwei Stunden später mit sich verkrampfendem Magen und sich verkrampfenden Muskeln wieder auf. Morgens war ich wie betäubt von einem Schlaf, der mich nicht erfrischt hatte. Das Wasser war lauwarm und faul und verursachte oft Ruhr, aber ich trank es, denn es gab nichts anderes. Ich schlief im Schmutz des Tunnelbodens, gewöhnt an eingeschränkte Bewegungen und die Notwendigkeit, mich in meiner eigenen Ecke zu erleichtern wie ein verwundetes Tier. Es war mir bewußt, daß ich erniedrigt und gedemütigt und meine Gesundheit geschädigt wurde. Ich wußte, daß ich ein Chula war. Und dieses Wissen löschte die Jahre aus, die ich als freier Schwerttänzer verbracht hatte.

Die Alpträume kehrten zurück. Dieses Mal war da keine Sula, die sie vertrieb. Dieses Mal lebte ich in den tiefsten Tiefen der Hölle. In Gedanken an den vergangenen Tagen der zeitlich bedingten Freiheit festzuhalten, hieß am Wahnsinn festzuhalten, und darum dachte ich überhaupt nicht mehr daran.

Der Kreis war in den Sand gezeichnet. Die Schwerter lagen in der Mitte. Ein zweihändiges südliches Schwert mit goldenem Heft und einer blau gefärbten Stahlklinge. Ein zweihändiges nordisches Schwert: mit silbernem Heft und mit Runen versehener Klinge, das einen Sirenengesang von Eis und Tod sang.

Eine Frau, die nahe am Kreis stand. Abwartend. Das weiße

Haar glänzend. Die blauen Augen ruhig. Die golden schimmernden Glieder entspannt. Abwartend.

Ein Mann: sonnengebräunt, dunkelhaarig, grünäugig. Groß. Kräftig gebaut. Abgesehen davon, daß sich, gerade als er dort stand und darauf wartete, den Tanz zu beginnen, sein Körper veränderte. Gewicht verlor. Substanz. Kraft. Er schmolz von ihm ab, bis er zu einem Skelett mit ein wenig brauner, über die Knochen gespannter Haut war.

Er streckte eine Hand zu der Frau hin aus. Die Frau, die seinen Todesgesang sang.

* * *

Der Tag wurde zur Nacht, die Nacht wurde zum Tag.
 — *tagnachttagnachttagnacht* ...
 — bis es keinen Tag und keine Nacht oder auch *tagnacht* mehr gab — nur einen Mann in einer Mine und die Mine in dem Bewußtsein des Mannes —

Er saß zusammengesunken da, das Rückgrat gegen die Wand gelehnt. Ein abgehärteter Körper, der nackt am Boden kauerte. Die Arme über den Knien. Die Hände herabbaumelnd. Die Stirn auf den Armen.

Bis ein Fuß an seinem Eisen rasselte und er schließlich aufsah.

Der Tanzeer war reich gekleidet, in Goldstoffe mit karmesinroter Verzierung. Er war ein gepflegter Mann. Er war ein Mann, der stolz auf seine Erscheinung war. In seiner rechten Hand trug er einen kleinen Elfenbeinstab, einen dekorativen Marschallstab, geschnitzt und geriefelt. Perlmuttartig weiß.

Eine kurze Geste mit dem Stab. Der Wächter verhakte einen Fuß in die Eisenkette und rasselte daran, bis der angekettete Mann aufsah.

Eine zweite kurze Geste mit dem Stab. Eine Fackel wurde näher herangebracht. Schwefelfarbenes Licht ergoß sich aus der Flamme, um das Gesicht des Mannes zu beleuchten, der den Tanzeer ansah. Der Tanzeer sah ein Tier, keinen Mann. Ein schmutziges, schmieriges, stinkendes Tier, bekleidet mit einem zerrissenen Wildlederdhoti. Heruntergekommen zu nicht mehr als Haut und zähen Sehnen, über einen Rahmen gespannt, der einmal eine kräftige, beeindruckende Anmut gezeigt hatte. Das Gesicht war weitgehend unter staubigem Haar und einem verfilzten, matten Bart verborgen. Aber aus diesem Gesicht spähte ein Paar grüner Augen heraus, die gegen das blendende Fackellicht anblinzelten.

»Stellt ihn auf die Füße«, befahl der Tanzeer, und der Wächter riß den Kopf des Mannes auf eine Art hoch, die diesem sehr wohl bekannt war.

Aufgerichtet war der angekettete Mann groß, viel größer als der Tanzeer. Aber er stand nicht in der Haltung eines großen Mannes da, der mit seiner Größe zufrieden ist. Er stand mit gesenkten Schultern da, als sei es schwierig, ihr Gewicht zu tragen.

Der Tanzeer runzelte die Stirn. »Er *ist* der Schwerttänzer, nicht wahr?« fragte er den Wächter, der mit den Achseln zuckte und sagte, daß dies, soweit er wisse, derselbe Mann sei, der drei Monate zuvor hergebracht worden war.

Der Tanzeer hakte die Spitze seines Stabes unter die verklumpte Kordel um den Hals des angeketteten Mannes. Er rüttelte an den Klumpen und sah, daß die Klumpen tatsächlich — unter dem Schmutz — Krallen waren.

Zufrieden ließ er die Kordel an den Hals des Mannes zurücksinken und nickte. »Nehmt ihn von der Wand ab. Bindet ihn mit doppeltem Gewicht und bringt ihn in den Wagen. Es ist Zeit, daß ich ihn erneut im Palast bewirte.«

Vor der unbewachten Frau führte der Tanzeer den Mann vor, den er aus der Mine mitgebracht hatte. Er erzählte der Frau, was dem Mann in der Mine passiert war. Er beobachtete ihr Gesicht, ihre Augen, ihre Haltung. Er sah, was er die ganze Zeit gesehen hatte: Würde, Kraft, stillen Stolz und völlige Abgeschlossenheit. Er hatte sie in drei Monaten nicht brechen können.

Aber er hatte den Mann gebrochen, und er dachte, das könne ausreichen, um die Frau zu brechen.

Er wandte sich von ihr ab und sah den Mann an, der nach seinen eigenen Ausscheidungen stank. »Auf die Knie«, sagte er und deutete mit dem Elfenbeinstab zum Boden.

Langsam sank der Mann auf die Knie, die so oft gestoßen worden waren, daß sie ständig verfärbt waren. Blauschwarz, auf blaß kupferfarbener Haut, die mit Schmutz und Meißelwunden marmoriert war; mit Erz- und Gesteinstücken gesprenkelt war, die unter der Oberschicht der Haut eingeschlossen waren. Die Ketten rasselten gegeneinander und auf den mosaikartig ausgelegten Boden und wanden sich um seine Knie wie die Eingeweide einer eisernen Schlange.

Der Tanzeer sah die Frau an. »Er wird tun, was immer man ihm sagt. *Was immer* man ihm sagt.«

Die Frau erwiderte den Blick des Tanzeer kerzengrade. Ihr Unglaube war offensichtlich.

Der Tanzeer gestikulierte mit seinem Stab. »Hinunter«, sagte er. »Auf das Gesicht.«

Der kniende Mann, der einmal jung gewesen war, bewegte sich, wie sich ein alter Mann bewegt. Beugte sich vor. Legte die Handflächen flach auf die gemusterten Steine. Die Sehnen standen unter der mit Krusten übersäten Haut hervor.

Er streckte sich am Boden aus.

Der Tanzeer streckte einen beschuhten Fuß aus. »Küsse ihn. Küsse ihn — Chula.«

Und schließlich brach die Frau. Mit einem unartikulierten Wutschrei sprang sie den Tanzeer wie ein weiblicher Sandtiger an, und eine Hand krallte sich in sein Gesicht. Die andere schoß zu seinem verzierten Messer hinab und riß es heraus — riß es in dem Moment heraus, als sich der Mann am Boden von den Steinen hochstemmte und die Glieder einer Eisenkette um die Kehle des Tanzeer schlang.

Seine Lippen gaben die Zähne frei. Aber anstatt zu grollen, sagte er ein Wort. Ein rauhes, gebrochenes Wort: »*Schlüssel.*«

»Wo?« fragte die Frau den Tanzeer. Und als er es ihr sagte, holte sie sie aus dem mit Edelsteinen besetzten Beutel, der an seinem mit Edelsteinen besetzten Gürtel hing.

Sie ignorierte das eiserne Halsband um ihren eigenen Hals. Statt dessen schloß sie die Manschetten um seine Knöchel, seine Taille, seinen Hals auf — und schließlich, während er die Kettenglieder um den Hals des Tanzeers fester anzog, öffnete sie die Manschetten um seine Handgelenke.

Er warf sie alle von sich. Der Schlangenwindungen entledigt, als hätte er sich seiner Haut entledigt. Und all das Eisen fiel klirrend zu Boden und zerbrach die sorgfältig gelegten Muster.

Mit dem Eisen warf er die Gefangenschaft von sich ab, so heftig er nur konnte, und sie sah an Stelle des Tieres eine Spur des Mannes, den sie gekannt hatte. Nur eine Spur, aber eine Spur war besser als nichts. Sie lächelte versuchsweise. »Tiger?«

Ich schob Aladar an der nächstgelegenen Wand hoch und nahm das Messer entgegen, das Del mir hinhielt. Ich setzte die Spitze an seinem flachen, stoffbekleideten Bauch an und zeigte ihm die Zähne. »Eine Kralle ist mir geblieben, Tanzeer. Willst du sie spüren?«

Er starrte mich an, vom Schock safranfarben, aber er gab nicht auf. Dafür war er zu stolz.

Ich warf Del einen kurzen Blick zu. Ich hatte nicht viel Stimme übrigbehalten — drei Monate des Schweigens, außer dem gelegentlichen Aufschreien im Schlaf, hatten mich der Redegewandtheit beraubt — aber sie schien meine verkürzte Sprechweise ausreichend gut zu verstehen. »Schwerter und Messer. Kleidung. Alles. Ich werde warten.«

Sie rannte davon und ließ mich mit Aladar allein.

Ich zitterte. Die Reaktion hatte eingesetzt. Ich konnte fast meine Ketten klirren hören, abgesehen davon, daß ich sie nicht mehr trug. Aber ich hörte sie. Ich höre sie noch immer.

Ich atmete tief ein. Und zeigte Aladar erneut die Zähne. »Ein zehnjähriger Junge, vor fünf Jahren. Ein Nordbewohner. Aus Omars Sklavenbestand. Jamail. Sieht aus wie sie.« Das war alles, was ich hervorbringen konnte. Ich wagte nicht, ihn sehen zu lassen, wie zittrig ich war. Es würde nicht schwer für ihn sein freizukommen. Die Mine hatte mir die Kräfte, die Geschmeidigkeit und die Schnelligkeit geraubt. Alles, was mir geblieben war, war Haß.

Eine wilde, tödliche Wut.

»Erwartet Ihr von mir, daß ich über das Schicksal jedes Sklaven in Julah Bescheid weiß?« fragte er.

Da hatte er recht. Aber ich auch, und es drückte gegen seine Kehle. »Was ist mit *ihm* geschehen?«

»Er war ein *Chula!*« zischte Aladar. »Ich kaufe sie, ich verkaufe sie ... ich kann nicht den Verbleib jedes einzelnen verfolgen!«

Das kleine Messer war nicht so hilfreich wie eine richtige Waffe, aber seine Schneide war sehr scharf. Es schnitt sehr leicht durch den Stoff. Ich hatte das Gefühl, es würde genauso leicht durch Haut hindurchschneiden. »Ich werde Euch aufschlitzen, Tanzeer, und Eure Eingeweide über den Boden verstreuen wie Schnüre, damit Ihr darüber tänzeln könnt.«

Offensichtlich glaubte er mir. Gut so, ich meinte es auch so. »Ich hatte einen solchen Jungen«, gab er zu. »Ich habe ihn vor drei Jahren fortgegeben.«

»*Wohin?*«

»Zu den Vashni.« Sicherlich, Aladar wußte, was er

sagte. Seine Blässe vertiefte sich. »Ich schenkte ihn dem Häuptling.«

Zur Hölle. »Ihr handelt mit den Vashni?« Keiner sonst tat das. Ich fragte mich, ob er log.

Aladar schluckte schwer. »Ich mußte es tun. Mit diesem besonderen Stamm. Ich brauchte Zugang zu den Bergen, zu der Mine, zum Gold. Da — da die Vashni dort siedeln, hatte ich keine andere Möglichkeit. Also — sandte ich ihnen alle Arten von Dingen, einschließlich Chula. Einer von ihnen war ein nordischer Junge. Er war zwölf.«

Das Alter paßte. »Wo?« fragte ich grimmig.

Aladars braune Augen waren schwarz vor Angst und Haß.

»Reitet einfach Richtung Süden, ins Vorgebirge. Die Vashni finden Euch, auch wenn sie es nicht wollen.«

Das war zweifellos wahr. »Der Name des Jungen?«

»Ich weiß es nicht!« schrie Aladar. »Erwartet Ihr von mir, daß ich den Namen eines *Chula* kenne?«

»Tiger«, sagte Del.

Ich wandte den Kopf und sah, daß sie wieder ihre Tunika trug, komplett mit Messer und Harnisch. Ein weißer Burnus lag über ihrem anderen Arm.

Sie ließ alles auf einen Haufen fallen, als sie die Hand zur Schulter hob, um ihr Schwert zu ergreifen. »Zieht Euch an«, sagte sie ruhig. »Ich passe auf Aladar auf.«

Ich trat von ihm zurück. Del sah mir ins Gesicht, als ich dem Tanzeer den Rücken zuwandte. Etwas in ihren Augen sagte mir, daß ich nicht in so gutem Zustand war, wie ich gehofft hatte. Das verzierte Messer rutschte in meinen Händen. Vom Schweiß. Dem Schweiß der Anspannung und Erregung.

Ich ließ Del an mir vorbei zu Aladar gehen. Vorsichtig bückte ich mich und hob den schwarzen Burnus auf, konzentrierte mich darauf, einen Schlitz in die Schulter zu schneiden, durch den Einzelhiebs Heft hindurchpassen würde. Der Schlitz zerriß. Die Spitze des Messers traf einen Finger. Ich spürte es nicht. Meine Hände waren zu sehr voller Schwielen.

Ich schlüpfte in meinen Harnisch und war erschrocken, als ich entdeckte, daß ich die Schnallen nicht aufmachen mußte. Nein. Ich mußte neue Löcher bohren. Um den Harnisch enger zu machen. Aber das würde warten müssen.

Die Schuhe waren schwierig zu schnüren. Schließlich verknotete ich die Schnürsenkel. Zog mir den Burnus über den Kopf und war froh, den größten Teil meines stinkenden, vernarbten Äußeren verbergen zu können. Ich fühlte eine Woge der Schwäche über mich hereinbrechen, die mich aufzusaugen drohte.

Ich wandte mich um. Del beobachtete mich. Ich spürte, wie mein Gesicht langsam heiß wurde. Der Schweiß brannte in meinen Achselhöhlen. Ich hielt Einzelhieb in Händen, aber ich erhob ihn nicht. Ich zog ihn nicht aus der Scheide. Ich sah Del an, und ich sah, wie sie sich wieder Aladar zuwandte und ihn auf ihrer mit Runen versehenen Klinge aufspießte.

»*Nein*...« Aber der Schrei war kaum mehr als ein Ziehen in meiner Kehle. »Zu den Hoolies, Frau, *das war mein Vorrecht zu töten!*«

Del antwortete nicht.

»Bascha... *meine*...«

Sie antwortete noch immer nicht.

Mein Mund öffnete sich. Schloß sich wieder. Ich sagte nichts. Ich beobachtete, wie sie die Klinge herauszog. Der Körper, der gegen die Wand gelehnt war, sank langsam zu Boden. Er blutete schwach durch goldenen Stoff mit karmesinroter Verzierung.

Del wandte sich um, und schließlich antwortete sie mir. »Das war für Euch.« Die sanfte Stimme klang unglaublich vertraut. »Für das, was er Euch angetan hat.«

Ihre Miene war unergründlich. Ich sah die starre Härte der Knochen unter heller Haut und bemerkte, daß sie ihre Sonnenbräune verloren hatte. Sie war wieder eine nordische Bascha, wie ich sie ursprünglich gesehen hatte.

Und eine unglaublich gefährliche Frau.

In meiner Kehle war nicht viel Platz für meine Stimme. »Del — ich nehme mein Vorrecht zu töten *selbst* wahr.«

Sie sah mich gerade an. »Nicht dieses Mal, Tiger. Nein.«

Irgend etwas hüpfte tief in meiner Brust. Ein Krampf. Irgend etwas Sprunghaftes. »Habt Ihr so den *An-Kaidin* getötet? Habt Ihr auf diese Weise Eure Klinge mit Blut getränkt?«

Ich sah sie vor Schreck zusammenzucken. Ihr Gesicht wurde noch blasser. Hatte ich sie mit meiner Frage so sehr getroffen? Del war sich bewußt, daß ich wußte, was mit ihrem Schwertmeister geschehen war und wie es geschehen war. Aber das war noch lange kein Grund.

Oder war es der *Ton* meiner Anklage gewesen, der diese Reaktion bei ihr hervorgerufen hatte?

»Das war für *Euch*«, sagte sie schließlich.

»War es das?« krächzte ich. »Oder war es für Del?«

Sie sah auf ihr Schwert hinunter. Blut rann von der Klinge herab. Es füllte die Runen aus und tropfte dann von dem Stahl, um sich auf dem Mosaikboden zu sammeln.

Ihr Mund verzog sich kurz, aber es war kein Zeichen von Heiterkeit. Es war Del, die mit einem Gefühl kämpfte, das ich nicht benennen konnte. »Für uns beide.« Aber sie sagte es so leise, daß ich mir nicht sicher war, was sie gesagt hatte.

Drei Monate getrennt. Wir schuldeten einander nichts. Nicht jetzt. Die Angelegenheit war über ein Arbeitgeber-Arbeitnehmer-Verhältnis hinausgegangen. Del und ich waren frei und konnten unsere getrennten Wege gehen.

»Jamail ist bei den Vashni«, erzählte ich ihr. »Ein Gebirgsstamm.«

»Ich habe es gehört.«

»Werdet Ihr hingehen?«

Ihr Kinn stach messerscharf unter der angespannten Haut hervor. »Ich werde gehen.«

Einen Moment später nickte ich. Ich war unfähig, etwas anderes zu tun.

Del hob ihren weißen Burnus auf. Sie steckte das Schwert wieder in die Scheide hinter ihrer Schulter — sie würde es später reinigen, wie ich wußte — und verließ den Raum.

Aber erst, nachdem sie Aladars Körper von dem juwelenbesetzten Beutel befreit hatte.

Ich liebe praktische Frauen.

ZWEIUNDZWANZIG

Del erkaufte sich unseren Weg in ein verrufenes Wirtshaus auf der verrufenen Seite Julahs. Wir bildeten ein seltsames Paar. Ich war nicht sehr überrascht über die eigenartigen Blicke, die man uns zuwarf, als wir die enge Lehmtreppe in den zweiten Stock zu dem kleinen Raum hinaufstiegen, den Del für uns gemietet hatte. Sie bestellte ein Bad mit viel heißem Wasser, und als die Bedienung über die Extraarbeit maulte, schlug Del ihr mit der flachen Hand ins Gesicht. Während der Abdruck noch immer rot auf der gelbbraunen Haut glühte, versprach Del ihr Gold, wenn sie sich beeilte.

Ich saß auf dem Rand des schäbigen, zerknitterten Feldbettes. Ich sah Del offen an und erinnerte mich, wie leicht sie die Schwertklinge in Aladars Bauch gestoßen hatte. Für mich, hatte sie gesagt. Aber ich war schon lange daran gewöhnt, selbst zu töten, wenn es sein mußte. Ich konnte mir nicht vorstellen, warum sie es für mich tun wollte. Oder was an mir ihre tödliche Antwort ausgelöst hatte.

Nein. Es war wahrscheinlicher, daß sie es für ihren Bruder getan hatte und für die Behandlung, die sie in Aladars Händen erfahren hatte.

»Ihr werdet Euch besser fühlen, wenn Ihr wieder sauber seid«, sagte Del.

Der Burnus verbarg mich fast völlig. Aber ich konnte meine beschuhten Füße sehen und die schwieligen Hände. Die Finger- und Fußnägel waren gespalten, gebrochen, fehlten, waren zurückgezogen, geschwärzt. Kerben und eingewurzelter Erzstaub verfärbten die hell kupferfarbene Haut. Auf meinem linken Handrücken war eine gezackte Narbe, zugeheilt: Ein Meißel war einmal abgerutscht, in den zitternden Händen eines sterbenden Mannes, der neben mir angekettet gewesen war.

Ich drehte meine Hände um und besah mir die Handflächen. Einst waren sie von jahrelangem Schwerttanzen schwielig gewesen. Er war erst Monate her, daß sie die reizvolle Sinnlichkeit von Einzelhiebs Heft erfahren hatten, und doch wußte ich, daß es zu lange her war.

Die Tür krachte auf. Del fuhr herum, die Hände am Heft des Schwertes. Sie zog die nordische Klinge nicht aus der Scheide, denn es waren die Bedienung und ein dicker Mann. Er rollte einen hölzernen Bottich in den Raum, stellte ihn schwungvoll auf und ging. Das Mädchen begann, nach und nach Eimer mit heißem Wasser heranzuschleppen und in den Bottich zu schütten.

Del wartete, bis der Bottich gefüllt war. Dann bedeutete sie der Magd zu gehen, die mich daraufhin einmal fest ansah und dann tat, was Del ihr bedeutet hatte. Sie ging. Und einen Augenblick später auch Del.

Ich zupfte an den Knoten meiner Schnürbänder. Zog sie auf, streifte das Leder ab. Ließ Burnus und Dhoti fallen. Entledigte mich schließlich des Harnischs und des Schwertes. Und stieg in das heiße Wasser, wobei es mir egal war, daß alle Schnitte und Risse und Kratzer bei der Hitze laut protestierten.

Ich glitt in den Bottich hinein, bis mir das Wasser an die Brust reichte. Vorsichtig lehnte ich den Kopf an den Rand des Bottichs und übergab mich der Hitze. Ich bemühte mich noch nicht einmal um die Seife. Ich weichte nur ein. Und dann schlief ich ein.

— das Rasseln von Eisen ... der Klang des Hammers auf den Meißel, des Meißels auf den Stein ... das Wimmern und Schreien schlafender Männer ... die Seufzer Sterbender ...

Ich wachte ruckartig auf. Verwirrt bemerkte ich strohgelbes Licht im Raum, das schräg durch das Lattenfenster hindurchschien ... ein *Raum*, kein Tunnel! Keine Fackeln mehr. Keine Dunkelheit mehr. Kein *Eisen* mehr.

Eine Hand an meinem Rücken. Seife in Haut einmassierend, bis ich mit gelbbraunem Seifenschaum bedeckt war. Dels Hand drückte meinen Kopf zurück, als ich ihn zu heben begann. »Nein. Das mache ich. Entspannt Euch.«

Aber das konnte ich nicht. Ich saß steif in dem Bottich, während sie schrubbte und die braune Seife in die schmutzige Haut rieb. Ihre Hände waren stark, sehr stark. Sie knetete die verspannten Schultern, den Hals, das Rückgrat.

»Entspannt Euch,« sagte sie weich.

Aber ich konnte es nicht. »Was hat dieser Bastard Euch getan?«

Ich konnte ihr Achselzucken spüren. »Es spielt keine Rolle mehr. Er ist tot.«

»Bascha.« Ich streckte die Hand aus und bekam eine der ihren zu fassen. »Sagt es mir.«

»Werdet Ihr es *mir* sagen?«

Sofort war ich wieder in der Mine, verschlungen von Dunkelheit und Verzweiflung. Ich fühlte die Leere, die am Rande meines Bewußtseins lauerte. »*Nein.*« Mehr konnte ich nicht hervorbringen, keinen weiteren Laut. Ich konnte nicht. Ich konnte es ihr nicht sagen.

»Rasieren?« fragte sie. »Und Ihr braucht einen Haarschnitt.«

Ich nickte. Wusch mir das Haar und den Bart. Nickte erneut.

Mit Rücksicht auf meine Sittsamkeit wandte sie sich ab, während ich mich im Bottich hochwuchtete, die Körperpartien wusch, die Del nicht gewaschen hatte, mich abspülte und tropfend über den Boden zu dem rauhen Sacktuch auf dem Feldbett ging. Dort lag auch ein sauberer Dhoti und ein brauner Burnus. Ich trocknete mich ab, zog den Dhoti an und sagte ihr, sie könne sich umdrehen.

Das tat sie. Ich sah kurz Mitleid in ihren Augen aufflackern. »Ihr seid zu dünn.«

»Ihr auch.« Ich setzte mich hin. »Befreit mich aus diesem Rattennest, Bascha. Macht mich wieder zum Mann.«

Sorgfältig schnitt sie mir die Haare. Sorgfältig nahm sie mir den Bart ab. Ich beobachtete ihr Gesicht, während sie sich um meines kümmerte. Die Haut lag straff über den Knochen. Aladar hatte sie drei Monate lang im Haus gefangengehalten. Der Honigteint war verblaßt. Abgesehen von dem Sonnenreif in den Haaren erinnerte sie sehr an die nordische Frau, die ich in dem kleinen Wirtshaus in der namenlosen Stadt am Rande der Punja getroffen hatte.

Abgesehen davon, daß ich jetzt wußte, was sie war. Keine Hexe. Keine Zauberin, obwohl mancher sie wegen des *Jivatma* und seiner Macht vielleicht als solche bezeichnen könnte. Nein. Del war einfach eine Frau, die versessen darauf war zu tun, was immer sie tun mußte. Ganz egal, um was es dabei ging.

Schließlich lächelte sie. Ich spürte sanfte Hände kurz die Krallenspuren auf meinem Gesicht berühren. »Sandtiger.« Das war alles, was sie sagte. Alles, was sie zu sagen brauchte.

»Hungrig?« Als sie nickte, legte ich den Burnus und Einzelhieb an, und wir gingen hinunter in den Gastraum.

Das Essen war stark gewürzt und mit scharfem Nachgeschmack. Nicht das beste, nicht das schlechteste. Sicherlich besser als das, was ich in der Mine kennengelernt hatte. Und ich mußte feststellen, daß ich nicht viel mehr essen konnte, als ich in den letzten drei Monaten gegessen hatte. Mein Magen rebellierte. Und so wandte ich mich statt dessen dem Aqivi zu.

Schließlich streckte Del die Hand aus und legte sie über mein Glas. »Nicht mehr.« Freundlich, aber fest gesagt.

»Ich trinke, was ich will.«

»Tiger...« Sie zögerte. »Zuviel davon wird Euch krank machen.«

»Es wird mich *betrunken* machen«, berichtete ich sie. »Und gerade jetzt ist betrunken zu werden genau das, was ich möchte.«

Ihre Augen blickten sehr direkt. »Warum?«

Ich dachte, daß sie wahrscheinlich wüßte, warum. Aber ich sagte es trotzdem. »Es wird mir helfen zu vergessen.«

»Das könnt Ihr nicht vergessen, Tiger. Genausowenig, wie Ihr Eure Zeit bei den Salset vergessen könnt.« Sie schüttelte leicht den Kopf. »Es gibt auch Dinge in *meinem* Leben, die ich gern vergessen würde. Ich kann es aber nicht, also lebe ich damit. Ich überdenke sie, finde mich damit ab, weise ihnen ihren Platz zu. Auf diese Weise beeinflußen sie die anderen Dinge nicht, die ich tun muß.«

»Habt Ihr denn die Blutschuld vergessen?« Ich konnte nicht anders, der Aqivi machte mich feindselig. Ich sah auf ihr blaß werdendes Gesicht. »Wie habt Ihr Euch *damit* abgefunden, Bascha?«

»Was wißt Ihr von Blutschuld, Sandtiger?«

Ich zuckte unter der braunen Seide die Achseln. »Ein wenig. Ich erinnere mich, wie sich der Chula fühlte, als er erkannte, daß seine Zauberei — sein *Wunschdenken* — einen Traum hatte wahr werden lassen, auf Kosten unschuldiger Leben.« Ich seufzte. »Und da gibt es noch eine Geschichte über einen *Ishtoya*, der einen *An-Kaidin* getötet hat. Wegen einer Blutklinge.« Ich schaute auf das Heft, das hinter ihrer Schulter hervorstand. »Es mußte in dem Blut eines erfahrenen Mannes getränkt werden, damit der *Ishtoya* Vergeltung suchen konnte.«

»Es gibt Zwänge in dieser Welt, die die Bedeutung anderer Dinge verdrängen.« Ein flacher, unbewegter Tonfall.

»Selbstsüchtig.« Ich trank noch mehr Aqivi. »Ich habe

gesehen, was Ihr mit Aladar gemacht habt, und ich weiß, daß Ihr fähig seid zum Zweck der Vergeltung zu töten. Aus einem Bedürfnis heraus.« Ich machte eine Pause. »Besessenheit, Bascha. Würdet Ihr mir da nicht zustimmen?«

Del lächelte leicht. »Vielleicht.« Und das Wort hatte eine Schneide, wie die Klinge ihres nordischen Schwertes.

Ich setzte mein randvolles Glas ab. »Ich gehe zu Bett.«

Del ließ mich gehen. Sie sagte kein Wort.

Eine dunkle Gestalt näherte sich vom Ende des Tunnels. Das Licht hinter ihr war grell und zeichnete scharf ihren Umriß ab: eine Silhouette ohne Form. Einfach ein Etwas in einem schwarzen Burnus. Und in seinen Händen lag ein Schwert, ein nordisches Schwert mit silbernem Heft und mit fremdartigen Runen versehen.

Die Gestalt näherte sich langsam dem ersten Sklaven. Er war fünf Männer unterhalb von mir angekettet. Das Schwert glitzerte kurz in dem kalten Licht auf. Ich sah, wie zwei Hände es erhoben, die Spitze gegen die hervorstehenden Rippen des Mannes hielten und zustießen. Die Klinge glitt leise hinein, tötete, ohne das geringste Geräusch. Der Mann sackte in seinen Ketten zusammen. Nur das Rasseln des Eisens sagte mir, daß er tot war.

Zurückgezogen. Blut schimmerte auf der Klinge, aber in dem seltsamen Licht, das vom anderen Ende des Tunnels kam, erschien es schwarz, nicht rot.

Die Gestalt kam näher. Der nächste Mann starb, genauso leise wie der erste. Der nächste. Blut troff von der Klinge. Als sich die Gestalt näherte, sah ich, daß sie eine Kapuze trug, und der schwarze Burnus war keineswegs schwarz, sondern weiß.

Zwei weitere Männer starben, und dann stand die Gestalt vor mir: Del. Ich blickte in ihr von der Kapuze bedecktes Gesicht und sah blaue, blaue Augen, blaße, helle Haut und einen

Mund. Einen Mund, der mit Blut gefüllt war, als hätte sie das getrunken, was aus jedem Mann herausgelaufen war, den sie getötet hatte.

»Bascha«, *flüsterte ich.*

Sie hob das Schwert und legte die Spitze gegen meine Brust. Ihre Augen ließen nicht von meinem Gesicht ab.

Das nordische Schwert durchdrang meine Haut und sank in mein Herz. Lautlos, bis auf das Rasseln der Ketten, sank ich gegen die Wand.

Ich starb.

Ich erwachte und fühlte eine Hand auf meiner Schulter. Ich setzte mich ruckartig auf, griff nach Einzelhieb und erkannte, daß es Del war. Und erkannte, daß ich mich, in meiner betrunkenen Benommenheit, auf den Boden gelegt hatte, als sei ich noch immer in der Mine. Und ich erkannte, daß es meine eigene Angst war, die ich roch und die die Dunkelheit erfüllte.

Ich hörte meinen Atem in der Stille des Raumes abgerissen rasseln, und ich konnte das Geräusch nicht verhindern.

»Tiger.« Del kniete neben mir. »Ihr habt geträumt.«

Ich legte einen Arm über die Augen und wußte, daß ich mehr als das getan hatte. Ich hatte geweint. Diese Erkenntnis und die damit verbundene Demütigung waren furchtbar.

»Nein«, sagte sie sanft, und ich wußte, daß sie es gesehen hatte.

Ich zitterte. Ich konnte nichts dagegen tun. Ich fror und hatte Angst und fühlte mich krank von zuviel Aqivi, verloren im Grenzland zwischen Illusion und Realität. Der Aqivi rollte in meinem Bauch herum und drohte mir aus dem Mund zu quellen. Ich verhinderte es nur dadurch, daß ich den Kopf auf meine aufgestellten Knie legte. Zitternd fluchte ich mehrmals, bis sich Dels Arm von hinten um meinen Hals legte und sie mich wie ein Kind drückte.

»Es ist alles gut«, flüsterte sie in die Dunkelheit. »*Es ist alles gut.*«

Ich befreite mich aus ihren Armen und sprang auf die Füße, während ich sie ansah. Die Kerze war verglommen, aber das Mondlicht kroch durch die Leisten, die das Fenster verdeckten. Es neigte sich über ihr blaßes Gesicht und teilte es in Streifen: dunkel — hell — dunkel — hell. Ihre Augen blieben in den Schatten verborgen.

»*Ihr* wart es.« Das Zittern erfolgte erneut. »Ihr.«

Sie kniete am Boden und sah zu mir herauf. »Ihr habt von mir geträumt?«

Ich versuchte, gleichmäßig zu sprechen. »Einen nach dem anderen habt Ihr sie getötet. Mit Eurem Schwert. Ihr habt sie aufgespießt. Und dann kamt Ihr zu mir.« Ich sah das von der Kapuze verdeckte Gesicht vor mir. »Hoolies, Frau, *Ihr stacht dieses Schwert so leicht in mich hinein, wie Ihr es bei Aladar getan habt!*«

Stille. Das Echo meiner Anklage verklang.

»Ich habe es gesehen.« Ihre Stimme war kaum mehr als ein Flüstern, und ich bemerkte eine winzige Spur von Verzweiflung. »Ich habe es gesehen. In dem Moment, in dem ich mich von Aladar abwandte, sah ich den Haß in Euren Augen. Den Haß auf *mich*.«

»Nein.« Es brach sofort aus mir heraus. »Nein, Del. Ich haßte mich. *Mich.* Weil ich es so oft getan habe und mit weniger Gewissensbissen — weniger *Grund* — als Ihr.« Ich bewegte mich, denn ich konnte nicht stillstehen. Ich schritt auf und ab. Wie eine eingesperrte Katze. »Ich sah mich selbst, als ich sah, wie Ihr Aladar tötetet. Und es ist niemals leicht, sich selbst zu sehen und, letztendlich, genau zu erkennen, wer man ist.«

»Ein Schwerttänzer«, sagte sie. »Wir beide. Keiner von uns ist besser oder schlechter als der andere. Wir sind, was wir aus uns gemacht haben, weil wir einen Grund dazu hatten. Rechtfertigung. Durch die Besessenheit.« Sie lächelte leicht. »Ein Chula: durch seinen eigenen Mut befreit. Frei, um ein Schwert aufzunehmen. Eine Frau: durch Vergewaltigung und Mord befreit. Frei, um ein Schwert aufzunehmen.«

»Del ...«

»Ihr sagtet einmal, ich sei nicht kalt genug. Das habe ich widerlegt.« Sie schüttelte den Kopf. Der Zopf schlug gegen ihre rechte Schulter. »Ihr hattet unrecht. Ich *bin* kalt, Tiger, zu kalt. Meine Schneide ist zu scharf geschliffen.« Sie lächelte nicht. »Ich habe mehr Männer getötet, als ich zählen kann, und ich werde sie weiter töten, wenn ich muß — wegen meiner ermordeten Angehörigen ... des entführten Bruders ... der Vergewaltigung.« Das Mondlicht ließ ihr helles Haar schimmern. »Euer Traum war richtig, Tiger. Ich würde hundert Aladars töten ... und niemals zurücksehen, wenn die Körper fallen.«

Ich sah sie an. Ich sah den stolzen Schwerttänzer an, der auf dem harten Holzboden eines schmutzigbraunen, südlichen Wirtshauses kniete, und wußte, daß ich jemanden ansah, der alle Opfer der Welt wert war, weil sie sich ihre eigene Welt geschaffen und sie akzeptiert hatte.

»Was habt Ihr getan?« fragte ich rauh. »Was habt Ihr Euch selbst angetan?«

Del schaute zu mir hinauf. »Wenn ich ein Mann wäre, würdet Ihr das dann auch fragen?«

Ich sah sie an. »Was?«

»Wenn ich ein Mann wäre, würdet Ihr das dann auch fragen?«

Aber sie kannte die Antwort bereits.

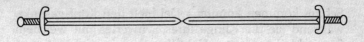

Dreiundzwanzig

Del und ich verließen Julah nicht sofort. Tatsächlich aus zwei Gründen: Aladars Mörder wurde von den Palastwachen gesucht, und ich war noch nicht in der Verfassung, schon fortzureiten. Drei Monate in den Minen hatten ihren Tribut gefordert. Ich brauchte Nahrung, Ruhe, Übung. Und vor allem brauchte ich Zeit.

Aber Zeit war etwas, was wir nicht hatten. Jetzt, wo wir Jamail so nahe waren (sowohl Del als auch ich waren ziemlich sicher, daß Aladar uns die Wahrheit darüber gesagt hatte, daß er Jamail als Geschenk fortgegeben hatte), war sie verständlicherweise begierig darauf, die Vashni aufzuspüren. Aber sie wartete. Mit mehr Geduld, als ich je bei irgend jemandem gesehen hatte, von mir selbst ganz zu schweigen.

Wir sprachen nicht wieder über vergangene Erfahrungen oder Gründe für das, was wir geworden waren. Wir sprachen statt dessen über Pläne, um Jamail aus dem Besitz der Vashni zu entwenden. Ich hatte keine großen Erfahrungen mit diesem Stamm, aber über die Jahre hatte ich einiges erfahren. Im Gegensatz zu den Hanjii waren sie nicht offen feindselig gegenüber Fremden. Aber sie waren gefährlich. Daher mußten wir entsprechend planen.

»Keine Sklaven- oder Sklavenhändler-Geschichten mehr«, belehrte ich Del am dritten Tage unserer Freiheit. »Das hat uns beim letzten Mal zu viele Unannehmlichkeiten eingebracht. Wenn dieser Vashni-Häuptling eine Vorliebe für nordische Sklaven hat, wollen wir es nicht riskieren, Euch auch noch zu verlieren.«

»Ich dachte mir schon, daß Ihr vielleicht zu diesem

Schluß kommen könntet.« Del hielt den Kopf gesenkt, während sie die Klinge ihres Schwertes mit weichem Sämischleder putzte. »Habt Ihr eine bessere Idee?«

Ich kauerte am Boden, gegen die Wand gelehnt. Diese Haltung war zur Gewohnheit geworden, obwohl da jetzt keine Ketten mehr waren. »Nicht wirklich. Vielleicht wäre es das beste, wenn wir einfach dorthin ritten und die Lage erkundeten.«

»Wir müßten etwas haben, was der Häuptling haben will«, erinnerte Del mich. »Was sollte ihn sonst dazu bringen, Jamail aufzugeben?«

Ich kratzte an den Narben in meinem Gesicht. »Wir haben noch immer fast alles Geld, was in Aladars Beutel war. Und den Beutel selbst, der wegen all der Edelsteine ein kleines Vermögen wert sein dürfte.« Ich zuckte abwesend mit der linken Schulter. »Wenn es soweit ist, wird er uns vielleicht *belohnen* wollen, weil wir ihn von Aladar befreit haben. Mir scheint, das hebt die Handelsverbindung auf.«

Die nordische Klinge schimmerte. Del sah zu mir herüber. Wenn sie ihr Haar offen trug, war es wie Platinseide im safranfarbenen Sonnenlicht. »Ich habe Euch angeheuert, um mich durch die Punja zu führen, nach Julah. Ich habe Euch nicht angeheuert, damit Ihr Euer Leben für meinen Bruder aufs Spiel setzt.«

»Mit anderen Worten, Ihr glaubt nicht, daß ich schon wieder mit dem Schwert kämpfen kann — wenn es dazu kommt.«

»Könnt Ihr es denn?« fragte sie ruhig.

Wir kannten beide die Antwort. Drei Tage aus der Mine heraus, drei Monate darin. »Ich sagte, ich würde gehen.«

»Dann gehen wir.« Sie legte die Schwertspitze an den Rand der Lederscheide und schob die Klinge hinein. Ein zischendes Geräusch: Stahl gegen das innen mit Vlies überzogene Leder.

Am Morgen ritten wir los.

Wir ritten wieder auf zwei anderen Pferden in die Ausläufer der Südlichen Berge. Dels Pferd war ein weißer Wallach, der von Kopf bis Fuß großzügig schwarz gesprenkelt war. Er hatte seltsam wachsame, fast menschliche Augen und eine fransige, scheckige Mähne und Schweif. Mein eigenes Pferd war ebenfalls ein Wallach, aber weniger bunt als Dels. Er war ein einfaches, wenig bemerkenswertes braunes Pferd. Nicht rotbraun, nicht wie meine alte Stute. Ihm fehlten schwarze Punkte, die schwarze Mähne und der schwarze Schweif. Einfach — braun. Wie seine Persönlichkeit.

Wir ritten aus dem Sand heraus auf den verdunstenden harten Untergrund der Grenze zwischen der Wüste und den Ausläufern der Berge. Mit jedem Schritt verwandelte sich die Erde, wie ein Chamäleon. Zuerst Sand, dann höckerige Flecken trockenen, dünnen Grases, dann ein Untergrund, der eher an natürlichen Humusboden erinnerte.

Ich beobachtete Dels Wallach. Er hatte eine seltsame Art auszugreifen. Er schien sich fast zu zieren, wie eine Frau. Ich hätte es Del gegenüber erwähnt, aber ich konnte mich nicht daran erinnern, daß sie sich je geziert hätte.

Auf jeden Fall war der gesprenkelte Wallach voll von *etwas*. Er zierte sich, tänzelte, blies durch geblähte Nüstern und warf meinem Wallach schüchterne Blicke aus schaurig menschlichen Augen zu.

»Ich glaube, ich weiß, warum er kastriert wurde«, sagte ich schließlich. »Als Hengst wäre er, glaube ich, ein Reinfall.«

Del zog die Brauen hoch. »Warum? Er ist ein sehr gutes Pferd. Vielleicht ein bißchen launisch — aber es ist nichts verkehrt an ihm.«

»*Es*«, erinnerte ich sie. »Es ist nichts *Männliches* in ihm geblieben. Und ich könnte wetten, daß auch nichts Männliches in ihm war, als er noch *unversehrt* war.«

Del entschloß sich, nicht auf meine Bemerkung zu

antworten. Nun, er — *es* — war ihr Pferd. Vielleicht empfand sie so etwas wie Loyalität.

Wir ließen die Verdunstungsebene hinter uns, das trockene, höckerige Gras, das Geflecht gesünderen Wachstums. Pferdehufe klapperten auf schieferfarbenem Tonschiefer, auf grau-grünem Granit. Wir stiegen aufwärts, obwohl kaum eine Steigung zu erkennen war. Die Südlichen Berge sind selbst an den höchsten Gipfeln gemessen nicht sonderlich hoch. Von den abfallenden Hängen, die mit verkümmerten Bäumen und katzenkrallenartigem Gestrüpp gesprenkelt waren, verliefen stahlblaue Tonschieferfälle Richtung Wüste.

Del schüttelte den Kopf. »Nicht wie der Norden. Überhaupt nicht wie der Norden.«

Ich lehnte mich vor und stand halbwegs in meinen Steigbügeln, während der braune Wallach eine gezackte Tonschieferklippe umging. »Kein Schnee.«

»Nicht einmal das.« Del stieß ihr gesprenkeltes Pferd mit den beschuhten Hacken an und zwang es so, mir zu folgen. »Die Bäume, die Felsen, die Erde ... sogar der *Geruch* ist anders.«

»Sollte sein«, stimmte ich zu, »wenn man bedenkt, daß es die Vashni sind, die Ihr riecht, nicht die Berge.«

Ich brachte mein Pferd zum Stehen. Der Krieger saß in ungefähr zwanzig Schritt Entfernung auf seinem rotbraunen Pferd. Um seinen nackten braunen Hals hing eine Elfenbeinkette aus menschlichen Fingerknochen.

Del blieb neben mir stehen. »Das stimmt.«

Wir warteten. Der Krieger auch.

Er war jung. Wahrscheinlich um die siebzehn Jahre alt. Aber das erste, was ein Vashni-Mann kennenlernt, ist ein Schwert. Eine Vashni-Frau, die ein Kind gebärt, durchtrennt die Nabelschnur mit dem Schwert ihres Mannes. Und dann wird das männliche Kind damit beschnitten.

Nein, man sollte einen Vashni-Krieger nicht unterschätzen. Auch nicht die jungen.

Dieser war fast völlig nackt, nur mit einem Lederschurz und einem Gürtel bekleidet. Sogar seine Füße waren nackt. Seine bronzene Haut war eingeölt, um tödliche Glätte zu bewirken. Er trug sein schwarzes Haar lang, länger als Dels. Wie sie hatte er es zu einem Zopf geflochten. Aber dieser eine Zopf war in eine Fellhülle gewickelt. Von seinen Ohren hingen Ohrringe aus geschnitzten Knochen herab. Von welchem Teil des menschlichen Körpers *sie* stammten, konnte ich nicht sagen.

Er versicherte sich unserer vollen Aufmerksamkeit. Dann wandte er sich um und eilte gen Süden. Über seinen Rücken, der bis auf einen dünnen Harnisch nackt war, war ein traditionelles Vashni-Schwert gebunden. Da es ungeschützt war, blendete die gefährlich gebogene Klinge. Das Heft bestand aus einem menschlichen Oberschenkelknochen.

»Kommt«, sagte ich zu Del. »Ich glaube, wir werden erwartet.«

Der junge Krieger führte uns in das Vashni-Lager: Eine Ansammlung von gestreiften Hyorts war dicht an dicht gegen die seitlichen Bergabhänge abgesteckt. Wir ritten durch eine Empfangsgesellschaft des Stammes: zwei parallele Reihen von Vashni, die sich wie eine Schlange durch das Lager wanden. Krieger, Frauen, Kinder. Alle waren ruhig. Alle schauten nur. Und alle trugen als Putz die Knochenreste von Männern, Frauen, Kindern.

»Sie sind *schlimmer* als die Hanjii«, flüsterte Del mir zu.

»Nicht wirklich. Die Vashni glauben nicht an lebendige Opfer wie die Hanjii. Die Trophäen, die Ihr seht, sind ehrenhafte Trophäen, in ehrenhaftem Kampf errungen.« Ich machte eine Pause. »*Toten* Menschen abgenommen.«

Unser Führer führte uns zu dem größten Hyort, glitt von seinem Pferd und bedeutete uns, ebenfalls abzusteigen. Dann winkte er mich vorwärts. Aber als Del auch vortrat, schüttelte er bestimmt den Kopf.

Ich sah Del an und bemerkte den inneren Kampf auf ihrem Gesicht. Sie hätte sich gern mit dem Krieger unterhalten, aber sie wußte es besser und tat es nicht. Statt dessen trat sie zurück zu ihrem gesprenkelten Pferd. Aber ich hatte bereits die Verzweiflung in ihren Augen gesehen.

»Sprecht Ihr Vashni?« fragte sie.

»Einige Worte. Aber sie sprechen die Wüstensprache. Die meisten Leute im Süden sprechen sie. Bascha...« Ich berührte sie nicht, obwohl ich es wollte. »... Del, ich werde aufpassen, was ich sage. Mir ist bewußt, was dies für Euch bedeutet.«

Sie seufzte tief. »Ich weiß. Ich ... weiß. Aber ...« Sie schüttelte den Kopf. »Ich glaube, ich habe einfach Angst, daß er trotz allem nicht hier sein könnte. Daß er an jemand anderen verkauft worden ist und wir weiter suchen müssen.«

Es gab nichts, was ich noch hätte sagen können. Also ließ ich sie bei den Pferden zurück, wie es die meisten mit einer Frau tun würden. Ich wandte ihr den Rücken zu und betrat den Hyort des Häuptlings, wo ich dann ihrem Bruder von Angesicht zu Angesicht gegenüberstand.

Ich blieb jäh stehen. Der Türvorhang fiel hinter mir zu. Del würde nicht hineinsehen können. Sie würde ihren Bruder nicht sehen können, wie ich ihn sehen konnte: mit Zöpfen, wie ein Vashni. Mit einem Lendenschurz, wie ein Vashni. Fast nackt, wie ein Vashni. Aber blond. Mit blauen Augen. Mit heller Haut. Wie Del. Und ohne Schwert und der Kette aus Fingerknochen.

Was bedeutete, daß er nicht — ganz — ein Vashni war.

Er war fast so groß wie Del. Aber nicht ganz. Er hatte fast Dels Gewicht. Aber nicht ganz. Und das würde er niemals haben. Denn ich wußte, als ich ihn ansah, daß sein physisches Wachstum durch Kastration beeinträchtigt worden war.

Ich habe dies schon zuvor gesehen. Man kann es in den Augen sehen, wenn nicht an anderen Merkmalen. Nicht alle werden dick, wie Sabo. Nicht alle verweichlichen. Nicht alle sehen so ganz anders aus als ein normaler Mann.

Abgesehen von den Augen. Abgesehen von der seltsamen, fast schaurigen physischen Unreife. Eine fortdauernde Unreife. Ich verriet in keinster Weise, daß ich wußte, wer er war. Ich verriet in keinster Weise, daß ich wußte, *was* er war. Ich stand einfach ruhig da, wartete und versuchte auf meine Art mit dem Entsetzen und dem Schreck und dem Kummer fertig zu werden.

Um Dels willen, weil sie meine Stärke brauchen würde.

Jamail trat zur Seite. Ich sah den alten Mann auf einem Teppich am Boden des Hyort sitzen. Der Häuptling aller wilden Vashni: mit weißen Haaren, runzlig, gelähmt. Und halb blind. Sein rechtes Auge war vollständig von einem Film überzogen. Sein linkes zeigte Anzeichen desselben Leidens, wenn auch nicht in so fortgeschrittenem Stadium. Und doch saß er unbeugsam aufrecht auf seinem Teppich und wartete darauf, daß Jamail an seine Seite zurückkehrte.

Als der Junge dies tat, ergriff der alte Mann einen weichen, hellhäutigen Arm und ließ ihn nicht wieder los.

Hoolies. Wie im Namen von Valhail gehe ich *damit* um?

Aber ich wußte es. Und als der alte Häuptling nach meinen Geschäften mit den Vashni fragte und ohne Zweifel erwartete, daß ich einen Handel wünschte, erzählte ich es ihm. Alles. Und ich sagte ihm die ganze Wahrheit.

Als ich geendet hatte, sah ich Jamail an. Er schaute aus Dels blauen Augen zurück. Er hatte kein einziges

Wort gesagt oder auch nur einen Ton des Unglaubens, des Kummers, der Erleichterung von sich gegeben. Ein anderer Mann hätte vielleicht gesagt, daß der Junge Angst hatte, seine Gefühle zu zeigen, Angst vor Strafe. Aber ich wußte es besser. Ich sah, wie der alte Mann an seinem nordischen Eunuchen hing und wußte, daß der Häuptling ihn niemals verletzen würde. Das würde er genauso wenig, wie ein hartes Wort zu ihm zu sagen.

Aber er sprach zu mir. In der Wüstensprache erzählte mir der alte Mann Jamails Sichtweise der Geschichte. Soweit er sie kannte. Es stimmte, daß Aladar einen nordischen Sklavenjungen als Teil eines Handelsvertrages angeboten hatte. Es stimmte, daß Jamail als bewegliche Ware angenommen worden war. Aber es stimmte nicht, daß er ein solcher geblieben war. Es stimmte nicht, daß er als Chula behandelt worden war. Es stimmte nicht, daß die Vashni ihn kastriert hatten. Es stimmte nicht, daß die Vashni ihm die Zunge herausgeschnitten hatten.

Und so wußte ich, warum Jamail nicht sprach. Als Stummer konnte er es nicht. Als Kastrierter wollte er es vielleicht nicht.

»Aladar«, sagte ich nur.

Der alte Mann nickte einmal. Ich sah das Zittern seines Kinnes. Die Tränen, die sich in seinen schwachen Augen bildeten. Die zerbrechliche Kraft in seinen gelähmten Händen, als er Jamails Arm festhielt. Sein Mund verzog sich, als er die Worte seiner Frage formte: »Wird die nordische Frau einen Mann haben wollen, der kein Mann ist?«

Ich sah Jamail an. Für immer in physischer Unreife gefangen, sah er mehr wie Del aus als er sollte. Aber ich wußte es besser, als daß ich auch nur einen Augenblick lang gedacht hätte, daß das, was ihr Bruder erlitten hatte, ihre Absichten ändern würde.

Dennoch konnte ich nicht für sie sprechen. »Ich denke, das wird die Frau selbst entscheiden müssen.«

Einen Moment später nickte der alte Mann erneut. Er machte eine Geste der Zustimmung. Ich erhob mich, sammelte allen Mut, den ich aufbringen konnte, und ging hinaus, um Jamails Schwester zu berichten.

Del hörte mir in starrem Schweigen zu. Sie sagte nichts, als ich zu sprechen aufhörte. Sie ging hinein.

Es stand mir nicht zu, ihr zu folgen. Aber Del sprach die Wüstensprache nicht, und Jamail konnte dem Häuptling ihre Worte nicht übersetzen. Also bückte ich mich erneut in den Hyort hinein.

Jamail weinte. Ebenso Del. Ebenso der alte Mann. Aber sie alle taten dies lautlos.

Del sah mich nicht an. »Fragt den Häuptling, ob er Jamail gehen läßt.«

Ich fragte. Der alte Mann sagte weinend ja.

Sie schluckte. »Fragt Jamail, ob er mitkommen will.«

Ich fragte. Jamail nickte schließlich. Einmal. Aber ich sah eine helle Hand sich zu der mit Leberflecken übersäten Hand des alten Mannes schleichen, um sich in allzu offensichtlicher Abhängigkeit daran festzuklammern.

Del weinte jetzt nicht mehr. »Tiger — würdet Ihr dem Häuptling meinen Dank ausdrücken? Sagt ihm — *Sulhaya*.«

Ich sagte es ihm. Und dann erhob sich Jamail, weil der Häuptling es ihm befohlen hatte, um das Zelt mit seiner Schwester zu verlassen.

Del hieß ihn stehenbleiben, indem sie ihm eine Hand leicht auf die Brust drückte. Sie sprach leise in der nordischen Sprache, mit Tränen in den Augen, und als sie geendet hatte, umarmte sie den Bruder, den sie fünf lange Jahre lang gesucht hatte, und gab ihren Anspruch auf ihn auf.

Einen Augenblick später folgte ich ihr aus dem Zelt hinaus.

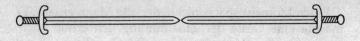

VIERUNDZWANZIG

Auf der Reise von den Ausläufern der Berge zu der Oase am Rande der Punja hatte Del, die mit unbewegtem Gesicht auf ihrem Pferd saß, kein Wort gesprochen. Und jetzt, als sie in den stummen Schatten von sechs Palmen mit dem Rücken gegen die felsige Mauer der Zisterne gelehnt saß, sah ich den Keim entsetzten Verstehens in ihren Augen aufgehen.

Ein Ziel, das man erreicht hat, bringt oft keine Freude. Nur einen flüchtigen Hauch von Befriedigung bei der Erkenntnis, daß die Sache erledigt ist, aber auch den ersten Geschmack des mißlungenen Höhepunkts. In diesem Falle wurde der Geschmack durch das zusätzliche Wissen verdorben, daß das, was sie getan hatte, umsonst gewesen war.

Nun, nicht völlig *umsonst*. Aber ihr schien es so.

»Sie waren gut zu ihm«, erklärte ich ihr. »Zwei Jahre lang hat er mit Aladar in der Hölle gelebt. Die Vashni hießen ihn willkommen. Sie gaben ihm Würde.«

»Ich bin *leer*« war alles, was sie sagte.

Ich hörte die Qual aus ihrem Tonfall heraus, als ich mich neben sie setzte. Als die Sonne unterging, hatte sie in der Nähe einer der Palmen ein Feuer entfacht, wozu sie sowohl das Anmachholz, das wir in unseren Satteltaschen mit uns führten, als auch einige abgestorbene Palmwedel verwendet hatte. Wir hatten auf ausgebreiteten Teppichen gesessen, zu Abend gegessen, still überlegt, persönlichen Gedanken nachhängend, und beobachtet, wie die Sonne über der Wüste unterging. Jetzt gab es, abgesehen von dem vom Wind gepeitschten Feuer und dem Schnauben der angepflockten Pferde, absolut keine Geräusche.

Del wandte mir ihr Gesicht zu, und ich sah die Qual in jeder Linie. »Warum bin ich so *leer?*«

»Weil Euch das, was Ihr Euch am meisten wünschtet, durch Umstände genommen wurde, die Ihr nicht ändern könnt.« Ich lächelte leicht. »Dafür gibt es keinen Kreis, Bascha. Keinen Tanz. Keinen *Kaidin* oder *An-Kaidin*, der Euch zeigt, wie Ihr dies mit Können und Übung überwinden könnt. Nicht einmal ein magisches Schwert kann helfen, weder ein im Norden noch ein im Süden geschmiedetes.«

»Es tut weh«, sagte sie. »Es tut *so* weh.«

»Das wird es noch lange tun.«

Wir saßen Schulter an Schulter an die Zisternenmauer gelehnt. Ich konnte die Wärme ihrer Haut durch die dünne Seide meines Burnus spüren, durch die dünne Seide ihres eigenen. Keiner von uns trug den Harnisch, und wir hatten unsere Schwerter kurz nach dem Absteigen wieder in die Scheiden gesteckt. Aber beide Waffen lagen in Reichweite. Keiner von uns beiden war ein Narr.

Ich überlegte, wie es dazu gekommen war, daß ich mir hin und wieder einen gewissen Grad an relativ starkem männlichen Interesse an der Frau neben mir herausgenommen hatte. Wie es dazu gekommen war, daß ich ihr hin und wieder physische Gefälligkeiten aufgedrängt hatte, als sie kein Bedürfnis danach hatte, wo ich doch wußte, daß so viele Frauen geneckt und umarmt und geküßt werden wollten, bis sie sich hingaben. Aber Del war nicht wie die meisten Frauen. Del war Del, in erster Linie Schwerttänzer, und ich achtete sie dafür.

Aber nicht in dem Maße, daß ich die Tatsache verdrängen konnte, daß ich sie mehr begehrte denn je.

Es wurde offensichtlich, daß ihre Gedanken den meinen sehr ähnlich waren. Ich sah ihren Mund weicher werden, ein schwaches Lächeln sich langsam ausbreiten. Sie sah mich von der Seite an. Vielsagend in seiner Direktheit. »Es gab ein Geschäft, Schwerttänzer«, sagte sie. »Einen Handel, den wir vereinbart haben, weil Ihr den Kreis nicht auf andere Weise mit mir betreten wolltet. Die Bezahlung für die Dienste eines Schwerttänzers, weil ich keine andere Münze hatte.«

Ich hob die linke Schulter, die jetzt nicht Einzelhiebs Gewicht trug. »Wir haben Aladars Geldbörse aufgeteilt. Das ist genug Bezahlung, Bascha.«

»Ist das ein *Nein?*« fragte sie erstaunt. Und auch belustigt. Sie fühlte sich durch den Gedanken, daß ich sie nun doch nicht haben wollte, nicht beleidigt. Aber sie schien auch nicht besonders erleichtert zu sein. »Nachdem Ihr so geduldig gewartet habt?«

Ich lächelte. »Geduld ist der Lauf der Welt. Nein, Bascha, es ist genaugenommen kein *Nein*. Einfach — ein unsicheres Ja.« Ich streckte die Hand aus und schob eine sonnengebleichte Haarsträhne hinter ihr Ohr. »Ich will Euch nicht aufgrund eines Handels. Ich will Euch nicht, wenn Ihr das Gefühl habt, daß es sein muß. Und auch nicht aus Dankbarkeit.« Die Schwielen an meinen Händen blieben an der Seide ihres Burnus hängen und rissen daran. »Und ich will es auch nicht, wenn Ihr Euch nur ganz einfach einsam und leer fühlt, weil Eure Suche beendet ist.«

»Nein?« Helle Brauen hoben sich ein wenig. »Das ist nicht der Sandtiger, den *Elamain* kannte, nicht wahr?«

Ich lachte laut auf. »Nein, Valhail sei Dank. Nein.«

Dels Hände — die genauso voller Schwielen waren wie meine — fühlten sich auf meinem mit Seide bedeckten Arm kühl an. »Das ist nicht der Grund, Tiger. Aber wenn wir *beide* nehmen, geben, teilen würden — auf gleicher Basis ... ungeachtet der Gründe?«

»Auf gleicher Basis?« Im Süden weiß ein Mann, der mit einer Frau im Bett liegt, wenig von Gleichheit, denn er wird von Kindheit an gelehrt, daß er der unzweifelhaft Überlegene ist.

Es sei denn natürlich, er wächst als Chula auf.

Del lachte leise. »Betrachtet es als Schwerttanz.«

Ich dachte sofort an meine Träume. Del und ich, in einem Kreis. Einander gegenüberstehend. Das Bild ließ mich lächeln. Der Kreis, den sie jetzt anbot, hatte nichts mit Träumen zu tun. Zumindest nicht mit *jenen* Träumen, die von völlig anderer Art waren.

»Frei angeboten, frei angenommen.« Ich dachte darüber nach. »Ein interessanter Gedanke, Bascha.«

»Nicht viel anders als Elamain.« Del lächelte nicht, aber ich sah, wie sich ihr Mundwinkel verzog.

»Ihr seid dabei.« Ich wandte mich um und umfing sie mit den Armen ...

... gerade als die Stimme des Fremden aus der sich vertiefenden Dämmerung erklang ...

... aber absolut nicht die eines Fremden.

Die Stimme gehörte einwandfrei zu Theron, der Del zu einem Tanz herausforderte.

Therons Stimme?

Del und ich sprangen sofort auf, mit gezogenen Schwertern. Im Licht des Vollmondes sah ich den Mann sich von der anderen Seite der Zisterne her nähern. Er ging zu Fuß. Aber hinter ihm, in der Ferne, stand ein Pferd. Ein sehr bekanntes Pferd.

Meine Stute ...

Ich unterbrach den Gedanken sofort. Theron war absichtlich — und klugerweise — abgestiegen und hatte sich zu Fuß genähert, so daß unsere eigenen Pferde uns nicht warnen würden.

Und in unserem beiderseitigen Verlangen (oder Liebe — nenne man es, wie man wolle) hatten wir ihn nicht gehört. Wir hatten ihn schlichtweg nicht gehört.

Er trug den mausgrauen Burnus. Die Kapuze war zurückgeschoben. Noch immer braunhaarig, wie ich, mit einer Spur von Grau. Noch immer groß, wie ich. Aber jetzt schwerer, weil die Mine mir zu viel Gewicht abgefordert hatte.

Theron sah Del an. »Wir haben einen Tanz zu Ende zu bringen.«

»*Wartet* einen Moment«, sagte ich. »Der Afreet hat Euch *mitgenommen.*«

»Aber jetzt bin ich hier, und das geht Euch nichts an, Südbewohner.«

»Ich denke, vielleicht *doch*«, erklärte ich. »Wie seid Ihr davongekommen? Was genau wollt Ihr hier?«

»Das sollte klar sein. Die Frau und ich haben noch eine Rechnung zu begleichen.« Er sah Del direkt an und überging mich völlig. »Ich bin hierhergekommen, um einen Tanz zu beenden.«

»Vielleicht.« Es hatte mich noch nie gestört, mich einzumischen. »Aber bevor Ihr beide Euer unerledigtes Geschäft beendet, verlange ich ein paar Antworten.«

Theron lächelte nicht. »Was den Afreet betrifft, so hat er keinen Herrn. Wie auch Rusali keinen Tanzeer hat.«

Nun, das überraschte mich nicht wirklich. Alric hatte gesagt, daß Lahamu nicht besonders gescheit war. Und Theron war ganz bestimmt ein gefährlicher Gegner.

Ich sah den gefährlichen Mann an. Ruhig legte er die Schuhe, den Burnus, den Harnisch ab. Alles, außer seinem Dhoti. In den Händen hielt er das blankgezogene Schwert, und ich sah erneut die fremdartigen Runen, schillernd auf dem sehr hell purpurfarbenen Stahl, der kein — wirklicher — Stahl war.

Wieder standen wir uns gegenüber. Wieder sah ich den Mann, der sie töten wollte, und ich dachte daran, ihn selbst zu töten.

Aber es war Dels Tanz. Nicht meiner.

Del entledigte sich ihres Burnus, ihrer Schuhe, ihres Harnischs. Legte sie beiseite. Mit dem blankgezogenen Schwert in Händen wandte sie sich um, um mich anzusehen. »Tiger«, sagte sie ruhig.

Ich ging fort von den Teppichen und der Zisterne, näher an das Feuer heran. Ich steckte Einzelhiebs Spitze in den Sand und begann den Kreis zu ziehen. Der Mond schien hell genug, um sehen zu können. Das Feuer leuchtete mir. Mehr als genug, um dabei zu sterben.

Der Kreis war gezogen. Einzelhieb steckte wieder in der Scheide. Ich bedeutete ihnen, die Schwerter in die Mitte des Kreises zu legen. Lautlos befolgten sie dies und traten wieder hinaus.

Sie sahen sich über den Kreis hinweg an. Im silbrigen Mondlicht bildete er einen flachen Ring der Dunkelheit, eine dünne, schwarze Linie im aschgrauen Sand. Aber die Linie schwankte. Sie bewegte sich auf dem Sand wie eine sich seitwärts windende Schlange. Weil die vom Wind bewegten Flammen des aufflackernden Feuers, obwohl sie keinen Anfang und kein Ende hatte, ihr ein gewisses Maß an Leben verliehen. Eine Erscheinungsform der Unabhängigkeit.

»Haltet Euch bereit.«

Ich hörte die sanften Gesänge. Ich schaute auf die Schwerter in der Mitte des Kreises. Beide mit silbernem Heft. Beide mit Runen auf der Klinge. Beide fremdartig für meine Augen.

Langsam schlenderte ich zu der Zisternenmauer. Ich setzte mich hin. Das Gestein fühlte sich an meinem Gesäß hart an. Aber nicht so hart wie das Wort, das ich aussprach.

»*Tanzt*«, sagte ich, nur dies.

Sie trafen sich im Kreis, rissen die Schwerter hoch und umkreisten sich in dem unaufhörlichen Tanz um Leben und Tod. Ich sah, wie Theron sie jetzt genauer abschätzte, als erinnere er sich nur zu genau, wie außerordentlich gut sie war. Keine männliche Überlegenheit mehr. Er nahm sie ernst.

Barfuß glitten sie durch weichen Sand, der durch die vom Feuer verursachten Schatten noch weicher erschien. Die gebogene Linie des Kreises schwankte in dem Licht. Solch eine dünne Linie, dünn wie eine Klinge. Damit *ich* beurteilen konnte, wenn einer der Tänzer aus dem Kreis heraustrat.

Ich sah das silberne Aufblitzen, als sich beide Schwerter trafen und sangen. Und alle Farben strömten heraus und zerrissen die Dunkelheit in ein leuchtendes Band. Kleine Wellen, Kurven, Spiralen, Winkel, so scharf abgegrenzt wie die Schneide eines Messers, das durch die Schatten schneidet. Ich erkannte deutliche Muster, als ob Del und Theron sie zu einem bestimmten Zweck webten. Ein kurzes Eintauchen hier, ein Schnörkel da, eine plötzliche Finte.

Angriff, Gegenangriff, Angriff. Parade und Gegenstoß. Die Dunkelheit war von Licht erfüllt. Meine Ohren wurden taub von dem Krachen behexten Stahls.

Schenkel spannten sich an, Sehnen rollten. Handgelenke hielten fest, während sie ein gespenstisches Leuchten freisetzten. Dels Gesicht erschien in dem schwankenden Licht starr, ausdruckslos vor Anspannung. Aber ich sah, daß Theron lächelte.

Die Bewegung war so fein, daß ich sie beinahe verpaßte. Hauptsächlich bemerkte ich, daß sich die Geräusche verändert hatten, das Klirren und Zischen mit Runen versehener Klingen. Dann sah ich, daß sich auch die Muster zu ändern begannen. Wie das komplizierte Flechtwerk zu einem Hieb hier, einem Hieb dort wurde, dreist und agressiv, bis die Hiebe an meine eigenen erinnerten.

Theron stand in der Mitte des Kreises und ließ nordischen Stahl auf nordischen Stahl hageln, aber sein Kampfstil war deutlich südlich.

Ich blieb nicht länger auf der Zisternenmauer sitzen. Ich stand am Rande des Kreises und sah den Mann stirnrunzelnd an, der in einem Stil gegen Del zu tanzen begann, den sie nicht kannte, nicht kennen *konnte*.

Aber das, so dachte ich, konnte auch Theron nicht. Anderenfalls hätte er ihn in dem ersten Tanz angewandt, *bevor* der Afreet eintraf.

Er unterbrach ihr Muster. Einmal. Zweimal. Ein drittes und letztes Mal. Er schlug ihr das Schwert aus den Händen.

»*Del* ...« Aber sie brauchte meine Warnung nicht. Sie

sprang hoch und über seine Klinge hinweg, ließ sich dann fallen und rollte fort. Ihre Hände umfaßten keine Klinge mehr, aber sie ging auch der seinen aus dem Weg.

Ich beobachtete ihn genauer. Ich sah das Leuchten in seinen blauen Augen und die Befriedigung in den geschwungenen Linien seines Mundes. Er war kein Mann, der fair kämpfte, er war Theron. Nicht jetzt. Vielleicht irgendwann einmal. Vielleicht, als er ihr zuvor gegenübergestanden hatte. Aber jetzt zeigte der Blick des Mannes etwas *Fremdes*. Als habe er sich auf irgendeine Weise einen Stil angeeignet, der ihm bisher gefehlt hatte.

»Del ...« Dieses Mal wartete ich nicht. Nicht einmal auf Theron. Ich tauchte einfach über die gebogene Linie, fing Del in meinen Armen auf und trug sie aus dem Kreis hinaus.

Auch das *Jivatma* lag außerhalb des Kreises. Del, die mich ärgerlich verfluchte, stemmte sich in eine aufrechte Position. »*Was tust du, du Dummkopf ...?*«

»Dein Leben retten«, sagte ich grimmig und drückte sie wieder nach unten. »Wenn du mir eine Gelegenheit gibst, kann ich es erklären.«

»*Was* erklären — wie du diesen Tanz für mich verloren hast?« Del war lebhaft, beeindruckend wütend. Und gerade, als sie darum kämpfte, mir Flüche ins Gesicht zu schleudern, verlor sich ihre südliche Klangfärbung völlig.

Theron ging durch den Kreis. Als der Gesang verstummt war, blieb das Schwert untätig in seiner Hand. Die Dunkelheit war wieder dunkel, bis auf den silbrigen Mond.

»Gebt den Tanz verloren«, sagte er, »oder ergebt Euch. Das ist die einzige Wahl, die ich Euch lasse.«

»Weder noch«, antwortete Del. »Dieser Schwerttanz ist noch nicht beendet.«

»Ihr habt den Kreis verlassen.«

Auch im Süden ist der Brauch derselbe. Aus dem Kreis heraus: aus dem Tanz heraus. Sie hatte keine andere Wahl, als den Tanz verlorenzugeben oder sich zu ergeben.

»Das war nicht meine Wahl!« schrie sie. »*Ihr* habt gesehen, was er getan hat!«

»Er hat den Tanz *für Euch* verloren gegeben.« Theron lächelte. »Was getan ist, ist getan, *Ishtoya*.« Er machte eine kurze Pause. »Verzeihung. Euer Rang ist *An-Ishtoya*.«

»Ich bin ein Schwerttänzer«, schleuderte sie ihm entgegen. »Kein Rang. Nur der Tanz gilt.« Sie kämpfte kurz. »Tiger ... laß mich *hoch* ...«

»Nein.« Ich hielt sie erneut fest. »Konntest du die Veränderung nicht spüren? Konntest du den Unterschied nicht spüren?« Ich schaute über die Schulter zu Theron. »Er ist nicht der Mann, dem du in dem Kreis in Rusali gegenüberstandest. Er ist jemand völlig anderer.«

»Nicht ganz«, sagte Theron. Er stand in der Nähe des Kreisumfangs. Das silberne Heft seiner Blutklinge lag leicht in seiner Hand. »Ich bin derselbe Mann, Sandtiger. Nur das *Schwert* ist anders.«

Del runzelte die Stirn. »Es ist dasselbe Schwert. Es ist *Euer* Schwert.«

»Was habt Ihr getan?« fragte ich scharf. »Was *genau* habt Ihr Lahamu getan?«

»Ich habe ihn getötet.« Theron zuckte die Achseln. »Der Tanzeer war dumm genug, mein *Jivatma* aufzunehmen. Selbst Ihr müßtet wissen, daß das niemand außer mir tun sollte. Aber ich war klug genug, ihn gewähren zu lassen.« Er sah Del lächelnd an. »Eine Lektion von Euch, *An-Ishtoya*. Wenn man eine besondere Tötung braucht, dann bekommt man sie, wie immer man will.«

»Ihr habt es erneut getränkt.« Del versteifte sich in meinen Armen zu völliger Unbeweglichkeit. »Ihr habt *Euer Jivatma erneut getränkt* ...«

»*Ihr* ruft Wind und Sturm und Eis mit Eurem herbei«, belehrte Theron sie. »*Ihr* saugt alle Macht eines Banshee-Sturmes mit diesem Schwert auf! Ich weiß *so* viel — das tut jeder Schüler, der die Geschichte der *Jivatmas* gelernt hat —, auch wenn ich nicht den richtigen Namen dieser Metzgerklinge kenne.« Er entblößte bei einem höllischen Lächeln weiße Zähne. »Und wie schlägt man Delilahs berühmtes nordisches *Jivatma*? Mit Hitze. Mit Feuer. Mit aller Macht des *Südens*, eingehüllt in diese Klinge.«

»Theron — es ist verboten, das Schwert erneut zu tränken ...« Aber ihr Protest wurde nicht beachtet. Ich war nicht sicher, ob er ihn *gehört* hatte.

Eine große Hand liebkoste die glühenden Runen. »Ihr habt es gespürt, nicht wahr? Eine Schwäche. Eine Wärme. Ein Nachlassen Eurer Kraft. Anderenfalls hätte ich niemals dieses Schwert aus Euren Händen schlagen können.« Er lächelte. »Ich weiß es, *An-Ishtoya*. Und Ihr auch. Aber es ist für mich wichtig, zu siegen. Ich werde alle möglichen Methoden anwenden. Also — ja, ich habe mein Schwert erneut getränkt. Ich habe den verbotenen Zauber gebraucht.«

Del preßte die Lippen zusammen, die in ihrem Gesicht blaß wirkten. »Der *An-Ishtoya* hätte Schande über den *An-Kaidin* gebracht.«

»Das bezweifle ich nicht«, stimmte Theron zu. »Aber der *An-Kaidin* ist auch tot.«

Del machte keine Anstrengungen, jetzt irgendwo hinzugehen. Also ließ ich sie los, setzte sie vorsichtig ab und schüttelte mir den Sand von den Händen. »Wenn das Schwert erneut zu tränken das bedeutet, was ich denke, dann habt Ihr mehr als südliche Hitze erlangt. Dann habt Ihr den südlichen Stil erlangt.« Und er war kräftig genug, um Schaden anzurichten.

»Ja«, stimmte Theron zu. »Der Tanzeer war fast so gut wie Ihr — vielleicht im dritten Grad, anstelle des siebenten —, aber er kannte die Rituale. Er paßte zu meiner natürlichen Begabung. Der Stil ist leicht wirkungsvoll anwendbar.«

»Wahrscheinlich«, stimmte ich zu. »Natürlich, gegen *einen anderen* südlichen Schwerttänzer sieht die Sache entschieden anders aus.«

Ich legte den Harnisch, den Burnus, die Schuhe ab und ließ alles in den Sand fallen. »Ich bin an der Reihe, Bascha.«

»Es ist *mein* Kampf ...«, sagte sie. »Tiger — du kannst nicht — du bist noch nicht fit für den Kreis.«

Sie hatte recht. Aber uns blieb keine Wahl. »Du mußt nach Hause gehen«, teilte ich ihr nüchtern mit. »Du kannst den Kreis nicht wieder betreten — du bist zu ehrenwert, um zu betrügen. Aber ich kann es. Ich kann deinen Platz einnehmen.«

»Tust du das, um mich für die Tötung Aladars zu bezahlen?«

Ich lachte. »Nicht im geringsten. Ich will diesen Sohn einer Salset-Ziege einfach *besiegen*.« Ich grinste sie an. »Geh nach Hause. Stelle dich deinen Anklägern. Du hast eine Chance bei ihnen. Mehr als du sie bei Theron hast, der die Absicht hegt, dich in Stücke zu schneiden.« Ich schüttelte den Kopf. »Del — er hat den Ritualen des Tanzes entsagt. Er hat Mittel gesucht, die er nicht hätte suchen sollen. Es gibt keine Wahl in bezug auf ihn.« Ich nahm Einzelhieb mit in den Kreis.

Theron hob offen die Brauen. »Und gibt die Frau den Tanz verloren? Ergibt sich die Frau?«

»Die *An-Ishtoya* beugt sich den Notwendigkeiten«, antwortete ich. »Akzeptiert Ihr einen *Ishtoya* des siebten Grades an ihrer statt?«

Der Schwerttänzer lächelte. »Aber wer wird als Schiedsrichter fungieren? Wer wird den Tanz beginnen?«

Ich ging an ihm vorbei und legte Einzelhieb in die Mitte des Kreises. »Im Süden tun wir eine Menge Dinge alleine.«

Er nahm die Herausforderung ruhig an. Er betrat den Kreis und legte sein erneut getränktes Schwert neben Einzelhieb. Beide Waffen hatten die gleiche Größe. Waren wahrscheinlich gleich schwer. Theron und ich paßten in Größe und Reichweite genau zueinander, aber mir fehlte jetzt das Gewicht. Und vielleicht die Geschwindigkeit und die Kraft. Denn der größte Teil des Könnens, das ich zu haben beanspruchte, war in Aladars Mine geblieben.

»Wollt Ihr mir etwas sagen, bevor wir anfangen?« fragte ich.

Theron nickte stirnrunzelnd.

»Woher habt Ihr diese Stute?«

Es war offensichtlich nicht die Frage, die er erwartet hatte. Er sah mich einen Augenblick lang finster und unheilvoll an, seufzte dann ein wenig und zuckte die Achseln. Einsicht war nicht seine Stärke. »Ich habe sie in der Wüste gefunden, an einer Oase. Sie stand über einem Hanjii-Krieger. Einem sehr *toten* Hanjii-Krieger.«

Ich lächelte. Ich schlug vor zu beginnen.

Theron sang. Ich tanzte nur.

Lärm: Das Klirren von Klinge gegen Klinge, das Scharren von Füßen im Sand, das Einsaugen rauher, kurzer Atemzüge. Knurren und halbe Flüche brachen gegen unseren Willen heraus. Das kreischende Zischen von südlichem Stahl gegen eine fremdartige Klinge, die im Norden geschmiedet und im Blut eines Feindes getränkt worden war ... und erneut getränkt in der Haut und dem Blut eines südlichen Tänzers.

Farbe: von Therons Schwert, nicht von meinem, aus dem schwarzen Nachthimmel fließend, der vom Licht des Mondes, der Sterne, des Feuers erfüllt war, alles auf die nördliche Klinge übertragen, als sie aus den Schatten losschlug, um mich mit ihrem Licht zu blenden, diesem allesumgebenden Licht.

Soviel Lärm ... Soviel Farbe ...

Soviel —
— *Feuer* —
Soviel —
— *Hitze* —
So viel —
— *Licht* —
Aber alles, was ich kannte, war Schmerz.
»Tiger ... *nein* ...«
Erschreckt fand ich zu mir selbst zurück. Ich sah die gespenstischen Lichter vor mir und Theron in ihrer Mitte. Und spürte das verunsichernde Fehlen des Gleichgewichts meines Schwertes.

Einzelhieb.

Ich schaute hinab. Sah die zerbrochene Klinge. Hörte das Kreischen von Therons Schwert, als es durch die Dunkelheit abwärts schlug und den Himmel dahinter erhellte.

»Tiger ... *nein* ...«

Dels Stimme. Ich warf mich zur Seite. Fühlte den eisigen Luftzug des Winterwindes, das Brennen eines Punjasommers. Hörte Therons zufriedenes Lachen.

»*Kein Schwert*, Theron!« schrie Dels Stimme. »Ihr entehrt Euren *An-Kaidin!*«

Die Lichter erstarben. Der Winter/Sommer verging. Ich fand mich mit einem zerbrochenen Schwert in der Hand im Sand kniend wieder, während Theron stirnrunzelnd zu mir hinabsah.

Einzelhieb.

Ich schaute ausdruckslos auf die zerbrochene Klinge. Eine Schande? Nein. Bläulicher Stahl, von einem Shodo gesegnet, bricht niemals. Nicht durch normale Mittel.

Ich schaute auf die erneut getränkte Waffe, die Theron in Händen hielt. Auf die fremdartigen Figuren auf dem Heft, die fremdartigen Runen auf der Klinge. Und ich haßte dieses Schwert. Haßte die Macht, die es zu mehr machte als nur zu einem Schwert. Einzelhiebs Vernichtung.

Behext. Verzaubert. Magisch gemacht. Die Klinge eines Betrügers, nicht mehr.
Einzelhieb.
»Ergebt Euch«, sagte er, »oder gebt den Kampf verloren. Für die Frau und für Euch selbst.«
»Nein.« In meinem Zorn, in meinem Entsetzen, war dieses eine Wort alles, was ich hervorbringen konnte. Aber ich dachte, es wäre genug.
Theron seufzte. »Ihr habt kein Schwert. Wollt Ihr mit den Händen kämpfen?«
»Nein.« Dieses Mal von Del, während sie an den Rand des Kreises trat.
»Bascha.« Aber sie hielt das Schwert in ihrer Hand ...
... und legte es in meine.
»Nimm sie«, sagte sie leise, so daß nur ich es hören konnte. »Gebrauche sie. Ihr Name ist Boreal.«
Theron rief etwas. Etwas über das Brechen von Schwüren. Etwas, das mit dem Schwert zusammenhing. Den Namen des Schwertes, bekanntgemacht. Aber in diesem Moment spielte es keine Rolle. In diesem Moment gehörte das Schwert mir.

Boreal: kalter Winterwind, der aus den Nördlichen Bergen herausschrie. Kalter Banshee-Sturmstoß, der die Haut an dem eiskalten Heft gefrieren ließ. Und doch frohlockend in dem Eis. Ich frohlockte im Wind. Ich frohlockte im Schmerz. Weil ich das alles brauchte, um zu gewinnen.
Boreal: *ein Schwert.* Ein Schwert aus fremdartigem Metall. Der personifizierte Norden. Durch Dels ganze Kraft ermächtigt. Und durch das Können eines toten *An-Kaidin.*
Der nordische Schwerttänzer hatte keine Chance gegen den südlichen.
Und wie wir tanzten, Theron und ich. Und wie wir unser Bestes taten, um uns gegenseitig die Kehlen aufzuschlitzen, um uns gegenseitig das Herz herauszu-

schneiden. Keine Geschicklichkeit, keine komplizierten, glühenden Muster. Kein fein abgewogenes Maßwerk. Einfach Kraft, im Kreis freigelassen. Ein elementarer Zorn.

Schneiden, schlagen, stoßen. Eine Klinge auffangen und versuchen, sie zu zerbrechen. Angriff, sich dem Kampf stellen, Gegenstoß. Versuchen, den Kopf von den Schultern zu schlagen.

Das erneut getränkte Schwert machte ihn gut. Das erneut getränkte Schwert machte ihn besser. Aber nicht besser, als mich Dels machte.

— *Feuer* —
— *Licht* —
— *Schmerz* —

Und ein klagender Winterwind.

»Tiger?«

Ich erwachte: Stille. Ich öffnete die Augen: Morgen. Ich bereitete mich auf den Schmerz vor: es passierte nichts. »Del?«

Keine sofortige Antwort. Ich lag flach auf dem Rücken, rollte mich auf den Bauch. Ich lag ausgestreckt innerhalb des Kreises. Ich erinnerte mich undeutlich daran, daß ich zusammengebrochen war, nachdem ich Dels Schwert in Therons Bauch geschoben hatte.

Ich wandte den Kopf, um über die Schulter zu sehen. Ja — noch immer tot. Das mußte auch sein, mit all seinem Blut und seinen Eingeweiden, die über den Sand ausgebreitet lagen.

Ich wandte mich wieder um. »Del?«

Dann sah ich sie. Sie kniete außerhalb des Kreises, wollte ihn noch immer nicht durch ihre Gegenwart entweihen. Für sie galten, unabhängig von dem, was geschehen war, die Rituale noch immer.

Hoolies. Ich stand langsam auf. Spürte für einen Moment Erde und Himmel die Plätze tauschen. Wartete. Rieb mit einer Hand über sandige, brennende Augen.

»Das ist ein Schwert, Bascha.« Alles andere wäre zuviel gesagt.

»Kann ich es zurückhaben?«

Ich schaute hinter mich und sah das Schwert im Kreis liegen. Ich war nicht sicher, daß sie es mich berühren lassen würde.

Del lächelte. »Es wird nicht beißen, Tiger. Nicht mehr. Du kennst seinen Namen.«

Ich holte das Schwert und reichte es Del aus dem Kreis hinaus. »Das also ist der Schlüssel? Der Name?«

»Ein Teil davon. Nicht der ganze. Der Rest ist — persönlich.« Helle Brauen zogen sich zusammen. »Ich kann es nicht sagen. Du bist Südbewohner, kein Nordbewohner — ich kenne die Sprache nicht. Und es braucht Jahre, um zu verstehen. Einen *An-Kaidin*, der einem die Rituale beibringt, die dazugehören.«

»Du bist ein *An-Kaidin*.«

»Nein.« Sie sah an mir vorbei auf Therons Körper. »Nicht mehr, als *er* es war. *An-Kaidin* töten niemals.«

Ich schaute zurück zu dem Körper. »Begrabt ihr eure Toten, oben im Norden?«

»Ja.«

Also begrub ich ihn unter einer Palme, unter der südlichen Sonne.

Vom Sattel ihres gesprenkelten Pferdes aus sah Del auf mich hinab. »Es ist ein Schwert«, sagte sie, »das ist alles. Theron ist tot. Keiner außer Theron kannte den wahren Namen der Klinge, also wird es für dich niemals das sein, was es für ihn war. Aber — es ist dennoch ein Schwert. Ein *Schwert*schwert — nichts magisches. Kein *Jivatma*. Aber es funktioniert.«

»Ich weiß, daß es funktionieren wird.« Das Heft war in meinen Händen ein Heft. Nicht schauerlich, verwirrend kalt. Nichts als fremdartige Figuren. Runen, die ich nicht kannte. Und wenn Del sie kannte, so sagte sie es nicht.

»Aber — es ist nicht Einzelhieb.«

»Nein«, stimmte sie zu. »Tut mir leid, Tiger. Ich weiß, was er dir bedeutet hat.«

Ich seufzte und fühlte den inzwischen vertrauten Grad der Gram in meinen Eingeweiden. *Kein Einzelhieb mehr* — »Ja, nun, der Aqivi ist verschüttet. Nichts, was ich tun kann.«

»Nein.« Sie schaute einen Moment gen Norden. »Jetzt, wo ich mich entschlossen habe, denke ich, daß ich mich bereitmachen sollte. Es ist ein langer Ritt durch die Punja.«

»Erinnerst du dich an all die Merkpunkte, wie ich es dir gesagt habe?«

»Ja.«

Ich nickte. Wandte mich der Stute zu und schwang mich in den flachen, mit einer Decke bedeckten Sattel, nachdem ich mein Schwert in die Scheide gesteckt hatte. Wartete darauf, daß es sich versenken würde. »Reite los, Del. Du wirst nicht jünger.«

»Nein.« Sie lächelte leicht. »Aber ich bin nicht so sehr alt.«

Nein. Das war sie sicher nicht. Zu jung für den Süden. Zu jung für einen Mann wie den Sandtiger.

Andererseits ... »Mein Angebot gilt«, sagte ich. »Du hast noch ein ganzes Jahr Zeit, bevor sie jemand anderen hinter dir herschicken können. Und es ist ziemlich offensichtlich, daß du jeden Schwerttänzer im Kreis besiegen würdest.« Ich grinste, denn ich wußte, daß sie erwartete, daß ich *außer den Sandtiger* hinzufügen würde. »Das bedeutet Freiheit, Del, für eine Weile. Reite mit mir, und wir werden uns mit *beiden* Schwertern verdingen.«

»Nein.« Die Sonne glänzte auf ihrem weißblonden Haar. »Es ist besser, wenn wir das ein für allemal regeln. Wenn es eine Möglichkeit gibt, daß die Blutschuld vergeben wird ...« Sie runzelte leicht die Stirn. »Ich spreche keine Entschuldigungen aus. Auch nicht an jene, die um den *An-Kaidin* trauern, den ich getötet habe. Aber — ich würde lieber frei sein, ihnen allen gegenüberzutreten, die letztendliche Entscheidung zu kennen — anstatt ewig davonzulaufen.«

Ich lächelte. »Gut. Es hat keinen Sinn zu laufen, wenn man gehen kann.« Ich *gab* der Stute zu *verstehen*, daß sie sich Richtung Rusali wenden sollte. Zur Abwechslung fügte sie sich. »Ich werde Alric sagen, was du tust. Ich glaube, er würde es gern wissen.«

Del nickte. »Auf Wiedersehen, Tiger. *Sulhaya.*«

»Du sollst dich nicht bedanken.« Ich streckte die Hand aus und tätschelte den gefleckten Hals ihres Pferdes. »Reite nach Hause, Del. Es hat keinen Sinn, Zeit zu verschwenden.«

Sie stieß dem Wallach die Fersen in die Flanken und eilte von mir fort.

Ich zügelte die Stute, als sie buckelte, und bedauerte den Verlust des Wallachs. Sie wollte auch laufen, aufholen und auch vorwärts eilen. Mithalten. Beweisen, daß sie unzweifelhaft die *beste* war.

Ich grinste. »Fast genau wie ich, altes Mädchen.« Ich tätschelte ihren wuchtigen, kastanienbraunen Hals. »Bist du froh, daß du mich wiederhast?«

Wie es Pferdeart ist, antwortete sie nicht. Und so zügelte ich sie — wobei ich ihren mürrischen Protest ignorierte — und dirigierte sie Richtung Osten.

Aber ich ließ sie nicht laufen. Man kann nur schwer denken, wenn ein Pferd wie die Stute losgeht, weil man nie weiß, wann sie die Schulter oder den Kopf senkt und einen aus dem Sattel katapultiert. Es ist nicht besonders lustig. Und eines Tages könnte es sich sogar als verhängnisvoll erweisen.

Also ließ ich sie gehen, um mein Leben zu schützen und damit ich ein wenig nachdenken, die Dinge in meinem Kopf hin und her wenden konnte.

... ich kann nicht nach Julah gehen. Nicht jetzt, wo Aladar tot ist. Also werde ich es vollständig umgehen und auf anderem Weg nach Rusali reiten ...

Ich hielt an. Brachte die Stute zum Stehen, obwohl sie stampfte und seitwärts ausbrach, ihren Unwillen herausschnaubte und somit anzeigte, daß sie wünschte, ich möge zu einem Entschluß kommen.

Ich achtete nicht auf sie und sah starr hinter Del her. Starrte.

In der Ferne konnte ich den Schleier safranfarbenen Staubes sehen, der von einem gen Norden eilenden Pferd aufgewirbelt wurde. Ich konnte den weißen Fleck ihres seidenen Burnus sehen ...

»O Hoolies, Pferd, wir haben etwas Besseres zu tun ...«

... also ließ ich die Stute laufen und wandte mich gen Norden.

Top Hits der Science Fiction

Man kann nicht alles lesen – deshalb ein paar heiße Tips

Ursula K. Le Guin
Die Geißel des Himmels
06/3373

Poul Anderson
Korridore der Zeit
06/3115

Wolfgang Jeschke
Der letzte Tag der Schöpfung
06/4200

John Brunner
Die Opfer der Nova
06/4341

Harry Harrison
New York 1999
06/4351

Wilhelm Heyne Verlag
München

Neuland

Heyne Science Fiction Band 2000
Autoren der Weltliteratur schreiben über die Welt von morgen.

Die Zukunft hat schon seit jeher die besten Autoren der Weltliteratur fasziniert. Gerade in jüngster Zeit hat sich dieses Interesse deutlich verstärkt. Etablierte Schriftsteller wie Doris Lessing, Patricia Highsmith, Fay Weldon, Lars Gustafsson, Friedrich Dürrenmatt oder Italo Calvino haben sich ebenso mit der Welt von morgen auseinandergesetzt wie die führenden Kultautoren der jüngeren Generation, z.B. Ian McEwan, Paul Auster, Martin Amis, Peter Carey oder T. C. Boyle.

Der vorliegende Sammelband bietet erstmals einen repräsentativen Überblick über einen bisher, sehr zu Unrecht, wenig beachteten Bereich der Weltliteratur. Erzähler aus Australien, Brasilien, Deutschland, Großbritannien, Italien, Kanada, Rußland, Schweden, der Schweiz und den USA versammeln sich hier zu einem Gipfeltreffen literarischer Imagination. Neuland – in jeder Beziehung.

Karl Michael Armer/Wolfgang Jeschke
Neuland
06/5000

Wilhelm Heyne Verlag
München

Top Secret

Die geheimen historischen Aktivitäten des Heiligen Stuhls mittels der von Leonardo da Vinci erfundenen Zeitmaschine

06/4327

Witzig, pfiffig, geistreich und frech:

Carl Amerys Longseller in neuem Gewand als Sonderausgabe

Wilhelm Heyne Verlag
München

HEYNE SCIENCE FICTION UND FANTASY

ELRIC VON MELNIBONÉ

Michael Moorcocks sechs Bände umfassender Zyklus vom Albinokönig aus der »Träumenden Stadt« und von den beiden schwarzen Zauberschwertern »Sturmbringer« und »Trauerklinge« gilt heute schon unbestritten als eines der großen klassischen Werke der Fantasy-Literatur.

Die Sage vom Ende der Zeit

Der Elric-Zyklus:

Elric von Melniboné ·
Die See des Schicksals ·
Der Zauber des Weißen
Wolfs · Der verzauberte
Turm · Der Bann des
Schwarzen Schwerts ·
Sturmbringer

Heyne-Taschenbuch
06/4101

**Wilhelm Heyne Verlag
München**